卜 丁建萍

著

你若回眸，

我便月光倾城

广东省出版集团
花城出版社
中国·广州

图书在版编目（ＣＩＰ）数据

你若回眸，我便月光倾城 / 卜丁建萍著. -- 广州：花城出版社，2014.1（2014.4重印）
ISBN 978-7-5360-6971-8

Ⅰ．①你… Ⅱ．①卜… Ⅲ．①长篇小说－中国－当代
Ⅳ．①I247.5

中国版本图书馆CIP数据核字(2013)第299407号

出 版 人：詹秀敏
责任编辑：欧阳蔼　李珊珊
技术编辑：薛伟民　陈诗泳
封面设计：玉　玺

书　　　名	你若回眸，我便月光倾城
	NI RUO HUIMOU, WO BIAN YUEGUANG QINGCHENG
出版发行	花城出版社
	（广州市环市东路水荫路 11 号）
经　　　销	全国新华书店
印　　　刷	佛山市浩文彩色印刷有限公司
	（广东省佛山市南海区狮山科技工业园 A 区）
开　　　本	787 毫米×1092 毫米　16 开
印　　　张	18.75　5 插页
字　　　数	350,000 字
版　　　次	2014 年 1 月第 1 版　2014 年 4 月第 2 次印刷
定　　　价	39.00 元

如发现印装质量问题，请直接与印刷厂联系调换。
购书热线：020 - 37604658　37602954
花城出版社网站：http://www.fcph.com.cn

点 点

律师

爱是一颗心遇到另一颗心
而不是一张脸看上另一张脸

莉莉

瑜伽馆　美容院老板

拥有爱情的婚姻才是幸福的
婚姻的纽带不仅是形象、金钱、房子、车子、孩子
而是爱
是能让彼此成长
直入对方心灵的爱

可可

时装高级定制老板

爱是人的美好向往
是人性的自由表达
共同的婚姻价值观决定婚姻生活的质量

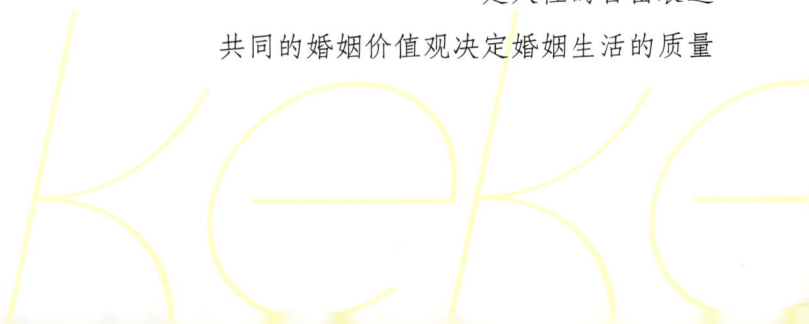

keke

艾玛教授

培训会所老板

婚姻生活的最高境界是全方位满足对方爱的需要

à'mǎ jiào'shou

玉儿

画家 美籍华人

缘分是一个人对另一个人的等待

爱在哪里

家就在哪里

一

　　北京三环 CBD 云集的高楼大厦中，莉莉的美容院藏身在香格里拉饭店东侧的一栋小高楼的顶层。温馨的格调，淡淡的紫粉色，空气中弥漫着令人舒缓的精油香熏气息，轻音乐在低低地播放着。

　　点点、莉莉、可可因刚刚做完美容，容光焕发。

　　坐在用紫粉色轻纱围绕的小圆桌旁，美容院前台的服务小姐用精致的台湾乳瓷杯给她们每人倒了一杯红枣桂圆养生茶。

　　点点喝了一口茶，向莉莉和可可宣布："我已经与小王拜拜了，是我先提出来的，我觉得很累了，我们是友好分手的，他也觉得我们不是一个层次的人，他说他一直把我当女神，但现在他知道了仰慕女神也是要有资本的，他不想为我而改变自己，那样的改变他觉得太累了，他还说找一个门当户对、同一层次的人结合才会幸福。所以我提出分手是最明智的。"

　　"小王这么帅，你也与他分手，你不是外貌协会的么？你不想想你已经 32 岁了呀？喂，你不是被我传染吧？我可不需要你与我同病相怜呀。"可可不解地一连串问题向点点抛来。

　　可可已经与男朋友分手半年了。

"才不是呢，我现在真正体会到了，爱是一颗心遇到另一颗心，而不是一张脸看上另一张脸。不错，我以前是外貌控，要求另一半一定是英俊高大，像白马王子一样。小王是很英俊，但我现在发现，外在的形象在婚姻生活中占的比例并不是我原来想象的那么大，这有时甚至可以为了所爱的人忽略，你想想吧，如果人光有英俊的外表而没有一点内涵，没有应该有的健康阳光和进取心，没有两人之间心灵的碰撞，那每天你对着这张英俊的脸也会是熟视无睹，你会感到味同嚼蜡，所以说在人的婚姻生活中光有英俊的脸是永远不够的，那张英俊的脸是可以养眼，是可以让自己的虚荣心在别人羡慕的眼光中得到一点满足，但真正生活起来，我觉得更重要的是心中爱的感觉，如果光有视觉的享受，心灵却干枯，灵魂且孤独，精神仍寂寞，交流更贫乏，会不会让人更为可怕？你会发现那样的日子其实是生活在别人的羡慕眼光中，而不是生活在自己想要的爱的婚姻中，那只不过是一场自欺欺人的虚妄。我与小王分手，还因为我同时也认识到了要改变一个人是不可能的，如果你既想要他的英俊又想要他按照你的模式改变他自己，那无异于镜花水月一场空。就像我原来认为可以改变小王却最终失败一样，本性难移是真理，除非他自己愿意从根本上改变。我现在的体会是，两个人相爱最起码他们之间的心是相同相通相连的，两个人相爱的基础应该是拥有共同的理念和相同的追求，起码两个人的价值观是相同的，彼此能感受到爱的感觉，是灵魂的伴侣。所以我也希望找一个能够互相帮助互相尊重互相欣赏，能让人特别快活特别愉悦特别舒服的那种人，我注重的是共同成长。分手了，我现在反而觉得轻松了。"点点说。

"我一直认为拥有爱的婚姻才是幸福的。有时候外在的形象并不是人们想象的那么重要，不错，谁都希望对方英俊高大帅气，但如果你在那张英俊的脸上找不到爱的感觉，找不到共同话题，其他都是白搭。人们常说情人眼里出西施就是这个道理。点点你说你现在反而轻松了，说明你的选择是对的，如果陷入痛苦，那么你就是失恋，而现在不是失恋，反而有一种脱离苦海的感觉，那说明选择分手是对的。我一直都认同点点的观点，婚姻的纽带不仅仅是形象、金钱、孩子，而是爱，是两个人的心，能往一处走，眼，能望着同一个方向，能彼此成长、彼此成全。"莉莉说。

"反正我感觉是快乐轻松了。现在的关键其实是我妈，我妈不轻松了，你们想，家里优秀的女儿忽然变成了一个32岁的剩女能轻松才怪呢。"点点说。

"可怜天下父母心，但，没办法，不是我们不孝顺，而是我们还是希望自己过自己想要的那种婚姻生活，我们不能拿我们的幸福来开玩笑，相信我们的父母会理解我们的。"莉莉说。

"我相信父母会理解我们的，爱是人的美好向往，是人性的自由表达，父母对我们的爱有时会表现出在他们对我们的婚姻的期待上，但不管怎么样，我相信我们的父母不会希望我们生活在没有爱的不幸的婚姻生活中，他们希望我们拥有美好的爱情婚姻生活是无可置疑的，你们说是不是？"可可对点点莉莉说。

"相信我们的父母，相信我们自己！"莉莉说，"喝完这壶养生茶，你们会发现新的生活又开始了。"莉莉调皮地伸出手与点点可可击掌。这是她们三个互相鼓励固有的动作。

从美容院回来后，点点给妈妈打电话，把自己与小王分手的决定告诉了妈妈，得到了妈妈的支持，心中一阵久违的轻松。

环视着这间精致的公寓，点点觉得心中那个对未来生活的梦想又复苏了。

客厅餐桌上花瓶里面的五朵金黄色的百合花不知什么时候全部绽开了，开得那么恣意，那么张扬，那么夺目，那么生机，那么绚烂，那么活力四射，那么鲜艳迷人。

公寓满屋的墙壁贴的都是淡粉红小碎花墙纸，温馨淡雅。客厅是简洁的黑白调，黑色的真皮方形现代沙发，黑色大理石柱子配白色的方形玉石茶几，客厅的角落处，一架黑色的大钢琴。时尚、现代、前卫，看不出是纯女性的住所。

点点有很好的生活品位，她懂时尚，更懂得用这种时尚来体现她心中的诉求。用低调奢华来形容她的卧室是最恰当不过了：黑色的绒毯搭配紫色床品不仅充满着奢华感，还极富女人味，在人们心目中往往是金色才能体现奢华，其实黑色与紫色的搭配比金色更低调、更高贵、更根本，更适合卧室，房间有个黑色缕雕金花屏风和黑色梳妆台，整个空间变得沉静、平和。

这是一间最纯净的浴室。纯净的白色，纯净的陶瓷地板，一个纯白色的浴缸放在中央，不同于别人的靠墙壁，所有的洁具、家具连同五金都是统一的白色，水龙头就像溲洗盆中长出来一样，壁柜采用的也是白色的烤漆装饰，酷似陶瓷的光滑湿润。浴室的灯光采用的是内置式浴缸的设计，它是从边缘间隔里由二极管发出柔和微弱的光源，而间隙的曲线即使在不露出光源的时候，也是一道非常美丽的装饰，让整个浴缸看上去很精致。

我注重的是一颗心对另外一颗心的相互追逐、相互欣赏、相互感应、相互爱慕，我追求精致的生活与追求有爱的婚姻，我追求婚姻的共同价值观与婚姻生活的质量是一致的，我希望的婚姻生活是另一半能与自己朝着一个方向努力，在以后的人生旅途中不管遇到多大的困难都能互相扶持，一起成长，通过共同努力过上我们喜欢的优质品位的生活。现在将自己剩下来，为的就是遇到那个能与自己心心相通，情情相投，一起努力打拼事业一起成长再一起充分享受最美生活的另一半，将自己的婚姻生活过得有滋有味，活色鲜香。我要的爱情和婚姻不是凑合和苟且，而是应该有诗和远方。点点一边挥舞着拳头一边用眼睛环视公寓的装饰摆设一边来回走动一边在心里反复地这么想着。

北漂，人们都说有多少北漂就有多少辛酸泪，但点点觉得她是没有一点心酸和辛酸泪的，她漂来北京才不到 4 年，她的律师职业在北京更有用武之地了，在北京正干得比任何人都欢快，事业正是旺盛时期，即使事业上遇到什么困难和瓶颈，点点她都有化险为夷、化腐朽为神奇的能力，不然她也不会有这分自信，在自己已经过了 30 岁的年龄，主动与男朋友提出分手，自己将自己变成一个名副其实的大龄女青年的。

点点来到这个 30 层公寓的阳台外，放眼望去，夜色下的北京经过下午一场暴雨的洗涤，天空难得的清澈，仿佛能见到星星在天边闪烁，更为难得的是天空中还有一轮朦胧的上弦月在向大地散发着温情的光，而北京城已经被五彩缤纷的霓虹灯点缀得美轮美奂，点点的心绪也像北京的夜空一样，美，美得不能再美。大龄女青年或剩女有什么大不了的，这里是堂堂的中华人民共和国的首都北京，这里什么没有？北京是任有尽有的地方，难道还会没有我点点心仪心爱的另一半？更何况我是要形象有形象要身材有身材要学历有学历要高薪有高薪的点点呢。

二

　　点点妈一大早来到火车票代售点，果断地买了一张到北京的车票，由于是临时的决定，中铺和下铺都没有了，只有上铺，"上铺也要。"只要今天能上火车，明天能到北京，点点妈就心满意足了。

　　点点妈已经快 60 岁了，按理说上铺爬上去还是有些吃力，其实完全可以晚一两天买到中铺或下铺才去，但一想到点点，点点妈在家就待不住了，想碰碰运气，看看火车上那些买了中铺或下铺的人能否补个差价给她换换。

　　虽然现在不是黄金周，也不是寒暑假，更不是节假日，但中国就是人多，火车票任何时候都是供不应求，铁路部门天天都在修铁路，还通了高铁，但似乎永远也赶不上人民群众对火车票的日益需求，点点妈拎着大包小包，里面全部是点点喜欢吃的各种各样的菜，一瓶瓶、一袋袋、一罐罐。一上车，点点妈就将大包小包放在行李架上，她虽然个子不高，但对女儿的爱是无限饱满，多么累的事情，只要想到点点在她眼里面就没有难事。

　　中铺和下铺的人都还没有上来，快开车了，点点妈看见一个小伙子上来了，她心里一喜，等小伙子放好行李，点点妈就展露热情的笑脸，对小伙子说："请问你是下铺吗?"

"是的。"小伙子面无表情地回答。"我想跟你换个铺好不好，我补给你差价。"点点妈笑着对小伙子说。

"对不起，我不想换，我本来就是腰椎盘突出，爬上铺有困难的。"小伙子解释着。

"没有关系，不换算了，谢谢！"点点妈是一个相当有教养的人，虽然她做事风风火火，性格直率，但她还是不会将这些事情放在心上，她想看看那位中铺是什么人，因为对面的及前后左右的中铺下铺已经都来了，有的是带小孩子，有的是老人，与她换铺的可能性为零，最后上来的是一个中老年妇女，点点妈知道问都不要问了，希望彻底破灭。好在点点妈是个乐观主义者，爬上铺就爬上铺，当锻炼身体好了。

点点妈已经退休4年了，她原来在市纪委上班，是公务员。退休后，由于点点爸爸还在上班，加上点点又在北京工作，在家的时候，点点妈就每天上午爬山，下午打打麻将，身体说不上很好，但还是过得去的。

火车一开动，已经是晚上9点了，列车员查完票，点点妈就爬上上铺，一爬上去，虽然个子不大，但也感到上面的天地真小啊，转个身都会觉得会掉下来，点点妈心情有点紧张，心里想，千万千万别掉下来啊，要不然就是给点点添乱了，她心里又有点后悔没有买晚一两天的票，又一想点点要知道她睡上铺肯定会说她："你不会坐飞机或晚一两天来呀。"这样一想，她反而紧张得一点都不敢睡了，整个晚上不敢下来上厕所，怕看不见一脚踩空摔着。火车的轰隆声，其他旅客的呼噜声，此起彼伏，混杂着，交织着，点点妈硬是一个晚上没有睡着一下，眼睁睁地等到天亮，等到火车开进北京西站。

一出北京西站，点点妈一个人拎着这大包小包排队打的士。我的天哪，这北京的天气也是越来越不像话了，沙尘暴和雾霾是不是要将北京包围和淹没了啊，整个北京城就像是机场或火车站的吸烟候车室，估计PM2.5指数已经逼近了1000，每个人的脸上都戴着一个口罩，女孩子们还都用纱巾蒙着脸，点点妈不喜欢出门戴个口罩，因为她听过一个外国专家讲PM2.5的颗粒非常小，仅为头发丝的二十分之一，一般的棉质口罩、一次性口罩和医用口罩根本就无法起到防尘和过滤的作用，另外点点妈觉得戴口罩不但不好呼吸而且还有损北京人的形象，一大街的人搞得个个像神秘大盗样参加化装舞会似的，国际友人看见北京的人们都是这一尊容这一形象，也太不清澈太不给力了吧。点点妈也知道这是北京人民的无奈，抬头看看吧，北京好像下大雾似的，能见度只有几米，人和车虽然都是像在赶什么似的，但就是走不动，面对这样的天气，对北京要说真正地从迷走神经从骨子里面从内心感受从灵魂深处来喜欢它，点点妈还是认为要打折扣的，如果不是因为点点在北京的话，不是母爱大于天的话，她是不会愿意呆在北京的。单是从北京的这个天气来说，点点妈虽然是个适应能力特别强的人，但也有点吃不消，冬天太冷，暖气开得太足，经常会干得让人想流鼻血。北京的季节里只有秋天点点妈还喜欢，特别是香山红叶红得漫山遍野的时候，一眼望去，红红的一片，还是很漂亮的，只可惜现在的空气质量不能让点点妈一眼望去了，北京的冬天也没有什么应季的红花绿叶的，不像点点妈的那个南方小城，一年四季都红花绿叶的养眼。

点点妈没有告诉点点她今天到北京，她知道如果告诉点点，点点肯定不会让她来的，点点妈做事一向就是想到做到，决定了就去做，她大气，做事从来不拖泥带水。

点点妈前天晚上接到点点的电话。

点点在电话里说："妈，我已正式与小王分手了，我提出来的，我真不希望今后的婚姻生活除了吃饭睡觉外，好像一只烧干的壶，撂在火上壶里除了斑斑水垢，什么都没有。"

"分手了就分手了，我们支持你的一切决定，当初我与你爸就觉得小王与你的差距太大，他一个本科生，你说努力就会改变，我们支持你，也相信你，但现在看来改变一个人是很难的，现在分手了，我们仍然支持你，我们也相信你一定会找到你自己满意的人的，你这么优秀，现在只是年龄大了点，其他方面是越来越出色了，相信自己。"点点妈听到点点说与小王分手，心里一怔，但她没有流露出来，她懂得了点点为什么今年不回来过年，说去了巴厘岛旅游，现在看来主要是怕回家过年亲戚朋友问她几时结婚，同时，她用旅游去疗伤了。

"妈，别人说我的胆子也太大了点，一个女孩子已经32岁了，怎么还找得到好对象啊，好的男孩子这个年龄已经找了结婚了，事业有成的男人到这个年龄也会希望找一个年龄小的，而不是像我这样的32岁的大龄女，虽然我形象不错，年薪又高，学历又高，又在外企，但现在的男人都很现实，都希望找年龄小、漂亮的女孩子，学历、事业他们并不看重。现在是我提出分手，就是想跟着心中的感觉走，我不想委屈我自己的心，我有自己的婚姻价值观，自己想过我想过的生活，而不是别人眼中的生活，但我相信我不会孤独终老的。"点点对妈说出了自己的想法。

"你这么想是对的，对自己负责是对的，要为自己而活，而不是为别人眼中的你过生活，我们不需要在意别人的看法，自己的事情自己做主，特别是婚姻大事，这是你自己的事情，与别人无关，就好比鞋子穿在你自己的脚上，合不合适只有自己才知道，所以，你要对自己有信心，更何况缘分是一个人对另一个人的等待，你与小王友好分手说明你们的缘分已经没有了，你的真命天子不是小王，所以你必须再去寻找你的真命天子，他在某个地方等你，你要相信你自己，你不但会嫁得出去，而且还会嫁得很好的。别人怎么说怎么认为那是别人的事情，我们点点就是与别人认为的不一样，就是不一样！要对自己有信心，那是的，我们点点是什么样的女孩子，别人一接触保管不会在意你的年龄，恨不得立即娶回家的，更何况，什么马配什么鞍，我们点点不是优秀的男孩儿我们还不嫁呢，放心，妈妈相信你！"点点妈的口才极好，在关键时刻总会给点点鼓励。

　　放下电话，点点妈与点点爸一个晚上没睡着，不担心是假的，点点妈心里也知道她对点点说的话只是安慰点点罢了，事到如今，难道还要指责点点不顾后果的行为吗？当初，点点与小王谈的时候，点点爸就坚决反对，总觉得整体综合素质都与点点不太相配，总觉得小王不够阳光向上，做事做人显小家子气，但点点正处于热恋之中，说小王人老实可靠，谈了几年下来，说明了点点爸的担心是对的，小王没有人生目标，小富即安的思想渐渐就暴露出来了，这不，他认为比起他在家乡的同学们，他不知道强多少了，所以就懈怠了，人的性格是与生俱来的，江山容易改变，本性是难移的。点点想要改造小王的计划是彻底失败了，只好分手，不然一辈子很长，心里不会痛快淋漓的，所以，点点痛下决心，与小王分手再见。

　　点点说她这段时间与小王分手后，心里很轻松，是一种解脱，这就说明点点的这个决定是对的，但问题是点点这么大年龄了，现在找，可能真的是老难了。点点妈认为女孩子就像股票，在婚姻市场里面，只有在最高位抛出去，找一个各方面都旗鼓相当的男孩子嫁了，才是优质股，不然，等到一切跌入低点，比如说年龄太大了，那就是只垃圾股了，想抛出去，还真就没有优秀的男孩子敢接了，就真正贬值了。所以，一晚上没睡的结果就是，立即去北京，因为，点点每天上班，工作很忙，学习也很忙碌，交际圈子根本就很小，不与人接触，别人怎么会知道你还没有男朋友，没有人介绍，别人怎么会知道你还要交男朋友呀，所以，点点妈决定自己亲自上阵，一刻都不能耽误了，点点妈心中油然而生的是"岁月不饶人呀"的感慨。

三

　　一路顺利，点点妈到达女儿点点租来的公寓，打开门一看，还算整齐干净，一个人住得并没有因为情绪干扰到很颓废很零乱，见此情景，点点妈稍微放心了些，说明真像点点所说，目前心情比原来还轻松，还解脱了。

　　点点妈放下行李打电话给点点，点点听后半天都没有合上嘴，对她妈的突然袭击已经领教过，这次她心里也知道妈妈来的目的，不过点点很高兴妈妈的到来，点点与妈妈无话不说，点点觉得妈妈是个潮妈，做事大气，干净利落，并且很能理解年轻人的心情。点点妈爱学习，对新鲜事物有强烈的好奇心，点点与妈妈沟通一点困难都没有，她们母女之间从来都没有什么代沟，并且妈妈对事物的看法总是很到位，点点妈与谁都能自来熟悉，一见面就能交流起来，与人的沟通没有障碍，而且很招人喜欢，因为她讲究穿着，爱漂亮，虽然个子不高，但不显老，干净讲究，精致得让人舒服，并且为人大方、不计较、不小气、活泼，点点妈每年都在北京住八九个月，与左右邻居与附近菜场的大妈们都熟悉起来了。

　　点点妈放下电话后，整理行李中的东西，将所有吃的放入冰箱，其它用的全部按品种归类，手脚利索地简单梳洗了一下，她就给在北京的朋友打电话，一个个约见面，点点妈知道自己见面的目的是要朋友们帮她留意，帮点点介绍介绍对象。

点点妈打完电话后，一算起码打了有十多个电话，满怀信心地想，大家一起帮她，将身边合适的男孩子一一见面，就不信没有合适点点的。

点点妈对点点还是蛮有信心的，一直以来，点点是点点妈的骄傲。让点点妈感到骄傲的是，点点的学习成绩很好，点点在学习上是那种聪明读书的女孩子，她不读死书，经常只花很少的时间在学习上，她完全掌握了学习方法，每天将第二天老师要讲的课预习好，第二天上课时，对预习的不懂的方面认真听懂，不懂就不耻下问，弄懂为止，所以点点在学习上花的时间不多，因为她像点点妈一样，有好的记忆力，经常一学东西就记住了，而且理解能力也特别强，所以点点的功课特别好。点点多余的时间都用在学习钢琴上，点点的钢琴学习从小学三年级才开始，记得点点当时要她妈妈爸爸买钢琴时，钢琴的价格对点点爸爸妈妈来说是很吃力的，因为点点爸爸妈妈虽然都是国家公务员，但收入在小城市还是不高，可点点想学有兴趣学，这是多难得的啊，其实，点点妈并不知道点点心里怎么想，点点是在电视上看见一个女孩子学钢琴，那种高贵的神情和音乐的美妙是那么地打动她，她希望自己也能成为一个会弹钢琴懂音乐的高贵的女孩子。点点妈与点点爸就商量借钱先买一台钢琴给点点学习，点点妈永远记得，钢琴送来的那天，点点兴奋得满脸通红，坐在钢琴旁不停地弹，虽然当时没人教过她弹，但她自己就是不停地在琴键上弹，见此情景，点点妈妈决定再花高价钱为点点请钢琴老师，但是，由于点点所在的小县城钢琴老师的水平都不是很高，点点妈怕点点一开始就学坏了习惯，所以决定到离县城两小时的省会城市去请老师教点点，每个周末，点点爸爸和妈妈就带点点去省会城市上钢琴课，点点小时候一坐汽车就晕车，为了上钢琴课，点点是坐一路呕吐一路，一到老师那里就擦干净嘴巴坐在钢琴边认真学，下课后又坐两个多小时公共汽车，又是一路呕吐回家，有时点点爸妈看见点点这么辛苦都心疼得想放弃，但点点自己不同意，因为她知道要成为自己希望的那样的人，就要吃得苦中苦的。更何况她通过学钢琴真正是发自内心地喜欢上了钢琴美妙的声音。而且老师又总是夸点点的悟性好，一学就会。就这样，点点从小学三年级一直学到中学毕业，每一级的钢琴考级，点点都是一次过，而且是一级一级地赶着考，最后通过了钢琴8级考试，一路学钢琴的结果是，点点不但弹得一手好钢琴，而且到了最后，点点坐车都不晕车了，一级一级的钢琴考试，她是一边完成文化课的学习，一边钢琴考级，钢琴老师很喜欢点点，要她在这个方面发展，但点点没有同意，老师说点点有艺术天赋，但点点认为钢琴只能成为她的业余爱好，她的理想是今后当个大律师。

点点以优异的成绩考上重点高中，在高中阶段，她是活跃分子，在班上是班长，在年级是学校各种比赛的组织者和主持人，还负责学校的一些考勤广播通知检查等方面的事务性活动。由于她的能干，所以学校每次竞选学生会主席时，都是以绝对优势当选，尤其可贵的是，这些课外活动并没有影响她的学习成绩，反而是让她的组织能力得到锻炼了，因为她用在学习的时间分配得很好，最后，她是以市文科状元的身份考入重点大学的。

大学期间，点点选择的专业是她最喜欢的法律专业，这所南方的重点大学，最强的专业就是法律，当时，进入这个专业的录取分数线高出这所大学近30分，点点如愿以偿了。

大二的时候，她就着手托福英语考试，大学一毕业，点点的托福成绩已经高分拿在手中，大学毕业后，她又申请英国最好的牛津大学学习法律硕士，并且用一年多的时间在这个大学就光荣毕业，要知道，英国很多政务大臣都是这个大学毕业的，在高手林立的牛津大学，法律专业的硕士很难一年多毕业的，因为专业名词就让人记得晕头转向，何况还有那么多的法律法规，加上又是英语，但点点又是以优异的成绩拿到法律硕士。在英国期间，放假时，点点在金融中心谋得了实习的机会，毕业后，点点本可以留在英国，有一家金融公司可以给她工作机会，点点放弃了，她毅然回国，因为她看到中国的法律市场真的需要很多的人才，她觉得在中国的前景比英国还大，点点回国后直接到了深圳，在深圳，她谋得一份著名律师事务所的工作机会，在深圳的这家公司，点点主要从事的是证券和上市方面的法律业务工作，有幸的是，到公司三年多后，她以她的才华，获得公司高层的欣赏，参与了几个知名大企业和公司的上市法律咨询和帮助上市的全套法律支持，获得很高的评价，在帮助这些企业公司上市的过程中，她用吃苦耐劳细致勤奋的精神获得大家的肯定和赞赏，并且，年薪年年番涨，这在同龄人中是不多见的。

点点很快就被猎头盯上了，很多大的外企、国企都出高价想聘用点点，点点最后从深圳来到了北京，在北京的一家著名外企从事证券及上市方面的法律工作。

点点确实是点点妈的骄傲，高考在县城出了名，很多的家长都向点点妈取经。点点妈也就开心地告诉大家如何教育孩子，重点是尊重孩子的想法，当然，孩子的想法和要求是在合理的情况下才能最大限度地满足，而无理取闹时也会毫不留情地给否决掉，这是点点妈的经验，点点妈对每个来向她取经的父母们都会语重心长地说："对孩子关键在于正确引导，在于让孩子有颗健康阳光向上的心。"

点点妈的眼光停留在点点梳妆台的照片上，这么优秀这么漂亮的点点一定会找到一个好对象的，点点妈的心里又充满了很大的信心。

点点妈坐下来想了想，10多个朋友，一天安排一个见面都要10多天啊，时间在这时就不单是金钱而是一切了，不行，点点妈想，这样时间太长了，要改变一下，必须一天同时见几个朋友，点点妈约他们午餐时在小区附近的那家玫园西餐厅吃饭，分三天，同时请完他们，一来大家互相聚聚，二来点点妈将点点找男朋友的事拜托一下这些叔叔阿姨帮忙留心，想到这，她又拿起电话，将每个朋友打电话确认一下，他们什么时候有时间，将每个有同样时间的朋友放在一起，虽然说，点点妈在北京的朋友几乎都是退休的了，但每家都有每家的事情，给时间由他们自己定既尊重了他们，又让他们心情愉快来相聚。

电话一打差不多两个小时就过去了，点点妈想到自己到现在还没有喝口水，没有吃饭，肚子已经造反了，刚才的忙碌一过，饥饿感就排山倒海般涌来，点点妈赶紧用电炉煮了两个荷包蛋，狼吞虎咽地吃了下去，吃饱后，疲劳突然阵阵袭来，点点妈赶紧在沙发上拿来靠枕半躺下。

点点下班回家，看见妈妈睡在沙发上，给她盖上一条冷气被子，点点妈突然惊醒，说："你下班了？啊，我睡着了。"

"你再睡会吧，我来做饭，你肯定是昨晚没睡好。"点点看着妈妈心疼地说。

"昨晚是没睡好，没关系，我来做饭。"点点妈不会告诉点点她购买的是上铺票，要不然点点又会抱怨她不买飞机票，省这点钱，把身体搞坏了划不来。

母女俩一起做饭吃，饭后，点点笑着对妈说："你肯定急死了吧，你女儿成了名副其实的齐天大剩的剩女了，这么急赶过来就是为了这事吧？"

"我们的点点剩了才好呢，就会陪老妈啊，我才不急呢。"点点妈也故作轻松地说。

"这才像我的妈妈，我点点是什么人呀，还会嫁不出去？"点点对妈说。

"我也这么认为，我的点点这么优秀，怎么会嫁不出去呢，除非全世界的男人都色盲了，你是金子，会发光的金子，会照耀到优秀的男人的眼睛的，说不定你的真命天子正在东张西望地到处找你呢。"点点妈用肯定的眼光注视着点点说。

点点的眼圈一下子红了，眼泪差点掉下来了。正要说什么，点点妈夸张地笑着对点点说："少来那些鳄鱼眼泪啊，不像你的风格，这点自信都没有，怎么说来的啊，对，对，天涯何处无芳草，过去的，过去了就过去了，要放下，放下！"

点点马上转为笑脸，故意对妈说："你可能是天下最霸道的妈妈，人家伤感一下还不允许哭，也不允许撒娇，一点母爱都没有。"

"母爱是不能太泛滥的，母爱要用在什么地方，你都知道啊，北京是不相信眼泪的。"点点妈得意地说。

点点和妈一起收拾好饭桌、厨房后，点点边换运动服边对妈妈说："你早点睡吧，不要等我，我去跑步。"

"好，你去吧，现在每晚跑多远？"点点妈知道点点一直坚持晚上没事情就去跑步，所以她的身材都很好，很健康。

"现在每晚大概 10 公里，有时会少一点，现在空气质量不好，雾霾太重，有时我都没有去跑步，今天傍晚下了雨空气质量好一点，我走了。"点点招招手走了。

点点妈看着点点离开的背影，心里叹了口气。她没有把她要进行的广而告知的事情告诉点点，怕点点的自尊心受不了，要装作不经意地谈到那个阿姨或叔叔认识的男孩子才行。

四

第二天，点点妈等点点上班后，赶紧去菜场买菜，因为中午有 5 个人见面吃饭，点点妈在菜场，那些菜农都亲切地与点点妈打招呼："点点妈，好长时间没见到你来买菜了。"

"我回老家去了，昨天才回来。"点点妈满脸笑容回答大家。

买完菜回家都已经 10 点 50 分了，点点妈照照镜子，感觉自己还不错，就先去玫园西餐厅定台点菜。

点点妈点好菜，一看表已经 11 点 20 分了，就坐在那里面等大家。

一会儿大家都陆续到了，见面都是说："你可回来了，我们都想你啊，你在这里，我们晚上还会一起跳广场舞，你不在都没有人组织了，现在你回来就好了。"

"那大家一起按原来的时间再继续跳好不好。"点点妈说。

"好啊好啊，继续继续，身体是我们自己的，还是要动才行。"大家又都说，边说边吃，各家的情况都交流得差不多的时候，饭也吃得接近尾声时，点点妈妈装作不经意地对大家说："我们家点点去年与那个小王分手了，我还要拜托各位叔叔阿姨帮我留意一下有没有合适她的男孩子。"

"分手了，我们早就说过那个男孩子配不上点点，分了也好，点点今年多大了？"王阿姨抢先问。

"就是年龄大了，今年就进32岁了，怎么办，我都有些担心。"点点妈说。

"年龄是大了点，但没关系，点点长得好，又是海归，收入又高，学历又高，很优秀的。"王阿姨说。

"现在的社会现象也不知道是怎么回事，越优秀越难找。"李叔在一边说。

"点点条件这么好，我看啦，大家帮忙留意的时候重点放在这几个方面：一是一定要有北京户口，这是关键之关键，你想，有了北京户口，以后点点生孩子，上医院、上学，一直到上大学都省不少心，又省很多钱，是不是？"钱阿姨原来是一个医院的副院长，所以说话总喜欢一说就是抓重点，有条理，钱阿姨的第二还没有来得及说，大家就七嘴八舌地插话了。

"那是，那是，一定要有北京户口，以后孩子不遭罪，特别是高考，北京户口上北京的大学分数线都低些，像点点那么优秀的，生个孩子那还不得上清华、北大啊，那是要找有北京户口的，分数低些，就容易进些，是不是？"王阿姨又抢先说了。

"第二呢，我看点点找的这个男孩儿最好是海归，他们都在国外呆过，共同语言肯定多些。"钱阿姨接着说。

"那是，那是，年轻人都讲究有共同语言的。"大家又附和着说。

"第三呢，我看男孩子个头不要太矮，是不是，点点个子我看不矮，有多高来着？"钱阿姨对着点点妈问道。

"点点165公分高。"点点妈回答说。

"是吧，个子较高，男孩子起码要175公分以上，看上去才相配吧，大家说，是不是？"

"那是，那是。""必须的，必须的。"大家又附和着。

"我觉得关键是人要好，对点点好就行了，当然，要符合以上这些条件的就更好，所以就拜托各位叔叔阿姨了，我代点点谢谢各位叔叔阿姨了。"点点妈说，"大家要吃啊，要不要再加点什么菜？"

"吃好了，吃好了，不要加菜了。"大家吃完后都要回家去睡午觉了，点点妈知道年纪大了中午要休息一下。"谢谢你们了！"

大家各自走了以后，点点妈回到家里面，躺在床上怎么也睡不着，以前她一吃完午饭倒下就睡，今天，大家你一言我一语说得点点妈觉到都有道理，但同时有一种压力，好的条件的男孩儿早就被人家盯着了，早就有主了，还会真的在等你们家点点么？

点点妈想明天看看那些朋友们怎么说吧，点点妈还乐观地想，一个朋友认识起码有 10 个人，10 个人又认识 10 个人，这样循环下去，就是一个庞大的帮点点物色男朋友的桥梁团队了，在众多的男孩儿中，点点还可以多选择一下吧。想到这里，点点妈又宽慰了不少。

第二天、第三天，同样的地点玫园西餐厅，同样差不多的人数，仔细一看，点点妈发现第二天比昨天还多来了一个人，第三天更是多了两个人。点点妈从来在大事上不吝啬钱，她做事从来都是大手笔，她想，知道点点要找男朋友的人越多对点点越有好处，大家发现目标会告诉她呀，所以来的人越多，点点妈越高兴。

点点妈是一个特别明事理的人，她知道，自己家在北京不是有靠山、有背景，自己家也不是大款，那么，点点妈在北京就是典型的"无房无车无背景无财富"的四无人员，虽说点点年薪近百万元，但在外面什么福利都没有，什么都要自己掏钱，真金白银花去才能得到自己想要的，何况，点点在北京目前还买不起房子，点点不想买离上班太远的房子，五环以内的房子的房价没有 5 万元以下的，北京的房价那真不是普通老百姓能理解和接受的，北京的一万元，真的只能或者干脆说就相当于点点妈老家那个小城市的 100 元的价值，有时候，点点妈想不明白的是，北京建的房子难道都是用黄金做的材料么，随便 5 万元、6 万元、7 万元一平方米，有的还要 10 多万元一平方米，还大部分不带装修，我的天哪，如果没有个流动资金 600 万元以上在手里，想都不要去想在北京买房，那只能买空气，当然，北京的空气质量指数还不好，干脆什么都别买好了。

记得点点妈在点点刚到北京的时候，就大张旗鼓、满怀信心、热血沸腾地去看房，因为她将家里面的所有流动资金、两老口子一辈子的积蓄都拿来，加上点点平时的孝敬钱不多不少也有 100 万元哪，哪知道她一摆开那架势，就僵在那里，那个张开的嘴巴就没能合上，一看那房价，总以为自己看错了，每次都揉着眼睛再看一遍，总以为自己多看了一个零，是自己老花眼的缘故，反复问那些销售人员之后，她的心那真是拔凉拔凉的，100 万元在北京这里，只能买一个小厕所，别说客厅和卧室了，厨房更别想了，别说买不起房，就是买起了恐怕也只能喝喝西北风了。点点妈其实是个跟得上形势的人，她关心国家大事，也关心国际民生，她知道北京这些大城市的房价是贵，并且北京的房价贵点也是应该的，谁让全国人民都向往北京，都拥向北京啊，而北京的地盘就只有那么大的资源，所以贵一点是肯定的，只是北京房价的这种贵已经彻底超出了点点妈的想象，也已经彻底打垮了点点妈目前在北京买房的信心。

　　点点妈认为这不是房价而是黄金价，不，应该是钻石价，这么贵，我用这个钱来买黄金还能保值呢，战争起来还能带走，在国际上还能通兑变现呢，要不就用这个买房子的钱买钻石，钻石还永远可以流传，可以恒久远哩，房子什么都不是，这么贵，还只有70年的使用权，国外还私有化一下，而北京别说私有了，就是使用还绝大多数不接地气，大部分还只能住在高高的半空中，因为北京地少资源少所有的商品房都是建得很高很高的楼，住在几十楼的房间里面，一到雾霾天气，满眼望去，全是云雾，让人弄不清是在天上还是在人间。

　　点点妈在老家的时候，他们家只花了20万元建了一栋三层楼的别墅，那也是装修后的价啊，点点妈家的那个别墅建设得时尚大气，前面就对着绿江，背靠着西山，环境空气都相当的好，当时别人还觉得，点点家真有钱啊，因为点点帮父母出钱建的，特别是别人一听点点每年的年薪是近百万元，都羡慕得不得了，要知道，那是点点妈们一辈子也挣不到的天文数字呀，只是听说而已，何况，点点很能干，从英国留学回来后，在深圳工作的第二年，就果断贷款购买了一套两室一厅，现在已经还完贷款了，点点来北京就将其放租，每个月能租到3500元。点点在北京租一个一房一厅公寓都要5000元，北京的房价真的是北京人的骄傲啊，点点妈想，北京有房子的人个个都是真正的大款，特别是那些在五环以内的有房人那才真是大款，那才真是牛啊。点点妈记得那天看完房回到租的公寓，满脸严肃地对点点说："我决定了，我们不在北京买房，不当那个什么房奴，我们就租，也不去贷款购买房子了，让自己将日子过顺心些，我这里100万元，就自己好好花，我就不信这个邪，这样的房价，几个老百姓能买得起，老百姓没房住，中央领导脸上也没光，再大的国家，再繁荣有什么用，老百姓的住房问题都没解决，人家国际上不笑话你们中国才怪呢，我相信，这个房价，中央领导肯定会管，不会只涨不跌，等跌到我们买得起的时候再买吧。郊区便宜点，也要一、二万元一平方米，还那么远，每天上下班在路上的时间加起来可以去养大几个月的孩子了，太不值得了，人生就那么活几十年，生活质量都没有了，不行，我们现在不买房！坚决不买房！"

　　"我举双手双脚同意！"点点说，"我严重赞同妈妈的决定！"

　　从在北京看房子的那一时刻起，点点妈就真正体会到了在北京有着一辈子都可能买不起的房价。

点点妈将自己的思绪拉回来，看见桌上的那些朋友们，心里还是很高兴的，只要人家肯来，就是给你面子，这也说明点点妈的人缘绝对好，因为点点妈也知道北京人的那个德性，皇城根下的主，哪个不是鼻孔朝上，哪个不是牛气熏天，就连开出租车的司机，在大街上拉着你的时候，都能跟你讲半天政治，特别是政府的那些重大机密，他们说得头头是道，好像国务院是他们家开的似的，那个口气，你不得不佩服，用北京人时髦的话说那是一种"范儿"。北京人是皇城脚下土生土长的子民，总有一种主人翁的心气。无论是胡同里面的大爷在高谈阔论国家大事，还是在地铁演出的摇滚明星大声唱着跑调的歌，无一不透露出北京人特有的主人翁的"范儿"。

记得有一次点点妈就看见一北京大妈手臂戴着红袖套在外执勤时，逮住一位向地上吐痰的外地中年人教育："哎哎，我说同志，你口中的痰能不能不随地吐？要知道，这不是在你家呢，这是北京！北京！你懂吗？什么素质！""我实在不是有意的，但我也是忍不住了，不然的话我就会、会呛死的。"外地男人老实巴交地嘀咕。"什么，什么，你还有理，告诉你吧，随地吐痰就是不对，这是北京，你的素质严重影响到北京人的形象，你知不知道啊，北京是国际化大都市，很多的外国友人在北京，你的行为，严重影响了中国人的形象，不单单是北京人的形象，你知道吗？怎么办，有痰了要咽回肚子里面去，知道吗？北京是政治中心，每个人的形象都关系到中国的政治地位。"北京大妈用轻蔑的眼神狠狠地盯住那个外地男人说。点点妈也觉得那个外地人随地乱吐痰的行为很不对，严重地不对！但对那个北京大妈的眼神和口吻点点妈心里有保留意见，本来在理的一个事情，好好对别人说，可能会舒服多了，但，这就是北京人的性格，北京人与别人一见面，先问你是哪里人从哪里来，再问你来北京多长时间了，再决定与你谈话的内容和时间的长短，所以点点妈知道北京人对外地人，特别是小城市来的人，能正眼瞅瞅你就是天大的恩赐了。

点点妈一开口，就是得体的一番话，说得大家心里暖洋洋的："呀，各位大哥姐妹们，今天是春节后我第一次回到北京，在老家的时候，你们还别说，我真的挺想念你们的。人们都说，在家靠亲人，出门就靠朋友，我们点点一人在北京，我来帮帮她打理生活，在北京也是多谢你们这些阿姨们的关照，我以茶代酒敬大家，今天，一来是过年后，我们大家聚聚，二来呢，我这里也有一事拜托各位阿姨帮我们点点留意一下有没有合适的男孩子，介绍个对象给她，让她成家，好让我早点抱外孙啊。"

点点妈将点点的大概情况又介绍了一遍，大家听完后，又好不热闹说了起来，"要找了，要找了，再不找就不好找了，虽然点点条件好，但与点点能匹配的男孩子在这个年龄段都差不多成家了，即使没成家也都名草有主了，是不是?"苏阿姨接话说。

"是的是的，点点妈，你知不知道啊，北京有很多的大龄女孩子条件都很不错的，现在是男孩儿珍贵得不得了，阴盛阳衰，当然，点点还是不要急的，会找得到的，当然这个不要急不是说还可以拖，不能拖了，那是千万拖不得的了，点点优秀，会找得到的啊。"高姐又说。

"不是么，因为我们家点点天天上班下班，没有什么机会接触外面的人，交际圈子太小了，加上点点又爱学习，有点时间就抱本书在看，这孩子很单纯，也很阳光，很健康向上的，所以请各位阿姨帮忙把这事放在心上了。"点点妈说。

同样的开场白，同样的热络话题，同样温暖人心的语言，氛围是老好老好的。三次聚会下来，点点妈花了3000多元，点点妈不去心疼这个钱，因为她知道你没资源，你就得花钱利用别人的资源，何况这都是为了点点的终身大事。

点点妈没有将她请大家吃饭的事情告诉点点，请三次客，已经将她一个月的退休工资全赔进去了，好在点点妈是公职退休，但点点妈的退休是不能跟北京、上海、广州的退休工资相比的，像点点妈这样级别在北京退休最少有7000多元一个月，人家说这地区差不平等，因为点点妈家的城市虽然不大，以前是县现在是县级市，但物价其实一点都不比北京低，有时还要高些，收入少，物价贵，因为北京有很多对本市民的福利政策，点点妈随便举一样，就说坐公共汽车吧，点点妈老家的公共汽车起步价就是1元，按站还要加价，而北京的公共汽车怎么坐都只要5毛钱，我的天哪，北京从东边到西边，路又远整个北京本来就大，可人家北京市民5毛钱就可以从东玩到西了，地铁也便宜得很，说降低公共汽车和地铁的票价费，是为解决北京交通拥堵的问题，让市民都坐公共汽车，可是不知道，有车的还不是照样开啊，点点妈经常说的一句话就是："全国人民的福利都给你们北京人民享受了"。

点点妈知道点点不会心疼这个钱，但点点要面子，这样大张旗鼓地要阿姨们帮她找对象，她又有些接受不了，这么优秀的一个女孩子，难道落到没人要的地步了? 那未免太伤自尊了吧。

五

　　过了一个星期，点点妈没有接到大家的电话，有些急了，但又不好显得太沉不住气了，点点妈每天在外面转悠，希望能遇上那些她请过的叔叔阿姨们，她想，他们看见她就会知道她的心思，就会放在心上的。然而，奇怪的是，平时不经意的时间总是会遇到很多的熟人，大家都是差不多时间去买菜的，现在有心去碰他们却一个也看不到。

　　过了8天，点点妈终于等到了钱阿姨的电话，说她们医院有一个内科医生，34岁了，北京人，父母在北京有一套房子，他自己有一套两居室，个头也有175公分高，觉得跟点点应该相配，只是那个医生没有点点那么高收入，没出国留学，但也是医学硕士。想先问问她们的意见才去与那个医生讲。点点妈一听高兴坏了，北京人，有房子，个头还不错。忙跟王阿姨说："好的，好的，可以，可以，谢谢了！""那我去跟男医生讲了，等我消息吧。"王阿姨热情地说。

　　点点妈觉得这个钱阿姨还是不错的，这个未曾见面的男孩子年龄、个头、职业、户口、房子都不错，就看他们有没有缘分了。点点妈心里那个高兴啊，居然唱起了歌。等点点下班回家，迫不及待地将这一消息告诉了点点，点点却对妈说："我才不去相什么亲呢！我不需要去相亲的，妈你就别操心了啊，我自己的事情自己会解决好的。"

"看看你也别太自信了，你的年龄摆在这里，所以见见面吧，反正随缘。"

"别，别，如果相亲能解决我的另一半，我相信那也会是我不要的那种婚姻，妈，你就相信你的女儿吧，别搞什么相亲的，我要找的是一个相同层次，能共同成长还要有很好生活品位的男人，被拉去相亲的基本上都是没有什么能力的人，你说是不是？能是我的菜吗？"

"你别一天到晚满脑子还是那些虚里巴叽的东西，现实点吧，点点，婚姻哪有那么多标准和要求，也别来那么多的罗曼蒂克，哪家不是柴米油盐、生儿育女，现实点啊，我们不玩这些虚的，你年龄不小了，我们也玩不起了。"点点妈知道点点要面子，知道点点自信和骄傲得以为自己不得了，但年龄已经没有自信骄傲的优势了。

每天看着妈那副焦虑的样子，点点心里也被她的焦虑弄得发毛，因为这段时间也真是没有什么机会遇到那些合适的优秀男士，点点不急但妈妈着急呀。

一天，二天，三天过去了，点点妈没有听到钱阿姨的回话，有点坐不住了，天天开着手机，怕自己没有听到，以前晚上是关手机睡的，现在手机是24小时开机。到了第四天，点点妈有点心里煎熬不住了，想主动打个电话，但又不好把人家催太急，点点妈的心里那个焦虑啊，到第四天的晚上，终于等到钱阿姨来电话："点点妈，不好意思啊，我同那个医生讲了，他说他想找个年龄小一些的，不好意思啊，我再帮你留意啊。"

"谢谢你啊，没关系，让你费心了，再次谢谢你啊。"点点妈心里一沉，但语言上还是表现得很得体。

是的，34岁的男的，要找20多岁的女的，20多岁的男的，要找20多岁的女的，40多岁的男的，50多岁的男的，要找的也是20多岁的女的，连80多岁的男的，也要找20多岁的女的。这个世界真让人看不懂了，点点妈心里无比愤怒和不平。

30岁，成了女孩子能不能找到男朋友的分水岭。何况现在点点还32岁了，好像没有天理一样，怎么会这么大了还没有找对象结婚呢？真的是不是像人们所说的女人30豆腐渣了，男人30一枝花，照点点妈看，现在是男人不但30岁是一枝花，40岁、50岁甚至于60都是一枝花了，何况还有80多岁找20多岁的呀。现在30岁以下的，已经是到了男人找女朋友的最基本最基本的要求，所以现在的女孩子，从高中就开始谈恋爱，有的甚至于小学、初中就开始谈恋爱，在大学，如果一个女孩子没有谈恋爱，没有男朋友，人们都会投来异样的眼光：

"你丫是不是有毛病啊？"不解的眼神，迷惑的眼神，怀疑的眼神，直射得让没有谈恋爱的你心慌意乱，好像是做了什么大逆不道的事，违背了人类普遍的生存定律和生理定律似的，那眼光直射得你本来正常不过的思维和情感都变得怀疑自己是不是有什么问题。

难怪现在参加相亲节目的女孩有的才20岁，甚至于还没有达到法定年龄，虚报年龄就来登台找对象，有的父母还将自己的女儿找对象事情列为人生的第一等大事，什么学习、事业、赚钱啊，那都是男人的事情，学不学不要紧，有没有知识水平不要紧，有没有本领更不要紧，要紧的是趁自己还年轻，还是刚刚冒尖的出水芙蓉，趁着水嫩、新鲜，以自己年轻的天然姿势，与那些事业有成、收入丰厚的优质女争夺优质男人的资源，本来优质男人就是稀缺，现在的男人找女孩子的市场前景广阔得不得了，随便一个普通得不能再普通的男人，只要有北京户口，就是香馍馍，更别说那些事业有成、有房有车、有北京户口的男孩儿了，他们就是上天的宠儿，以至于他们对女孩子的挑三拣四显得如此地理直气壮。而现在的女孩子包括父母都认为干得好不如嫁得好。坐享其成多好，所以现在有的女孩子不管是什么学历，只要能嫁给一个事业有成的多金男就行，不管对方什么年龄、什么学历、什么出身，是否已经结婚，只要她认为自己想得到的就会不顾一切手段，有的甚至于希望哪怕自己遇到一个有钱或有权的男人，有没有爱情都无所谓，有的将那些已经结婚的男人从原配夫人手中掠夺过来，并且是以胜利者的姿态向世人宣布自己的战利品——优质男，哪怕对方老得可以做自己的父亲也无所谓。

点点妈会经常想，这个世道和世界变得如此地陌生了，是不是她落伍了呢？人们的观念难道都是如此地男尊女卑了，男女平等的观念永远没法实现了，特别是在男女结婚这个事件之上，更是如此了吗？为什么人们总是将男女的相亲相爱搞得如此复杂，将年龄、户口、房子、车子等外在因素看得比男女本身的感情、志趣、情感、爱好、理念、本质、品质、道德、情操等等还重要，男女双方的结婚和结合，不是让彼此达到身心愉快，而是将这些外在的东西糅入这种关系之中，使本来很神圣、很高尚、很愉快的关系变得世俗化了，这个世界变得如此之快，她真是看不懂看不明白了。

点点妈望着北京雾霾很重的天空，心情像这种说不出什么情绪的天气一样，迷雾重重，一点都不明朗，最近北京的天气好像在响应点点妈的心情一样，成天没个明朗的时候，几百米外就什么也看不清楚，点点妈心想，难怪好男孩子都看不见了，看不清了，也不出现了，天气都是这般的雾朦胧、月朦胧、鸟朦胧的，好像现在北京天空的雾霾和点点妈心中对点点找那个未知的对象一样，都成为了雾中国的一个组成部分，北京城什么时候才能破雾，迎接云开雾散的那一天呀，点点妈想，我们可不想等北京城云开雾散的那一天点点才能找到对象啊，因为这个工程太遥远了，我只想将心中的雾霾快快散去，让点点找到对象结婚的那一刻。可现在点点妈不知点点的对象会在什么时候出现，不知点点的婚姻会以什么方式开始，点点妈的心情真是烦躁到了极点，这样一个本来很简单或本来很令她骄傲的事情，现在却使她陷入了前所未有的恐慌。点点妈有时觉得依她的性格，如果知道哪个男孩儿可以与她们家点点相匹配，她会恨不得冲到那个男孩子的家里面，一把将他拉出来，在众亲友面前展览一番，然后，该干嘛的就干嘛的去，她真不想为这样一个事情费什么神了。

话又说回来，点点妈心里的烦只是自己的内心烦，对于结婚找对象这件事情，点点妈还是有她的做人看问题的原则的。点点妈当然知道现在的孩子的压力都很大，工作的压力，竞争的压力，以后现实生活中的房子、车子、孩子的压力，特别是以后孩子上幼儿园、小学、中学、大学的一系列的压力都很大，都很现实。但点点妈觉得可以理解这些压力的存在，但为什么不换位思考一下呢，以前点点妈与点点爸谈恋爱时，第一要素就是这个对象是我要与之终身相过一辈子的，他的一切如人品、兴趣、道德怎么样，是否爱学习，是否有共同爱好点，生活方式和生活理念是否相同列为重要考虑的因素，至于那些有多少钱，有多少车，户口在哪里，家庭背景如何，统统没有考虑进去，有这些最好，但也不会成为必要条件，因为你是与人结婚而不是与那些户口、房子、车子结婚，与你过一辈子的是对方这个人，而不是那些房子、车子、户口。有能力的人，这些都会挣到，共同打拼的日子可能会比那些为了户口、房子、车子凑合在一起过日子的夫妻过得幸福有滋有味得多，人活在这个世界上就是几十年，为了什么，奋斗的目标也是为了让生活品质好一些，而不是凑合着过那些没有趣味没有品质的生活。当然，现在时代不同了，别人说，有了这些，生活中可以少打拼很多年，哪怕与结婚的男人没有一点共同点都有可以找到内心的平衡点，不过每个人都有自己的标准。

六

　　"妈，我今晚去看演唱会，吃了晚饭就去，你帮我将那件黑色连衣裙找出来好吗?"点点下午打电话给妈妈。

　　"好的，我早点做好晚饭，你一回来就可以，大概 7 点左右你就可以出门看演唱会了。"点点妈说。

　　"谢谢妈!"点点在电话对妈飞一个吻。

　　点点妈在点点的脸上却看不出一丝一毫的焦虑，依然笑眯眯，依然上班、下班、跑步、看演唱会、听音乐、弹钢琴，依然每天忙忙碌碌的，点点妈看着点点这样子就会想，她倒好，一副不知愁滋味的模样，真是皇帝不急太监急呀。

　　点点妈不断地与那些朋友为点点的事进行沟通交流，点点妈也不放弃与左右邻居交流的机会。那天，点点妈看见对面 2 号房的妈妈过来帮儿子打扫房间，主动在电梯里面与 2 号房的妈妈交谈："你一个星期来为儿子打扫一下房子，你儿子是干什么的呀? 他结婚了没有呢?"因为点点妈在电梯里面曾经见过 2 号房的房主，大概有 178 公分高的个子，形象也符合点点要求，如果两人配在一起的话还很般配的。

　　"我儿子以前跟别人干，现在自己开了一家公司，还没有结婚呢。" 2 号房妈妈笑着对点点妈说。电梯已经到了，不能纠缠别人再聊下去了，何况还不熟悉呢，只是邻居点头打招呼而已。

等2号房妈妈走远，点点妈心里就活动开了，没有结婚，哪有没有对象呢，曾经好像看见过一个女孩子在这个2号房出现，但没有见过几次，是不是女朋友也不知道，如果没有女朋友就好了，2号房的年龄看上去与点点也差不多。

点点妈心里又多出了一份希望与期待，下次遇到2号房妈妈一定问问她儿子有没有女朋友。这样，点点妈心里就对2号房多了一些关注与关心，反正每个星期2号房妈妈会来打扫一次卫生，一定要打听清楚。

星期三上午9点多，点点妈出门准备上菜场，看见2号房妈妈来了，主动上去问候打招呼，聊了两句天气，完毕点点妈装做不经意地问2号房妈妈："你儿子还是很不错的，他找女朋友了没有？有对象了吗？"

"他有女朋友了，有一个谈了三年的对象了，今年可能要结婚。"2号房妈妈笑着说。

点点妈心里一阵失落，但还是笑着说："那恭喜了，我去买菜了。"

点点妈来到菜市场，今天的心情没有那么明朗，随便买了一点菜就急急赶回家了。能不急吗？好一点的都有了对象，而差一点的不知道是不是还在妈妈的肚子里面没出生，都还没有一点影子。

中餐点点是不回家吃的，点点妈没有什么心情，随便打发了自己几口，吃在嘴里面是什么她是一点滋味都没有吃出来，吃完饭后想睡一会，无奈一点睡意都没有，心里急，内火也就上来了，点点妈以前其实是个放得下事的人，遇到任何事情她会应该吃的时候吃，应该喝的时候喝，应该睡的时候睡，现在不知是不是年纪大了，反而这么不淡定了，内心特别的急，为点点的这个事情，内心特别的焦虑。并且是自己的内心焦虑还不能给点点讲，弊在心里这个难受啊，而点点妈是个心里根本就隐藏不住事的主，有时候，她也会无奈地笑自己，以前那个天塌下来都能照吃照喝的点点妈已经一去不复返了。

到了下午4点多钟的时候，点点妈接到苏阿姨的电话："点点妈，我认识一个个头只有168公分高的IT男，年薪有20多万元，有一个小房子，年龄是33岁，但不知道是不是北京户口，您觉得怎么样？"

"好啊，好啊，个子虽说是不高，但主要是人好就行，人才是关键呢，您说是不是？谢谢您呀，苏阿姨。"点点妈心想，要见见面才行，不见面怎么知道合不合适呢，因为情人眼里面是出西施的，只要对上了眼，什么样的个子都不会在意了。

约好星期五的晚上见面，点点妈等点点下班回家，跟点点一讲，点点一听对点点妈说："妈，你硬是怕我嫁不出去呀，你也太小看我点点了吧，为什么非要拉我去见这些八杆子打不着边的人呀？"

"你不去相亲，你怎么能接触到那些合适的男孩子啊，你每天还是这样一副无所谓的样子，你都不知道我急都急死了，别人都在关心你，你年龄真是不小了，见见面又不损失什么，你要听话，如果你要让我快乐，你就要赶快找对象，不然真的会嫁不出去的。"

"你就对我这么没信心呀，年龄大又怎么了，我都说了不要你操心，你还真是上劲了，这样的个头，如果我穿高跟鞋子那不是比我还矮了，那不行。"

"如果他矮得白白胖胖的呢？如果他腰板儿硬朗的，就不会觉得矮了，见面后再下结论好不好？"点点妈在这种事情上，原则不退步地坚持。

僵持了三天，点点妈对点点说："如果你不去相亲，那你就不要认我这个妈了。又不是让你一定跟他结婚，多接触人才会有机会，才会找到你想要找的那个人。"

"你知不知道这样是很违背我做人的原则的，相亲，太伤自尊了。"点点不高兴地说。

"听话，点点，妈妈不会害你，为你好，别管那些伤自尊不自尊的了，你看，现在多少人还上电视节目去找对象呢，你也要转变一些观念了。"点点妈连哄带骗带威胁地对点点说。

反感反抗全部没用，点点在妈妈的威逼下只好答应星期五晚上去见面，星期五那天晚上，点点去了不到1个小时就回来了，点点妈一算，除去路上来回的时间，他们之间的见面也可能不会超过30分钟，一问，点点回来就笑着说："你做好事，也不怕你的女儿掉价呀，这样的男人也配与我相亲，与我见面整个过程，他都没有敢正眼看我一下，他严重的自卑到都不敢抬头与我说话，我还是很有耐心地跟他说这说那，最后，我也是坦诚地说了我对他的看法，我说我们俩肯定不合适，但我觉得他今后要找女朋友还是要有自信心，这是他目前内心最缺乏的一种内在的东西或者气质，我希望他能早日找到他如意的女孩子。"

"这个肯定是不行了，但是你光有自信也不行啊，你必须与人接触才能让人认识你，认识你以后才能谈得上合不合适，也才能谈得上有没有什么共同的婚姻价值观，你不能绝对地说那些相亲的人都是没本事的，有的其实是忙事业耽误了，有的是没有时间认识女孩子，有的是没有机会认识合适的女孩子，所以做什么事情我们都不能绝对啊，你天天上班下班交际圈子也小，认识那些优秀的男孩子的机会又不多，只有认识别人你的缘分才能来啊。你也不看看我现在都着急成名副其实的老太太了。"点点妈又对点点说了这话。

"好啦好啦，我霸道的老妈，你永远是常有理，你今后介绍什么样的我都去见面，我保证不管是高得像竹竿矮得像冬瓜的还是瘦得像油条胖得像肥肠的，我保证统统都见面，这总行了吧?"点点看着妈妈那种急切的态度，心里还是蛮感动的，就抱着妈说。

"好的，会有好的男孩子在等着你的。"点点妈心里还是高兴，因为点点终于愿意去见面相亲了，这一步也真不容易，因为点点妈知道点点也是看出她的心急才妥协的。

点点妈赶紧装作去拿水杯喝水，她内心很是酸楚，她知道在这件事情上，点点开始受委屈了。真难为点点了，优秀在婚姻市场中难道真的打不过年龄吗？如果我不这么焦虑，点点会妥协吗？点点妈心里不停地问这样一个谁都无法回答的问题。

七

点点不是不知道点点妈的那些心思，她只是觉得自己很内疚，自己的这个婚姻大事居然要妈妈来操心。

点点在大学是很有知名度的，因为点点从模样上来说是漂亮的女大学生，而从个人能力上来说是真正的才女，用老师和同学们对她的评价就是，点点不仅外表星光灿烂，而且思维活跃，语言犀利。

点点的优秀不但是学习成绩好，而且在于她是学生会的领导者，点点能说会辩是有目共睹的，她的组织能力也是大家佩服的，无论是五四青年节的晚会组织还是大学生运动会的领队，她好像有着用不完的精力和热情，不知疲倦地为大学生们服务着，像一个充满阳光的太阳，时刻在照耀感染着那些大学生，在她的感召下，那时的大学生活就像被阳光洒满的大树，生机盎然。点点的出色其实引来了很多的男同学的追求与爱慕，不说别的，就是点点为自己每学年获得的全额奖学金就足够让那些对她爱慕的男同学佩服得五体投地。但在大学，点点根本就没有将哪个男同学放在眼里，不是她骄傲，而是因为她是属于真正的晚熟，她从来没有想过在大学谈什么恋爱，她根本就对这档子事情不感兴趣，不是她有问题，而是她心中的目标还远大着呢，那时的点点只想把自己培养成一个令人骄傲的中国大律师，至于谈恋爱结婚那是离她还很遥远的事情。

大学毕业前，别的同学忙于找工作，而点点就想好了考托福，出国学习。如果没有到国外学习过那是眼界不够宽广的，所以一毕业，点点就以高分的托福成绩获得了英国牛津这所全球名校的通知书，点点就以展翅飞翔的姿态飞到英国的名校里遨游，等她从英国毕业归来，她斗志昂扬地要用自己所学的知识大展拳脚，事业是成功了，但一回头发现岁月已经让她过了28年了，她发现很多同学都已经结婚生子了，在同学聚会上，像她这样单丁的已经是寥寥无几了，特别是女同学，有的已经是几岁孩子的妈了，点点这才警觉岁月的流逝和无情，再不找对象，点点也会成为名副其实的剩女了，当然，点点从来没在这方面对自己担心过，她不会想到自己会找不到男朋友的，她这么优秀，这点自信点点从来没有消失过。

　　点点还是个文静中带点野性的阳光女孩，留着一头乌黑的长长的直发，像瀑布一样披在肩背上。

　　从29岁与小王开始谈，到现在与小王分手，点点的内心得到了解脱，她也是一个讲感情的人，但当感情最后变成负担时，点点放下了。有时，点点也想，自己是不是太强势了，她扪心自问，其实自己一点都不强势的，相反还挺温柔挺女人味的，只是内心强大而已，内心强大与性格强势是有区别的。点点最后觉得，自己的分手是没有错的，如果稀泥扶不上墙壁，那就不要再扶了，也不关乎是否强势，而是对待人生的一个态度。

　　从小，点点对自己的人生就有着很清晰的目标和规划，别看点点出生在一个南方的小城，她的世界里面根本就不是那个南方小城所能容纳和有的东西。记得在六岁那年，点点家里来了一个从北京来的远房亲戚，穿戴着他们那个小城市从来没有见过的漂亮衣服，点点当时看见就在心里说，我以后也要让我的妈妈穿得这么漂漂亮亮的。亲戚还带着一个与点点一样大的女儿，那个北京女娃穿着一条粉红色的蕾丝连衣裙，手里面抱着一个芭比娃娃，肩上还背着一个红白相间的卡通图案的书包，点点当时就用羡慕的眼光望着这个与她一样大的公主，想与这个公主玩，但那个公主却用骄傲的眼神和口气说："不行，你会弄脏的。"点点一句话都没有说，却在那一时刻就立下了决心，这一辈子一定要通过自己的努力挣出让人都仰慕的资本，永远也不会有人蔑视我点点，得到自己希望拥有的一切。

　　现在已经30多岁了，点点通过自己的努力，她一步一个脚印，朝着自己的目标努力前进，她已经在上帝给她的那座废墟上建立起了属于她自己的帝国大厦，她其实已经得到了她希望拥有的一切，当然，婚姻除外。

八

下班的时候，点点的电话响了："点点，可可现在在我这里做美容，马上就做好了，你下班有事情没有？我们去新世界逛逛好不好？然后去对面的那家西餐厅吃西餐。"

"莉莉，下班后我没有什么事情，即使有事，你来了电话都是没事情的，因为你在我心里永远排在第一滴，我马上跟我妈打个电话，让她不要做我的饭，我直接去新世界还是你们过来接我？"点点调皮地回答好朋友莉莉。

"就你嘴甜，这么甜的嘴应该去哄男人呀，怎能让我们伟大的律师自己去呢，我们大概 6 点 30 分到，快到你公司楼下时给你电话你再下来。"莉莉笑嘻嘻的声音。

"OK，一会见。"点点放下电话，心情舒畅起来，看来人总要有几个闺密，那种感觉真好。

其实人与人的相识真的有缘分的，不但男女相识相知相遇要有缘分，同性之间的相互认识相互信赖也要有缘分，点点想，她与莉莉可可之间的相识相知就是一种缘分。几年下来，她们之间的那种信赖和友情可以说是达到了水乳交融的境界，闺密，那就是一个人的精神寄托，闺密之间的相互倾诉，那才是真正的心灵鸡汤。

点点与莉莉的认识是有些戏剧性的，并且点点与莉莉可以说是真正的投缘。

点点脑海中回想与莉莉和可可相识的过程。

周末，点点去新世界中心。

在国际一线品牌的专卖店逛来逛去，点点反正不急，没有什么事情，又不赶时间，慢慢地品味着最新款的大品牌，是一件很惬意的事情。

"Hi，这位小姐，不好意思，想请你帮我看看，我穿这条连衣裙好不好？"在克里斯汀·迪奥（Christian. Dior）专卖店，一个30多岁的女孩子在试穿一条连衣裙，她友好地询问着点点。

点点一看，这个女孩子真的有一个很棒的身材，很像非洲黑人那种错落有致、又有弹性又很挺拔的身材，女孩子的皮肤偏黑，点点觉得那是那种国际上时髦的小麦色，五官还是比较端正的，是那种很时尚很洋气的类型。

连衣裙穿在女孩子的身上，很合身，但点点感觉这种黄色的颜色可能会不太适合她的肤色。

"我想是不是换个颜色，因为这个颜色没有将你提起来，反而会显得没有神采。"点点笑笑说。

女孩子一听点点她这么说，赶紧脱下身上的那条连衣裙，换了个黑白相间的穿上："怎么样？你觉得这条怎么样？"

"这条款式很适合你，并且颜色又衬你。"点点说。

"谢谢你！我想如果你不赶时间的话，我想请你再帮我参谋一下，好不好？因为我觉得你穿戴很有品位。"女孩子继续笑着对点点说。

"噢，没问题，我不赶时间。"点点笑着说。

点点喜欢看一些大品牌的服装，有遇到喜欢的她自己也会买，但她从来都不会乱买，点点之所以喜欢这些大品牌，除了版型以外，她觉得这些品牌的设计很提神，很有活力，在强力优化人体外形的基础上，还传达品牌自身的人文内涵。在这点上，点点之所以喜欢那些有上百年历史的品牌，因为它们是经过考验并被认同的。

女孩子对点点说："你的色彩搭配真是到家了，我真的要向你学习。"

点点说："千万别这么说，你的色彩搭配也很好呀，只不过我也喜欢看一些色彩搭配方面的书罢了，我经常喜欢观察时尚界那些大牌明星对服装的搭配，你知道，他们是有专业的人员帮他们设计和搭配的，这就是他们为什么穿戴出来特别好看的原因。因为世界上没有孤立的美丽色彩，美丽一定是在其它的色彩的衬托下彰显的，也就是说，美丽是一种优化的关系。我告诉你，我后来通过一本色彩方面的书知道了色彩的搭配一般都分为类似型协调和对抗型协调，类似型协调就是相互接近的色彩的组合，就像这两条裙子。"点点指着挂在架上的两条裙子，"而对抗型协调是差异较大的色彩之间的合唱。比如说这件衣服与那那条裙子之间的色彩。"点点又取下一件衣服和一条裙子说，"类似型协调色差小，一般设计师都需要寻求变化和点缀，对抗型协调反差大，设计师往往会要注意段落节奏和收得住，做到放而不失控。所以在选择服装上，我们只要注意到了色彩是属于哪种类型，按照这个原则去搭配，一般都能达到即使不出彩，但不会出错的效果。"

"呀，你是不是老师呀，对色彩研究得一套套的。"女孩子问。

"不是不是，班门弄斧而已。我很喜欢看别人穿着漂亮的衣服在外面走路，这时，头脑里面会有许多与众不同的念头。我总觉得万事万物是有灵魂的，人的思想是有灵魂的，人的行为也是有灵魂的，同时我还觉得服装也是有灵魂的，每一件服装的设计，体现了设计者的艺术灵魂，而我们这些穿衣服的人只有将自己的衣服灵魂与个人灵魂有机地结合起来，这件服装才会有生命力有内涵有韵味，这就是为什么有的服装即使很华丽但如果没有与穿者有机地融为一体，也像穿着别人的服装而不是自己的服装一样，看起来就特别的别扭，而如果这件服装与穿者有机地融为一体的话，就会达到令人赏心悦目的效果，外人看来除了能欣赏到衣服所附与的灵魂，也能享受到穿者所带来的精神视觉享受。"点点笑笑说。

"你说得真好，我喜欢你这样有头脑有智慧的女孩子。"女孩子由衷地说。

"哇，这位靓女真的很懂哎，我们听了都一下子学到很多知识。"售货员小姐对点点笑着说。

"哪里，哪里。"点点听到大家的夸奖心里很受用。

看着那个女孩子从试衣室出来，那种阳光活力，点点感到这是一个超有活力超招人喜欢的女孩子。

女孩子将之前她自己挑选的几件衣裙又重新一一试给点点看，点点也就一件一件地认真帮她把关，其中好的就留下，有的点点会主动给她再搭配一次，整个效果就出来了，换来换去，不知不觉，她们在这个专柜呆了将近三个小时。

女孩子可以说是满载而归了，她将信用卡往售货员小姐那里一丢，看也没有看一下价钱，也没有要求打折扣，点点知道这不是一个富二代就是个有钱的主，根据点点的经验，明白真正的有钱人购买东西时，很少会在物价牌子上看来算去，而只有那些对自己的钱不是那么宽裕又想购买高档商品的人才会先看物价牌子上的标价，才考虑是否试穿，因为那些人心里是有底价线的，而真正富有的人对喜欢的商品是没有底价线的，其实从购物者的行为一般就可以看出购物者的层次了。

那个女孩子笑眯眯地对点点说："今天真是多亏了你，我好几次都拿不准主意要哪些，你一帮我我自己也感觉很好。"

点点一看，那个女孩子提的是一个宝蓝色的爱马仕（Hermes）限量版的包，里面的小钱包也是配套的，点点看这个女孩子出手阔绰，心想这个女孩子肯定非富即贵。

"你还有没有什么事情？"女孩子刷完卡，拿上购买的物品问点点，"如果没有的话，我可不可以请你去对面的咖啡厅喝咖啡啊？"

"啊，事情我倒没有什么，但是不要客气了。"点点觉得不熟悉还是算了吧。

"那还是去吧，我请你喝杯咖啡是应该的，我真的很高兴，你能花这么多的时间陪我，去好吗？"女孩子的眼中满是渴求。

"好，我们一起去喝咖啡。"点点笑着说，她觉得这个女孩子真的蛮可爱的。

在咖啡厅，点点知道她叫莉莉，刚满了 35 岁，点点也介绍了自己的姓名。

"你叫点点，这么好听的名，我喜欢，你肯定比我小，我就是你姐了，哈哈。"莉莉笑眯眯地对点点说，是个很爽快的女孩子。

"我是五年前从美国回来的，在那里读完硕士就回来了，你要知道，我是初中一毕业就去美国留学了，那种孤独和苦啊，没去过的是不知道的，但我还是过来了，我的父母都是事业型的人，他们在国家不同的部委工作，各自都要强，忙得从小到大就没有时间管我，说让我出国留学，对锻炼我各方面能力有好处，其实他们就是没时间和精力管我，让我长见识，锻炼我只是一个借口，刚到美国时，我恨死他们了，什么都自己做，那种寂寞啊，我们那时出去的几个人，有的受不了，天天哭要回家，后来慢慢才适应，我是个很要强的女孩子，曾经错误地认为，他们不爱我，我就自己好好爱自己。所以后来我在美国一直都学习很好，最后考上了纽约大学的政治经济学院学经济管理专业，本科、硕士都在那里读的，我在那里还是学生会的干部，有点男孩子性格，外国男孩子还蛮喜欢我的，我就是只与他们玩得来，当然，我在那里也有一个心爱的男朋友，以后我再给你讲我们之间的故事。"

"你条件好，为什么没留在美国，回到了北京呢？"点点问。

"说来话长，我还是喜欢北京，这里多好玩啊，在美国，晚上除了酒吧外，一点都不好玩，我是个超级喜欢玩的人，要知道，从留学开始，我一直在读书，就没有玩过什么，我现在都30多岁了，我喜欢瑜伽，回国我就开了一个瑜伽馆，还开了一个美容院，虽然工作也累，压力也有，但我还是喜欢的，现在工作之外就是吃喝玩乐，开心就好，人的一辈子很短暂的啊，我不能没有享受一点生活啊，我想要的生活质量都有，从来不违背自己的心愿做任何事情，我挣钱，所有的都是自己花，想怎么花就怎么花，父母因为就我这么一个宝贝女儿，他们也不要我上缴，所以我现在就是享受生活的乐趣，你说北京多好玩啊，要什么有什么。有时，我会想，人家美国是天堂，北京其实也是天堂，并不是说国外才好。有钱，这里什么都能买到，吃的穿的用的，一切的一切，应有尽有。多好！"莉莉快人快语地说。

　　"是的，在国内并不比国外差，我也在英国留学过，但中国这几年发展真的很快，经济形势也比国外好，你说是不是？"

　　"你是做哪行的？你的气质很好，长得又漂亮。"莉莉好奇地问点点。

　　"我是两年前刚从南方到北京来的，是一个典型的北漂，我在外资做律师。"

　　"你结婚了没有？"

　　"还没有，目前有一个正在交往的男朋友。"

　　"啊，我是肯定不要结婚的，因为我现在不会去爱上别的男人，虽然我父母很急，但我想遵循内心的呼唤。"

　　"现在都是父母怕女儿嫁不出去，成了剩女，他们的面子也过不去。"点点笑着说。

　　"是的，不要为了他们的面子而牺牲自我，我们可以替他们着想，只要想到以后保证给他们抱孙子就行。我对自己是有信心的，找个人嫁掉可能是我一辈子中最简单最容易的事情。"

　　"那是，你这么好的条件，人家排着队要娶你呢。"

　　"千万不要随便嫁，没有品位和没有共同语言的男人千万不能嫁，你说是不是？"莉莉说。

　　"是的，我太赞成你的观点了。"点点说。

　　她们俩可以说是一见如故，不知不觉又在一起喝了一个多小时的咖啡。

　　分手时，她们互相交换了电话号码，莉莉说，希望点点去她的瑜伽馆做瑜伽，也希望她去做美容，还说今后会经常约点点去购物和玩的。

　　点点高兴地答应了。

莉莉可以说是名副其实的奢侈品控。

这也不能怪她，谁要她生在这样的一个家庭环境，谁又要她自己这么优秀与独立，她一个官二代，但她没有靠父母，靠自己的能力，自己能挣会花才是真本领啊。

九

星期六上午点点刚准备大展拳脚，在妈妈面前露一手，锅子刚刚烧红，油刚下锅，正准备下鱼，莉莉的电话来了，要点点陪她去购物。

点点关了灶台的火说："我的大小姐，你一天不去购物是不是会饥渴得难受啊，你上个月才买了那么多的衣服，又去买？现在应该还是老款式吧，应该没出新款式吧？"

"你就陪我去呀，今天不是给我自己买，而是帮我爸爸买个礼物，下个星期他就要生日了。"莉莉柔声柔气地说。

"我正好在做从电视上学会的糖醋鱼，准备给我妈露一手呢，你吃饭了没有，要不你过来尝尝我的手艺，吃完了我们再去，好不好？"点点对莉莉说。

"好啊，好啊，我正好想吃鱼了，不过你的水平我还是不相信的，那我就来检验一下吧。"莉莉笑嘻嘻地对点点说。

"莉莉等会过来吃饭，我们还要不要加什么菜？"点点对妈妈说。

"莉莉要来呀，没问题，我做点湖南菜给她吃，她吃辣椒吧？用辣椒做个小炒肉，再煮个四喜肉丸子给她吃。"点点妈对点点说。

"吃辣椒，莉莉吃辣椒比我还厉害。"点点说。

没过一会，莉莉来了，进门就大叫："阿姨，好香呀！点点你的手艺展示出来没有，我要尝一尝。"

"莉莉，来了，快请坐，马上开饭，点点今天是想大显身手，你试一下怎么样？"点点妈热情地招呼莉莉。

"来了，上菜，尝尝一级大厨的手艺如何。"点点笑眯眯地对莉莉说。

"我来盛饭，阿姨，您辛苦了！"莉莉用筷子夹了一块糖醋鱼，"好吃，味道不错，别看点点，学做菜还是悟性不错的。"

"那是，本小姐哪样悟性不好啊。"点点尝试了一下，觉得也不错，不免有点得意。

"还是阿姨做的这个辣椒菜好吃，阿姨，您真是能干呀，点点有口福呀，真是羡慕她。"莉莉对点点妈说。

"你只要不嫌弃，每天都过来吃，我都高兴。"点点妈高兴地说。

"我可不会客气的呀，以后，我想吃您做的菜我就会过来的。"莉莉说。

"欢迎，欢迎啊，那我可高兴了。"点点妈眼睛都笑成了一条缝。

吃完中饭，点点和莉莉要洗碗，点点妈坚决不干，要她们去买东西。

"好吧，我们走吧。"点点答应妈妈并对莉莉说道。

她们来到了北京最繁华的西单。

这让点点感到很意外。因为按照莉莉的风格，不是国际一线品牌她是不会去买的。

"呀，什么时候变得艰苦朴素了？到这里，也会有你看得上的东西？"点点问。

"嘻嘻，你不懂吧？不理解吧？"莉莉卖乖地说。

在一家装修很简洁的山地车的门店里面，莉莉左看右看用了近两个小时，果断地买了辆单车。

点点也在里面看，觉得这里的单车特别的轻，而且款式特别好看，不像她小时候在家爸爸的那辆永久牌28英寸的自行车，那时候就成天坐在爸爸的单车后面出去购物，后来上学，爸爸都是用那辆单车送她风里来雨里去，那辆单车后面从来没有空荡荡过，不是物品就是点点，那辆单车是他们家全家的宝贝，每天，父亲从外面回来，不管多累，从不敢将单车放在楼下，都会将它搬进家里锁好，因为那时候偷单车的人太多了，如果被偷了，他们家可再也买不起了。

而现在的单车既没有以前单车笨重，也在外观上好看了许多。最让点点想象不到的是，这单车居然要几万元一辆，这也太贵了吧。

莉莉问点点："这辆怎么样？"

那是一辆银灰色的单车，外表看起来流线很好。"不错。"

点点一看见价钱，2.8万元。

点点真想吐舌头，真太贵了点吧？

莉莉刷完卡，留下家里送货地址后，一看手表，已经下午5点多钟了，对点点说："走，我们去吃煎鹅肝吧。"

莉莉带点点来到一家考究的西餐厅。

坐定后，莉莉就说："两份煎鹅肝，两个罗宋汤，两份三文治。"

"莉莉，你给你爸买生日礼物，为什么要买单车呀？你爸有专车，还要单车做什么？何况你爸爸也不是年轻人，还骑什么单车呀？"点点迷惑不解地问莉莉。

"我爸就是因为年纪太了，才要锻炼身体呀，你没看见他成天就坐着，出入好像脚都不落地似的，这样下去他哪还会有好的身体呀，所以我要督促他动起来，一定要让他挤时间动起来。"莉莉说。

"现在的单车也太贵了吧？"点点说。

"这你就不懂吧，我跟你说，我今天买的这款是法拉利的运动系单车。在欧洲要价是2000欧元，这里与欧洲的价钱差不多，2万多。奔驰也有运动系单车，价钱也在2000欧元左右。别小看这些单车啊，选择的范围远不止这些，更资深的选择还有德国、意大利、西班牙的手工厂品牌：一辆意大利的Bianchi碳合金山地车，动辄要价8000欧元，我跟你说吧，在名车云集的摩洛哥，它甚至要比四个轮子的亲戚们拥有更高的回头率。"莉莉说。

"哈哈哈…"点点忍不住大声笑起来。

"你笑什么？"莉莉问道。

"看过一集相亲节目，有位女嘉宾还大声地宣告'我宁愿躲在宝马车里哭，也不愿意坐在自行车后面笑。'那真是过时了。"点点说。

"那真是过时了，她可能不知道那些在蔚蓝色海边骑着无动力两轮车挥汗如雨的男人们，说不定，就是刚从70米长的私人游艇上下来的。"莉莉说。

"其实这几年，我们中国呀，有的人对奢侈品追求有着令人费解的狂热，或者严格地说有些人对什么是真正的奢侈品根本不理解。"点点说出了自己对国人对奢侈品热爱的看法。

"是的，中国有的人其实有时有点像暴发户，在奢侈品这个行业里面。"一说起奢侈品，莉莉就话特别多，"并且中国的暴发户体现出来的只有奢侈没有品，这些暴发户用穿上那些国外的一线奢侈品来博得人们对他羡慕的眼光，满足自己庸俗而廉价的虚荣心。虚荣心原本就是一个中性词，有褒义有贬义。人要不要虚荣，要虚荣的，当虚荣是人的上进心的动力时，这就是褒义，而暴发户们却只用很多的钱购买很多他懂都不懂得的奢侈品堆在身上，那么他们是只有奢侈没有时尚。这种为满足获得的虚荣就是贬义的了。"

"本来奢侈品是应该跟时尚、品位结合在一起的，现在却只有奢侈与钱、财富是结合在一起了。"点点赞同地说。

"对，其实奢侈品牌在欧洲最早是很清高的，它们就不屑让好莱坞电影来做什么广告，它们只跟真正的贵族眉来眼去，中国的奢侈品市场是方兴未艾，对时尚的向往是没有错的，中国人看见一个奢侈品就想立即拥有，反正有钱直接买就行，也不管自己是否穿戴得时尚不时尚，而真正的有钱有品位的人他看见奢侈品会从中找到灵感从而搭配出自己的一种风格和品位，而我们的那些暴发户他们只看见奢侈品的价钱，而没有认识奢侈品本身的价值和它背后所代表的文化。"莉莉又说。

"是呀，其实这些人就是典型的土豪！有时候你看见一个没什么内涵的人身上全部是名牌，不管品位与时尚地堆在身上，我想那些奢侈品设计师看见这些暴发户将自己的品牌堆在身上，是不是会很悲哀呀？"点点笑笑说。

"现在真正的趋势是给有钱有品位的人是量身定做，有钱没品位的人是给他们限量版，没有钱有品位的就给他们一些低调奢华的东西，没钱没品位的就给他们牌子侍候就行了。"莉莉笑着说。

"我最怕的就是有的人认为奢侈品看的只是钱了，钱就代表了奢侈品，没有了奢侈品的文化。比如有的人开着一辆顶级豪华车在路上，停在不应该停的位置上打电话，或者等警察拖车来罚款博大众的眼球，让自己的虚荣心得到极大的满足，让人看清自己的脸孔，俗！有人就愿意炫富，在这里体现了我们国家在奢侈品行业的苍白。我记得有一本杂志上说过一句话我觉得说得特别好：'有一种奢侈叫穷酸'，我特别特别地赞同，什么意思呢，就是现在我们中国的女人，特别是白领，都要买一只名牌包，买个奢侈品本无可厚非，但，凭她目前的经济能力，可能要省吃俭用几个月才能买一个。因为背上这样的品牌包，你必须要配上一整套的行头才能扛得住吧，你没有理由背个上万元的包，穿戴个几十元的地摊货吧，既然要背名牌货，你起码要武装到脚趾吧，但你的工资薪水又没有涨，跟不上奢侈品更替的节奏，所以你会被这些名牌货压得不堪重负。怎么办，一个名牌包背下来，你收获的只不过是一场最大的虚妄。"莉莉继续笑着说。

"是的，我之前所在的公司有一个女孩子买了个 LV，因为她想她怎么也是个女人，不能在这世界上白活，别的女人都能趾高气扬地背着那些大名牌包走来走去，她为什么就不能？最后自己咬紧牙关买了一个。她天天背，夜夜背，现在把手都磨花了还舍不得换，真是替她难为情。我更替她难为情的是，她以为自己背了一个 LV 就是跻身于那些拥有奢侈品行列的人的队伍中了，她理解的奢侈品就是能买得起那样几款手袋，很肤浅。"点点也笑着说。

"我也不是要讽刺这些女孩子，但对奢侈品一定要有个正确的认识。"莉莉说。

"是的，其实大家在一起，谁都清清楚楚地知道谁的分量，只是不愿意说穿而已。像背一个名牌大包，今年流行这个款式，不到一年甚至一个季度又换成了另外一个款式，如果你不够实力的话，还不如不背，因为你赶不上最流行的，你不可能天天背着一个几年前就过时的名牌包过日子吧，有时真的会为她们觉得难为情。我的观点是，你有能力追求奢侈品也好，追求高品质的生活也对，但你没有这个能力的时候，就不要打肿脸充胖子了。与其这么累，还不如将钱花在充实自己提升自己能力素质上面，这种对自己的投资好过盲目消费和追求奢侈品。"点点说。

"真正的有钱人是低调的，他们的奢侈是有品位的，有个性的，是时尚的。不像我们中国人眼中那些动不动就认为宝马奔驰奥迪才是有钱人开的，才是有钱的主，开宝马车，有钱人的象征，那只是一个十分肤浅的认识，要知道在咱们北京三里屯工体夜店门口，最多的车便是宝马车，二三十万元现在都可以买到一辆呀。"

"所以现在很多有品位有钱人，他们根本就不拿 LV，并不是 LV 不好，这个品牌很好，但中国的山寨 LV 遍布各菜市场和山村。有钱有品位的人穿戴什么根本就不露什么牌子。"

"其实奢侈的终极秘密就是只让一小部分人优雅地享用。也就是说，懂得享受奢华品质的人都应该是生活的主导者，其实这些人心中都对奢侈生活见解独到，他们都在用奢华的细节点缀精致生活，既然如此，那么我们自己就要将我们自己培养成为一个懂得'优雅享用'的精致女人，这样的女人，似乎比冲进名品店一掷千金更能直抵奢侈的灵魂。奢侈不仅仅是简单的拥有，更是独一无二的体验。"

"奢侈更多体现一种文化的尊重，有时甚至于是敬仰！譬如说，拥有一款独一无二的香水，这款独一无二的香水从它的香味到它精巧的小瓶子，谁能挡住它从里面释放出来的魅力？我相信没有哪个女人可以抗拒这个'美妙而短暂'的奢侈品的吸引。有时候，我们女人可以这样，即使买不起 Chanel 包，我们也可以全年无休地做一个 Chanel 女人：只要一瓶叫 NO.5 的香水就行了。或者，我一年到头只买只用一个 prada 的零钱包，你说是不是？或者一年到头就用一支娇兰的口红。"点点笑着说。

"你太对了！那些街头巷尾流传的，顶多只能叫流行，而真正的奢侈从来都是掌握在少数人手中的。不过，最大的奢侈，是对自我的掌握，必须是建立个人的品位。"莉莉说。

"真正的奢侈品之道，就是'品位'的内涵，这种东西可以感觉、触摸，但很难表达。就像你说的，那些特别真实地知道自己买不起大的奢侈品，而又能欣赏和玩味奢侈品的人，他（她）就是用一个小零钱包、喷一支香气迷人的香水、涂一支特别养眼的口红你也会发自内心地认同他（她），所以呀，有钱不代表有品位，会买不代表会搭配。而没钱装富是一种变态的攀附心理，也是对奢侈二字的亵渎。"点点说。

"我爱死你了，太对了，不愧是牛津的高材生。其实我们应该永远记住的是：'潮流'和'奢侈'在某种程度上是对立的，因为'不可复制'就是最大的奢侈。一个有品位的人她的气质一般都会与众不同，奢侈有时也是一种博弈，为原本平常的东西找到它更加矜贵的替代品，不须显山露水已领尽风骚。"莉莉说。

"现在也有很多的人认为有钱买到最贵的物品就是奢侈品，可他们不知道的是奢侈品不仅仅局限于物质方面、精神方面的奢侈品应该是更高的人生享受。譬如说：一段让您醉生梦死的爱情，一本让你身心陶醉的图书，一场让你流连忘返的电影，一些美轮美奂视觉享受的自然风光，或者是失眠患者一晚甜美多梦的睡眠等等，而这一切想要得到却很难得到。你说是不？"点点说。

"是的，奢侈品的概念不仅仅是限于物质方面的拥有，精神方面的奢侈更让人灵魂酣畅。"莉莉笑着赞同说。

"感谢你今天给我上了一堂奢侈品课，我觉得'与君一席话胜读十年书'啊。"点点笑着说。

"你并不比我懂得少呀，你别取笑我。"莉莉笑笑说。

"本小姐哪敢取笑你呀，我还想不想活呀。"点点笑着说。

"这个鹅肝煎得不错，这是这家的招牌菜，你觉得怎么样？"莉莉问点点。

"是不错，我以前吃的都是鹅肝配苹果，而这里却是香蕉与特配香辛料风味的草莓汁。"

"是吧，它的独特就在这里，随同上面的鹌鹑蛋与下层的香脆面包一起切下一块品尝，怎么样，鹅肝的肥美、水果的滑嫩与面包的酥脆，这特别的搭配让人几乎只凭想象就能感受出口感的独到与完美。事实上，它也的确让人回味无穷。是吧？"

"是的。"点点就感觉到这是会吃与能吃的区别。

这以后，点点常被莉莉的电话叫醒，一会去购物，一会儿去五星级酒店吃自助餐。

认识莉莉后，也让点点认识了那些有钱有权人的派和范。

那天，莉莉叫上点点去香格里拉吃自助餐，吃完以后，点点要去买单，莉莉不让，掏出两张餐券，说："我这里有餐券，你就免了吧。"点点看着她手里面的餐券，有点迷惑。

莉莉笑着说："傻了吧，我会变魔术，能不花钱吃最好的东西。"

点点总是感到有点看不明白，莉莉能不花钱吃高级的西餐自助餐，那肯定是有人给她花了钱呀。

随后的日子里面，莉莉会心血来潮地叫点点一起看电影，一起吃大西餐，并且偶尔会在顶级的五星级宾馆睡上一晚，享受一下在床上的送餐服务，游个泳，做个全身心的 Spa。

记得有一次莉莉叫点点和她一起去国贸大酒店住上一晚，当时，点点站在这栋 81 层大酒店的第 80 层的套房里面，她朝窗外俯瞰北京，惊讶地对莉莉说："你觉得睡在这个首都也可能是全国落差最高的宾馆是什么感觉？"

"感觉就是咱北京全皇城根的人民都在我们睡的这张床下候着，感觉特棒！"

"我们睡在北京的新地标上哩！"点点也觉得特别棒。奇怪的是那天点点以为会恐高睡不着，不料却睡得比平时还香。在房间享受完用餐服务后，莉莉带点点到 77 层的那个"气"Spa 享受水疗服务，据说那是北京最著名、最高的水疗场所。莉莉带点点做这一切都是她手上有免费的券。

点点也从来不问这些券是从哪里来，她怎么会有这些券，因为点点知道莉莉的父母是高官，这些对他们来说，都是小意思，多少人要求他们办事，这并不算什么。

✝

　　星期六的下午，莉莉又叫点点陪她到她家郊区的别墅取东西送东西。

　　那天，莉莉开着她那辆越野奥迪，在点点租住的公寓楼下，说："陪我去一趟我郊区的家吧，要开一个小时，一个人太无聊了，想找你陪我说话好么？"那副可怜的样子，点点看着又好笑又好气又好爱。

　　没办法，陪她一趟吧。

　　差不多快到通州了，开了近一个小时，莉莉家的别墅终于到了。

　　"点点，你帮我将后面尾厢的那两盒油交给赵叔，拿去厨房。"莉莉对点点说。

　　点点打开后尾厢，发现两盒包装精美的"天颂红花籽油"，食用油包装得这么精美，很有艺术品位，点点还是第一次看到，好家伙，一看上面的标价2400元一盒，一盒四支。

　　"这个油好像我从来没有见过的，是炒菜用的吗？不过，这个黑色的图案及包装很漂亮。"点点对莉莉说。

　　"这叫天颂红花籽油，是新疆裕民地区特有的，市面上确实没有得买，因为它是食用油中的精品，是稀缺物资，由于那里的空气没有污染，仅仅是那个地区才能生产，它最大的特点是色黄、味香、液清，亚油酸含量高达83%，堪称'亚油酸之王'，是食品用油中的上品。"

"那么好，为什么不放在市面上卖呢？"

"因为它的稀缺，它的量很少，每年大概只能供应2万个家庭使用，再加上它的尊贵，所以贵，市面上也买不到。"

"它好在哪里呢？"点点好奇又问。

"主要这个油有'两高'，一是亚油酸含量特别高，刚才说了达到83%，另一高是它维生素 E 含量也特别的高——800mgDL。"莉莉说。

"我知道这'两高'特别预防和适合有高血压、高血脂、高血糖的'三高'的人群吃。"点点笑着说。

"有知识有文化的人就是不一样，一点就通，一说就明白。"莉莉边拿着车上的大袋小包进别墅，一边说。

"你寒碜我了是不是？"点点装作要打莉莉的样子。

点点在莉莉家的别墅一看，才真正体会到，什么叫别墅。

好家伙，整个小区隐藏在一个山头的背后，密茂的大树将里面的别墅遮盖起来，不走近根本不知道里面是一个大的别墅群体。每栋别墅的造型都不一样，每栋之间的距离有几百米远，互不干扰，但还能相互照应。

每一栋独立的别墅都有一条长长的私家路，路的两边种着五颜六色的花，修剪得很漂亮，每家的花坪种植的花树都不一样，特别是造型不一样。

莉莉家是一栋三层楼的别墅，地下室是一个酒吧兼音响室、活动间，一楼为客厅，客厅全部是小叶紫檀的家具，客厅空高足有三米，落地的窗帘，客厅中间的地上摆放着一个几百斤的石头，红红的，样子很像鸡血石，但点点不敢问，客厅的上方，在二楼的大书房里面，一整面的红酸枝木书柜，书柜摆放的并不是书，而是各种点点叫不上名的古董，各种类型的花瓶和玉器，书桌上摆放的是一个老坑端砚。点点知道这个是产自广东肇庆的，这种老坑的已经是很稀少了，价格相当昂贵。

另一个活动房间，是一个靠近天台的小茶室，在这里有一面可以看见外面景色的窗户，在这里大家可以喝点茶，打个麻将和扑克，最着眼的是这里摆放了好几幅名人字画，那些画的署名有黄永玉、陈逸飞、张大千等，点点知道这些东西很值钱。

点点，对这些东西从来不问，比如那条玉龙，白色的羊脂玉的，那个润，点点一看就喜欢。比如那个红色官窑烧出来的花瓶。

这里的每一件东西都价值不菲，每一件东西都可能会引发一些艺术品市场的震动，点点置身其中，突然有了一种很不真实的感觉。

　　点点在牛津上课时，师生们之间曾经讨论过政治与经济的关系，特别是在讨论到如何致富，快速赚钱时，大家最后一致的结论是：每个国家、每个企业、每个家族的致富之首，无非是懂政治、知经济。不问政治，眼中只有赚钱，就并不能保证赚钱，也不能保证守得住赚来的钱。会玩政治，能赚大钱，才能守得住赚来的钱。权势、关系本身就能带来收入的资产。眼前的莉莉家，她的父母，是不是也用政治，用权势给自己的家庭带来可观的收入呢？点点不想知道。

　　别墅外面花园的玫瑰是点点最喜欢的。

　　莉莉叫照看房子的赵叔，采一些新鲜的青菜和辣椒，摘几个新鲜的瓜菜回去，并且装好新鲜的鸡蛋和一只新鲜的鸡回家。面对这一筐新鲜无公害的有机蔬菜和鸡蛋，点点对莉莉说："这就是奢侈的享受。"

　　"是的，其实奢侈无处不在。"莉莉边发动汽车边回答。

　　她们离开时，那条狼狗和老赵还在门口送她们。

　　莉莉说："我爸爸妈妈下个星期要过这里度周末，所以我将他们吃的油先送过来，并且跟赵叔交待一些他们来要办的事情，再有家里没有鸡蛋了，要到这里取一些回家，我的这个家，从来没带别人来过，你是我带来的第一个朋友，真的，不知为什么，我就是相信你。"

　　"谢谢你对我的信任，在北京，我人生地不熟，我也不可能对别人说你的事情，我还真的不知道能对谁说呢。"点点对莉莉说。

十一

在莉莉的美容院，点点刚刚做完美容。听到莉莉在与一个穿着很有品位的时尚女孩子说话："可可，你这次就不要做激光了，你的皮肤比较薄，而且你又没有什么斑，我建议你就用好一点的产品做纯粹的美容就行了。"看见点点出来，莉莉对点点说："你做完了，看把你做得容光焕发的，今天的眉毛修得不错，神采飞扬的。"

"反正来你这里不就是为了美么，怎么样，忙完没有，一起去吃饭么？"点点问莉莉。

"对了，这是可可，这是点点，可可是时装设计师，'平步青云'高级定制的大老板，点点是大律师。你们认识一下。"

"'平步青云'高级定制是你开的呀，了不起，这么年轻，难怪你穿出来就是与众不同的品位呀。"点点惊讶可可的年轻，因为"平步青云"高级定制在京城名气可不小。

"谢谢，你是大律师更厉害呀。"可可说。

"这样吧，你们也别在这里互相吹捧了，我们三个一起去吃饭，怎么样？"莉莉建议道。

"好，走吧！"点点、可可异口同声地说。

吃饭的时候，三个人都天南地北地聊着。先是美容，后是时装。

"可可，你的高级定制很厉害，那么多的名人明星，你是怎么做到的？"点点好奇地问。

"我是在法国学的时装设计，很幸运的是，我的导师在法国时装界很有威望，我跟我的导师真的是学到了不少东西。我的毕业设计就是一个以荷叶体现女性妩媚的作品，记得当时为如何做好毕业设计的作品，我是反复思考，我很喜欢做女装，喜欢用好看的服装体现女性妩媚优雅美丽，在毕业之际，大家都要拿出好的优秀的作品来，一来可以争取优异成绩毕业，二来毕业作品的好坏，直接关系到以后找工作时老师给的推荐和评语。那时我敏锐地感到，要将女性的主题做出彩，难度还是很大的，如何做到别出心裁需要动脑筋。

"那段时间，我天天泡在图书馆里面，总想寻找一些与众不同的灵感，有一天，在图书馆看画册，看到画册中那些荷花的画面，我灵光一闪，当时就觉得，荷叶边最重要的一个特点是，是它的可塑性非常强，既能长期出现在礼服裙之上，也能偶尔跟小衬衫搭档，甚至摇滚混搭地与牛仔布料好好结合。并且荷叶边还有个特殊的功效，就是能巧妙遮挡身体赘肉，以手臂和腰部位置最见效，层层叠叠的物料笼罩着身体，举手投足的整体美态愈发呈现。

"我当时就想不如设计一个荷叶裙的系列作品作为毕业作品。想到这一激动就离开图书馆去导师的办公室，对导师谈了我的毕业作品设计的想法。

"导师说：'你为什么要设计荷叶裙装做毕业作品呢？'我说出了自己当时的想法，导师对我的想法给予了充分的肯定，我高兴极了又向导师请教：'荷叶边的美态特点之一还有它的不规则，我想怎么样才能将这一特点放大呢？'

"'加强裙摆、袖口、领口等位置的不规则计划，这样的线条能展现风姿绰约的美态。'导师启发我说。

"'我想还应该设计出荷叶边式单肩衫，对服装的全身用抓拢设计，呈现出荷叶边的递进级美丽。这样好不好？'我对导师说。

"'你想得很好，你还要在系列中表现一个用极具立体感的荷叶边套装，直接将廓型呈现在服装之上，不下垂也不迎风飘扬，就那么矗立着，营造出咄咄逼人的气势，看上去非常惹人注目。'

"在得到了导师的肯定后，我采购面料，设计式样，反复修改，亲手缝制，最后在导师的指导下用荷叶推出了用同学们的话说是惊世骇俗的设计。我用雪纺与荷叶边搭配出场，将女性的妩媚指数调节到最高程度，特别是在随风起舞的场景中，荷叶翻飞，顺理成章地将穿着者烘托成为颠倒众生的花卉，同时我还将蕾丝等材质双重添加，出来的效果更加让人迷醉。

"毕业作品的评选和发布会上，我就是这样体现女性的妩媚，将裙子的荷叶边设计得让导师和同学拍手尖叫，我的导师还赞扬我说是真正演出了一出用荷叶颠倒众生的大戏。

"我的荷叶服装设计系列作品获得导师的最高评价，以优异的成绩毕业。后来导师写给我的推荐信是我们学校那批毕业生中评价最高的，可惜我还没有用上，回来我就自己开了一个高级时装定制公司，因为我的导师也经常介绍一些在华的法国友人来我这里定制服装，所以生意一直都不错，对象主要是一些名星艺人等，那些人不在意花钱，而在意如何让自己的着装吸引大众眼球，以此来体现自己的个性和品位。"可可对点点说着她骄傲的过去。

"可可是一个很好的设计大师，她的公司设计团队的力量又很强，其中，还有不少外国的年轻的设计师，当然，那是高薪请来的。"莉莉补充着说。

三个一起说着聊着，居然聊到很晚，还意犹未尽，大有相见恨晚，相逢相知的感觉，从此她们三个固定每个星期至少见面聚会一次，那时的点点还在与小王谈恋爱，莉莉已经没有找男朋友的打算，而可可也有一个男朋友，是做建筑设计的。

十二

　　莉莉的瑜伽馆地处北京二环的东北角，那是一个闹中取静的好地方。当初，莉莉选择这里，就是相中它被北京最高档的写字楼和商业圈所包围所簇拥，虽然租金贵一点，但方便白领们中午下班后不需走很远的路就能来瑜伽馆上课。

　　莉莉的瑜伽馆，完全是按照印度风格来装修的，会馆的印度风格门楣、红色的地毯、异域的神秘卦象，还有来自西天之地的印度装饰品，在瑜伽馆内还有特色印梵文化欣赏及接待区，会员在这里既可以欣赏异域图片和最新的影视作品，也可以品茶聊天和上网，一踏进瑜伽馆，会让人强烈地感到这里的点点滴滴都渗透着印度的古老文化，而这古老的印度文化又很好地和中国文化相结合，相得益彰。

　　瑜伽馆的规模还不小，宽敞明亮的大厅内拥有三个宁谧幽香习练区：VIP 梳理冥想区（内含印度风情茶室）、神秘旷野习练厅、温馨密轮习练厅。三种别具风情的习练环境，让不同的瑜伽习练者根据自己的需求、自己的性格、自己的体质、自己的水平、自己的心里诉求选择自己最适合的习练，从而找到属于自己的身、心、灵的温馨港湾。

　　因为正宗，因为特色，莉莉的瑜伽馆从开张到现在一直深受周围白领的喜爱，并且逐渐形成了一个瑜伽圈子。

直到去年的一天，在莉莉的瑜伽馆，点点、可可、莉莉大汗淋漓后，洗完澡，她们坐在 VIP 室喝茶，可可说："我要向你们宣布一件事情，我与小陈已经分手了。"

"啊，你都 30 岁了呀，还分手。"点点不能理解可可的行为，当时就说。

可可硬硬地说着那些让点点觉得很吃惊但很有道理又很爽快的话："我有两个方面不能容忍男人，一是说话不算数，不兑现承诺。二是对我的背叛。有人曾经说过这么个意思的话：一个男人，一定要有男人的样子，一言九鼎，千万别做那种吐出去的东西再咽回来，说出的话都当自己放屁一样不算数，如果那样自己都会觉得恶心啵，是不是？我特赞同这话。当初，我们开始确立谈恋爱关系时，我就明确提出来，今后，我一定要将我爸爸妈妈接来北京一起生活，如果你愿意，我也同意将你爸爸妈妈接来北京一起生活。小陈当时还很感动地说：'你真好，对我的父母都这么好，我太赞同你的想法了。'他说同意结婚后将我爸爸妈妈接过来北京一块住，我也答应了将他的爸爸妈妈接在一起住，这样一个大家庭多好，都能照顾到，现在他反悔了，不能让我爸妈他们来北京住，并且他还要先将他爸爸妈妈接来住，你们都知道我是一个很有孝心的人，自己的父母生育我们，为什么不能享受我们给他们的福气，但他认为都来北京开销会很大，我认为我们不是没有这个能力让他们享受，小陈搞建筑设计，收入不少，而我公司经营得这么好，完全是不存在这个方面的经济压力的，为这事，我们一直在吵，我认为他言而无信，本来我们眼见着就要去登记了，但他这里就不停地找这个理由那个理由不让接父母过来北京，我说又不是光对我自己的父母好，也对你的父母好，他说住在一起会有矛盾的，他又说他搞设计需要一个安静的空间，安静的环境，我说我们完全可以给他们在北京买另外的房子不住在一起，他就是不同意，说北京的房价这么贵，这样会多花很多冤枉钱，我说，为了父母，应该花的还是要花，他就是不停地坚持不接父母过来北京，后来他还说他的父母也不接过来了，他知道我最大的心愿就是要将父母接来北京住在一起，反正他就是挑战我的底线，知道我肯定不会妥协，所以他就僵在那里，我一气就说如果这样我们只有分手，因为当初的承诺你不兑现，说话不算数，他说分手就分手，是你先提出来的，后来，我才知道，他其实是在找事情说事，找事情与我吵，原来他已经开始有外遇了，对方是一个 23 岁的中央美院刚毕业的大学生，家还在北京，有北京户口，人长得也不错，他现在觉得找个年轻漂亮有北京户口的女孩子比找一个我这么外地的合算，所以你说气愤不气愤，太伤自尊了，分手就分手。"可可说得激动难忍，她狠狠地跺脚，听到那细高跟鞋子被猛力地踩下撞地的声音。

"哎哎，地板是无辜的，你这样踩它，它也会痛的，你的脚肯定痛了吧，最傻，拿别人的错误来惩罚自己。不就是男人，分手就分手，没什么了不起的，本小姐还不是那种没骨气的主。"莉莉开玩笑地对可可说。

"小陈他其实根本是在有了新的外遇，发现了有更好的给予他，因为他算计的是一种婚姻成本，他要为今后的子女着想考虑的是有一个北京户口比外地户口更为合算，这种男人不但花心而且很自私，不讲感情，所以，这种男人最丑陋。"点点听着莉莉和可可的谈话，脑袋里面突然钻出一种男人和高跟鞋一样的想法，都在女性的生命中扮演着重要角色。前者穿多了脚会痛，后者爱深了会心痛。

"当初我与小陈谈的时候，因为我们都是搞设计的，有很多的共同点，艺术有时是相通的，所以我并不在意小陈长相不帅，我一直认为男人可以不帅，可以不高，但一定要有风度，要有修养，要有内涵，要有底蕴，男人可以丑，但一定不能丑陋。所以我一直都没在意小陈的形象，看来，我是看错了人，我是被艺术的光环刺花了瞳孔，丑陋的男人。"可可还在心头难以平静地说。

"其实你也不必生气了，小陈的外遇足够说明他爱你不够，因为你并不是不优秀也不是不漂亮也不是没有钱，为什么他还会有外遇？外遇，只要人类还存在，外遇就是一个永远不会磨灭的话题，有外遇说明你们俩本身的感情基础还不够坚固，遇到就走了的。能够遇到就走的人，说明他并不是真正属于你的，是你的绝对不会一遇就跑，对这种男人大可不必让你留恋和痛苦，没什么了不起，对不起你的人是他，你大可不必耿耿于怀，他在快活时你痛苦有意思么？想想吧，没有了他，只会有一个更好的他出现在你的生命里面，没有什么大不了的，放下，放下曾经的感情，战胜自己才是最明智的，如果你内心强大，这些不值得你留恋的人更不要放在心里，只是教育了我们学会更能看人，看一个男人的本质最重要，你看不透他，说明你的功力还不够，所以没什么了不起的，拉倒吧，一切重来，只是从头再来而已，欢迎加入本小姐的单身俱乐部啊，没有男人我们一样活得有滋有味。"

"对待有外遇的男人，你千万不要心软和留恋，更不要优柔寡断。觉得像钱掉进屎上，不捡可惜，其实，捡了才会恶心。"点点对可可说。

莉莉听到可可的分手事情，特意打开了一瓶红酒，举着酒杯说："为美丽的单身可可干杯！"可可擦着眼泪与点点和莉莉一干而尽，随后大家又喝了两杯，最后是笑着一饮而尽。

十三

　　莉莉是她们三个人中最大的，今年已经35岁了，还是孤家寡人一个。

　　莉莉是正宗的北京人，就像正黄旗一样正。这妞可有着一个地地道道的北京人风格，大气、爽快、直来直去，并且大大咧咧、风风火火，是一个第一次接触就会令人强烈感受到她的气场很大，在哪里只要她一出现，绝对会成为焦点和中心的主，莉莉漂亮，是一种健康的美，小麦色皮肤，凹凸错落有致的身材，浑身上下充满弹性的性感。

　　莉莉的父母是正宗的京官，有着很好的背景和资源，但莉莉就是有一股子拧劲，不走父母给她安排的路，要按照自己的爱好来决定自己的人生，按理说，她这样的条件应该早就结婚生孩子了，大把的人排队要跟她成家的，但她坚持一点："成个家太小儿科了，但找个爱人，那种我爱他他也爱我的人太难了，我要的爱情是没有什么附加条件的，纯粹的爱情，更为事实的是，我的心中还充满着爱，没有空间让别人的爱放进来。"

　　莉莉以前谈过几个男朋友，最难忘的不是她的初恋，而是最后一个男朋友。

　　最后一个男朋友就是马克，是她至今无法忘怀的至爱。他们的相识还是"时间银行"创造的机缘。

那是莉莉已经考上了纽约大学的时候，因为莉莉是一个随心所欲的女孩子。来美国几年了，语言对莉莉来说一点都不成问题，问题是莉莉觉得大学生的学习又不像国内那么紧张，总是有大把时间在浪费，她觉得很可惜。因此，她就关注那些美国同学每天做些什么，一天，她看见同学杰奎琳急匆匆地要出去，莉莉问她去干什么，她告诉莉莉，"时间银行"帮她预约了一个陪伴一个老人去医院补牙的服务，她要去完成。"时间银行"？莉莉第一次听到这样一个名词问杰奎琳，但杰奎琳说："我没有时间同你解释了，你上网去查找一下就会明白，这种时间银行的方式很好，你可以去尝试一下，我在时间银行已经获得很多的社会经验和人生经历，当然还有报酬。"莉莉一听，马上跑到图书馆查找"时间银行"的意思。

原来，"时间银行"的概念最早诞生于上世纪80年代，由美国人埃得加·卡恩提出。"时间银行"准确的意思是储存时间的银行，通过它人们可以用自己的时间交换别人的时间以获得各种各样的帮助。而这个时间并不是普通的一天24小时，而是一个人无偿为别人提供服务的时间，这些时间被转换为"时间币"储存在私人户头，当有需要的时候，可以调用这些看不见的"货币"。和货币银行相比，存在时间银行里面的时间币永远不用担心它会贬值，也不用担心时间银行会破产。

同时莉莉还知道时间币不能产生利息，但可以转让和预支，使用灵活方便，而且还避免了回报时的尴尬。时间银行已经成为美国人越来越喜欢的一种服务方式，网上还举了很多的例子，譬如：有的帮助别人照看孩子，获得了一次观看演唱会的机会，有的帮助别人购买物品，获得一顿美味晚餐的机会等等。

莉莉一看这种互相帮助互不亏欠的方式也很喜欢，人与人之间就是要互助，这种模式莉莉太喜欢了，如果加入这种模式，莉莉还感到可以让自己摆脱那种在异乡孤独的感觉，就立即在附近的社区报名加入登记了。很快，莉莉从"时间银行"的管理人员那里获得一次服务的机会，那是一个有着华裔血统人开办的汉语学校，随着中国的强大，美国人都开始掀起了学习汉语的热潮，莉莉就是替那些老师当助理，老师们忙的时候，莉莉就去陪那些美国人参加活动学习中国口语。

莉莉觉得这种方式很好，也越来越喜欢了，她的时间币也由于她的勤奋而不断地增多。莉莉的性格外向开朗，无论去到哪个服务地都深受大家的喜爱和欢迎，她去帮助那些美国家庭照看孩子，帮助那些行动不便的老人购物，甚至帮助那些寂寞的老人聊天。有次莉莉陪一对老人聊天，聊着聊着，莉莉感到了美国的老人生活得很坦然，他们觉得孩子们早就独立了，没有时间陪伴他们这是没什么可抱怨的，但，人越老就会越孤独，也就越需要有人陪着，现在莉莉的陪伴给老人们带来心灵上的慰藉，他们太喜欢莉莉了，而莉莉她就像一只不知疲倦的快乐小鸟一样，飞来飞去，时间银行也总是被那些曾经接受过莉莉服务的家庭指名要她再去服务，莉莉在这样的服务中，获得了很多的人生体验，她吃上了各种不同美国风味的菜式，参加了很多的美国家庭的聚会，她体验到了帮助别人也是帮助自己的快乐。

有一次，莉莉去一位美国富有家庭服务，主要是为其女儿辅导汉语，口语对话，莉莉就用讲故事的形式给那个 6 岁大的女孩子讲话对话，效果极好。那对夫妻很高兴，正好女孩子的妈妈那天是要去练习瑜伽，就请莉莉一起去上瑜伽课，没想到的是莉莉从此就喜欢上了瑜伽，并且是狂热地喜欢上瑜伽，连莉莉自己都觉得不可思议。在时间银行，莉莉获得的不仅是社会见识和经验经历，而且结交了一批高层次的朋友。

莉莉服务的一家老人的女儿结婚，可爱的富有的美国老夫妇，因为喜欢莉莉，在女儿婚姻的重要节日里，指明要莉莉作为嘉宾去参加婚礼，莉莉开心得不得了，参加别人的婚礼是一件很惬意的事情，到后，才知道这家老人的女儿给他们找的女婿是一个州议员，有相当的社会地位和财富，老人介绍莉莉认识了他们的女儿和女婿，莉莉主要陪伴这对老人夫妇坐在那里欣赏这豪华和热闹的婚礼，来的嘉宾都是非富即贵，莉莉被婚礼现场的氛围感染得很激动开心。一个英俊的男士来到老人夫妇面前给他们道贺，老人介绍莉莉与他认识，这个男士叫马克，是新郎的朋友，当他们被介绍互相认识的时候，莉莉就露出了她开朗大方的本色，坏笑着说："马克，你不会是马克思的后代吧？""是的。是后代的后代。"马克嘴角上扬地笑着回答，并且，马克在笑时他不但嘴角上扬，连眉毛都上扬，莉莉太喜欢看他的笑脸了，不但喜欢他的笑脸，而且还特别喜欢看他的眼睛，那是一双多么清澈的眼睛啊，现在莉莉一想起这双蓝色的清澈的眼睛心中都会涌现一股暖流。在那次朋友结婚的婚礼上认识后，马克被莉莉的性格所吸引，他们真的是一见面就钟情，当时，他们就交换了电话，随后就开始了约会。并且立即就陷入疯狂的恋爱之中。

马克比莉莉整整大了 8 岁，在国外，对所爱的人是没有年龄概念的，他们爱得比较纯粹，没有职业、家庭、国籍等等附加因素在里面，双方对所爱的人的感觉对他们来说是排在第一位的，再好的条件，对对方没有感觉也是白搭，这种感觉就是爱，是我爱才需要与你在一起，而不是我需要你才爱你，他们都是注重爱的感觉的，这个顺序对他们来说很重要很重要，要有爱才在一起，而不是先在一起才有爱。用莉莉的话说，中国的男女交往就是将这一关系真正颠倒了，中国很多的男女交往是因为需要而交往，需要给家人或外人一个交待，到年龄谈对象结婚生子，而不是我爱对方才需要交往，所以，中国的男女婚姻中大多数是先结婚后恋爱，这样的结果就是男女双方很多的不了解、很多的矛盾、很多的摩擦、很多的不和谐，所以很多的离婚。

马克是一个画商，他是一个特别与众不同的人，出生在一个世代为屠宰商的家庭，在美国，他们家的屠宰场及加工基地是名列第一的，从他的爷爷的爷爷起就从事这一屠宰事业，经营着他们家天下无敌的屠宰场，本来他应该是按照这一家族生意长大接班的，但他却对屠宰事业一点都不感兴趣，只对绘画艺术有浓厚兴趣，他们家对他也无奈，随他所愿，因此，他上大学在学校选择的就是国际美术史专业，按理来说他应该去学美术绘画之类的专业，虽然他知道自己喜欢绘画美术等，但他也知道自己的艺术天赋不适合自己亲自去做画家，他又不想不从事艺术品的事业，所以他最后在大学选择了学国际美术艺术史专业，最后还是一口气读到了博士。毕业后，他选择了做一个专业的画商，专门收集世界各地的名人字画，各个朝代的都有，因为出身在屠宰商的家有这个经济实力让他将这些艺术大师各个时期的作品进行收集拍卖等。

他对莉莉来说既是人生导师，更是知心情侣，马克是让莉莉真正成长的一个人，也是马克让莉莉从一个青涩的女孩子变成一个真正的女人的，马克与莉莉交往了5年，同居了5年，他们也谈了整整5年的恋爱，他在莉莉的成长过程中有时是爱人、恋人、朋友，有时却又起到了父亲兄长的作用，与马克这位亦夫亦父亦兄的谈恋爱的最大好处是，让莉莉懂得了尊重内心感受的重要，做自己的重要。

莉莉大学毕业后，在美国也找到了一份工作做，但莉莉却一直疯狂地爱上瑜珈，想将瑜珈作为自己的终身事业来经营，莉莉的父母当时已经在国内给莉莉安排好了一份很好的工作，要莉莉在美国工作一年，学点工作经验就回国从事他们安排的工作，在这个莉莉与父母的不断争斗过程中，马克始终站在莉莉一边，支持莉莉从事自己的喜欢的职业。

那天，马克和莉莉在家里吃饭，莉莉边吃饭边对马克说："我爸爸妈妈想要我回去工作，并且联系好了一个部门的工作，这个工作是无数年轻向往和羡慕的，在政府部门上班，待遇福利都很好，但我的内心一直不喜欢那样的工作，我喜欢瑜伽，我想让大家来领略瑜伽的魅力，我想自己开个瑜伽馆，每天开开心心地在里面工作，多好呀，可是我的爸爸妈妈认为应该有一份稳定的正常的工作，女孩子不辛苦又体面。真烦，怎么办呀?"莉莉愁眉苦脸地对马克说。马克对莉莉说："人的一生中，能够知道自己喜欢从事什么工作，有一种自己特别喜欢的事情是件很幸运的事情，大多数人一辈子都在干着自己不喜欢的工作，为的是养家糊口，他们每天上班都不快乐，人生真的失去了意义。如果能从事一份自己终身想要做的工作并且能把它当一生的事业来干好它就了不起了。"

"我爸妈又怕我自己开瑜伽馆太累，不稳定，所以希望我走他们为我安排好的路。"

"你的父母不应该替你安排工作，你已经长大了，应该由你自己做主，他们只能建议而不能干涉，更不能强迫。"

莉莉向马克解释中国的父母是很关心自己的儿女的，他们这么做也是为了莉莉好，每当听到这些话时，马克都会用他那清澈的蓝眼睛看着莉莉："他们为你好，关心你，但他们不顾及你的感受，他们替你安排的工作，是你不喜欢的工作，那么你就不快乐，难道说他们喜欢你不快乐?"每当这个时候莉莉就又好笑又好气地说："这就是我们中国的教育方式和国情。"马克却说："这样不好"。

莉莉真的是一个矛盾性格的结合体，她那大大咧咧、风风火火的性格，却会喜欢上瑜伽这个安静、修身养性的运动，有时真令人不得其解。

马克鼓励莉莉去印度深入学习瑜伽，当时，莉莉正与马克同居，莉莉并不想也不舍得离开热恋中的马克，但马克在这点上对莉莉不妥协，要她趁年轻认认真真扎扎实实地将瑜伽学好，他对待莉莉的原则是：工作上无论如何都会帮助她支持她，但生活上莉莉有时会依赖他他不会让步，他要莉莉自立。他老是说："我可以关心你，但我不会纵容你，你必须为自己努力，你必须为自己而活，而不是为我而活。你要自己成长，或者与我一起共同成长。"每次听到这样的话，莉莉就不高兴，认为他对她不够好，爱得不够深，这时，马克就会说："你所谓的对你好，就是你成为一个依附在我身上的寄生虫，离开我你什么也不会的傻瓜。"或者马克会说："你不是任何人的附属品，你有潜力的，你的人生应该由你来制造精彩，而不是靠别人，如果你的人生精彩了，而我的人生也精彩，两个人都有自己的精彩人生，我们来到这个世界上不就没有白来一趟吗?"莉莉每每听到马克这么说，都觉得很有道理。马克还与莉莉相约，等她在印度学成后，他们就去注册结婚。

莉莉在马克的引导和坚持下来到了印度，开始了为期一年的瑜伽学习，快要从印度毕业的时候，突然接到马克父母的电话，说马克因禽流感高烧不退突然去世，莉莉不敢相信自己的耳朵，马克两个月前还来印度看望莉莉，他们在一起过了整整 15 天神仙般的日子，怎么会如此突然，还有三个月莉莉就要毕业了。听到这个消息，莉莉立即飞到美国，在殡仪馆看见的只有躺在冷冰冰床上的马克，莉莉当时就昏过去了，而马克的父母也因伤心过度而病倒了，这一切来得如此突然，以至于莉莉完全不能接受，说好的一起走完人生的道路，而现在却一人先离去，这是任何人都不能承受的打击。

其实马克得禽流感，莉莉是一点都不会感到惊讶，因为马克从小就有一个很令人费解的嗜好，就是每天要从屠宰场取一小碗刚刚杀死的鸡血勾兑酒喝，他的爷爷和爸爸是喜欢直接喝刚屠杀的猪血，他喝过刚屠杀的猪血，他认为不好喝，偶然的一次，他喝了一口刚杀的鸡血，他觉得不错，以后他就专门喝刚屠杀的鸡血，并且自己发明了用酒勾兑来直接喝，他越喝越上瘾，一天不喝就不舒服，在大学期间他由于不能每天回家，家里就有人专门将屠杀的鸡血用专门的密封瓶装好，一天一支，一次装 10 支用保温瓶送到他的学校，喝完再送。后来大学毕业后他采购艺术品或参加学术大会外出几天，他们家也会专门给他准备好让他带着。在美国，每个人的爱好嗜好都不同，但没有人会因此而指责或非议，因为那是你个人的事情，你只要不违法，别人是不会嘲笑或认为不应该的。

记得一次莉莉在马克家，得知马克有这一嗜好和习惯时，她感到非常吃惊，太令人恐怖了，莉莉还认为这是一种很野蛮的行为和习惯，一个有知识有文化的人，怎么会有这样一种奇怪的行为习惯，她对马克表达了自己的恐惧，马克笑笑地说她夸大了，一点都不恐怖，并且还劝莉莉也尝试一下，开始莉莉死活都不愿意尝试，马克也不逼她，仍然照样每天自己用鲜鸡血勾兑一杯酒喝。有一次，莉莉禁止不住好奇心大发，也趁马克不注意时，偷偷地喝了一小口，没有什么味道和太大的感觉，只是觉得奇怪和想想恶心而已，所以后来莉莉就不去在意他的这一习惯了。

莉莉从马克的父母那得知，那天，马克突然觉得不舒服，开始并没在意，他照样喝鸡血兑酒，没想到突然病情严重，高烧不退，上医院时，已经控制不了病情，他只要不在烧迷糊时，什么都不想吃，就只想喝这个鸡血酒，医生诊断说可能是禽流感，并且禁止他再喝这种鸡血酒，他虽然相信医生的话，但他的身体发毒瘾一样不喝就会死去，他甚至宁愿喝了死去都行，医生在他病危的时候警告过他不能再喝，但他宁死也要喝，最后在临死前还喝了一杯。他们家的屠宰场由于禽流感，一下子关闭了很多禽类，加上马克的突然去世，让马克的父母开始了对喝猪血鸡血行为的反思，家中的生意开始大幅度缩减。他们开始整理马克生前的艺术品，将精力放在了马克未完成的画商生涯上。

在美国帮马克的父母料理完后事，莉莉在美国马克的房子里呆了整整 7 天没有出过门，这个房子也在马克去世后进行了全面的地毯式消毒。莉莉她几乎不怎么吃东西，也很少睡觉，只是不停地流泪，莉莉深切体会到了人生的残酷。莉莉每天都拿起马克的衣服，拼命地吸着他曾经留下的味道，最后，常常会喃喃地与马克对话似的说东说西。这一情景，把马克的父母吓坏了，因为他们也很喜欢莉莉，每年他们在一起过圣诞节的时候，莉莉就像个开心果似的老引得大家开怀大笑，他们请来心理医生给予莉莉开导，但莉莉说不用，最后，他们只好请莉莉的中国同学通知莉莉的父母过来，等莉莉父母过来美国时，莉莉已经憔悴得令人惨不忍睹了。

莉莉妈妈与莉莉抱头痛哭一场后，要接莉莉回家，但莉莉不回家，莉莉又回到印度，继续她的瑜珈学习，她的内心发生了很大的变化，她不能接受马克离去的现实，她曾经想过就此与马克一起去了，在众多的朋友和亲人的开导下，她算是活过来了，但她的心已经死了，她知道自己可能再也不会找爱人了。

莉莉在印度学成后，没有再回美国去，她再也不敢面对在美国她与马克所相处过的一切，那些会勾起她一切回忆，那些回忆会让她痛不欲生，所以莉莉回了北京，全身心地筹备并成功地开办了这个瑜珈馆，她在瑜珈中找到内心的平静，瑜伽馆开办成功后，她又开办了一家美容院，将所有的精力都放在了瑜伽馆和美容院上，父母希望莉莉能很快地忘掉马克，忘掉这一段恋情，希望莉莉能回到现实生活的北京来。

十 四

星期天，莉莉妈妈对莉莉说："江叔叔说，今天请我们全家吃晚饭，在华楼。"莉莉知道不能说不去，因为江叔叔是莉莉父亲的朋友，也是一个部委的领导，就说："好，我开车不要带司机好了。"

"你不要开车了，还是叫司机去好了，免得等你停车。"莉莉妈妈说。

"好，那就叫司机吧，我还乐得轻松哩。"莉莉笑着对妈妈说。

晚上六点，莉莉的父母带着莉莉与江叔叔一家一起在华楼吃饭，莉莉心里明白，吃饭的目的其实是很明确的，因为江叔叔两夫妇也带来一个男孩子，叫朱江，朱江与莉莉是同年的，也在美国留学，博士毕业刚回来一年多，两家一起吃饭的气氛很好，莉莉与朱江也很谈得来，是那种可以谈很多见解的朋友，朱江有一份很好的工作，在国务院的一个部门上班，人长得也是一表人才，因为朱江家是高干，所以他对女孩子的要求也是很高的。

吃完饭后的第二天，朱江主动给莉莉打电话，约莉莉一起吃饭。莉莉答应了，在吃饭的时候，莉莉很坦诚地对朱江说："朱江，我觉得你真的非常非常优秀，你形象好，家庭背景又好，应该说我没有理由不与你交往下去，我想早一点告诉你的是，我们俩只能做普通朋友，不是你的问题，而是我的问题，因为我在美国交往了一个叫马克的男朋友，我们俩都已经谈婚论嫁了，哪知道一场禽流感夺去了他的生命，他离开了这个世界上，我觉得我的心也已经随着他而去了，不是为了我的父母，我可能都想离开这个世界上，去另外一个世界陪伴他，所以我想告诉你的是，我现在的心里还没任何的位置给予另外一个人，我不可能爱上别人，包括你，如果我不告诉你的话，我觉得会让你产生一些错觉，是对你极大的不负责，你这么优秀的一个人，我更不能欺骗你，更不能伤害你，所以我要告诉你的是我们只能做普通朋友，为了你的将来，为了你的幸福，我希望你能理解我，我也谢谢你对我的厚爱。"朱江被莉莉的坦诚所感动，后来他们一直都是好朋友，朱江找了一个条件很好的女孩子，已经在半年前结婚了，莉莉还是新娘的伴娘呢。

莉莉父母也一直为莉莉操心，但她都对父母说她没事，只是莉莉恳请父母不要为她的婚姻大事操心了，她会让自己的心做主，等到以后哪天恢复到能接受另外一个男人时，而那个男人又是她爱的他也爱她的时候，她才会考虑婚姻这个事情。她对父母说："我理解你们对我的关心，我也觉得我不是个孝顺的女儿，不能让你们在想抱外孙的时候如愿地抱上外孙，但，我没法欺骗我的内心，我的内心还没有任何的位置给予别的男人，对不起。"父母也只好含着眼泪答应了她的要求，他们毕竟是爱自己的女儿的，他们不能委屈自己的女儿，他们也想明白了，不能让莉莉做违背自己内心的事情，一切让莉莉做主。

十五

　　自从点点、莉莉、可可成为好朋友后，她们会随时在一起聚会，那时点点和可可都有男朋友，但不影响她们的闺蜜聚会，她们在一起什么都说。

　　这天下班后她们三人一起喝咖啡时，莉莉接到一个电话，说晚上 8 点在老地方见面。点点和可可一看见这架势，就要莉莉老实交待是不是找到了男朋友，莉莉却一脸坦然地对她们俩说："你们可是饱汉不知饿汉饥呀，我不找男朋友，但我还是要解决一下生理需求吧，不然真的会老得快老得更惨的。"

　　"你怎么解决生理需求啊？难道你找……"点点目瞪口呆地望着莉莉问道。

　　"对呀，不要用那种眼神望着我，其实这是很正常不过的了，我觉得人的生理需求要满足的话，还是放开点好，听着，是放开而不是放荡啊。我是受我们美容院里面的一个 VVIP 富婆的劝说才这样的。那天，那个 VVIP 富婆来做美容，做完后，她那天心情特别的好，要请我去喝咖啡，她看着我说：'你的气色真的是不好啊，有什么事情么？你还没有男朋友吧？'我说：'是的。''你条件这么好找不到男朋友吗？'我就将我与马克的事情讲给她听了，并且明确地告诉她我现在根本不可能接受别的男人与我交往，她说：'难怪你的气色这么难看，女人这个年龄段还是要有性生活的，生理需求不解决好，气血就会不旺，就会成黄脸婆的，而且还容易得癌症，不是我吓唬你的。'我苦笑：'我不可能与马克以外的男人发生任何关系的，我根本不会爱别的男人的，怎么去解决生理需求和使自己气血旺啊？'那个 VVIP 富婆笑着对我说，这就是我们中国女人的通病，而且我认为是悲哀，宁愿自己憋，结果最后憋出个子宫癌症或乳腺癌症的，活人被尿憋死，憋出个黄脸婆，憋成个残渣余孽，憋得残花败柳，最后就是憋成为惨不忍睹，没人疼没人爱，姥姥不疼妈妈不爱男人不喜欢自己讨厌才甘心。'我听后觉得说得有趣，就笑着说：'那就去情趣用品店买一个慰藉品自己解决一下就好了。'谁知道那个 VVIP 富婆说：'不是我说你，亏你还出国留洋见过世面，这么保守，那种用品哪有用，血液的流动必须要做真正的运动才行啊。这样吧，她望着我，继续说：'我今天豁出去了，跟你讲讲我的故事，我以前在深圳时，我们家老公每天很忙碌，生意越做越大，钱也越赚越多，回家也越来越少，即使是回家也没有精力给我履行夫妻义务和职责了，什么公粮什么子弹都在外面已经用尽了，我这边却是日渐凄惨日渐枯萎日渐憔悴，内心苦闷不说，生理现象还不能满足，我的一个朋友看见我这样子，就带我去了东莞一个会所，你知道东莞那里有很多的香港男人和台湾男人在那里开工厂办公司，所以那地方什么样职业的人都有，特别是那些以身体为职业的俊男靓女多得去了，那就是一个各取所需的地方。两人各取所需，这样一来，我的气色也越来越好血液也越来越流畅人也越来越年轻，我们家搬来北京后，我在深圳的朋友也知道北京有那么一群俊男靓女以这个为职业，介绍我去这些会所找他们，你知道吗，他们都是一些职业模特和三四流的女演员，他们如果光靠自己在做模特和三四流的跑龙套职业上是不能让自己在外人眼里面保持他们光彩夺目光鲜亮丽的生活。像你这样有能力的人在北京说多也多说少也少，但大部分北漂的年轻人其实还都是在为生存而奋斗的，不要看不起这些人，我知道你从心眼里面是对他们不屑一顾的，我也是有需要的时候就不要委屈自己，这个里面有的人是在出卖身体，但其中也有人只出卖身体而不出卖灵魂的。'在那个 VVIP 富婆的劝说下，我也就在自己在最需要的时候偶尔去解决一次，前提是那个对象必须养眼干净不多事情。我觉得这样也还 OK，当然是在没有任何人知道的情况下，特别是我的老爸老妈，不然我是会完蛋的。我在想，如果今后我真正能再找一个像马克那样让我全身心都有去爱的人，我一定绝对不会再去做这个事情，这是我的做人原则和底线，对自己的另一半绝对真诚那是必须的。"

　　点点和可可对莉莉的这些话没有表示出异议，她们表示理解，当然，理解并不等于自己也要这样去做的。她俩对莉莉的这个行为的理解就是，一个人的性有时是与爱情、与感情、与灵魂、与身份都统统无关，性就是性，就是一个男人与一个女人在生理上的交融，是一个人当然包括所有动物在内的生理需要，在满足生理需要的同时获得生理上的满足，在解决生理饥渴时获得健康的生理释放。当然，性与道德有关，不然，整个社会秩序就会大乱，整个生态环境也会失去平衡，所以莉莉、点点、可可她们的原则是不当有家庭男人的"小三"，哪怕这个优秀的男人优秀得让你欲罢不能让你可以抛弃世界也不允许自己去破坏别人的家庭，有家庭的男人都只是他老婆的专利品，而不是公共用品，她们都遵守着这样一个道德准则，没有找到正式男朋友之前，你怎么解决生理需要是你自己的事情，只要不是破坏人家的家庭，不要与那些没品位没有素质没形象的男人解决就行，但一旦你与某某确立了男女朋友关系，或者已经步入了结婚殿堂的话，这一切都必须让忠诚作准则，以道德为底线，这是她们的共识。也正因为她们有着共同的道德观，所以她们才会成为真正的知己，不然为什么说道不合而不相为谋呀。

十六

　　点点妈这段时间的睡眠有些障碍了，那是连她在更年期时都不曾有过的，她知道她的焦虑在哪里，朋友们陆续给她带来的一些信息就是点点条件太优秀，加上年龄太大不好找。

　　每天等点点上班后，点点妈就会出去买菜或者买生活日用品，这天她出门去沃尔玛超市买东西，遇见钱阿姨："点点妈，您也来买东西了？"

　　"是啊，您也来了？我来买点洗发水。"点点妈热情地说。

　　"怎么样，最近还好吧？"钱阿姨热情地说。

　　"还好，托您好的福，都挺好的。"点点妈也笑嘻嘻地回答。

　　"哎，那个点点怎么样了，找着对象没有？"钱阿姨关心地问。

　　"没呢，没有什么机会认识那些男孩子，您还是要帮忙留意呀，真的比较难办啊，我们在北京认识的人有限，不像您认识的人多，接触的层次又高啊。钱阿姨，您还要帮忙留意留意啊。"点点妈的一句奉承话，将自己埋到了尘埃里，而将钱阿姨捧到了天上。

　　钱阿姨听了点点妈的话很是受用："那是一定，您的事情我一定当作自己家的事情来对待，我会放在心上的。"想了想又说，"点点妈，不是我说得您心里更急啊，是要抓紧了，我跟您说，前两天吧，我儿子公司就闹出一桩打架的事情。他公司的一个副总是男的，29 岁了，与一个有钱的女孩子谈了两年，结果，那个男孩子不知道怎么的又与一个大学刚毕业的女孩子搞到一去了，因为这个男孩子自己是一个副总，事业有成，多金，那个女孩子一来就盯住他了，对他发起猛烈进攻，结果一下子就把这个男副总攻下了，副总的女朋友知道了就闹到了公司，找到那个女孩子打起来了，结果那个女孩子不但不内疚，反而振振有词地说：'你又没跟他结婚，你有什么资格在这里大吵大喊大吵大闹？只要你与他一天没结婚，我就有资格与你竞争。'

"那个女朋友说：'你明知道他是有主的，你这么不道德来插足，我打死你这不要脸的。'

"那个女孩子却说：'你才不要脸呢，阿姨，照照镜子吧，30 岁了，一个黄脸婆了，还好意思在这里闹，你趁早回家躲起来吧，你有钱有什么用，告诉你吧，有钱你能买回来青春吗？有钱你能买回来男人吗？你这个傻冒，我觉得你是脑子里面进水了。'那女孩子一抬手将头发整理整理，坐下来喝了一口水继续不紧不慢不急不恼地说：'我可怜你，再告诉告诉你生活的经验人生的智慧吧，女人要想爱，并不是她要有钱，而是她要有青春，知道吗，青春就是本姑娘的钱，青春就是黄金，比黄金还贵，青春就是钻石，专门闪耀着男人的眼睛。你摸着脑子想想啊，一个姑娘凭什么找一个层次比较高的男人啊，就是她的青春，她的年龄，她的漂亮，什么学富五车，什么贤惠淑德，什么有点钱啊，那都是狗屁，你用青春换来大把金钱有什么用？你还不是一样要男人，要找一个男人结婚，而你一旦有钱有学问了，你的青春却没有了，你这时要找一个上档次的男人就难了，因为事业有成多金的男人还会稀罕你的那点钱么？他自己有钱，他不需要锦上添花，他需要的青春无敌，是水嫩嫩鲜活活的青春妙女，而不是老涩涩干瘪瘪黄脸大妈。没活明白吧？还好意思来闹。'

"那个女朋友被那个女孩子说得呛在了那里，一时哑口无言，一时还对不上话，只好丢下一句：'不要脸！'灰溜溜地走了。您猜测结果怎么样，还真是那个女孩子赢了，那个副总有钱还真跟那个女朋友分手而跟那个女孩子好了，人家女孩子青春，有年龄优势啊。所以，还是抓紧的好抓紧点好呀，有时太优秀在男人的眼里也不是都是好事，我只是对点点妈您说真话而已，现在世道真的变了。"钱阿姨贴心贴肺地对点点妈说了这番话。

与钱阿姨分手后，点点妈感到了前所未有的虚弱。

点点妈这才觉得这个事情的严重性了，她觉得自己高估了点点的优势，现在的乙方市场是真正的熊势，每天晚上的左思右想，夜不能寐并没有改变一点点的现状，没有约会，没有电话，点点依然是上班上班再上班，下班下班再下班，学习学习再学习，锻炼锻炼再锻炼，32 岁的女孩子如果没有爱情的润滑，点点妈真的担心点点这朵美丽的鲜花会枯萎，点点妈琢磨，光在这里瞎想是没有用的，要想办法，只有一条，自己主动出去。

点点妈曾经问过好朋友郑阿姨，北京的那些大龄青年一般还会在哪里找对象，郑阿姨告诉点点妈："听说北海公园和地坛公园每个星期都会有那些大龄青年的父母在公园里面为儿女相亲。好像北海公园是星期二、星期五下午，天坛公园是星期四下午。"

十七

　　到了星期二下午，点点妈就打电话给郑阿姨，问她愿不愿陪她去北海公园看看。郑阿姨正好在家无聊，就陪点点妈去北海公园看看情况。

　　三月的下旬，北海公园还是北风飕飕，昨晚北京还下了一场大雪，春雪很是好看，北京下雪后，白茫茫的一片，放眼望去，让人真正体会到什么是北京应有的大气。雪后的北京，虽然还望不见一点绿，雪压在树枝上，像给树枝穿了一件羽绒服，很是赏心悦目，特别是公园路上的雪全部都没有融化，人一走就会在路上留下二行脚印，远远望去，脚印就边起来了，成了一堆一堆的泥淖。以前，点点妈特别喜欢在雪天去踏雪，她喜欢听那种皮鞋踏在雪上的声音，那时她总是喜爱选择雪积堆得最厚的地方走路，但现在的点点妈没有心情踏雪和赏雪。她拉着郑阿姨东看西看，看见北海公园里面黑压压的一群人，都是那些未找对象的父母，有的甚至是爷爷奶奶都来了，没有一个青年人，因为是上班的时间，青年人都上班去了，家里面的父母都先来帮忙物色有没有自己孩子合适的，有合适的或条件相当的父母之间可以先聊，先沟通先介绍各自孩子的情况。

　　点点妈的心脏有力地跳动着，这种壮观的场面她还是第一次见到。放眼望去，少说也有300多人，各自将自己孩子的情况用一张纸打印好并过塑，用夹子夹在一条长长的绳子上，有的带了照片，有的没有带。

点点妈这时顾不上郑阿姨了，她就像在菜市场挑菜一样，一张张看过去，不放过任何一张，生怕错过一个与点点相配的男孩子。

点点妈全神贯注，眼睛在认真看，耳朵还不放过身边的任何一个父母之间的对话和交流，只要她听到与点点条件有点接近的就会停下来主动上前询问。这些父母们也都个个带着焦虑客气的语言在介绍着自己的孩子，那情景，就像天下的父母认为自己的孩子就是世界上最好的孩子一样，也像那些卖菜的菜农狂夸自己的菜是如何如何的好，如何如何的新鲜一样。就是没有机遇，没有时间，没有条件，没有桥梁，让他们的孩子们相互认识，了解，相爱。

点点妈觉得这个市场的父母不但像菜农担心天气不好自己的菜没有办法卖出去一样，更有王婆卖瓜自卖自夸的味道。那些父母们都像点点妈一样，每条深深的皱纹里面都充满了焦虑和急切。更多的父母脸上的神态更是像受了委屈的孩子，好像在说：我的孩子这么优秀，为什么就找不到合适的对象呢？

点点妈开始是一张张地仔细看，后来一想后面还那么多张的介绍，这种速度不行，点点妈对郑阿姨说："小郑啊，这样，麻烦你从那边给我看起，我们俩要分开看，不然今天是看不完的，第一，看年龄相当的，如果太小的就不往下看了，年龄不合适是不行的，男孩儿更是希望年龄小一点的。第二，看了年龄合适的再看看从事什么职业，起码也要过得去，是不是？这两条合适了，再仔细看，如果是海归就更好，再如果是北京户口有房有车就争取与他们的父母接触一下。"

"好的，好的，我明白了，等会我发现了合适的就打电话给你，你去与他们的父母接触一下，沟通一下。"郑阿姨很快就消失在人群里面了。

点点妈越看，心里就越急，什么22岁的女孩子啊，什么24、25、26岁的男孩子啊都有，各个年龄段的都有，点点妈看了将近40多个，好不容易看到了一个1979年的男孩子，条件都不错，点点妈按捺住内心的狂喜，主动上前与这个孩子的爸爸妈妈打招呼，一聊，是个理工科男生，没有出国，但还是硕士，个子也不错，有175公分左右，从事IT行业，还是个部门经理，年薪只有10多万元，点点妈心想，这些就算了不计较了，点点妈将点点的情况介绍了一番，对方也还感兴趣，虽然他们也希望对方女孩子在30岁以下，但听说点点这么优秀，这一条可以暂时放宽，但他们坚持要找北京户口的女孩子，而点点不是。

点点妈也希望找个北京户口的男孩子，显然，在这里的父母都是这个心思，北京户口成了他们手中最大的筹码，最基本的条件。

郑阿姨在点点妈离开那个1979年男孩儿的父母后十多分钟，打来电话，说："点点妈，这里有一个1980年的男孩儿，条件也还不错。你过来一下吧。"

点点妈敏捷快速跑到郑阿姨的身边，她细看了介绍，并且看了一眼上面的相片，还过得去。最让点点妈满意的是北京户口，从事物流工作，不过年薪只有8万元，学历也只有本科，点点妈心想先见见面再说吧，不曾想到的是，与对象的父母一聊，点点妈又一五一十地把点点的情况介绍了一番，对方的父母对点点妈说："你们女儿的年龄还是太大了点，同年是同年，但女孩子一过了30岁，生孩子都会有点困难，当然，你女儿不一定就会困难啊，我只是说存在这种可能性啊，你别在意啊，我们还是想找个26岁以下的。"

差点没有把点点妈气晕过去，好在点点妈反应快，对郑阿姨说："我刚才那里有个海归的，年薪在60多万元的，1979年的，你去帮我看一下好么？"拉着郑阿姨就往另外一个方向走。

点点妈心里虽然很不是滋味，这里大多数都是女孩子，从21岁到45岁的女孩子都有，男孩儿相对少很多，年龄合适的，人家还是想要小的，北京户口成了首要条件，整整看了一下午，点点妈的脸上是红彤彤的，因为激动，更因为下雪后的北风吹得脸痛，痛得发红。

点点妈摸摸那双手，已经冻得冰冷，她对郑阿姨说："今天辛苦你了，我请你吃晚饭吧。"

"没有关系的，不过这里确实壮观，条件好的并不算太多，点点还是很优秀的，我看能与她匹配的真不多。"郑阿姨宽慰点点妈。

"是的，有好的早就被抢走了，只剩下这些没太大优势的在这里挂着，走，吃饭去，我们喝点热的东西，暖和一下。"点点妈说。

"好，过两天，我们还去天坛公园看看吧，说不定会有收获的，你别太着急了。"郑阿姨说。

与郑阿姨吃过饭，分手回家后，点点妈就坐在那里真的有点心火心撩了，形势十二万分的严峻了，北京人要找有北京户口的，要找年龄小的，外地人也要找有北京户口的，要找年龄小的。这该怎么办啊。

郑阿姨第二天打电话给点点妈："不如让点点去江苏卫视的相亲节目《非诚勿扰》吧，点点那么漂亮优秀，肯定会有合适的，何况那是全国范围，甚至是世界范围的，那是个收视不错的节目。"

"就不知道点点肯不肯上电视啊，估计百分之百是不会同意的。"点点妈不无忧虑地说。

十八

　　点点妈现在成了江苏卫视的忠实粉丝。如果是以前人们对她谈什么《非诚勿扰》，点点妈怎么都会表现出一副高高在上、不屑一顾、与己无关的神情，那时别人与她谈《非诚勿扰》，她认为那是别人家孩子的事情，她那时还是多少同情那些儿女找不到对象的父母们，点点妈那时多骄傲啊，因为人们一说起儿女的婚姻大事，就对点点妈说："你多好命啊，点点什么都不用你操心，你就等着享福就行。"那时的点点妈心里就像喝了甜蜜的糖水一样，心里甜滋滋的，那时的点点妈也就会故作谦虚地说一番诸如："哪里，哪里，我们点点主要是要求不高。"的话来。

　　现在好了，点点妈也开始加入到了为儿女操心婚姻大事的队伍中，并且，从年龄这一点上，32岁的点点根本就没有任何优势，再优秀又怎么样，还不是像齐天大剩一样大大地剩下来了。

　　有时，点点妈望着每天下班就回家的点点，虽然点点的脸上，从来没有表现过对自己找不到对象的焦虑，她依然该怎么就怎么，工作比以前更出色了，还是全亚洲的十佳律师了，但点点妈心里很明白，虽然点点自己不在乎，但外界的看法和人们的议论，加上成天拉她去相亲，对点点来说还是很有压力的，特别是时光毫不留情地流逝。

　　每每这个时候，点点妈的内心就涌现阵阵的内疚：如果我们做父母的是个京官或是个大款，我们的点点还会受这个罪？点点妈在老家有一个高中的同学，由于老公经商，生意越做越大，最后，从老家做到了北京，还将生意做到了上市。虽然他们家以前是点点老家郊区的，没有什么人看得起他们，他们的女儿与点点是同年的，不会读书不说，长得还不漂亮，要身材没身材，要形象没形象的那种，可人家也是家里面送她到美国留学回来，居然找了个一表人才的北京男孩子，更为让人大跌眼镜的是，他们的女儿与这个北京帅男结婚不到一年又离婚了，离婚后不到两个月又找了一个更帅的北京男孩子，人家男孩儿还是个没有结过婚的。

　　对那些有钱或有权的父母来说，他们不需要自己的儿女多优秀，也不需要自己的儿女长得多好看，他们为儿女提供的资源是儿女们婚姻市场的畅通无阻的通行证，是让其他男孩子和女孩子趋之若鹜的魔力棒，是一块磁力十足的磁铁。他们的儿女不管什么事情都高枕无忧，他们的孩子在人面前都是抬着高傲的头，眼光从来都是朝天的，他们的自信不是来源于他们自身有多大的本领，而是来源于他们有一个多好的父母、多威武的家庭。并且，这些有钱有权的家里面的儿女们，从来也很少找一个对方家庭很普通的对象，他们要么就是一方家庭有钱的与另一方有权的家庭结合，要么就是双方家庭都有钱或者双方家庭都有权，不管这些家庭之间的儿女们般不般配，最大的特点就是家庭已经为他们都般配好，他们还操什么心。这已是一个拼爹的年代了。点点妈想到这些，就恨不得点点也是出生在这些有钱或有权的家庭里面，如果点点出生在这样的家庭里面，点点无论从形象还是能力那还不随便让她来挑三拣四了，说不定还能找个政治局常委的儿子或孙子都没准的，哪还轮得到点点妈现在在这里这么劳心劳力操心，也哪还轮得到点点在这个问题上让自信与骄傲备受打击。

　　点点妈心想，都是人啊，都是父母生的啊，但却有着不同的命运啊。

　　一想到点点的这种状况，点点妈就心烦意乱，在星期四的下午，点点妈就去了天坛公园，那个爱情之角里面，比北海公园的人数稍微少一点，但也有200多人，那些父母们都在里面不停地转，都带着一双双猎鹰般的眼睛，在捕捉心中的目标。

　　点点妈发现天坛公园的方法与北海公园有所不同，这里，主要是大家都将儿女们的个人资料集中放在一本大本子里面，你可以在这里的资料中找有没有符合条件的，如果有，你再与对方的父母联系，他们肯定这时都在公园里面，然后，你们可以一起交流沟通互相提问。点点妈拿起这个资料本一看，我的妈呀，大部分是女孩子，也是男孩子少，几大本个人资料，是由一个退休的老伯伯在义务管理，点点妈一看，都是那么几条：要北京户口，要女孩子年龄小的。

点点妈的心情已经没办法让她的脸上露出自信和骄傲的笑容了，点点妈问老伯伯："怎么都是要北京户口啊？那我们外地的优秀的女孩子不是没办法找对象了吗？"

老伯伯说："太现实了啊，生活对年轻人的压力太大了，现在找对象不是看相不相爱啊，生存的压力让他们放弃了相爱的权力啊。"

"是的，不结婚吧人们也指指点点地说，人言可畏啊，结婚吧，其实，现在的年轻人的婚姻质量实在不敢恭维，所以现在离婚率越来越高了啊。"点点妈说。

"可不是吗，我在这里做了几年义工，也知道在这里有的是结婚了，但同时结婚又离婚的也不少啊，人啊都爱折腾着。"老伯伯说。

"现在是女孩子多啊，男孩子反而金贵了。"点点妈说。

"那可不，现在的女孩子在北京都多的去了，光北漂的女孩子就成千上百万的，都往北京扎堆，北京少说也有几百万，甚至上千万的大龄女孩子等出嫁啊，并且个个女孩子的条件都不错，否则能在北京留下来吗？都不差，现在差的就是男孩儿，特别是北京的男孩儿。来到北京，谁不希望找个有北京户口或家在北京的男孩子啊，少奋斗多少年不说，还关键是以后对下一代的成长费用少很多啊。"老伯伯说。

"唉，没有办法。"点点妈叹息着。

"当然，也不要着急啊，我每天都看见这些父母很着急，其实也不是没有希望的，关键是缘分，我也看见一个比你女儿还大的女孩子，最后，还找了一个很好条件的北京男孩子的。"老伯伯又宽慰点点妈。

"老伯伯，请您重点帮我推荐推荐我女儿啊，如果成了，我们给您奖励啊。"点点妈赶紧将点点的个人资料也写好放到了老伯伯的本子里面，而联系电话留的却是点点妈自己的。

点点妈经过这个下午的折腾，真的是有些累了，近 60 岁的身体，觉得一辈子还从来没有这么累过，身体的累还不算，关键是心累，心累啊！

十九

北京这几天的天气像得了严重的肺气肿似的，雾霾更重了。把北京城的一切美好都遮没了，连照明的路灯都掩没得一点都不清晰。点点诅咒这抹煞一切的雾霾，也诅咒被 雾霾"沦陷"的情绪，雾霾使本来心里就有些烦躁的点点更加苦闷，更加颓唐阑珊，像陷在烂泥淖中，满心想挣扎，可是无从着力啊！

点点、可可与莉莉刚做完美容。

"北京这天气也真令人烦躁，把我的心情都严重影响了。"点点说。

"是的，烦死了，我们家妈妈又打电话来了，也是问我找对象的事情怎么样了，我都不知道如何对她讲，这不是给我添堵吗？"可可也说。

"你们也别烦了，不如我们去旅游算了。"莉莉说。

"好啊，好啊，我马上请年休假。"点点立即响应。

"我觉得现在走也好，反正北京空气不好，换换空气换换心情也好。"可可也赞同。

她们在一起商量去旅游的事情，可可建议大家一起去欧洲，特别是法国，可可自从法国留学回来后，就一直再没去过了，法国是艺术家的天堂，莉莉、点点都同意，因为莉莉、点点还没有去过法国呢，现在她们商量着去欧洲旅游的事情，现在价格是比较合算的，再晚一点天气就太热人太多了。

她们每年都会一起去旅游，每年最少两次，不管怎么样，这个计划是不会变的。用点点的话说，旅游是可以让人的生命获得更多感动内容的一种行为。以前可可与点点有男朋友时，她们去旅游多少还会有点牵挂，现在她们三个都是快乐的单身贵族，突然觉得这种感觉太好了。

"这是你们俩真正回归单身后我们第一次一起去旅游，我希望我们三个，特别是你们俩能有艳遇啊。"莉莉打趣地说。

"其实对我来说，可能已经过了男人是生命另一半的年龄阶段，没有男人，我并不觉得有什么不好，我又不靠男人买房子住，也不靠找一个男人养着我，我也不需要靠找一个男人换来所谓的安全感，如果不是父母着急啊，我才不觉得非要结婚不可呢。"可可说。

"我也是，特别是我妈，我妈现在在我这里，我要她回去她都不回去，好像她在这里我就会找到对象似的，我都对她没办法，我知道她的心里着急得不得了。关键是我以前是她的骄傲，现在这个优秀的女儿却没有人要，嫁都嫁不出去，她的心里落差是很大的，我能理解我妈，我也觉得内疚，这么大年纪了还要她为我操心，但我又不想凑合着，别人的眼光对我妈来说也是个刺激。"点点说。

"我美容院有个女孩子，特别优秀，事业干得也好，年龄也不小了，但一直没有找到合适的对象，她妈就是想不通这么好的一个女孩子怎么就找不到对象呢，想来想去，觉得女儿可能是太缺少女人味了，让人喷血的是，她妈居然在她生日的时候，送给她一套情趣内衣和一盒肚皮舞教材，让她多学习增长女人的魅力。其实我见过那个女孩子挺女人的，说话温柔得不得了，这是她妈急得抓瞎了。前两天的报纸上还说过有个大叔说，女儿回不回家看望他们不违法，但是30岁了还没有结婚就是违法，你们说天下的父母是不是都疯了？都这么逼婚的。"莉莉说。

"都是中国人观念问题，社会上是有基本标准，但没有唯一标准吧，规定了多少岁前必须结婚吗？法律规定的只是男女到哪个年龄可以打结婚证而已，其实都是世俗观念，但我们谁都不能免俗，我老在想，如果有一天出台一条法律规定结婚了就不能离婚，离婚就是违法！我看还会不会有这么多的人争先恐后地赶着结婚。结婚本来就是两个人之间的事情，本来挺美好的一件事情，现在人为的因素太多了，女的到了30岁不结婚就是'有病'、'怪胎'了，弄得这个社会都是逼婚的恶势力似的，这样的社会人的幸福指数会高吗？"点点有些激动地说。

"大家都说现在社会进步了，但我觉得社会上有些却在退步了，起码人们的观念，特别是男人的观念在退步，优秀的男人是越来越少了，我看过著名作家毕淑敏写的《寻找优秀的女人》，写得真好，她认为优秀的女人真的很少了，其实是做优秀的女人真的太难了，多少优秀的女人受到社会世俗的制约，包括婚姻。我希望她能再写一篇《寻找优秀的男人》就好了，其实现在不是没有优秀的女人，而是真正缺乏优秀的男人，现在人们评价一个男人是否优秀，往往只评价他的事业是否成功，如果事业成功，那么他就是一个优秀的男人，其实这样很片面的，有的男人虽然事业成功，但俗气得不得了，有两个臭钱就不可一世，到处留情，没有最起码的道德观和最起码的对别人的尊重，特别是对老婆的尊重，他们每天花天酒地，每天满嘴跑火车、吹牛、胡扯，有的说出来的话显得特别没有品位，就是那种典型的暴发户的形象。"莉莉说。

"我曾碰到过一个有钱的男人，他确实靠一些关系赚了很多的钱，那一次是我的一个朋友叫他来我公司定制服装，朋友告诉我，对他只管开高价，他不在乎钱，他要的是面子，但那天他来，我硬是没有给他做。我的朋友后来打电话问我，说那个有钱老板给我比原来价钱多出差不多一倍的钱，但我都以时间来不及做不了婉拒了，为什么？原因就是当天他开着一辆很拉风的豪华轿车来到我的公司楼下，正好我在窗户外看见了他一下车就将一袋垃圾随手一扔，其实前面不远就有垃圾桶，并且随后对着地上吐了一口痰。看到这一幕，我是从心眼里瞧不起这样没素质的有钱老板的，所以我宁愿不赚这笔钱，不希望穿着我的高级定制的衣服是这样的素质的人，那还不是玷污了我的定制的衣服，后来，我的朋友听了说我有完美洁癖。哈哈。"莉莉说。

"是的，如果定义一个男人优秀的话，那么他应该是全方位的优秀，他的整体综合素质，他的行为言语，包括他要找的爱人，找什么样的老婆就可以看出一个男人的品位，他们现在以找年轻漂亮，没文化没素质没内涵的女孩子为荣，就是一个花瓶，当然，没有自信和虚荣的男人就是要靠花瓶来充面子，这充分说明他们内心的自卑，这种男人不但不优秀，而且他只能在那些没什么素质的女孩子面前充大头。如果真正有本事的优秀男人，他是会有足够的自信心去找那些同样足够优秀的女孩子的，带她出去，应该感到特别的自豪和骄傲的，我是这么认为，我们现在找不到优秀的男孩儿，我认为不是我们的悲哀，而是那些男人的悲哀。"点点说。

"是的，我们不是吃不到葡萄就说葡萄酸，事实上是如果我们这么优秀的女孩子都没有男人来欣赏，只能说是社会的一大不幸。"可可同意地说。

"我们来到这个世界上一趟，我觉得不是为了男人房子车子而来，如果你不知道你是谁，此生为何而来，就是拥有再多的财富，拥有再多的男人车子房子孩子也是白来。"莉莉说。

"太精辟了，干杯！"点点说。

"干杯！"大家喝着红酒笑着说。

"我们下个星期六一早飞机去贵州，我已经为那里的红山学校的孩子们准备好了足够的衣服，要购买的 6 台电脑已经也购买好了，学习工具也按清单购买好了，小郭和小赵两人提前去了，东西他们也已经运到那里了，学校方面我已经跟他们联系过了，我们这次去，主要看他们在教学上还需要什么。"莉莉对点点和可可说。

"好的，我们早晨 7 点出发，你们准备好，我叫司机来接你们一起去机场。"可可说。

二十

　　点点、莉莉和可可她们三人都是很有社会责任感和爱心的女孩子，在她们有经济能力的时候，她们认为应该为社会做一点力所能及的事情。

　　前年她们去贵州旅游，发现那里贫困得让人心酸，当时找了一个当地的农家妇女给她们当向导，在农妇家看见她的孩子们穿得非常破烂，感到十分震惊，在中国还有如此贫穷的地方，她们当时就给了那个农家妇女一些钱，没想到那个农家妇女却说："谢谢你们，我会用这些钱给我们孩子的学校购买一些书本、学习工具，我知道我们贫穷是因为没有文化，我想让我们的下一代不要再像我们这么贫穷，让他们好好读书，学点本领，建设和改变这里。"

　　望着那个农妇渴望和充满希望的眼神，点点她们三个当即就决定先去那所学校看看，一到学校，全都惊呆了。这哪是学校啊，太简陋和贫穷了，上课没有桌椅，一块黑板挂在墙壁上，同学们光着脚，七零八落地坐在地上，有的是蹲在地上上课。

　　了解了学校的情况，点点她们三个又去当地的政府为他们呼吁，当地政府也知道这种情况，但这样的学校在贵州省太多了，只能慢慢来。

　　后来，点点、莉莉与可可商量决定，尽她们的所能专门为这所学校每年做一点捐赠，让学校慢慢地改变。

　　这件事情她们从贵州回来就开始做，她们没有跟任何媒体和慈善机构去讲，因为她们不贪图出名，只想帮助那些需要帮助的人，尽她们的所能。这样坚持下来，已经是第三年了，她们每年捐赠的东西所需要的经费不固定，有时多一点有时少一点。她们还是希望那些孩子们能受到好的教育，以后再用孩子们自己的本领改变家乡。

　　每年她们都会到国内外旅游，因为她们的工作压力都很大，需要放松，一来是开开眼界，打开思维，加上她们本来就都喜欢旅游。二来也是奖励慰劳一下自己。

　　莉莉的助手会为她们每次要去的地方、国家安排好行程，做一个详细的旅游方案给她们，如果她们没有意见就按照方案给她们订机票、订酒店、订接送。

　　莉莉、点点和可可出去旅游从来都不参加旅行社的，她们爱自由行，因为她们个个会英语，可可还懂法语，没有难得倒她们的事情，她们喜欢自由自在地旅游，不受任何人的约束，看什么、玩什么、吃什么、住什么都是三人商量着办，那种全身心都放松的旅游是她们的最爱。

二十一

"点点，你今天去买点做沙拉的蔬菜和水果，买一条深海鱼，下班后我来接你，到你家去做一点健康美食吃吧。"莉莉打电话对点点说。

"好，你打电话叫上可可，我们三个人一起美美地吃一顿。正好我妈今天去通州的朋友那里玩去了，不回来，我们可以无法无天。"点点对莉莉说。

"好，我去接她算了，不要都开车了。"莉莉开心地说。

下班前，点点提前到超市买菜买鱼，还买了一些熟菜。然后在超市门前等莉莉她们。她们经常会在一起随心所欲地为自己做一顿好吃的饭菜。

可可带了一瓶红酒，莉莉带了一盒红花籽油。

"这个油啊，最大的特点就是做鱼和青菜，那是一绝，等会你们试试，感受一下。"一到家，莉莉叫点点打开那瓶油。

"什么油啊，这么漂亮的盒子?"可可看见后问。

"这个油还是蛮精贵的，是别人送给我爸爸的，我爸吃了这个油后，基本上是不碰别的油了，嘴都挑剔了。这种油是只有在新疆裕民地区独有的，那个地区蓝天白云，空气干净得让人通体畅快，那个地方严重缺水，什么植物都难以存活，却唯独这个红花开得灿烂无比，那个红花还是红黄相混，漂亮得让人窒息。这个油就是它的籽生榨出来的，纯天然，没有任何的添加剂，而且制作过程的工艺都十分的讲究，加上它的稀缺性，所以市面上是买不到的。"莉莉说。

"哇噻，我们今天享受部长级的待遇了。"可可说。

点点和可可在打开盒子之前，先欣赏了一下油的包装。发现那种黑色配红花籽图案，并且将一支黄色的瓶装油印在上面，美极了，盒子上的每一个细节都体现了视觉美感。

"莉莉已经告诉我了，这个油有两高：亚油酸含量高达83%和维生素E的含量不低于800毫升。能降脂降压，有起预防动脉硬化、高胆固醇血症和高脂血症的作用。"点点对可可说。

打开盒子里面，首先呈现在眼前的是一张红色的硬纸板，"中国高端食品油"，油瓶子特别具有美感，点点拿在手中，欣赏地说："这么漂亮的油瓶子，拿在手中做菜时的人会心情很好，做出的菜的味道都会不一样的，所以经常会有人说，人在谈恋爱时或给自己最爱的人时做的菜的味道有爱的味道呢，就像大家都喜欢吃妈妈做的菜的味道一样，因为妈妈做菜时是将全心的爱放入到菜中去了，所以特别的好吃。"

可可看到盒子上写了一段耐人寻味的话，便读了出来："生活方式到了一定的水平，所有的东西都可以标志出层级与类型来，所以我们用心一点就会不难发现，其实现在的柴米油盐酱醋茶也不再是一堆一色一样的了，它们分门别类、分层划级、分品设牌，而对于大部分人来说我们不是其中任何一种产品的真正专家，而只是按照口碑与品牌的效应支选择了。茶酒如此，油品也不例外呢。"

"什么都有层次，别说人，现在一切都有所特定的层次了。"点点接上话说。

她们三个人分工，点点马上蒸鱼，莉莉洗菜、洗水果、做沙拉，可可将熟食蒸热，半个小时的工夫，三位大小姐举着红酒惬意地享受着健康的美味。那个油蒸出来的鱼和炒的青菜真是一绝，口感好得不得了。

莉莉还叫可可、点点倒了一点抹在手上，很滋润。

二十二

　　时间还在飞快地流逝，它丝毫没有因为点点没有找到合适的对象而停止前进的步伐，也没有因同情点点妈的焦虑而有所放慢，它反而一分一秒都没有忘记拉着点点朝前迈进，点点的年龄正随着一分一秒流逝的时间，朝着33岁的路上全速前进。

　　点点下班回来，点点妈不在家，今天晚上，点点妈与几个朋友去郑阿姨家打麻将，要很晚才能回来。

　　点点一进门，就看见那个可爱的"幸运"猫向她的脚边靠过来。点点的心头涌出一股母爱般的暖流。这只猫是点点跑步时在外面发现的，是一只野猫，那天点点跑步看见了这只猫，白白的毛，脑袋上相间着一些咖啡色的毛，那只猫用一种十分渴求的眼神望着点点，好像是说："带我走吧，带我走吧。"点点因为太忙碌，虽然喜欢那些动物，但她没有时间来喂养它们，所以她并没有带它回家，但不知为何，那个猫的眼神在她的脑海里面不停地出现，点点跟妈妈说了这个事情，点点妈坚决反对点点喂养宠物，因为点点忙碌，这个事情最后就变成了点点妈的事情，何况，养宠物花钱不说，关键是感情会产生，动物都是通人性的，那时一旦宠物去世会令人伤心的。

没想到第二天，点点去跑步又看见了那只猫，还是用十分可怜和十分渴望的眼神盯着点点，并且对点点"喵喵"几声，多可怜的声音啊。点点忍不住想抱回家，但又想到妈妈的不同意，所以点点马上回家，拉着妈妈的手来到这里，那只猫好像知道她们会来带它走似的，还在那里等着。

见到点点和点点妈，它又是"喵喵喵"地叫着，点点妈也觉得这只猫与点点有缘分，并且这只猫长得又好看，白白的。经不起点点的哀求，点点妈终于答应将猫抱回家。她们取猫名为"幸运"。

点点将"幸运"抱到怀里，点点想，如果"幸运"是人类的话，他就是我想要的那种人。点点抱着它，它将脑袋温柔地靠在点点的怀里，并且喃喃地"喵喵"。好像对点点诉说着它对点点的无限依恋和爱意。点点伸出手给"幸运"按摩它的脸，"幸运"很享受这一时刻，点点觉得"幸运"带给她无与伦比的爱和欢乐，当点点工作不顺心时，或点点失恋时，点点会对"幸运"倾诉，也会对"幸运"哭泣，那时的"幸运"好像理解主人的悲伤一样，温柔地看着点点。

点点自从与小王分手后，她知道妈妈会为她着急，只不过她没有想到妈妈对这件事情的着急和焦虑会如此巨大，以至于点点的内心深深地感到不安，这个不安导致她虽然从内心深处十二分地反感相亲、逼婚到在强大的现实压力面前还不得不低头，这让点点很无奈。

点点的妈妈在很大程度上是点点的榜样，也是点点无穷无尽的力量，点点每当看到电视里面的少男少女们粉这个粉那个明星的时候，就会认真地对妈妈说："你就是我最大的偶像，我就是你最大的铁杆粉丝！"说得斩钉截铁！

点点从来都知道妈妈是一个大气的女人，没有什么事情能让她放不下的，她有着一种兵来将挡，水来土掩的大无畏气势，从点点懂事起，就没看见妈妈为什么事情发过愁，好像妈妈是个无所不能的乐天派，没有什么事情能难倒她的。有时，爸爸对一个事情急得要死，点点妈却神态自若，再难的事情，点点妈都有化腐朽为神奇的本领。点点妈在那个老家的小城里面，是个风云人物，她对人热情，办事能力强，她从不让人家为她办事吃亏，别人敬她一尺，她会敬别人一丈，所以在那个县级市里面，她要去办个什么事情，没有办不成的。可现在是在北京，北京是什么地方啊，那是全国人民的首都，这里用点点妈的话说北京那真是官上官，钱中钱了，这里一个扫大街的，说不定都是哪个京官的亲戚。比官大，全国没有哪一个地方的官有北京的官大，也没哪一个地方有北京的官多；比有钱，全国所有的大腕都云集在北京，所有的名人都云集在北京，全国所有的大企业家都云集在北京，因此，哪个地方也没有北京有钱的人多，而且不是那个一般的有钱，是有钱中的有钱，这些有钱人随便抓一个，都会眼皮都不眨一下，大笔一挥买一下个岛，或者买下一个美国的州或美国的镇。

而现在点点妈在北京，一下子什么都不是的了，点点妈并不是要求自己在北京能有个什么名堂来折腾，在这点上，点点妈是个冰雪聪明的人，她不敢对北京有半点其他的奢望，她的要求也不高，她只要求点点能找个如意对象，好好在北京生根开花结果。

现在北京却连这点要求都不能满足点点妈，她能不急？能不焦虑？能不上火吗？

而现在点点的偶像已经焦虑成灰色了，这让点点感到无比的无奈。

二十三

　　点点知道了妈的这些心思和焦虑，也知道所有的一切症结都在于她。

　　其实，点点有时就觉得男人又不是生活必需品，男人又不是空气又不是氧气又不是水又不是包子馒头又不是水果蔬菜又不是衣服裤子又不是手机电脑，为什么非要他，缺了他又不是会病会死会无法生存，点点觉得与其找一个凑合的男人，还不如一个人自由自在地过嘞，但现在是没有男人，没有与点点结婚的男人就是不行，起码妈妈这一关就过不去，起码亲朋好友就认为你是最大的不正常或最大的不幸或最大的可怜或最大的不孝，所以，点点无奈，茫茫人海中，有那么多的人来了又去，可是想遇见对的那一个，怎么就那么难呢？

　　难，再难，点点也不能任性了，生活在社会的这个大家庭里面，每个人的生存游戏规则大多是按照人们的思维固定模式而存在的，不然，你就是另类就是怪物就是大逆不道，如果点点还没有男朋友还不结婚，那还让不让你妈活了，所以，再难，难于上青天也要去茫茫人海中寻觅了。

　　人家现在都是网上交友了，点点在想，我是不是也只能走进这一领域呢？点点犹豫而纠结着。网上交友，好像很时尚很现代很快捷很科学很精准，范围也很广阔，但是点点最不能接受的是网上所谓的与之相匹配的几率，都是建立在那些年龄、工作性质、婚姻历史、收入状况、兴趣爱好等外在的条件上的，外在条件相当的就一定合适吗？感觉呢？灵魂的交流呢？共同的价值观呢？如果只是外在的一些条件合适而没有一点感觉的话，能产生爱吗？能产生感情吗？没有爱没有感情的婚姻能长久吗？能否有勇气与一个别人看来不错而自己没有感觉的人生活一辈子，过着味同嚼蜡的生活呢？更何况，每个在网上交友的人都是像猎人一样，同时捕获多个目标进行周旋，在与对方交流的过程中，完全是靠键盘，程序化式的，这与去超市购物有多大的区别呢，所有的交流对话，虚情假意过多，怦然心动没有，都是朝着一个目标，直奔主题。

点点脑海里面现在时常出现妈妈那焦虑的脸和渴求的眼神，不行，为了妈妈，也为了缓解妈妈的症状要开始行动了。

点点放弃自尊心的骄傲，开始对以前的同学和朋友打电话了，请他们也帮她物色和留意身边有没有合适的男孩儿，同时，点点也在网上开始留意这些方面的信息，有意识地进入交友网站与一些网友交流，寻找合适的约会对象，并在婚介网上注册。

从内心深处，点点是不相信网上交友的，骗色骗钱的故事太多了，现在由于自己的局限，为了妈妈只好也勇敢地走进这一领域了，当然，点点相信自己的眼力和直觉，也相信自己对男人的判断，也相信自己有足够的能力掌控任何局面。

经过婚介中心的介绍，点点与一名姓何的男士开始网上交流，经过多次的网上的交流后，经不起那位何先生的再三恳求，点点决定与一位何先生见面，那天相约在一家咖啡厅见面。

见面的那天晚上，点点穿戴比较简洁，她没有穿任何大牌，一件白色 T 恤和一条牛仔裤，将头发扎成马尾，显得很清纯。

那是一个对黄色情有独钟的中年男人，他穿着一件英国品牌博伯利（Burberry）黄色的 T 恤，点点有一件经典的米色风衣，这个博伯利服装创建于 1856 年，是英式服装优雅的典型代表。何先生还穿着一条浅黄色的休闲裤，配搭一双浅黄色的皮鞋，头发也是染成浅浅的黄色，脸色也是黄黄的皮肤，点点发现，这个人除了眼睛是黑色的外，一切都是黄色系。点点一看见他，头脑中就出现一个像黄色柠檬的卡通形象，想笑，但点点忍住了，点点又一想这么好黄的人不知会不会人也很黄呢。他见到点点的时候，眼里有一个火光闪耀了一下，很快他就恢复了镇定，看来是个见过世面的人。点点看见他觉得对方也是个黄得干净顺眼的人，虽然个子是中等，但比较匀称不高不胖也不瘦，不是那种让人讨厌的形象。

何先生自我介绍说是一个科技公司的老总，在中关村上班，43岁的他已经是结过一次婚的人了，没有孩子，前妻去了澳大利亚，他是一个从农村出来在北京读大学，毕业后留在北京打拼的凤凰男。

说实话，点点一听是结过婚的，马上就想撤退。

但何先生好像对点点很满意，不停地用小勺轻轻地搅动咖啡，他眼睛看着点点时，会流露一种深情，点点觉察得到对方的想法和满意，但点点却一点感觉都没有，对方很礼貌，也给人一种很有教养的感觉，看到点点这样，他认为点点是很矜持的，说他特别喜欢这种类型的人。

在结束时，他提出要送点点回家，点点拒绝了。

点点对莉莉和可可说了这个何先生的情况，她实事求是地说，不想跟一个已经结过婚的男人交往。

莉莉和可可说不要太绝对，关键是人。

在接下来的时间里面点点会接到何先生的约会电话，点点推脱了好几次，但每次何先生都会接着来电话请点点。有一次点点实在过意不去了，就跟他去了。有时点点也想，这个人的条件还是不错的，不妨再接触一下吧，但是，在接触的时候，何先生的手会主动地摸着她的腰和手，点点都会条件反射地躲避，殊不知这让他更加看重点点。

点点的被动，在何先生看来都是她的矜持，也知道她不是个随便的女孩。甚至于有一次，何先生在酒吧喝了点红酒，要亲吻点点，点点却条件反射地躲避了，何先生对越是得不到手的东西，越是着迷，他几乎是想尽一切办法哄点点开心，博取点点的欢笑。

何先生在一次约会的饭后，也明确提出要与点点去宾馆共度良宵，被点点坚决地拒绝了。何先生很是沮丧，甚至于有点愤怒。他怀疑点点是不是有病啊，点点细声慢语地告诉他自己不但没病，而且身心健康正常。

在很多次的约会中，何先生都明白地告诉点点，自己是多么的喜爱她，希望她尽快成为他的新娘，他会给她衣食无忧的生活的，点点总是笑笑拒绝。

何先生他会买些礼物送给点点，但点点是坚决不收的，这是点点的原则，有时在一起吃饭，点点还会悄悄地买单，弄得何先生搞不清楚点点究竟是什么样的人。

何先生很忙，他告诉点点，他的公司的业务量已经大得使他需要分身术才行。

这样，点点与何先生的交往就不温不火地开始着，点点与何先生的交往，没有告诉点点妈，她心里对何先生的已经结过婚有着深深抵触，还有一点就是还没有找到那种心灵感应的感觉。

那个周末，何先生说他要出差。

两个星期后，何先生打电话给点点，说出差回来了，约点点出来吃饭。

点点答应了。

他们那天是去了三里屯的一个小西餐厅吃饭。何先生含情脉脉地看着点点说："我们已经认识和交往了一段时间了，你对我是不是不太满意啊？"

"没有啊。"点点不知道如何回答何先生的这个问题。

因为点点也说不出来何先生哪里不好，但就是对他结过婚有抵触，还有主要是对他没有感觉。

"我真的很喜欢你的。"何先生手不自觉地伸过来，"你为什么不对我热烈一点，投入一点呢？"何先生就要吻点点，点点条件反射地躲开了，说："请你不要这样，我没病，只是没有到时候。"

"我肯定是真心对你的，不信，我可以发誓！"何先生举起手对点点说。

"别，别，千万别发誓，那是最不可靠的。"点点制止何先生。

"那你要我怎么样你才满意？我都急死了，送东西你也不要，亲热你又不干。"何先生好像很委屈很无可奈何地说。

"你知不知道有一句话，两情若是久长时又岂在朝朝暮暮。我是一个慢热型的人，也是一个喜欢找有感觉的人，感觉到了时候，我会主动的，你放心。"点点只好对何先生说。

"我可能会等白头么？"何先生是个聪明人，会给自己的尴尬找台阶下。

就这样，点点和何先生一直保持着约会。

然而，没有想到的是，在一个星期三的晚上，点点去新世界买点东西，亲眼看见前面的何先生正与一女孩子手牵着手购物。点点不敢相信自己的眼睛，因为何先生说过，自从认识了点点，除工作以外，他的整个身心都放在点点的身上。点点是他的唯一，就是全天下的女孩子送给他他也不会正眼看一看。何况更为重要的是，何先生说他这几天出差去了。

点点揉了揉眼睛，她害怕自己看错人，但那身招牌式的黄色的衣裤应该是他，为了确定，点点有意识地从他们发现不了的角度跟踪了一段，没错，是他，是那个成天说要与他谈恋爱的何先生。

而现在，他们之间的亲昵主动分明是一对热恋中的情侣，何先生的手总是温柔地揽着女孩子的腰，女孩子买了一大堆的物品，都是何先生去买单，并且提着物品出门时，女孩子主动吻了吻何先生，看得出来他们不是才熟悉的，是一对热恋很长时间的情侣了。点点心中像狂风暴雨般气愤，这种男人为什么要脚踏两只船，就因为自己有两个臭钱吗？

点点觉得自己也许没有资格去追究责任，所以没有主动上前揭露他的行为，但点点讲给了莉莉听，点点觉得这种脚踏两船的男人最可恨。

没想到莉莉却说一定要想办法弄到他到处玩女人的证据才行。

第二天晚上，点点约莉莉、可可出来吃饭，说到何先生的卑鄙行为，点点就感到很气愤，本小姐也不是没人要的人，真想出口恶气。当然，点点也知道，她是没有法律资格去质问何先生的，但她就是不甘心被这种臭男人欺骗。

听了点点说的经过，莉莉说："你可能还不知道，现在有的婚介中心把关还不是很严格，有很多道德败坏的有家男人就是钻了中介只想赚钱的空子，仗着有两个臭钱出来猎艳。网上也经常发生这样的骗局。"

"所以，点点，我们也要调查调查那个何先生，说不定也是那种有家的出来寻觅野食的主啊，如果是的，我们就要揭穿他。"可可也接着说。

"好吧，如果不是就从此断了这种男人的交往。"点点说。

她们三个一起商量着做了一套完整的方案来确保怎么揭穿那个何先生。

首先，莉莉通过一家中介花钱雇了一个私家侦探，私家侦探通过一个多月的跟踪和取证，这一侦探不打紧，让点点更加气愤的是何先生并没有与去澳大利亚的妻子离婚，而是他趁妻子在澳大利亚陪女儿读书的期间自己假装单身找白领谈恋爱，仗着自己有两个臭钱偷腥。

他不但是与点点交往，还同时与其他两个女孩子谈恋爱。私家侦探知道了他长期在一个宾馆包一间房子作为诱骗女孩子上床的秘所，私家侦探偷拍到他与其他两个女孩子上床的照片以及他与其他两个女孩子一起亲昵的照片，并且给点点一大叠他偷腥的照片。

点点感到庆幸的是，好在自己没有与他发生关系，不然的话，点点的心灵上将是加上一道永远无法抹去的耻辱伤痕。

点点愤怒极了，自己为什么遇人不贤，难道全天下的有钱的男人都没有一个好的了吗？

不行，点点和莉莉、可可一致认为必须揭穿何先生的丑陋行为，这种没有道德的男人还会害很多无辜女孩子的。

其次，点点在没有获取更多有力证据之前还保持着与何先生的约会，她只是更加谨慎了，生怕被他非礼。

在获得充分证据资料后，点点觉得是结束这一切的时候了。

那天，是周六晚上，何先生带着一束玫瑰来接点点出去吃饭，点点在西餐厅，将一叠相片放在何先生面前，问他怎么回事，何先生先是一愣，随后恼羞成怒，脸色由黄色变成了猪肝红色，全然没有了以前的绅士风度，用扭曲了变形的脸对点点大声吼："你跟踪我？你有什么资格跟踪我！你想怎么样！"

"我不想怎么样，你有什么资格去婚介中心注册？我只想叫你收起你那套欺骗无辜女孩子的把戏，你怎么对得起你的妻子和女儿？"点点质问他。

"那是我的事情，与你无关。"何先生恶狠狠地对点点说。

"与我无关？你浪费别人的感情和青春。对你这种人，我要让你身败名裂。"点点毫不畏惧地回答。

何先生无语，对着点点吼："你想找死，是不是？"

点点说："我不想找死。我自己是律师，我知道怎么保护自己，并且已经找了律师来处理你这样的败类。"

何先生一看点点是来真的了，很快就换了一副面孔，说："你要多少钱吧？我给你，我也一定改。"

本来点点是没有打算要他的钱的，但一想到这个败类，让他破点财他才会长记性，所以，点点张口就说："十万！并且，我会找人监督你是否还会重犯。你不要想着来害我，我已经都将自己的一切委托了律师，如果，我有什么不测，我的律师会通过法律手段将你绳之以法的。这是账号！"

"你疯了，你有什么资格要我这么多钱？这是敲诈！我会起诉你的！"何先生恶狠狠地说。

"我等着！"

说完点点扬长而去。

一个星期后，点点的账号上多了 10 万元。

点点在周末的时候，给莉莉、可可打电话："亲爱的，真的太爽了，这种鸟人害怕了，将钱打过来，我们庆祝一下吧。"

"好咧，上帝伸出了正义之手，我们去吃越南菜吧。"

"真搞不懂你，越南那么穷的地方，你却喜欢吃他们国家的菜。"点点嗔怪莉莉。

"这你就不懂了，西餐我真是吃厌烦了，在国外一吃就是七八年，中西餐老吃来吃去，没有什么新意了，所以吃点东南亚的风味也不错啊。"

她们三人相约在越南西厅，刚一坐下，莉莉就对服务生说："凉伴鲜虾、猪肉粉皮卷、串烧猪肉丸、凉拌花枝，汤是酸鱼汤，甜点是椰汁西米露，牛肉河粉。请快点上，我饿了。"

"我的大小姐，点这么多，看来今天是不用减肥了。"点点笑着对莉莉说。

"今天不减肥，今天绝对不减肥，如果今天不庆祝的话，不开怀大吃的话，对不起那个王八蛋吧。"莉莉、可可同时说。

点点将何先生的打来的钱全部用于贵州贫困小学购置学习用品了。

二十四

点点妈不知道点点最近的一切动静，点点是不会告诉点点妈的，不然她会难过死的。

莉莉和可可说点点还是要大胆地与别人接触，不要一朝被蛇咬就十年怕草绳。遇到像姓何的只是中了一个倒霉的彩头，网上应该还是会有真正来交友的。点点说真是烦透了，现在越来越不敢回家面对妈那渴望的眼神了。

在强大的压力下，相亲在不断地进行着，但总是没入法眼的，点点觉得全世界优秀的男人都已经从地球上消失了。

无奈，现实中没有合适的，网上还得继续。

点点在网上遇到一个叫"高瞻远瞩"的网友，网名取得那么霸气，点点与他进行了一次较为长时间的对话，不错，还是有点内涵的，对方介绍了自己的一些情况，点点没有和盘托出自己的一切资料，点点经过了何先生的一出戏，更是很谨慎很慎重的了，她不允许自己在这个年龄阶段还犯低级错误，她输不起也赔不起了。点点清楚地知道自己需要什么样的对象，不是那些随便抓一把的对象，但是她要的对象又不是那么好地会出现在她的面前。当然，她现在也相信，世界上仍然还是有像她一样渴望对自己的人生负责的男人，希望自己的另一半也是自己喜欢的人，也是与自己一样那么优秀的人，这种人也还没有结婚，没找对象，也在苦苦地寻觅。

点点与这位"高瞻远瞩"的网友聊了几次天，有点感觉了，对方似乎对点点也有点感觉，几个来回后，那个"高瞻远瞩"要求见面，点点没有立即答应，她吸取上次的教训。

点点知道网上的用户都是假名，很多的资料也是假的，所以她需要慎重对待这些网友，点点将她与"高瞻远瞩"的聊天内容讲给了莉莉和可可听，她们听后认为先听从内心的召唤，内心是否有强烈的欲望要见面，如果有，就见面，没有就不见面。

等于没说，点点照旧保持与"高瞻远瞩"的网上聊天，但还没有到达要见面的地步。

点点曾经一直认为女孩子不但要长得漂亮而且要活得漂亮。点点是长得漂亮，原来她以为自己也活得漂亮，事业有成，不愁钱不愁吃不愁穿，想旅游就旅游，说走就可以走，身心自由，点点一直觉得自己这个境界也是活得精彩的，然而，现实却不是她认为的这样，人们现在用一种近乎同情的眼光注视着她，这么老了还没有找到对象，这么大了还没结婚，这么老了还没有生孩子，更为尴尬的是点点不但没有结婚生子，而且是名花现在连主都没有，连主都不知道在哪里？你说能不让人心发毛么？

现在点点在妈妈的不淡定中也开始了不淡定，本来，点点从来没认为自己没有找男朋友是个多大的事情，不是她不急而是她一直认为爱情这玩意真的是可遇不可求的，现在倒过来了，在妈妈的急切中在人们关切的注目中，点点将爱情改成了可求不可遇了。

求，怎么求？只有自己才是自己的救赎，为了妈妈那可怜的心脏不再受折磨，点点接受了"高瞻远瞩"的约会见面。

在网上点点是见过相片的，所以那天来到这家咖啡馆，点点是觉得像"高瞻远瞩"这样的人起码应该在这样养眼的地方谈情说爱的。

点点那天告诉妈妈要加班，所以下班后等到6点半左右出公司大门，来到咖啡馆正好7点，点点做事情还是认真的，她不太喜欢像其他的女孩子那样故意迟到，点点喜欢准时。

"高瞻远瞩"也准时地坐在那里，点点看到坐在那里的"高瞻远瞩"后，互相介绍后，点点心里那个受欺骗的感觉就油然而生，"你是将你儿子的相片挂在网上的吧?"点点压住愤怒地问"高瞻远瞩"。

"不是，我最近工作压力太大，公司又出了一点状况，所以一夜之间老了很多，你又不是没有听过一夜愁白头的。""高瞻远瞩"居然很淡定地对点点说。

"啊，是这样啊，我还以为网上挂出来的相片是你整容以后的相片，现在不过是回到了整容前哩。"点点毫不留情地调侃着"高瞻远瞩"。

点点没想到这种人在网上聊的时候怎么这么会说，现在却大言不惭地对点点说出这样的话来，点点耐心地看他还会说什么。

"高瞻远瞩"一看见点点的模样很是兴奋，就不管自己是不是在咖啡馆，高八度地说："我经营的公司终于摆脱困境了，我高兴。"并用勺子搅得杯子砰砰响，嘴巴吮吸着咖啡哑哑地响，点点心里那个恨呀，点点观察他说话的语气，看着他的那两条斜缝的眼睛，眉毛高高地在上，跟眼睛远隔得彼此之间要害相思病似的，鼻子塌塌的，再看着他的衣着，衣服的质地是的确良的，指甲的缝隙里面很多黑漆漆的东西，点点知道了这就是低档，点点看不起这样的男人，起码的干净都没有，充什么大头，起码的素质都没有充什么成功人士。点点没有兴趣听"高瞻远瞩"讲他的成功史，不管他有没有钱不管他有没有老婆，但就凭他那一点形象点点就要将他踢出局。

简直是侮辱我点点的智慧!

"我今天忘记了关电脑，出来时走得匆忙，对不起，我要先走了。"点点起身就想走。

"你就走? 才来就走?""高瞻远瞩"脸色有点变形地说，"你不是什么婚托吧?"

"有病，我是婚托，你没长眼啊。"点点很是愤怒。

"我告诉你吧，与你聊天的是我请的一个人，也就是人们常说的枪手，我一直想找一个高素质的女孩子但没找到。"

"就凭你这样，骗子!"

"走就走，有什么了不起! 老女人。""高瞻远瞩"起身时还不忘将咖啡桌子上的那袋白糖放进口袋里面。

"丑陋的中国人!"点点小声地说。

"我就是丑陋的中国人，你怎么样?""高瞻远瞩"还大声地说，"买单!"

点点飞一样地跑着离开了那个咖啡馆。

"老女人! 叫我老女人! 你才是老女人的孙子!"点点气得脸都绿了。

网上真是不可靠，什么都可以在网上买卖，现在不但是商品，而是连人都可以在网上买卖了。

　　点点恨这些网络上的骗子，也恨自己还没有炼就一双火眼金睛。点点下定决心，不再上网交友，他奶奶的，真是他奶奶的网络，这个世界怎么变得这么假了呢？现在应该怎么办？点点忧心如焚地想。

　　点点觉得自己太屈辱了，我五官端正身材漂亮，我高学历高智商高年薪，我不缺胳膊不缺腿，我不缺健康不缺阳光，我有正当的工作，有人间的善良，有人间的勤劳，有人间的坚韧，现在却被这个所谓的相亲弄得狼狈不堪，让妈妈跟着心力交瘁。

　　当然，点点所做的这一切还都没有告诉点点妈，因为她担心自己的一次一次的约会不成功，反而会泯灭点点妈内心的所有希望，那样岂不是更残忍。

二十五

　　那天下班回家，点点就被妈妈拉去相亲。说实话，如果不是为了安慰妈妈的心情，抚慰妈妈那颗受伤的焦虑的心，点点根本就不愿意再去相亲，在点点的字典里面其实根本就没有"相亲"这两个字，只是没有想到的是，现在她的字典里面不但有了"相亲"这两个字，而且已经占据了她的整个思维空间，点点从对相亲不屑一顾到现在时不时被拉去相亲，她的内心她的自尊都受到了很大的伤害，这伤害还无法言说，因为，现在自己这样的大年龄女孩子，不去的话，岂不是辜负了别人，特别是那些好心人的一番好意了么？如果不知情的人还会说难怪找不到，还不是二个字"挑剔"，在这样的情况下，自己只能委屈自己，而不能辜负了别人，特别是妈妈。

　　"这个男孩儿是北京人，也是一个海外留学回来的，个子、年龄都合适的。这次你要好好把握了。当然，人家一见你，说不定就会被你吸引的，你要有这个自信，什么年龄不年龄的，你反正也看不出有这么大，我们不是欺骗别人，而是要先接触了解你了，人家才会对你的年龄不在意的。"点点妈喜悦的神情不由自主地流露了出来，点点心里并不以为然，这么好的条件，还等到我么，心里面这么想，但没有对妈妈说出来，而是对妈妈体贴地说："放心吧，我知道了。"

　　约会见面点是放在一个比较高档的西餐厅，因为是钱阿姨介绍的，钱阿姨是一个极要面子的人，因为她觉得自己是一个有身份的人，她介绍的人都是有身份的，所以约会见面的地点也就高档了，点点还是按照妈妈的意思稍稍打扮了一下，在那家人不多的高档西餐厅，点点说实话，还是喜欢这样的环境的，给人一种很舒服的环境，心情都是不一样的，何况，在英国吃了一年多的西餐，她还是喜欢西餐的。

　　点点按约定到达 A10 号餐台的时候，那个男孩儿，严格地说应该是那位男士已经到达了，不错，按照约定的时间提前到达，这个时间观念是点点喜欢的，见点点到达，那位男士站起来，主动站起来介绍自己："你好！你是点点吧？我是宋平，请坐。"

　　"你好，我是点点。"点点说着并坐下。

　　"你喜欢吃点什么呀？自己点吧。"宋平很有礼貌地说。

　　"好吧，你点了没有？你先点吧。"点点也是受过教育有教养的人，她喜欢有礼貌的人。

　　"你点吧，女士优先呀。"宋平笑着说。

　　"那好吧，我就点一个沙拉、一个牛扒套餐，外加一个忌廉汤。"点点是一个不会做作的女孩子，她吃饭也从不刻意减肥，因为她一直坚持锻炼，所以她的体重一直都保持得很好。

　　"我也要同样的，我觉得我们在吃上是有一个共同点了，这些也是我吃西餐常点的几样。"宋平微笑着说。

　　"那就是英雄所见略同了。"点点也微笑着说。

　　点点一看宋平，是那种典型的书生相，白白净净，斯斯文文的。给人一种很舒服的感觉，但从他的神态中总会流露出一种忧郁的气质，是很多女孩子喜欢的那种忧郁的气质，这种气质的男人，很容易引起女性的母爱，点点想这个男孩儿说话也斯文细声细气的，性格一看就是那种很好的，他们一起互相聊在海外的经历，有许多的共同感受，点点与宋平在一起吃饭，说着话，有一种很舒服的感觉，但她的心并没有被打动，她也不知道为什么，没有一种被拨动心弦的感觉，点点对自己吃了一惊，因为面对的男孩子可以说是无可挑剔，无论从学历、形象、年龄、北京人等来说，点点实在找不出理由不满意，点点在心里想，是不是我自己真的老了，面对美色都不起涟漪了，真的是心如止水了吗？点点一想到这点，她的心里有点急，对自己的心理衰老感到有点害怕。点点她每天都会照镜子，还好，岁月并没有在她那张脸上留下什么皱纹，现在可怕的是她的心上已经长起了皱纹，这太可怕了。

他们就一边吃一边聊着，从各自的工作、海外学习的经历生活，到北京的天气，无所不聊，谈不上很枯燥，也没有任何火花。

回来后，点点妈迫不及待地问点点感觉，点点怕妈妈失望："还行吧，多接触了解一下看看吧。"

点点妈一听，开心地笑着对点点说："人没有十全十美的，多看别人的长处才行。"

"嗯，我知道了。"点点不敢对妈妈说出心中的感觉，看着妈妈这么长时间以来才有的笑脸，心里还是酸楚的。

与宋平见面后已经过去了一个星期，宋平却没有主动与点点联系，他们之间有互相留下电话和微信号，但没有任何的动静。

点点妈有点坐不住了，不知道宋平是不是已经有了女朋友，或者他没有看上点点，点点妈也问过点点说他们在一起聊得很愉快。点点妈要点点主动联系一下宋平，点点不干，"我一个女孩子哪有那么迫不及待，他要是觉得不行就算了，他要是主动跟我联系，我就与他了解接触一下看看。"其实，点点的心里有点烦，因为她一直对自己有自信，这次宋平竟然这样的态度，是不是点点魅力不够，按照点点的想法，只要与她接触过的男的应该都会欣赏她的，而宋平的态度现在却是如此，点点还是有点迷惑了。

点点妈将这一情况跟钱阿姨说了，钱阿姨说："幸福要争取，如果点点觉得不错，也可以主动与他联系一下，这没有什么的，年轻人，观念要改变。我也与他妈说一下，看看宋平的态度怎么样。我马上打电话。"

"点点妈，我问了宋平的妈妈，他妈说宋平没有找对象呢，她会叫宋平跟点点联系的。别着急啊，宋平可能最近忙些。"钱阿姨一会就给点点妈回了电话。

三天后，点点接到了宋平的电话，还是在那家西餐厅，下班后见面。

点点告诉了妈妈，虽然，点点骄傲的心受到了一点被漠视的伤害，但点点还是心情舒畅地去了西餐厅。

两人一见面，东拉西扯地说了好一会无关紧要的话题，宋平也是细声细语地说着，平静地看着点点，最后，吃得差不多的时候，宋平对点点说："你真的很优秀，各方面都很好，但我不能欺骗你，我那天是为了我妈妈来相亲见面的，我要诚实地对你说，我是一个同性恋者，我有一个相处了4年的朋友，我们没有同居，对这个事情，我很痛苦，因为在中国，特别是像我这样一个独生子，我的父母根本就不能接受我的这种性取向，他们会觉得有一个这样同性恋的儿子很丢人，他们也接受不了没有人来给他们传宗接代，所以，我几次鼓起勇气对他们讲，每次才一开头，他们就很委婉地打断我，他们就是在我的年龄一天天地大了后，发现了这个现象，只是他们不敢面对而已，他们还天真地认为我是没有遇到让我心动的女孩子，所以他们不厌其烦地给我介绍对象，其实不然，我多次跟他们抗议，不去看，他们就以死威胁我，我没有办法，只好来见面，我知道这样对你也是一种不道德，但我不知道怎么办才好，我没有办法，我这样做其实对我的父母也不好，相亲多次都不成，对他们来说也是没有面子的，但他们觉得这样总比让别人知道他们的儿子是同性恋的好，所以他们是在用这样一种方式来欺骗别人和自己，我也觉得很对不起他们，也觉得对不起那些像你一样来与我相亲见面的女孩子，但我现在还是没有办法说服我的父母接受我的这种性取向，我不想违背我自己的心，我觉得一个人要为自己而生活，不是为了别人而活着，但同时却令我感到未来渺茫，有的人甚至于劝我还是找一个女孩子结婚，用婚姻来掩饰我的性取向，我做不到，因为那样是对不起那个无辜的女孩子，有时候，我都觉得人生真的很没劲，明明是你的一生，却要对那么多的人来负责，特别是人都真的不能跟随着自己的内心走，我觉得特没劲。我们有一个好朋友，就是因为忍受不了别人对他父母的指指点点，违心地与一个明明不相爱的女孩子结婚了，结果更惨，女孩子在结婚后知道了他的同性恋事实，大吵大闹，比原来过得更悲惨。其实，我们都一样，为自己的性取向努力过，尝试过，特别是为了父母，那个辛苦操心了一辈子的年迈的父母，我想像一个正常人那样爱一个与我相匹配的女孩子，但是没有办法，我接触过这样的女孩子，从内心来讲，我是真的没有办法，我真的做不到，我不能，这很痛苦，你能理解吗？其实，我们这样的人群在中国现在都被人们不理解，认为是一种病态，身体或心灵上都是病态的，就像我刚才说的那个朋友，结婚后，他总是千方百计地找理由不过夫妻生活，虽然，他在那个可怜的老婆面前也妥协过，他想让自己让婚姻来改变他自己，但最后还是失败了，最后，被迫对他的妻子说出真相，没想到说出来后，他不但离婚了，而且搞得有点身败名裂了，他的日子过得很艰难。所以我是不会与一个女孩子结婚的，那是对她的不公平，再说，我也不想过着那样的虚假的生活，我的快乐与不快乐不在于是否与一个女孩子结婚，而在于找不找得到一个我想要相亲相爱过一辈子的人，这么短短的几十年，我不想违心地过。我现在就是希望我的父母能慢慢地理解我，我用一次次相亲失败来说服他们，虽然我这样做是不道德，但只要我父母能接受了，其他的人怎么看待我的同性恋，我是不会考虑太多的。我跟你说这么多，希望你能理解并原谅我，今天真是对不起你了。"

点点听后并不是感到太过吃惊，她放心的是，她自己的心并没有老到那种地步，面对宋平这么英俊的男孩子她就是找不到感觉，是因为宋平的眼中无论如何交流都没有找到一点火花而已，也不是她没有魅力，是宋平的性取向决定了对女性的无动于衷，同时，她也很善良地替宋平着想说："你还是要好好跟你父母谈谈，在中国这种情况比在国外是要难很多，但这种过程也不会太长的，中国的封建传统思想接受这种现象会漫长一些的，但随着人们思想观念的开放，包容性也会越来越高，所以如果你坚持自己的所爱，就必须做好思想准备，但这个过程也不会太长的，我相信，人应该尊重每一个人的选择，包括他所选择的对象。你也不要觉得这个事情有什么不好，不光彩什么的，这也是一种很高尚很纯洁的感情，一样值得称赞和尊重，所以你的心情也要开朗起来，让你父母觉得你是真的活得很幸福，过得很开心才行，因为父母都是最疼自己的儿子的，你放心好了。"

"谢谢你！"宋平感动地说。

分手回到家后，点点如实地对点点妈说了这个相亲的过程和对宋平的看法，点点妈听了很是吃惊，最后，点点妈对点点说："让你受委屈了。"

"没有呀，这次的相亲，让我知道这个世界上每个人都活得不容易而已。"点点微笑着对妈妈说，"你不要对钱阿姨说宋平是同性恋的事情，不然，宋平的父母会觉得很没面子的。就只是说我们俩没有缘分好了。"点点还善良地提醒妈妈。

"好的，我不会乱说的。可惜了，每个人的想法都不一样的，做父母的不容易，做儿女的更不容易啊。"点点妈说。

"我知道都不容易，就拿我来说吧，我知道你为我担心、操心，但我想告诉你的是，不要去为这个事情过多地操心和担心，是你的终究是你的，不是你的终究不是你的，操心和担心都是没有什么用的，所以你要好好把身体搞好才行，等着享我的福吧，别为我操心了。"点点抱着妈妈贴心地说。

"好，我不担心也不操心了，我就自己搞好身体了。"点点妈心里酸酸的暖暖地说。

过了一个星期，钱阿姨打电话给点点妈："点点妈，对不起呀，我真的不知道那个男孩子是有同性恋倾向的，那天他妈妈无不忧虑地对我说出来了，我觉得心里有些过意不去，就给你打个电话，哎呀，现在的孩子怎么都这么不让父母省心呢，世道真的在变呀。"

"钱阿姨，你的关心我还是真的要谢谢的，这样的男孩子现在也开始多了起来，我听说美国都开始在讨论立法让同性结婚了呢，世道变了，真的是变了，人们的观念都变了，看来我们还是要与时俱进才行啊。"点点妈说。

"是要与时俱进才行，但我的孩子如果是同性恋那我还是不能接受的，那不是要我的命吗？"钱阿姨说。

"你的孩子就不会要你的命啊，你看他不但不是同性恋，而且还是一个不让你操心的优秀的精英人士啊。你的命才好呢。"点点妈说。

"那是，我那孩子还真是争气和让我省心的，点点妈，你放心，你的事情就是我的事情，我会还是一直关心下去的，点点这么优秀的孩子一定会找得到好对象的。放心啊，我们改天再聊啊。"钱阿姨一听点点妈夸他的孩子就骄傲得找不到北了，热心得让点点妈又感动不已。

二十六

虽然点点妈表面上对点点找对象一事不关心了，但其实点点妈根本就没有放下心来，点点一天不找到男朋友，她就一天不得安乐，什么不担心不操心都是假的，现在她的同学、同事、朋友，所有的人孩子都结婚了，有的还当上了奶奶，每个朋友、同学、朋友对点点的关心都给了点点妈无穷无尽的压力，她知道大家是好心，但点点妈却不知道用什么回报他们，只要点点一天不找到合适的对象，一天不结婚的话，那点点妈就一天都会在大家关心关爱的注视中，让自己的心脏狂蹦乱跳。

晚上，郑阿姨从家里拿来一袋新鲜蔬菜，说是亲家家农场种的，没有农药没有化肥没有激素，是真正的绿色食品。点点妈知道郑阿姨的亲家有钱，她的儿媳妇是北京人，长得很一般，并且是没有上大学，现在的八〇后如果没有智力问题上个大学应该是再正常不过的事情了，但就是这样的女儿也能嫁给一个一表人才的重点大学毕业硕士生，郑阿姨家的儿子要模样有模样要才能有才能，就是一个外地来的北京青年而已，却找了一个各方面都不如他的但有北京户口的有钱的北京女孩子。

郑阿姨离开时说："点点妈，要点点多去那些社交场所，多去那些高档场所，总会碰到心中满意的，不过真是要抓紧了，年龄是个最大的障碍啊。"

等郑阿姨走后，点点妈心里就有些堵得慌，一个晚上翻来覆去就是睡不着，心脏也不听话地乱蹦乱跳。一辈子都没有什么压力的点点妈，现在真正尝到了"亚力山大"的滋味，希望、失望、绝望这些想法在点点妈的心中不停地翻腾、碰撞、对话。

等第二天早上点点吃完早餐上班去后，点点妈起身准备去买菜，突然觉得心脏绞痛，她感到出问题了，赶紧吃了一片救心丹，躺了一会，稍好一点后她就打个的士去医院检查了一下心脏，医生说是心律不齐，有早搏，有心衰，要注意休息要养心。

点点妈回来后，躺在床上想，我这都是操心操出来的呀，能不急不想不操吗，形势是越来越严峻了，点点的婚事却还没有着落，这么优秀的一个女孩子怎么就嫁不出去呢？

晚上，点点下班回家，看见妈妈躺在床上，吓坏了，一问妈妈的心脏出问题了，自己真是罪大恶极，太对不起妈妈了，60岁的人了本应该享受晚年，现在却为了那个破找对象结婚的事搞得心力交瘁，是自己的不孝。

"妈，你就不要为我操心了，放心吧，我会解决的，你就搞好你的身体吧。"点点对妈妈说。

"其实我也知道你很着急，我也为你委屈着，这个世道真是变了，我其实还不是很死板，你结不结婚我都不是太在意，因为与其随便嫁一个，生活得不幸福，我认为还不如不嫁呢，那才真正是坟墓了，一个这么优秀的女儿，凭什么就这么要死要活地往坟墓里面赶呢？有什么意思呢？你说，但不结婚吧，人言可畏啊，认为你没有人要了，不是有问题就是不正常了，所以难啊。"点点妈拉着点点的手说。

"我们不去管别人怎么想了好不好，我们为自己活，不为别人活，我要嫁，我要结婚就是结那种婚姻是宫殿的，是一个华丽美好的婚姻殿堂，妈，你要对我有信心呀。"点点宽慰妈妈说。

"好，不管别人怎么想，我对你有信心。"点点妈笑着对点点说。

第二天，点点请了一天的假陪妈妈，她们没有做饭，出去逛街，没有开车，就慢腾腾地走路，手拉手，母女俩充分享受着这种难得的时光。

北京的街道已经美化得越来越好了，没有目的，没有时间的压力，母女俩就这么东看看西看看，看见什么好吃的小吃就买一点，也没有想到要买什么东西，直到一家丝绸店，点点拉着妈妈进去，看看这些质量上乘的丝绸花裙，点点觉得其中有一套水墨画图案的套装，妈妈穿起来应该很好看。

"妈，您试一下这套，我觉得会很适合您。"

"呀，1200多元哩，太贵了，不试不试。"点点妈一看价钱，就直摇手。

"试一下试一下吧，我想看看，应该会很好看的。"点点劝妈妈说。

"阿姨，您试试吧，难得女儿这么孝顺，不合适可以不要呀。"服务员小姐马上过来热情地说。

点点妈在点点的一再劝说下，到试衣间去试了，一穿出来，很合适，又很漂亮，点点妈自己也感到特别的舒服，但价钱太贵，坚决不肯要。

点点一看妈穿得那么好，就叫服务员小姐包起来，刷卡买了。虽然点点妈心疼钱，但她自己也确实喜欢，母女俩就欢天喜地回家了。

点点妈现在做的一件事情是以前在家从来都不会做的，那就是从寺庙请来一座佛像，还在寺院请法师开了光。这座佛像是点点妈前天与一个经商的老乡去昌平的寺院请来的，大家都相传昌平的那个寺院的法持很灵很神，那个经商的老乡怀揣20万元捐给了那个寺院，专门请那个寺院法持亲自给做了一个道场。点点妈以前也会去寺院烧香，但从没有见过如此的场面，那种神圣，虔诚让点点妈感到无比的庄严，特别是那位法持让他们平躺在那里，口里面念念有词地说着什么，并从手中向他们的肚脐眼上洒下一些粉末状的药粉，并随着大师的一声"去！"瞬间药粉末消失得无影无踪，点点妈觉得太神奇，太不可思议了！等到大师做完这一切后，点点妈对大师已经佩服得五体投地了，她对大师说："大师，我只有一个心病，就是希望我女儿能尽快找到一个好男朋友，早点结婚，请大师和菩萨保佑。"大师听到点点妈的话后，就到一尊佛像面前为点点妈祈祷，并肯定地对点点妈说："佛会保佑你实现这个愿望的，你放心吧。"点点妈感动不已，她在寺院就请了这尊佛像，并请这位大师开了光带回家，现在的点点妈每天一早一晚就站在佛的面前，嘴里面念念有词，无非是请菩萨保佑，让点点尽快找到如意的对象之类的。点点妈想她在没有任何招数的情况下，只要她心诚，肯定会感动菩萨，会保佑点点实现愿望，找到如意对象的。

点点每次看见妈的这个虔诚劲既心酸又想笑，但又怕妈妈不高兴，也许这是点点妈一个精神寄托而已。

二十七

　　莉莉又叫点点和可可去美容院做酸奶，这段时间，她们学着电视节目上自己制做酸奶，她们买来做酸奶的机器，又买来鲜奶和发酵粉，今天她们品尝到了亲手制作的酸奶，味道极好。大家很兴奋，她们又发明将水果放在酸奶中的吃法，莉莉切苹果，点点放葡萄干和蜂蜜，可可切香蕉，将水果放在酸奶里面一起拌着吃，味道好极了。吃着吃着，莉莉说："我明天带你们去一个聚会吧，是一个挺私人的地方。"

　　"什么地方？"点点问。

　　"艾玛教授别墅，因为这个地方，不是什么人都能去的，我看你们俩找对象也不是那么容易，条件要求又高，现在网上又靠不住，要是能让艾玛教授认识一下你俩，说不定你们的如意王子就出现了。"

　　"别，别，你也和我妈一样拉我去相亲啊，你是真的担心我嫁不出去啊，我也是被我妈逼的，我其实对这件事情一点都不感兴趣。并且，我现在一想到被拉去相亲心里就说不出什么滋味。"点点说。

　　"你反正都要嫁的，不如嫁个最好的，那些婚姻中介还是不靠谱，我想来想去，到艾玛教授那里去吧，只要入了艾玛教授的法眼，你的婚姻大事就解决了，并且还是金龟婿。"莉莉说。

"算了，我也不要什么金龟婿，我觉得真的要看缘分，怎么，艾玛教授是红娘？"可可问。

"她可不是什么红娘，她的大名在京城的富商圈中没有人不知道，那些没有成婚或没时间找老婆的富商都希望能够成为艾玛教授花名册的主宾，因为从艾玛教授那里培养出来的女孩子绝对符合那些富豪找太太的条件。"莉莉说。

"啊，我怎么越听越像拉皮条，这么神奇，那艾玛教授是女孩子培训学校的校长吧？"点点说。

"差不多是这类角色，入她法眼的女孩子，条件是十分苛刻的，首先，必须是本科以上毕业文凭，其次是身材和模样，不一定是绝色美人，但经过她的调教，必须是悟性一流，懂得生活，懂得各种礼仪不说，还要懂得如何在公众场合优雅大方，自信闪烁。"莉莉说。

"哇，这不就是女子学校，也是那种报纸杂志曾经报道过的如何嫁个有钱人，如何抓住富豪心的那种学校么？我不去，我受不了这种讨好男人的课程。"可可说。

"哎，你好心点吧，人家是为了你父母着想，让你嫁个有钱的好男人，你却不领情啊。"莉莉说。

"我真的不是不领情，我根本对那种不感兴趣。谢了！"可可说。

"点点，你明天反正没事，我们去玩玩，也不一定要在艾玛教授那里找男人啊，你不要这么反感啦，我真是搞不懂你们，没有人介绍时什么网站、什么人介绍都去见面，好像是为了跟谁交差似的，现在我吧认真介绍你们去认识一下有能力的人，你们又敏感和反感，我只是正好有个在美国的同学，她明天也会去那里，她给了我电话，点点你说你是去还是不去？没事情就陪我去，玩玩，见识见识也没坏处。"莉莉说。

"可可去吧？"点点又问可可。

"我真的不去，因为我明天要赶制一件明星的演出服，时间太紧了，我必须帮着一起完成任务，要不她去参加典礼就穿不上了。"可可说。

"呀，我说莉莉你怎么认识一些我们都没听过的人呀，你的交际圈子这么广，你帮我们介绍对象不就行了么，还要去什么艾玛教授那里？"点点又说。

"你们哪，我就说不了解咱北京人，我是不会帮任何人介绍什么对象的，包括你们，因为这种事情靠自己去遇啊，是不是呀，点点怎么样，你陪不陪我去？"莉莉开始骄横起来了。

"那好吧，我不是去搞什么培训的啊。"点点对莉莉说。

"知道了。看把你紧张得跟什么似的，放心吧，不会吃掉你的。"莉莉嗔怪地说。

第二天，下午6点，莉莉开着她的那辆奥迪载上点点去艾玛教授别墅。

开车不到20分钟来到一个不起眼的别墅前，这是一个外表有些质朴的别墅，一点都看不出有什么特别之处。在经过几道门岗后，点点随着莉莉进入别墅里面，就会发现别墅的与众不同。

别墅的所有装修和摆设都是纯粹的欧洲式风格，大气豪华。大大的客厅里面，落地的红色丝线窗帘，一朵朵大大的金丝绒波浪式的穗丝点缀着窗帘，高背的椅子，曲线流畅的欧式家具让人仿佛置身于欧洲宫廷之中。

里面已经有不少男男女女在交流着，好像不像正式的party，但里面的奢华与别墅的外表形成了鲜明的对比，这里，你会感到温馨亲切，甚至会给人一种温暖的感觉。

秘书报告之后，艾玛教授转身过来，亲切地与莉莉拥抱："莉莉，真的是你来了，我太想你了。"

"教授，我也很想你啊。"莉莉嘴乖地笑着说。

"想我，怎么仅来了一次就不再来了，小可爱。"艾玛教授已经注意到了点点，"这是我的好朋友，点点。"莉莉赶紧介绍。

"你好!"艾玛教授没有与点点拥抱，而是伸出手与点点握手。点点感觉到了这个艾玛教授，有一双像老鹰一样的眼睛，她直勾勾地盯着点点把她从头到尾看了一遍。点点顿时感到很不自在，虽然艾玛教授很巧妙，眼神也很犀利，一般人不能轻易察觉，但点点敏锐地感到了。

点点觉得艾玛教授真是很高贵优雅，并且很难猜出她的年龄。

莉莉看见她的同学了，她们开心地交流着，莉莉又把点点介绍给了她的同学。

艾玛教授像一个真正的主人，周旋在每个人的身边，很自然亲切地让每个来宾放松自如。

晚上回去的路上，点点对莉莉说："这种聚会，不是你说的那种相亲似的，好像还是比较自如，不会那么拘谨，也不像你说的什么相亲，我没有看见一个是在相亲呀。"

"是啊，但相亲第一关是眼缘哟，没有第一眼，就不会有往下的节目内容。"

"是吗？怎么没有见到哪个男的是在寻找目标啊？"

"我告诉你吧，我亲爱的妹妹，今天到这个聚会来的男士都是身价不菲的，最少的身价必须是在五千万以上，否则，连参加这样聚会的资格都没有。"

"哇，真的看不出来呀，那那些女孩子都是艾玛教授的学生吗？"

"是的，那些女孩子都是艾玛教授在全国各地找来的，你不觉得这些女孩子最大的特点就是给人感觉很舒服吗？她们打扮自己，是完全按照自己的优点来打扮，突出自身优点，拒绝雷同，有个性，不但优雅而且知性。我跟你说，这些女孩子散发出来的魅力和吸引力是来自她们自身骨子里面的。"

"女孩子知道她们是在找金龟婿吗？"

"当然知道，不然，她们在艾玛教授这里学习干什么，她们的目标就是嫁个有钱的好男人，首先是让有钱的好男人看上她们，最后才是拥有他们。"

"那艾玛教授怎么能拥有这些富豪的信任呢？又怎么拥有这些富豪男人的名单呢？"点点好奇地问。

"其实，艾玛教授自己本身也是富豪夫人，她以前接触的富豪圈子都是顶级的，她那个年代的富豪都成家立业很多年很多年了，但这些富豪的儿子们又要接班，又要成家了，但富豪们普遍遇到一个问题，除了找生意伙伴的女儿就很难找到或者接触到其他的女孩子，如果接触到的，不是冲他们的钱来就是素质不行，导致离婚率又高，而生意伙伴的女儿大多数都骄横，大小姐脾气很重，成天搞得家里鸡犬不宁，所以这些顶级富豪的儿子宁愿找不是那么富有的家庭出身的女孩子，希望找到那些才智双全，对家族的生意有帮助的贤内助，家和万事兴呀。"

"可是艾玛教授做这个，我还是觉得会不会有人认为是拉皮条的呀？"

"是不是拉皮条要看你怎么看。有时候，我觉得这更像一个大的供求关系。"

二十八

　　星期一上班后，点点接到莉莉的电话："你使了什么魔法，艾玛教授要你找个时间去她那里一趟，叫你一定要去。"

　　"我去干什么啊，她为什么要我去呀？"点点问。

　　"艾玛教授说，没想到，我们离开后，有三个男士打听你，想要你的联系方式，这在她那里还没有出现过的，一般有一个把子打听是正常的，可有三个那么有身份的人都要想与你建立联系那还是比较少的，因为他们都是见过大世面的，他们很挑剔很挑剔的。"莉莉说。

　　"让他们挑剔去吧，我还不一定对他们有兴趣呢。"点点又摆出了一副傲慢的架势。

　　"哈哈哈，你走桃花运了。我被艾玛教授逼得没办法，将你的手机告诉了她，她会找你的。对了，我警告你呀，不许摆款呀，为了你妈你去找她吧。"莉莉笑着说。

　　"我晕，你简直不是我的好姐姐，你要置我于水深火热之中而不顾吗？我现在都搞不清到底是为了我妈还是为了自己了。晕死了！"

　　"我管不了啦，你不是为找对象而苦恼吗？你自己搞定吧。"莉莉哈哈大笑。

电话放下不长时间，艾玛教授就来电话了。

点点撒谎说自己正在开会，不方便多说。点点并不是害怕与有钱人接触，她的生活圈子是很窄的，除了莉莉、可可外，基本上都是同事，但一想到现在有很多的暴发户的素质也不怎么样她的心里还是有点抵触。

艾玛教授要她散会后给她电话。

点点一直到中午下班都没给艾玛教授电话。没想到，艾玛教授主动打来了电话。并说就在她公司的楼下，希望能见面。

点点没有办法，只好与她在楼下的咖啡厅见面。

艾玛教授开门见山说："我找你是因为我的朋友们都想跟你建立联系，我想请你考虑考虑。"

"谢谢教授，您这么关心我，我真的很感动，您可以将我的手机号码告诉对方，我们会约时间见面的。谢谢您！"点点说。

"有没有兴趣听听我的故事？你不要以为我只是一个拉皮条的人，我不是这样的人，我可以负责任地告诉你，我不是这样的人。我曾经有过一个非常爱我的有钱的英俊的丈夫，我们那时真的是恩爱无比，过着令人羡慕嫉妒的生活，我们有钱，我们恩爱，我们快乐无比，那时的我，无忧无虑，从来不知道我自己还会有婚姻的危机，结婚的前三年，我们都不知道忧愁是什么滋味。由于我先生的生意十分繁忙，要全世界各地飞，在开始的前两年多，他出差都会带上我，一到各大城市，他谈生意，我购物游玩，那简直是神仙过的日子，我从来没过问他生意上的事情，一开始他宠爱我，我说实话，根本就不喜欢性生活，因为我的观念里面从来没有觉得性生活是件美好的事情，不过为了讨好先生，我也会假装很投入，但时间长了，我会拒绝做这些事情，我不是病态，只是从没有觉得这件事情有多美好，拒绝不了，我就应付，他开始感到枯燥无味，因为我的激情总是调动不起来，那时先生又年轻，在这方面的需求还是很大的，我又被动还讨厌这个问题，渐渐地，我就开始任性，不配合他，他很恼火，甚至于想打我，或者想强奸我，但他都克制了，我没有什么时候别的地方使他不满意，但这一方面他很不满意，但又不便于说出口，所以他很憋气，又说不出口，在婚后第三年的时候，他便不再带我出差，而是自己一个人去，表面上我们还是很恩爱，但实际上他已经开始出轨，因为他太有魅力了，只要他稍稍表示，就会有人送上来，在这期间，他遇到了一个他认为可以为了她而抛弃我的女人。"

点点静静地望着艾玛教授没有做声。

"我眼睁睁地看着他离我而去，其实，我真的很爱他，但他需要的全面满足于他的我，我没有做到，我只知道在性生活方面我没有满足他。但以我俩的感情，单是这个原因还不足以让他弃我而去。所以我想搞清楚我们的小三，也就是那个女人为什么能让他这么下决心，我开始做调研，对那个小三做细致的调研，我不但了解我的情敌，我也收集大量其他被小三篡夺主位的人的资料，我开始细致地分析小三们的做法和平时所做的一切，我后来真正知道了，一个男人他们需要的是什么，怎么才能让你心爱的男人对你衷心耿耿，在你满足了他的所有需求之后，他也会满足你的一切需求，这就是能让你自己朝着你自己梦想的生活迈进，也就是经营好你的爱情是一门很大的学问，经营得好，它可以帮助你达到你想要的梦想的生活，经营不好，你就一无所有，很简单。每个人都有追求过好生活的权利，每个女孩子都能过上人上人的生活，就看你敢不敢迎接挑战，其实，每个人的潜力是很大的，如果你勇敢去尝试，你就会得到你所想要的。"艾玛教授说。

"教授，您说得不错，爱情和婚姻是一门很深的学问，这一点我非常赞同，但是我并不认为成天分析自己的男人喜欢什么不喜欢什么就会有很好的婚姻，恕我直言，这样也只不过是委屈自己，讨好男人，男女应该是平等的，如果你爱对方，对方也爱你，就不存在成天去揣摩男人喜欢什么的，那样太难为了自己，譬如我，就不愿意。"点点对艾玛教授说。

"我不是一个特别爱纠缠的人，我做事一向干净利落，特别是在决策一个问题的时候，行就行，不行就不行。我的时间的确很紧张，我没有办法再与你继续讨论下去，我只想告诉你的是，我这也是第一次，亲自来劝说一个女孩子，从我第一眼看见你时，我就知道你有很大的潜力，你自己不知道而已，你的内心有一团大火，只待燃烧，只是那个点燃火把的人还没有出现。你好好考虑一下吧，接受我的建议，就来找我，我会改变你的人生的，当然，你不来，我也没有什么不高兴，只是有点为你可惜而已。我走了。"艾玛教授干净利落地给点点丢下几句话，便扬长而去了。

点点有点目瞪口呆地坐在那里："我的神啊，这气场也太足了吧。"

点点心里很不是滋味，她是一个讲究平等独立的女孩子，做人一向阳光向上，她给莉莉去电话，说："我的姑奶奶，这尊神简直太牛了吧，好像她是万能的上帝一样，动不动就说改变一个人的命运。我服了。"

"其实，你不要惊讶，她真的可以做到的。你不信，我们下班后再说，我告诉你她是一个怎样的人。我现在真的很忙，下班见。"莉莉放下了电话。

北京人怎么个个都这么牛逼的，点点心里嘀咕了一句。

下班后，点点和莉莉相约在后海的一家有特色的小酒店见面吃饭。

莉莉一见点点，就一脸的坏笑："看你这样的愁眉不展，好像多大的事儿似的，我建议你就去艾玛教授那里试试。"

"莉莉，我真的不知道北京有这样的地方，实话对你说吧，我其实对有没有男人这事并不是那么急，我也不想为结婚而结婚，我说过：一切婚姻的幸福都是爱。如果没有爱，那结婚有什么意义？现在我心里纠结的是，我妈妈那里老催我，我真的害怕他们那种期待的眼睛，但我又不想违背自己的心，你说怎么办呢？"点点发愁地问莉莉。

"你其实不要搞得太大的负担，我跟你说，算你真的运气好，能入艾玛教授的法眼，并且她能亲自来见你和劝说你，这还是历史上头一回呀。"莉莉说。

"那怎么办才好啊。"

"我跟你说，艾玛教授的真名并不是艾玛，而是叫李佳妮。为什么人们都叫她艾玛教授呢，因为她是一个彻头彻尾的欧洲电影迷，她最佩服的就是欧洲的那些优秀女性将自己才华展示和女性魅力的发挥到了极致，她希望自己也像欧洲上流社会的那些女性一样，过着自己精彩的一生，所以她给自己取了一个外国名字'艾玛'。"

"那艾玛教授她自己的婚姻都失败了，怎么能说是精彩的一生，并且怎么可以取得那么多多金男和妙龄女孩子的信任呢？"

"你听我说，当时的李佳妮与丈夫离婚时才28岁，她伤心之余做了大量的研究小三篡夺主位的功课，她发现，其实很多的富豪太太不能让丈夫满意的一个问题，是那些太太们自身没有将自己的魅力发挥出来，男人喜欢年轻漂亮的固然不错，但如果女人在每一个时段，都将自己的魅力全方位地发挥至极致，多思考对方的感受的话，在哪里都是一个吸引眼球的钻石的话，这样的优雅女人男人们怎么会离她而去呢？所以发现了这一事实，艾玛教授就想，何不自己来教授这样的一群富豪太太改变自己，与时俱进呢，这样，她成立了现在的这样一个培训中心，刚开始时，主要是富豪太太们，那些富太太们其实也一天到晚担心自己的江山不稳，但又无奈自己日渐衰老，现在有人教她们如何打扮自己，抓住老公的心，保住江山这是多么好的事情呀，所以那些富豪太太们都趋之若鹜了，她们不怕花钱，有钱呀，只要能保住家庭地位，守住江山，花多少钱都行，后来经过艾玛的调教吧，这些富豪太太们都开始改变自己，并且自己在先生的心目地位也越来越巩固，毕竟这些富豪都是靠自己辛苦打拼而来的财富，离婚都是迫不得已而走的一条路，何况，现在自己的太太又这么善解人意，又能干又漂亮优雅了，所以，参加过艾玛教授的培训的富豪太太们在与她们的接触中，这些富豪太太也开始委托艾玛教授帮助他们的儿子物色对象，艾玛教授凭借几年经验，她发现富二代或年轻的创一代变成富一代后都面临着解决婚姻问题，他们有钱没时间，为事业奋斗没有交际时间和圈子，当然，他们也害怕那些奔着他们的钱，奔着他们的财富而来的拜金女和素质低下的败家女，婚姻对他们这些富豪来说，是个跟事业一样重要的大事。所以现在艾玛教授手里面主要的对象就是那些年轻的富豪，或者说是那些前途广阔的精英们。而且更为重要的是，艾玛教授的前夫现在已经后悔，因为他与那个小三结婚后，那个小三变得与婚前判若两人，躺在财富上奢侈，是一个典型的败家子不说，还不断地给他制造麻烦，所以他们也离婚了。三年前的一次精英聚会上，艾玛教授与他不期而遇，他惊讶于艾玛教授的自信和魅力，特别是当他知道艾玛教授拒绝许多优秀成功的男士，只是对他情不曾改变时，他深受震撼，他提出要与艾玛教授破镜重圆，但艾玛教授没有答应，因为她自信这样的决策是由她来说了算。现在他的前夫就像一个年轻人一样，对艾玛教授穷追不舍，据说艾玛教授也为所动，目前两人又正式进入了恋爱阶段，这个阶段要多长，都是艾玛教授说了算，你说是不是很爽快？"莉莉用有点崇拜的语气说着艾玛教授。

"自己能主宰自己的人生，这点我太喜欢了。"点点由衷地说。

"所以，艾玛教授这样的女人你去接触一下绝对对你有好处。当然，她介绍成功了，她要的介绍费用可高呢，谁会在乎呢，何况是男方出，更何况是这么有钱的富豪们。"

"听你这样一说，我有些好奇，嗯，我会考虑的。"点点对莉莉说。

"艾玛教授她那里不单有富二代，更重要的是那里有发展潜力巨大的创一代，这些年轻的创一代，已经在这么年轻时就成为了富一代，说明他们的能力的杰出的，他们才是事业上真正的精英。但这些精英中有没有与你投缘并擦出火花的人就要去接触了。"莉莉对点点说。

二十九

　　经过一个星期的考虑后，点点主动找了艾玛教授，艾玛教授得意地说："我在等你来电话。你过来吧。"

　　点点这次是一个人开车到艾玛教授的别墅。

　　艾玛教授见到她亲切地拥抱了她。

　　艾玛教授介绍了她的培训计划，并且坦诚地说："我看你现在对时尚的品位还不错，你的穿着没有任何的问题，现在我要着重打造的是你的内涵，我要让你内在的潜能充分发挥出来。"

　　点点听到这里，想插嘴说她不需要什么培训，还没等点点说出口，艾玛教授看着点点不可置否的样子，"你别用怀疑的眼光看我，以后你会明白的，今天，我要跟你讲的是如何让自己看起来更生动，你知不知道，你很漂亮，但不生动，这个很关键，你不能让男人觉得你很乏味，那样她会对你失去兴趣的。"

　　点点听后有点好笑，但想听艾玛教授说什么是生动，所以点点饶有兴趣地看着艾玛教授，听她继续说："生动的女人是有内涵的，每个人的生命都是灵动的，什么样的女人才是有内涵的呢？首先，她要有文化素养，之所以我要求这里的女孩子都必须是大学本科以上，接受过正规的大学教育，能上大学，说明她的领悟能力不会太差，特别是像你这样接受过重点大学教育又在全球知名的学府留学的人，但是每一个学的专业不一样，单靠大学的教育还是不够的，这就要补充其它方面的知识，一些成功高尚女性必备的知识。比如说，我这里会对你进行西餐礼仪的培训，行为举止的培训，接人待物的培训，喝香槟酒与喝红酒的区别，怎样下厨房，怎样在家庭开 party，怎样微笑，怎样穿着打扮等等，当然，穿着打扮你可以不用学了，你也不用学外语了，怎样与上流社会接触，怎样说话等等。"

"我怎么觉得这是在培训皇室妃子。"点点笑着说。

"你不要觉得这样有什么不好，每一个女人都能像皇室成员一样让人仰慕的，只是看你愿意不愿意。其实，现在的人都有一个观念，我这样就很好了，不愿意去改变，还特别抗拒改变。我们当然不能改变一个人的性格，但当她接触到各种美好的东西时，她认同并愿意学习改变自己时，她的能力都得到了极大的提升，她会有个完全不同的自己，随之而来的就是自己的整个人生，整个命运的改变。为什么那些高尚的住宅里面住着那些令人羡慕不已的女人，因为这些女人把握了自己的人生，接受并融入了这样的生活，她们的命运随着发生了质的改变，从此以后灰姑娘过上了幸福的童话般的生活。"艾玛教授在给点点洗脑。

"我同意你这个观点，问题是你改变了，你提升了你就一定能得到自己想要的生活么？"点点问。

"没有百公之百的保证，至少你的能力提升后，你被优秀的有钱的男人发现的几率就大大提高了，关注你的人会多起来，你能吸引别人的目光本身就是一个很有成就感很自豪的事情，你说是不是？"艾玛教授说。

"今天晚上，我带你去吃饭，我告诉你怎样吸引人注意。"艾玛教授接着对点点说。

不等点点表示同意不同意，艾玛教授就收场了。

晚上，艾玛教授开着她的那辆玛蒂莎拉，带点点到一家西餐厅吃西餐。

进门之前，艾玛教授对点点说："你看着我，你首先进来的时候，要让自己感到自己就是一个大人物，准确地说，自己就是一个优雅的女皇，要有这种自信，别人才会给你行注目礼。对别人的欣赏的目光，你要觉得很享受，并且陶醉其中。这样你的感觉就会很好。"

艾玛教授自信昂首地进入那家高雅的西餐厅，果然，一下子就吸引了大家的目光，艾玛夫人虽然不是年轻漂亮，但她的那个气场就像磁石一样，将人们的目光紧紧地吸引着，不管男女老少，大家都用尊敬羡慕崇拜的眼神看着她，好像她的头顶着一个光环，闪烁着耀眼的漂亮的色彩吸引大家的眼光。所有人都喜欢，这种感觉真的很好。

点点开始还有点紧张，随之看着艾玛教授，她也就淡定下来。

坐下来以后，艾玛教授说："你的优雅首先体现在你说话的声音和举止上，你不要大声说话，用稍微比平时你说话的语调低一个调的语气说话，会显得更温柔和性感。"只见艾玛教授轻声地对服务生点着几个菜式，并且告诉服务生来一瓶红酒，要1995年的。

"你看，那些人都是成功人士，虽然说人不可貌相，但一个成功人士的气质他不用刻意都会自然散发出来的。你看，对面那两个人在谈生意，一看都是有来头的。"点点按照艾玛教授说的方向望去，正好看见那里面其中一个男士朝这边看来，点点赶忙低头。"你不要低头，这样的情况下，你应该微笑，这是礼貌。"艾玛教授发现了点点的行为，轻声地提醒。

"我不习惯与不认识的男人微笑，我觉得显得太轻佻了。"点点解释道。

"那是你的误解，现代文明社会，对任何人微笑都是一种礼貌待客，我们的社会需要这样的环境和氛围。"

艾玛教授教点点怎样品尝红酒，"红酒是用来品的，手要这样端杯，"艾玛教授示范着，"不要握着杯子，而应该是手持在酒杯脚上，因为红酒冷的才好喝，热了就几乎不能喝了。先摇晃一下，让酒的醇香散发开来，你闻到了香味，再浅浅地舌头去品味，感觉怎么样？"

"是的，口感很好。"点点回答。

在吃西餐的整个过程中，都是艾玛教授在说，点点根本就没办法插嘴。

吃完西餐，"你把这两张碟拿回去，今天回去在电脑上看看，学学一些人生的经验和技巧。"艾玛教授交给点点两张碟。

点点回到家后，打开电脑一看，我的妈呀，这不是色情片么？里面一些性爱姿势和技巧，点点脸红心跳赶紧关掉，放入另一张碟，一看，又是如何接吻，点点吓得赶快又关掉，心想，这个艾玛教授，是不是个色情教授啊。

过了一个星期点点接到艾玛教授的电话："怎么样，你看了碟没有，有什么感受？"

"还能有别的感受吗？纯粹就是一个色情片，看了一个开头就没敢看下去了，吓都吓死了，还能怎么样？"点点抱怨着。

"哈哈，你太可爱了，不过我并不赞同你的可爱。中国人的含蓄是好的，但我觉得每个女人要了解自己的身体，身体的每一处开关要自己去打开。一旦打开，你会感到很美妙。"

　　点点没有继续去艾玛教授那里接受培训，一来点点确实确实很忙，另外一方面，点点还是一个比较纯洁保守的女孩子，不可否认的是，艾玛教授的培训是新鲜神秘而又有点刺激的，点点觉得其实不是为了找对象，不是为了怎样吸引男人，都要学会将自己作为女人这个伟大的名字体现得精彩万分。不管你是贫是富，但对待生活的态度以及对待生命的态度都值得提倡优雅地生活，作为一个女人，首先要尊重生命，要认真精彩地生活，回报上苍给予生命的旅程。所以点点的理念还是有些改变的。

　　话虽然这么想，但点点的内心还是有很大的迷惑，人是不是也变成了商品？只有商品才会如此精心地包装，以便换得个好价钱，现在的女人，也是像商品一样，极尽所能地在包装着自己，特别是在婚姻的市场中，一个三等的女人，通过包装和武装，可以魔术般地变成一等品质的女人，如果按艾玛教授的说法，是全面提升女人的整体素质，这样的提升，点点觉得大部分都存在于虚幻之中，就像那些姿色平庸的女人，通过整容来美化自己，那个真实的自己已经通过整容不见了，呈现在世人面前的是美丽动人的女人，这样难道也是人类文明的进步吗？这样的做法是否也存在着欺骗性呢？虽然这样包装武装甚至整容后的女人是那样的光鲜美丽。

　　艾玛教授那里对点点有兴趣的三位男士都按约定的时间分别与点点见面了，点点在与这些精英的见面过程中，感觉这些人不是不好，在事业和知识上与这些人还是可以找到一些相同的话题的，但生活理念和生活方式上大家没有什么共同点，特别是点点与他们接触之后都没有什么心灵的感应。

　　这三位男士其中一位是离婚后有一个 5 岁的儿子的，点点可不希望一嫁过去就当别人的后妈，因为这个实在很难当好。另外一个男士属于创一代，本来点点还是蛮敬佩这样的人的，但他的一些言行是让点点不能接受的，他们还没有达到深交地步，就大男子主义得不行，什么事情都必须他说了算，而且严重的重男轻女，只想婚后能给他生个儿子，不然他会在外面抬不起头来的，点点听后觉得这种习俗和想法不是现代人应该有的，所以点点对于这一习俗躲避都来不及。第三位是身价最大的，他对点点各方面都满意，特别是点点的学识和形象，但就是有一个硬性的要求，就是结婚后必须做全职太太，而这一点上，点点是无论如何都不能接受的。点点认为除相夫教子外，她必须上班，必须是有一份自己独立的事业。

　　虽然大家都不能成为那种男女朋友，但作为普通朋友他们还是友好地互相留下了联系方式，以后在工作中还可以互相帮忙。

　　莉莉已经从艾玛教授那里知道了点点的情况，也不好勉强点点再去艾玛教授那里，她们还是很好的朋友。

三十

可可给点点打来电话："今晚 6 点到莉莉那里见面。"

"昨天不是才见过面吗？有什么重要的事情么？"点点问。

"见面再说吧。"可可对点点说。

晚上 6 点，点点和可可都准时到了莉莉那里，刚坐下，可可就迫不及待地说："你们赶快给我拿个主意，我的一个客户给我介绍了一个男人，当然不是男孩子了，今年 40 岁了，结过婚，因性格不合离了，没有孩子，个人条件是很不错的，有一家公司，资产听说还比较大，人长得也不错，个头也很高，当然，他是北京户口，并且在北京有房有车。你们说，这样的人要不要见面接触一下啊？"可可自从与小陈分手后，也像点点一样，家里催，也总是被好心人介绍去相亲，有时可可与点点通电话，都互相调侃对方是"相亲专业户"。

"年龄我觉得不是问题，比你大 8 岁，还是能接受的，何况事业有成，说明人还是聪明的，当然，你的客户说，他长得还很不错，我觉得可以见面，了解一下再作决定。"莉莉说。

"我也觉得可以见面了解一下，因为离过婚的男人并不见得就不好，他离过一次婚，说不定会更珍惜第二次婚姻，会更慎重对待与自己要结婚的人，你说是不是？"点点现在对男人的要求宽度已经变得大了很多。

"在接触的过程是，重点了解一下他为什么样要离婚，他们离婚深层次的原因是什么，是他花心还是别的因素，我倒觉得这点要搞清楚。"莉莉又说。

"是的这点很重要，一个人的品性太重要了，我们不能给他们做玩弄品了。"点点也说。

"我也是怕他是花心或道德有问题，因为不断有比我年轻美貌的女孩子出现在他们那些有钱人的身边，如果他没有足够的自控力，没有足够的道德观，他会将婚姻当儿戏的，反正，他是男的，他不在乎的，他有本钱和年龄性别优势。"可可又说。

点点、莉莉和可可对找对象和男人的一些看法是绝对相同的，她们三个都是在经济上有足够能力，有独立的人格，有人生的追求和清晰的人生目标的女人。

可可自从与小陈分手以后就说过："我老是觉得作为一个女人，我希望自己要多出去外面的世界看看，看看世界上其他的女人，特别是那些事业有成，有温暖家庭的女人是过着一种怎么样的生活，我会向那些优秀女人学习的，她们能过什么样的生活，我想我也能过，因为都是女人，来到这个世界上，人的能力都是差不多的，上天给予大家的天资都是平等的，就看你自己是否勤奋，是否能将自己的天资都挖掘和发挥出来，我也老在想，别人做得到的，我也应该能做到，就像一些用金钱购买的物质，别人能买得起的，我也要能买得起，别人过的好生活，我也能过好生活，别人能得到的幸福，我想我也要能得到那样的幸福，甚至比别人还幸福，我有这个掌控我自己人生的能力，全世界哪怕只有几个人能过上那样的幸福生活，我想其中就有一个是我，我不在乎我什么时候能过上我要的那种幸福生活，只要我朝这个目标奋斗，我想我是会成功的。我现在只想要我的父母安度好晚年，我要给他们最好的晚年生活，我也要他们以我为荣，而不是以我的老公为荣，在金钱面前，我是独立的。"别看可可外表很柔弱，其实内心还是很强大的。

"我们瑜伽馆有一个VIP会员，那天跟我说，她是一个博士生，结果她还不如她们公司的那些大专生，大专生找的对象都比她的强，她的心理严重失去平衡，她太不甘心了。那天她哭着说：'我不是跟别人比，而是那个大专生这么嘲笑我，让我难过死了。'我都不知道如何安慰她了，因为她受不了的是那些大专生对她的嘲笑。我发现现在有一种社会现象，不知道你们有没有注意到，好吧，我干脆打个比喻好了：如果把男人和女人比作两栋10层的楼房，在择偶的时候，就会出现这种情况：10 层的男人选择了 9 层的女人，9 层的男人选择了 8 层的女人……2 层的男人，选择了 1 层的女人，唯独剩下的是 10 层高女人和 1 层底层的男人，鲜花插在牛粪上的情况就不足为奇了。这就是我们现在面临的现实社会，男尊女卑的思想在中国人的脑海中还是根深蒂固的。"莉莉就目前社会上的一些很真实的情况作了很形象的比喻和感慨。

"我们绝对不能做鲜花插在牛粪上的事情，而是要将美丽的鲜花插在肥沃的优质土壤里，这是对自己负责的事情。"可可说，"在婚姻的问题上千万不能做委屈自己的事情。"

"哎，亲爱的姐妹们，所以我觉得我们一定要坚持自己的做人准则，坚持自己的思想，坚持自己的灵魂高贵，说白了，这个世界不就是由男人和女人组成的吗？也就是说，这个世界一半属于男人，一半属于女人，作为一个女人，你的生命，并不依附于男人，你人生的主角是你自己，而这个男人的出现，只是因为你选中了他，如果这个男人离开，作为女人，你还要将自己的人生大戏隆重地演下去，而且是比原来更加精彩地演下去，你缺的，只是一个锦上添花的配角，不缺的，是来自自己生命深处的掌声！"点点有点激动并且有点书生气地说。

"我们千万不要因为别人的眼光而改变自己对挚爱的要求，人活一辈子，如果不与自己最爱而对方也最爱你的人生活在一起真是太不值得了，我们不要活在别人的眼光中而丢失了自己，所以，我们要用心来守候属于我们的爱情，当然，我也知道，世间没有一份爱是完美的，也没有一份感情是完美无瑕的，但我们要找的是一份在别人看来不是最好的，但却是我们最爱的爱情。"可可又开始了浪漫的演说。

"是的，我们不要在乎别人怎么说我们是剩女，其实我最反感的就是莫名其妙地被封为剩女，还是骨灰级的齐天大剩，什么剩女，我们白发三千丈了吗？我们偷走了谁的奶酪了吗？我们只不过是在寻找一个与自己的灵魂有交流的男人而已，我们只不过是等候一个与我们有相同的婚姻价值观的人出现而已，谁说我们就剩下了，以一个年龄作为唯一评判标准来判断一个女孩子的整个人生，以一个年龄来判断这个女孩子的婚姻质量，我是坚决不赞同的，有的虽然在 25 岁之前就结婚生子了，可有的人的婚姻每天都在鸡犬不宁，水深火热之中，这样的婚姻质量才是对社会最大的危害呀，所以我是反感剩女这一词的，结婚其实是自己的事情，现在好了，不但是自己的事情了，还关系到家庭、社会的大事了，你说是不是让我很无语呀。"点点愤愤不平地说。

"我老是觉得其实女人30多岁了并不可怕,可怕的是现在30多岁的女人自己被世俗所圈住,悲哀地活在别人的眼光中,活生生地将自己的一生搞得凄惨无比,可怜可悲,我们才不要这样活呢,太没劲了,失去自我,失去了作为女人应该有的生命的色彩,我才不干呢!"可可说。

　　"剩女就剩女,我们就是要剩得精彩,剩得骄傲,剩得自豪,剩自己女,走自己的路,让别人去说吧!我就是我!"莉莉说。

　　"干杯!"三人一齐大声说。

　　这就是她们三个在一起时,经常会长篇大论地说着一些她们对各种各样的事物的看法,有时她们会显得特别世故,有时又特别单纯的学生味,其实她们都是心里对自己的婚姻有一个理想模式,特别纯粹特别理想化特别优秀的女人。

三十一

　　点点、莉莉和可可她们于星期六飞去了贵州的学校，她们带着的那些电脑和学习用品及服装是这几年来最多的一次，她们没有张扬，看着因她们的力量改变的学校和孩子们，她们的内心充满了喜悦，她们觉得帮助别人是一件多么快乐的事情啊！

　　从贵州的学校回来后，她们准备了所需要的行李，又出发去欧洲了。

　　在机场的贵宾室，可可对莉莉和点点说了她与那个离婚事业有成的男人的约会和见面的经过。

　　"我算是知道了为什么现在的女孩子都愿意找个年纪大些的男人做老公了，他身上散发着这个年龄段成熟男人的魅力，你一见到，一接触会不由自主地被他吸引，加上他们很有经验了，知道怎么使女孩子开心。"可可说。

　　可可在一个星期五的晚上，与那个离婚男见面，等可可到达那个见面地点时，那个离婚男已经在那里边喝咖啡边等了。

　　对这一点，可可很喜欢，可可不喜欢不守时的男人。

　　"你好，你是可可吧，我是万里。"那个叫万里的男人看见可可进来站起来与可可握手。

"你好，你好，我是可可。"可可回答的同时，看了一眼眼前的这个男人，不错，形象干净整洁。因为没有介绍人到场，局面只能完全由两人掌握。

这家咖啡厅的布置很温暖，不知是面前这个人的笑容给了可可这样的感觉还是西餐咖啡馆布置的格调本来就如此。

可可坐下后，万里主动给她倒了杯咖啡，并说："这是 Lake Retbal coffee（玫瑰湖咖啡），它的一个系列叫哥伦比亚舞者的咖啡，你尝尝，味道如何？"

可可看着万里倒的咖啡，心想：这是一个要自己做主的人，都没有问我想喝什么样的咖啡，有什么爱好的咖啡品牌。不太尊重人。但，同时，可可心里面又有点喜欢能做主会做主的男人，在她的生活中，她是一个除工作之外，一切其他的事情都依赖男人的女人。

"嗯，味道不错，有种很特别的感觉。"可可品了一口咖啡说。

"王老板说你是一个很有才华的女孩子，多次跟我讲到你的服装设计，讲到你的艺术天赋，让我好羡慕，我一直想通过她认识你，今天，一见面，我才知道你还是个才貌双全的女孩子啊。"万里那会说话的嘴讲个不停。

"不错，有一口很整齐的牙齿，眼睛还算清澈。"可可心里面还在给万里打分，她内心不停地给万里考核着。"特别是他的衣服，穿得很合体，不像是为了这次场合用心配搭的，没有穿那种呆板的线条西装，休闲服装中色彩的搭配也很淡雅，虽然说好像随意，但在不经意中又透露出还是用了一点心思的，这种搭配很讨喜。"因为可可是服装专家，一个人的穿着可以体现一个人的生活品位，可可认为这个万里还是有生活品位的。

"哪里，过奖了。"可可有点害羞地回答万里。可可看到了万里的自信，是的，他很自信。可可虽然很喜欢有自信的男人，但她的内心又有点害怕像万里这样过于自信的男人，好像一切都在他的掌控之中。

万里的笑容，那该死的笑容，对可可是个致命的诱惑。那种笑容里面有多少温柔，有多少体贴，有多少包容。如果万里不曾结婚和离婚，可可会不顾一切地投入到他的笑容中去，甚至会投入到他的温暖的怀抱中去。

他们继续谈时装设计，谈艺术品，谈他所从事的文化产业公司，在大多数的时候，都是万里讲，可可回答一些他对时装设计和高级定制的提问。

可可微笑地对着万里，表面上很认真地与万里交谈，但她的脑袋里面却不停地给万里打分、提问、推断。可可不否认，万里是她欣赏和喜欢的类型，光从外型上来说。可可认为他有很棒的身材，强壮的手臂，和性感的双手，最要命的是，可可太喜欢有一双性感的手的男人了，这与她的职业有关，她对有着艺术家样的双手很喜欢，可可对男人那双手的喜欢甚至于会超过了对这个男人的脸，她关注那种干净、修长、细嫩还不能有大的骨节的手。

可可感觉到了自己的内心跳动，"这双手我喜欢！"她的内心不停地呼唤，但同时，可可又是一个有点理智的女人，她现在只想听万里对她解释他为什么离的婚。其他的可可现在不想再与他继续聊下去，如果他的离婚的理由能让她接受，可可就会继续与他谈下去，如果这个问题不解决，以后的事情就没办法继续了，这让可可内心很着急，但是，可可却不能唐突地问人家那么隐私的问题。而这个隐私问题却是决定可可能否与万里继续交往下去的关键所在。

不知聊了多久，可可不敢看手表，怕引起误会，今晚主要的问题还没有解决呢。

终于，万里好像不经意地提到了他的离婚问题。

"我有过一段短暂的婚姻，我们没有孩子。我们的结合是由我的前妻的父亲牵的线。"万里看了看可可慢慢地说道。

"大学毕业后，我考上了国家机关的公务员，当时，我的笔试成绩是第一名，面试也不错，因为我家是农村的，在北京没有关系，要留在北京工作是我们全家的梦想，我的爸爸妈妈曾经对我说：'不管做什么，你都要留在北京。'毕业后，我去那些公司和企业，找到的工作都不能给我稳定感，后来，我觉得要留在北京只有一条路，考北京的公务员，于是每天把打工之余的所有时间都用来复习，也是我的运气特别好，那一年给我考上了。我拿到通知，才知道分到了国家机关下面的一个很小的单位，不在北京，在离北京100多公里的一个小县城，基本上也算一个河北的小山村，但它是国务院机关下面的一个直属单位，我一到那里报到，心就凉了一大截，心想，我没有关系没有办法留在北京，这一辈子就在这个好像好听但实际跟我家乡没有多大差别的地方了。我当时情绪特别低落，不想在那里干了，但一想自己可以通过这个单位将户口落在北京，可以成为一个不在北京的北京人。这点对我有很大的吸引力。"万里有点自嘲有点无奈地说。

"我在那里干了两年，终于真正的机会来了，那时候国家机关进行一次演讲比赛，我在大学的演讲是有点名气的，大学经常参加一些演讲比赛的，这次国家机关演讲的比赛内容是一个关于整顿机关作风方面的，当时我在那个小地方，没有进行层层选拔，因为人太少了，我就直接给报送到机关党委这边参加演讲比赛。那天，我记得很清楚，面对一个大礼堂，黑压压的一群人。那天党委书记也要来听比赛，我的心情很复杂，我代表的是机关党委，但机关党委书记是什么样，我见都没有见过，我想表现好一点给他留下好一点的印象，说不定以后有机会可以调回北京呢。

"正如我所希望的一样，那天我的演讲特别成功，获得了比赛第一名的成绩，还是那个党委书记给我颁发的证书。

"比赛结束后，我又回到了我的那个小地方，等了差不多半年，我特别沮丧，情绪低落。

"直到离演讲比赛过去近一年的时间，我接到通知，说要参加机关的一个工作组，下去全国各地调研，因机关人手不够，就在下面抽了一些人，分成三个组奔赴全国，我在的那个组正好是党委书记当组长，第一天开会时，党委书记好像突然想起我来了，说：'你就是那个演讲得第一名的小伙子吧？'我说是的，多亏书记还记得这一事情。

"后来我就在这个党委书记的手下搞了三个月的调研，通过接触了解，这个党委书记很喜欢我，我只想勤奋地工作，通过他的赏识调回来北京。调研快结束时，他对我说：'万里，你有没有找女朋友？'我说：'没有。''那我跟你介绍一个女孩子吧？'我说：'我这样的条件，家里还是农村的，没有女孩子会想跟我的。'

"'先见见面再说吧，你怎么知道女孩子看不上你啊。'党委书记微笑着说。

"调研回到北京，我就被安排了这场相亲。说实话，我心里对这次相亲没有希望，但也没抵触。所以我去了，那次的相亲，其实不止我一个人，还有我们调研组的另外两个人，加上另外一个女孩子，也就是我的前妻，那天晚上党委书记没有去，我与我的前妻见了面，谈不上感觉特别好，比较平淡，我的前妻一直话不多，长相也比较大众，没有什么特点。第二天，我就要结束调研回去我工作的地点了，刚出门就接到电话，说要我在北京多呆十多天，说是要为这次调研的调研报告作最后的整理修改。这期间，党委书记问我对那个女孩子的印象，我说还可以吧。党委书记很高兴地说，多接触多了解。随后，我又被他们安排几次看电影，那是党委书记从抽屉里面拿出来的电影票，要我约那个女孩子看电影，我照办了，在这十多天当中，我每天被安排与那个女孩子吃饭、逛商店、逛公园。大家心里都有一个概念，就是要交朋友，我那时还不知道那个女孩子就是党委书记的女儿，这个党委书记对自己的女儿的终身大事很是认真，在征求女孩子意见后，他在我回去不到两个月的时间就将我调来北京。回北京后，我与前妻又谈了差不多一年的时间，我们终于决定结婚。

"结婚后，刚开始，我们还没有什么特别不可调和的矛盾，矛盾的起因是我觉得自己现在已经成家立业了，我的父母为了供我上大学吃尽了苦头，可是从没有享过福，我想将他们接来北京过春节，我的前妻开始有犹豫但没有反对，但在一起生活时，就发现了很多的个人习惯，很多的生活环境造成的差异，闹了很多的不愉快。

"这些矛盾虽然都是暗地里的，但我的父母还是有所发觉，所以他们带着为儿子好的心情，过完春节还是回到了老家。虽然我的心里对父母回去很是难过，但没办法解决与妻子的生活习惯的矛盾。

"本来，父母回去后，没事情了，但没想到的是，我的父亲摔了一跤，瘫痪了。我把父亲从老家接来北京治病，母亲也跟来照料，矛盾就越来越多了，并且，从这个样子看来，我父母要长期在北京，我的前妻肯定不同意的，本来我想的是在外面给父母租个房子，离得近一点就是，但我那时的工资也就只有这么多，北京租房子又贵，所以我跟她商量要拿钱去租房时，她虽然没说什么但脸上明显的不高兴，我的自尊心受不了了，这是我的父母啊，我能忍心不管吗？没法，我就从同学那里借了钱给父母租房子，为这事，我们大吵了一架，她说我不能理解她的感受，我说我现在只在乎我父母的生存，于是我们之间就一直冷战。

"后来，党委书记知道了我们情况，批评我们不互相体谅，我还是为了党委书记主动找前妻道歉，我也不知道为什么道歉，对自己的父母好难道不应该吗？虽然，她表面上接受了我的道歉，但她认为在我心里父母比她重要，她再也没有对我像从前一样了，我又是一个自尊心特别强的人，因为我站在我的角度想我没有错，结果这样我们又持续了半年，我这段时间所有的精力都放在了我的爸爸身上，每天下班就去父母那里，帮妈妈做点家务，一到时间就送父亲去医院做康复治疗。

"这时，正好她的大学曾经追求过她的那个同学从国外回来，又回来找她，他给了她很大的安慰和关心，他们在一起好上了，前妻向我提出了离婚，我就答应了。我只是觉得离婚对不起关心我的党委书记。

就在这时我的一个大学同学找我办个事情，说到我的现状，他说：'你的这点钱在北京养活你父母会是很困难的，不如你跟我一起干吧，我相信你会干得好的。'我想了想，只有给自己一条无法后退的路了，为了父母，我就辞职下海了，可能因为我下得时机比较好，我与同学的文化产业公司干得很好，后来，我在北京，买了房子，买了车。

"我离婚后，也有人介绍过很多的对象，但我没有像今天这样详细介绍过我的离婚经历，我不埋怨我的前妻，也能理解她当时的感受了，她毕竟是在北京长大又是干部家庭的女孩子，我今天向你讲这么多，是因为我也听说你对父母很孝顺，听后就想见你，因为之前也谈过一些女孩子，她们一开始都只对我的事业经济能力和外表感兴趣，后来一听说我父亲的样子，就基本上没有了下文。"万里平静地对可可说着这些。

　　已经很晚了，他们今晚已经说得够多的了，主要是万里说。

　　可可回到家里面，一个晚上没有睡着，她认为万里是她要找的对象，她对父母的爱，让她能理解万里的感受和接受万里的行为。

　　飞机准时起飞了，点点和莉莉认为万里是个不错的小伙子，这种男人对父母好，一般对自己的妻子都不会差到哪里去的。

　　点点和莉莉看着可可那张有爱情滋润的脸，从内心为她祝福。

三十二

点点每天晚上如果没什么事情的话，她肯定要去跑步，她最近发现了一条从她家出来后到那个荔山公园的路线，这条线路，是要经过一座比较旧式的房子，街道是典型的北京胡同的街道，这条街道，人不多，而且建筑有着一种古朴的味道，边跑边看这些街道旁边的古老建筑，点点有点陶醉，她会想象有一天她也会带着她的孩子她的爱人在这条街道上跑步，然后去荔山公园照相、赏花。

想象归想象，我的那一半他还在世界的哪个角落啊，点点现在坐在飞机的头等舱，她想。每次她们三个出去从来都是坐头等舱或商务舱，她们都有这个经济能力，她们觉得人生奋斗就是为了更好地享受生活，所以她们在这一点上是毫不含糊的。她们不但要坐头等舱或商务舱，还要住星级酒店，她们对生活品质的要求从来也都是不含糊的。

刚一坐下，头等舱的人还没有上来，她们是最早上来的。以前，点点坐飞机从来不会幻想身边的乘客会对自己产生什么好感，那是因为她有男朋友了，现在点点却在来的路上就幻想着能在这次的航程中能遇到一个让她心仪和动心的男人与她比肩而坐，最好也是没有结婚没有找对象没有谈恋爱的男人，而且最好这个男人与她一样在等待和寻找自己的另一半。而且他们能同时受到丘比特的眷顾。

当然，这次的期待，让点点特意选择了与莉莉和可可单独坐的那个位置，点点的心里对这次的旅行有着很多的期待，也有着比较坚定的期盼，虽然，她知道自己有时有点好笑，她也知道自己改变了许多，因为现实，因为妈妈的焦虑，她现在就有这么一种莫名的期待和冲动。

头等舱的地方只能容纳少数的人员，而她们就占了三个座位，其他出现在头等舱的人员如果不是老人和妇女儿童就好了，这种制造浪漫机会的几率虽然很小，但不是没有，那个知名女人邓文迪与默多克据说就是在飞机的头等舱结缘的。点点心里还想，我不要像默多克一样富有的男人，我也不要像默多克一样老的男人，我要的就是那个懂我的男人，就 OK 了。

点点发现人们开始陆续上来了，飞机上的头等舱也开始来人了，莉莉旁边坐了一个很有派头的老男人，而可可旁边却坐着一个中年妇女，一看就是养尊处优的太太，好在点点旁边的位置还一直空着，点点这边的前后都开始来人了，都是一些一看就是公干的人员。点点趁目前还是空位时，任自己的脑海里面想象着最后会上来一个什么样的人，座位上的安全带还散落在位置上，对它来说，系在谁的腰上可能无关紧要，而对点点来说，却是一个满怀无限希望的，期待它的主人是一个符合她的想象和要求的男人。要不然将近 13 个多小时的旅程太浪费了。

点点以前对别人说的旅途艳遇很不以为然，可现在她改变了看法，她希望生命中有不断的浪漫和充满惊喜，点点妈老说她的生活圈子实在是太窄了，每天上班，下班，做瑜珈，跑步，游泳，另外就是有空还会去听音乐会，她很喜欢摇滚音乐，还喜欢听他们的演唱会，当然，她也喜欢歌剧，点点的爱好很广泛，她每天精力充沛，都安排得满满的，再有空时，她会到北大的图书馆看书，有时一呆就一天，她很喜欢这种氛围。她自己还要弹弹钢琴，不能让自己的手指生疏，点点的优秀也是与她的爱好广泛有关，她的综合素质很好，特别是她比较单纯，心里阳光健康。

岁月会改变很多人的想法，经常在电影和小说中看到那些飞机上的艳遇，点点经过这段时间的相亲旅程，内心很累，也希望能有一场艳遇出现在她的旅程中。

离起飞时间越来越近了，点点这边的位置上还没有来人，有一个老一点的男人上来，点点就紧张，好在不是他，点点看见他在那边空位上坐下了，还有两个位置没有人，点点看了看手表，估计不会有人来了，只有几分钟就起飞了，点点有些失望，这次旅程又不会有故事了。

这时莉莉和可可已经在看飞机上提供的报纸了，点点没有与她们说话，她现在一点心思也没有，她想如果身边坐一个她不喜欢的人的话，那就不如让这个位置空着吧，这样一来，点点还能将这个位置上的人想象成她喜欢的那个人，她可以在旅程中，假想与他谈话，她想象着他们一路有许多有趣的故事讲，她想象着他们之间都符合他们所需要的一切，他们在飞机着陆时，会互相交换电话，会安排约会时间，他们会通过接触了解并爱上对方。这样一来，他们就不通过什么介绍人，也不需要点点妈再睡不着觉，再在别人的眼中抬不起头来了，那时点点妈也会骄傲地向那些朋友们介绍点点找了个如何如何的男朋友了。

时间已经到了，应该不会有人来了，飞机的发动机已经发动了，空姐们准备关闭登机门了，乘客们都已经坐好了，空姐们分头将乘客上方的行李储藏箱合上盖。突然，空姐接到一个通知，还有位乘客现在正在赶来，空姐对另外一个空姐说，点点知道她们说的是还有一个乘客要上来。心中又产生了一些期待，是不是就是她旁边的那个位置的乘客呢？就在点点猜想时，点点发现有一个人急冲冲地进来，空姐赶紧接过他的登机牌，是点点旁边的。点点紧紧地盯着他，那是一张很好看的脸哩，个子也很高，现在要紧的是他有没有结婚，有没有找对象，目前看年龄在接近 40 岁了。

点点没有由来的对他红了一下脸，在他放下行李坐下后，他对她点点头，满脸的大汗，一看就是赶路很急。点点不知为什么，主动给他递给他一张纸，他边脱衣服，边接过点点的纸说："谢谢！"声音很好听啊。

点点不知道自己为什么会这么想这么做，她对自己有点恼，难道我已经到了这个地步，是不是花痴啊。

那位乘客坐下后，低头寻找安全带，不小心胳臂撞了一下点点的手臂，他抱歉地朝点点笑笑："对不起！"用的是英语。

点点赶紧用英语回答："没关系！"

点点看着那个乘客的脸和眼睛，点点没有想到自己竟然能这么大胆地盯着人家看，点点的心里好像长了一双眼睛，看到的都是阳光和朝霞，看到的都是玫瑰和大海。

那位男人，点点现在只能定义他为男人了，坐下来以后，擦完汗，转过头来对点点说："好险，差点没赶上。"并做了与他的年龄很不相称的鬼脸，点点被他那滑稽的表情逗笑了。点点发现他脱掉外衣后，里面的衬衫质量是很好的，穿衣服看来还是有品位和讲究的，点点觉得这一点要加分。

点点将手里的报纸打开来看，她没有多说话，她现在有点拿不准是否要主动问他为什么赶得那么急，但她觉得这样是不是有点审问别人的味道。

旁边的男人在点点身边坐下后就开始了深思，他没有再说话，不知道他在想什么，可能刚才赶得太累了，可能他想起了什么事情，他的表情很沉静。点点有点担心，他可能不会与她交流了，作为女孩子她是不希望自己主动与别人交流的，她希望他会主动再说话。

这时空姐开始给大家服务了，先给大家毛巾，并用很好听的语言问点点和那位男人要喝什么？"咖啡！"他们两个异口同声地说。听到这一句话，他们俩不约而同地对视一下，笑了。

这是一个很好的开始。点点心想。

现在点点开始想即使他已经结婚了也没关系，至少旁边坐着一个这样的他，一个赏心悦目的人比一个老头子好啊。这样一想，点点的心情又有些放松了。

旁边的男人起身去洗手间，看着他离开的背影，点点想，如果他不主动说话，我必须主动开口，不能浪费这千载难逢的好机会，哪怕他已经结婚了，哪怕他已经有女朋友了，我起码努力去了解过了，我也没有遗憾，只能说明我们是无缘之人。

旁边的男人从洗手间回来，好像又整理了一下他的头发，洗了脸，看起来比刚才更年轻些了。

他坐下来后，主动对点点问："去法国商务？"

点点窃喜："不是，是去旅游。"

"一个人吗？"旁边男人继续。

"不是，和那边那两个朋友一起，"点点指了指已经在睡觉的莉莉和可可说，"你呢？"

"我去参加一个学术会议，本来是和我们老板一起去的，他临时有事只好我一个去了。"旁边男人说。

"啊，什么方面的学术会议？"点点问。

"一个商讨能不能将珠宝钻石原材料也用期货形式购买的学术研讨会。"旁边男人又说。

"你从事珠宝钻石行业吗？"点点又问，不好，好像有点审问的味道了。点点有点不好意思地说："我只是有点好奇，我只听说过金属、粮油、农产品等方面的期货，还没有想到过珠宝、钻石类的产品的原材料也能用期货的方式交易。"

"现在还不能，现在我们的学术会议也是在探讨它的可能性。因为它的原料太稀少了，而且会越来越少，这就是它的稀缺性导致它的价格贵的问题，但，全球的人都希望拥有它，所以如果将其放在交易所来进行原材料的交易的话，就会让这个市场竞争更加公平些。"男人笑着回答说，"你是从事什么行业的呢？"

说到她的专业，点点很骄傲和自豪："我是从事法律行业的，我是一名律师。"

"那是很厉害的一个行业，这个专业的人，也是很牛的。"旁边男人带着羡慕的眼神看着点点说。

点点的虚荣心得到了极大的满足："我也觉得这个行业大都是优秀的人才，但我还是差一点啊。"

如此零距离的对话，让点点的内心感到无比荡漾，点点谈到了她在英国的一个著名期货交易所实习的经历："那是一家全球最有名的期货金属交易所，我去那里面实习了半年时间。真的学到了不少的东西，对期货交易的流程，我已经十分的熟悉了，但那里面的工作强度，不是任何人都能受得了的。"

"呀，你在那家金属交易所实习过啊，我去过伦敦的金融中心，我的老板在那里也开办了一家公司，不过你实习的那家全球金属期货交易公司已经申请破产了，金融市场的风险太大了。"旁边男人说。

点点心想找到共同交谈的话题，点点显得有些兴奋："是的，全球的金融形势真的很严峻，现在欧债危机又开始来临，那家公司会申请破产，让我大吃了一惊，真的太让人不敢相信了，所以没有什么是永恒的。"

"是的，没有什么是永恒的。"

"包括生命。"点点加强地说。

"包括生命！"旁边男人眼睛深深地盯着点点说。

从那个好看的眼睛里面，点点突然觉得找到了一双她喜欢的眼睛，这一时刻，点点突然有点想哭。

旁边男人好像也受到一些什么样的触动，他们开始换了话题，谈自己的爱好，从旅游开始说起，他们互相交换自己去过什么国家，对哪个国家的哪个方面印象最好，为什么最好，有几个国家他们是都去过的，他们说出那里最爱的地方，比如，他们都去过泰国，那个价格很便宜的国家，他们都喜欢那里的自由，比如说他们都到过马尔代夫，那里的浪漫让人很放松，再比如说他们都到过英国的莎士比亚故居，他们都超喜欢那个宁静的小镇，比如瑞士的雪景是多么的令人难忘，等等。

他们居然有这么多的共同点。

点点按捺不住内心的狂喜。

他们仍然喝着咖啡，好像他们在咖啡馆约会似的，只是因为其他乘客都在睡觉，而他们两个的交流只能用窃窃私语来形容。点点更喜欢他倾斜着脑袋与自己交流的感觉，她甚至能闻到他好闻的男人气息，当然，他在用香水。点点喜欢用香水的男人，点点自己也是个香水爱好者，她喜欢那种清闲的香水，如果一天出门她没有喷香水的话，她会周身不自在，就好像没有穿衣服出门的感觉。

点点开始觉得非常享受这种感觉，好像她与他是在高空几千米约会，特别的浪漫，特别的富有诗意。

这种感觉令人快乐无比。

在飞机上遇到一个合心合意的人是多么难得啊，特别是像点点现在的状况下，坦白地说，点点现在当然更希望他也是这种感觉，从点点的直觉和预感上，她能感觉他也是很兴奋、很快乐的！

飞机上传来了空姐温柔而好听的广播，机舱的气压开始有了明显的变化。机长宣布飞机准备降落。

时间过得真快，莉莉和可可已经醒来了，对点点说着什么，点点根本就没有在意她们说的什么，只是点点头，这期间，他们也稍微睡了一会，那种很温馨相邻而睡的感觉真的很棒。

13 个小时的航程即将结束。但是点点他们仿佛还有许多的话没有说完，法国的地面温度在飞机上显示很像北京的春天，只有 18—22 度。

点点知道最后的时刻已经来临，但她还是对他的真实身份一无所知，点点不知道如何开口。

"你叫什么名字？我叫张威。这是我的名片，我在法国只能呆一天时间，就会回到北京，如果你不介意的话，我希望你从欧洲回来以后，我们能再有机会一起喝喝咖啡。"张威自信地对点点笑着说。

"我叫点点，我很愿意与你再一起喝咖啡。"点点赶快拿出自己的名片，激动得有点声音发颤。

飞机终于着陆了，这样的航程，点点太愿意了，与张威再见后，点点与莉莉和可可一起去行李处取行李。

她们对点点打趣地说："好投入啊，从上飞机到降落你们好像都没有停止过对话。怎么样，找到感觉了吧?"

"还不知道人家有没有结婚呢，也不知道人家有没有女朋友呢。"点点毫不掩饰自己对张威的好感。

在等待行李的过程中，点点又将那张名片取出来看了看。

"香港得福珠宝有限公司副总经理。"不错，简直是太不错了。

生活现在对点点来说，又多了一份美好的期待。

三十三

到达法国后，点点她们三个入住一个叫 Merrcure Hotel 的四星级酒店。她们喜欢这个地处郊区好像在森林公园的酒店，这里有很多的大树，估计这些大树都有上百年了，这些叫不出名的大树很有特点，要么就是从树根开始就是长满树叶，要么就是树枝下面一直都是笔直笔直的从 2 米以上才开始长树叶，两个极端，不管是从树根开始长枯叶还是从 2 米以上长树叶，大树枝繁叶茂，并且修剪得整整齐齐，一条大路好像有着无限延伸的感觉，这个森林公园的中间是这个酒店，而右边有一外教堂，是一个古老而又神秘的教堂，尖尖的教堂顶从绿荫绿荫的大树中冒出尖来，不是红色的尖而是古老灰色的那种，特别的好看，酒店的左面，是一个高尔夫练习场，绿茵茵的草地上，各个球洞像标准高尔夫球场一样排列，只是迷你版，酒店公园的外面，穿过一条马路，是一望无际的油菜花，黄澄澄的一片，被风一吹，煞是好看。

放下行李，她们没有倒时差，每次到一个新的地方，都是很兴奋的，这次也不例外。

她们首先是来到酒店的外面，望着一望无际的油菜花的海洋，很陶醉，这种城乡结合部给人的感觉很好，她们在油菜花前摆着各种姿势照相，意犹未尽。

然后，她们去教堂里面看看，但现在已经是晚上了，教堂已经关门，她们就在外面双手合十，虔诚祈祷。

因为可可在法国留学，对法国还是比较熟悉的，可可毕业后，一直想到法国玩，直到现在才如愿，这里的艺术，是真正的艺术，所以可可建议她们不要在酒店呆着，法国有许多好看的地方，她们没有在酒店吃东西，而是坐上一部的士，去巴黎的市中心，边吃边看边玩，她们很喜欢这种状态。

天色将晚，她们去塞纳河看巴黎的夜景。

塞纳河两边的建筑，让她们赞叹不已，那才是真正的建筑艺术呀，一条宽敞的塞纳河滋润着这座古老的巴黎城市，让它如此的灵动和富有魅力。人们都说欧洲是没有夜生活的，这里的晚上除了酒吧开放，一到 8 点，有的还是 5 点，所有的商场都已经关门大吉了，但不管怎么样，这样的城市的夜晚，它的美丽，它的辉煌，它的豪华，它的大气，是任何一个城市都无法比拟的，塞纳河边的卢浮宫、艾菲尔铁塔，以及河两边的建筑，塞纳河上那几十座形态各异、精雕细琢的雕塑，在霓虹灯的照耀下，格外的漂亮，整个巴黎的夜晚是一座迷幻的神话，是一幅油画，让你沉醉和看也看不够，现在点点明白了有人说过的一句话，就是巴黎的美是一种能让人窒息的美。

在酒店，她们三个人每人一个单间，这是她们的习惯，每个人都独立惯了，她们都喜欢任何时候都有自己的独立空间，每人独住一间的话，可以避免很多的不必要的麻烦，充分体现了她们三个独立女性的生活境界。

第二天，清晨，天气还早，这里由于与北京有 6 个多小时的时差，这时的人们还沉浸在甜美的睡梦中，点点却睡不着了，她每天坚持跑步的习惯已经坚持好几年了，不管在那里。

大清早出去跑步，因为太早不能出酒店大门，只能在酒店里面围着跑圈，在这里跑步完全是一种享受，就像跑在公园里，天气非常好，早晨的温度适宜，四周全是大树，跑在草坪上就像踩在厚厚的地毯上，鸟儿在四周散步觅食，一点不怕人，甚至有一种像海鸥似的鸟儿尖叫着朝点点俯冲而下，似乎拉着警报在警告点点离开，点点也怀疑是不是她离它的窝太近了，点点觉得特别好玩，当然最后落荒而逃的是她了。

点点更是喜欢在法国的这种空气，没有像北京那样的雾霾，所以跑步完后，冲个热水澡，她马上变得精神抖擞了。

她们早餐就在酒店吃自助餐，莉莉说爱死这里的自助餐了，那些芝士，果酱应有尽有，特别是那些法式面包，越嚼越有味。点点、可可、莉莉一个个都是美食家，是典型的吃货，牛奶麦片吃了一碗又一碗，咖啡喝了一杯又一杯，真正的是吃得旁边的老外目瞪口呆，几个美玉如花的妙龄女子怎么会有这么好的胃口啊，她们边吃还边小声说："好吃，好吃。"全然不顾旁人的感受，当然，她们说话低声，吃相是相当优雅的，刀叉舞得娴熟自如。先是看得目瞪口呆的老外们，开始被她们感染了，也微笑地看着她们，赞赏地朝她们发出笑声，美味就是应该好好享受。

早餐后，点点、莉莉在可可的带领下，从卢浮宫—香榭丽舍大街—协和广场—凯旋门沿着这条完美的中轴线开始游览，最后她们来到了巴黎圣母院，一天下来，她们是意犹未尽，巴黎，这个极具历史感的城市，让她们流连忘返，而与这些经典古迹并存的，又是一个充满前卫与波西米亚气息的巴黎。

她们随心所欲地走在塞纳河的岸边，在这里，她们发现了河岸边上的旧书摊，这里的旧书摊是巴黎的一大景观，那些简朴却又色彩斑斓的旧书摊，在枝繁叶茂的法国梧桐树下，有着五百多年历史的旧书摊延绵数里，那些被漆成绿色的书屋，鳞次栉比，所有的书屋尺寸相同，从远处望去，又像是一列整装待发的火车，而近看，却是一个连着一个，恰似两条长龙，蜿蜒在塞纳河畔。

"哇，一个旧书摊竟然规划得如此漂亮。"莉莉不禁赞叹。

"我在法国的时候有朋友介绍过给我听，后来又在书上看到，说这个旧书摊是市政府为了市容而专门规定的。其实最早的时候，旧书摊也像我们中国一样是流动的书摊，因为影响市容和出版书籍管理等原因也取缔过好几次，亨利三世的时候，还把小书贩和小偷等列为一类。但是法国人天性爱书，慢慢又将书摊扩大，政府想与其压制不如引导，就允许书商们将书籍架在塞纳河两岸的护墙上，要求各书摊尺寸相同，并且漆成绿色，远远望去，你们就会觉得像是一列火车，因此又称'绿色车厢'。"

"我觉得每个书摊都有上千本书啊。"点点说。

"是的，听说整个旧书摊就有几十万本书，这些书都是书商们从四面八方淘来的，世界各地的书都有，书的种类是五花八门，而那些书商又都是爱书之人，你不问他，他就在里面自己看书看报，绝不会在这里大声招揽生意，只有你诚心与他咨询，他才会细声细气地与你交谈。"可可说。

"希望我们有好运气，也能淘到珍宝啊，因为我听说过很多人在这里还淘到过绝版的书。"莉莉眼里流露出渴望的神情。

"看你的运气啊，不过，我们有言在先，谁淘到珍宝，谁就今晚请吃法国大餐。"可可笑着说。

她们随意翻阅着，以前她们就听说过巴黎是旧书的"都会"，现在亲临才感受到了它的真正的含义，在这里，在塞纳河延绵数千米的旧书市场，点点她们看到了很多的国内外学者、游客在这里精挑细选购买自己心爱的古籍书，最让点点惊奇的是，她居然找到了一本线装《御香飘渺录》，蓝色的宣纸封面，这是一本写有慈禧太后秘事的书，相传此书市面上早就已经销声匿迹了，恐怕只有故宫里才有，而点点在这里只用了70欧元就买到了，怎么不让点点欣喜若狂。

"啊，我找到了珍宝！"点点手中挥着那本《御香飘渺录》兴奋地说。

"呀，你请客，法国大餐！"莉莉、可可异口同声地说。

三个人心满意足地去消费了一顿法国大西餐。

随后，她们到老佛爷百货去购物。可可喜欢看服装，莉莉喜欢看手袋，点点却特别喜欢买鞋子，在这里买这些东西比北京便宜30%—40%以上。何况现在欧元与人民币的兑换价越来越低呢。

在巴莉（Bally）和菲拉格慕（Ferragamo）的鞋子专柜前，点点再也挪不开脚步了，她的眼睛放着光彩，亮晶晶的，兴奋地要服务生一双又一双地拿来给她试，恨不得全都买下来。最后，看着那些价钱还是有点犹豫，"我买几双呢？"抬头问莉莉与可可，莉莉与可可也在试鞋子。

"你想买几双就买几双吧，反正比北京便宜。"可可说。

"不要犹豫，知道灰姑娘怎么当上王妃的吗？就靠一双鞋子！没有一双足够漂亮的鞋子，怎么能将灰姑娘挺得亭亭玉立，又怎么能婀娜多姿地与王子翩翩起舞满室生辉呢？如果鞋子不好看，王子又怎么会弯腰去捡并揣在怀里念念不忘呢？我想啊，你今天就买这里最漂亮的那双鞋子，对，就是那双最贵也最好看的鞋子，是今年的最新款，北京还没有呢，说不定你穿上这双鞋子，就能吸引到白马王子的爱慕眼神，那一切不都值得了吗？"莉莉快言快语地说。

"对呀，穿新鞋，走新路。买！"没能挡住诱惑，点点还是买下了那双最贵最好看最新款的鞋子。

莉莉、可可也毫不犹豫地各人买了一双心爱的鞋子。

迪奥（Dior）时装专柜，那是莉莉的最爱，点点、可可喜欢香奈儿（Chanel），她们各自在服装专柜购买了两套试穿就让人难舍难分不忍心也不能脱下的裙子。

莉莉还在爱马仕（HERMES）专柜中选购了两个让她爱不释手的最新款，可可和点点各选择了一条围巾。

没办法，谁要她们都是那么地热爱好的生活品质呢。

她们到一楼去办理退税手续，天哪，满眼望去整个老佛爷百货大楼全是中国人，个个手里面都是大包大袋的，退税处还排起了长长的队伍。

　　"天哪，中国人简直像蝗虫，要将欧洲横扫了，太疯狂太可怕了。"点点惊叫。

　　"你怎么不说，中国人让欧洲人真正可怕的是，首先在物质上占有它们，在精神上再占有他们，应该为中国人骄傲才是。"可可笑笑说。

　　"关键是中国人有钱就只会买奢侈品，但最可怕的是买奢侈品的人不懂得奢侈品，我就害怕那些玷污奢侈品的人。"莉莉说。

　　"欧洲人民应该感谢我们中国人民，因为在欧洲经济这么不景气这么恶劣的情况下，他们都忘记了生活中还有如此令人陶醉的艺术，所以欧洲人民应该感谢我们中国人民为他们带来的这样一场场艺术洗礼，提醒他们别忘记了生活应该是如此的美好。"点点又说。

　　"对，对，中国人民才是世界经济的真正的上帝。只希望有一天，咱们中国人也有享誉全球的大品牌，这样中国人的钱就不要送到国外了，而是外国人的钱送到我们中国去。"可可说。

　　"你一定要朝这个目标努力，因为你是最有资格做到这一点的，我相信你的'平步青云'到哪里都会响彻云霄，享誉中外的。"点点说。

　　"管不了那么多了，退税到手才是真谛。"莉莉说。

　　满载而归的一天。

　　第三天，她们来到了著名的凡尔赛宫。

　　凡尔赛宫，是法国人的骄傲，是全世界人的艺术殿堂。

　　点点、可可、莉莉她们对着那些精美的油画，惊叹不已！她们由内而外地惊叹！

　　"这才是真正的艺术，这才是真正的油画！"莉莉直呼。

　　"哇！艺术！"点点没有合拢那张开的嘴角。

　　这些艺术品，强烈地冲击着她们的思维她们感官她们内心深处的灵魂。

　　在《圣母悼子》的雕塑前，点点轻声地对莉莉、可可说："一块石头，居然能雕塑成这么令人震撼的艺术品，这说明雕塑家是在用心和手唤醒一块石头，使这块石头便能像你我一样感受到爱，也能感受到痛。有时，我们想想，假如我们的心是另一种石头，那么就只能让我们自己去唤醒吧，或者让一个懂得你的心的这个人去唤醒吧。"

　　在那幅油画《妓女与老人》面前，可可轻声地对莉莉、点点说："我觉得作为人类的一大短处就是，能看清许多许多有形的东西，对无形的东西却常常视而不见。你们看这幅画，人们斥责出卖肉体为莫大的罪恶，而对出卖灵魂的行为却宽容得多。现实生活中都是如此。"

在油画《丽塔圣母》面前，莉莉却轻声对点点、可可说："你们看画中将天国画得这么欢乐，但天国虽然欢乐却遥远，我想我们还是珍惜人间的温暖好啦，想想我们的母亲，想想我们奋斗的事业，想想所有给予我们滋养的一切生活，我们会多一分力量，少很多的孤独啊。"

在最后一天，可可通过她先前在法国的导师，帮她联系到了 Chanel 著名制作公司的设计展厅参观。

在香奈儿展厅入口处摆放了一座 1922 年制作的香奈儿头像雕塑，可可香奈儿的创始人是她们三位仰慕的传奇人物。展厅里面陈列着来自私家珍藏和世界各地博物馆的 400 多件油画、素描、照片、影像短片、雕塑、手稿及时装设计、香水珠宝等珍品。

她们三位沉醉在传奇、奢华、灵感的美的艺术精华中，参观后可可说："美的确可以成为一种无形的关键力，香奈儿品牌之所以经久不衰，在于它将时间成为难能可贵的品质。"

"你也叫可可，也是做时装设计的，我希望你也成为享誉全球的中国可可，超越法国可可香奈儿。"点点满怀期待地对可可说。

"你一定要努力，行的！"莉莉鼓励可可。

"加油！我们一起加油！"可可有时内心强大起来时，比她们俩都强大。

蓝天、白云、红花、绿草、雕塑、露天咖啡、街头艺术构成了法国这样一个时尚、浪漫、奢华、前卫而又古老的一个国家，蓝得纯净，绿得清新，红得灿烂，时尚得让人沉醉，浪漫得让人流连。

六天的时间很快就过去了，点点、莉莉、可可已经喜欢上了这个遥远而陌生的国度，喜欢它长长的塞纳河，喜欢凡尔赛宫的顶级油画，喜欢巴黎圣母院的石雕，喜欢随意洒性的旧书摊，喜欢街头的艺术画家，喜欢巴黎女郎的婀娜多姿，喜欢随处可见的鸽子，喜欢香榭丽舍大道上接吻的浪漫的情侣，喜欢奢侈品店那些精美的艺术品，喜欢在那如公园般美丽的酒店里慢跑，喜欢每天美味的早餐后品着咖啡慵懒地坐在街边晒着太阳的惬意，喜欢酒店简单却真正实用以人为本的设施，喜欢驾车的人在人们还没走到路边就自觉地停下车来示意她们先过的绅士风度。巴黎，不愧是现代与原始结合得最完美的国家。

三十四

点点妈这些天已经开始恢复心情了，她的焦虑开始减退，点点对她说要她放心，她相信自己的缘分会来的，点点妈也相信了缘分这东西不是瞎找的，世界上每个人都有上天注定的缘分，每一个人都有他（她）应有的磁场，只要吸引到了那个磁场，不管千山万水、乘风破浪都会相见的。所以上天是不会配错对象的，夫妻结合是有缘分的。

看见妈妈脸上的笑容，点点的心里轻松了很多。

点点回到北京后内心对张威的电话有了期盼。点点也不知为什么，自从与张威飞机上一别后，总觉得与张威有许多的话还没有说完，更是没有说透。

回来后，点点的工作更忙碌了，因为她出去落下来的工作别人是接不上手的，所以点点就一头扎进了工作状态里面。

一个星期四晚上，点点的电话响了，手机上清楚地显示了张威的名字。

点点的心很快就雀跃起来。

"你好，点点，回来了啊，如果你明晚有时间的话，我想请你们一起吃个饭好吗？"是张威好听的声音。

"一起吃饭，你是说叫上我的好朋友莉莉和可可吗？"点点有点费解地问。

"是啊，你们不是一起去法国的吗，如果你觉得方便的话。"张威很热情地说。

"好啊，我与她们约一下，看她们是否明晚有空，一会我给你电话吧。"点点对张威说。

"好的，我等你电话。"张威放下电话后，点点的心里充满了疑问，请我们一起吃饭，他跟她们还并不熟悉啊，可以说是连与她们话都没有说，什么情况？点点估计张威是有不方便与她一个人出去吃饭的原因。点点认为他肯定是结婚了的，不然不会这样约她吃饭的。

点点分别给莉莉和可可电话，将张威的意思说给了她们俩听，她们俩也感觉有点奇怪，分析张威肯定是结婚了，但她们三个大小姐，什么场合没见过，决定一起去会会这枚门神，就一致商量答应去吃饭。

点点给张威回复了电话，说明晚吃饭没问题，并约好了时间和地点。

点点、莉莉和可可三大美女，星期五的晚上，一起来到张威说的地方。一进张威指定的那家会所，她们三人同时觉得她们的精心打扮是对的了，她们时尚、漂亮、青春、美丽，同时还气质高贵。这个神秘的会所的奢华是那么的令人目瞪口呆，她们三个绝对是见过世面的人，都对这种神秘会所吃惊。

在会所的门口，有一位很有绅士风度的人知道点点的姓名后，就引领她们穿过那一条宽阔而豪华的大堂，大堂随处可见看似不经意的搭配，实则是设计师的精心之作。大堂的中间有一顶近 4 米高的水晶吊灯，将大堂照耀得金碧辉煌，左右两边既有格调高雅的餐吧，也有古色古香的中式轩，穿过大堂她们走进一个别具江南特色的庭院，青砖石地、粉墙玄瓦，搭配着亭、台、楼、阁，俨然一幅清新素雅的中国"水墨画"。一条弯弯曲曲的石板小路，一座石雕拱桥下面是潺潺流水，水中有许多的锦鲤在自由地游来游去，小路两旁的花草树木吹来阵阵的花香，很好闻。而且在路上没有见到一个人。

一进到包厢，看见张威与三四个男男女女在里面，见点点她们进来，连忙起身对大家一一作了介绍。

点点环顾一下里面的陈列摆设，整个墙都是陈列橱窗，里面摆设着那些令人耀眼的珠宝钻石。

看到她们对珠宝钻石的兴趣，张威给她们介绍说，这是他岳父公司的会所，岳父主要经营珠宝钻石，这些美轮美奂的珠宝钻石是他老人家的最爱。完了又给大家介绍了如何挑选珠宝和钻石。

听了张威不经意地将自己的身份暴露出来，点点的内心激起了巨大的波澜，是的，优秀的男人早就有主了，而且是有很好的主了，同时，点点的内心也感到了十分的失落，但，这一切，点点都没有在脸上表露出来，与张威的几个男男女女朋友在一起交流得也很好，很到位，他们也都是优秀有成就的精英，在饭桌上，莉莉成为大家的开心果，莉莉总会妙趣横生，妙语连珠地引得大家哈哈大笑。

这是一次不是相亲的晚宴，绝对是一场精英的交流晚宴，点点的内心活动没有露出一点痕迹，很好的朋友聚会。张威说了，他是一个爱交朋友的人，这与他的职业有关，希望今后大家有时间多聚聚。

与莉莉、可可分手后，点点没有马上回家，她的心绪很乱，她漫无边际地在路上走着，她的心情沮丧得有点崩溃，更多的是茫然。平心而论，她的内心虽然对找不找对象的事情并不是像妈妈那样的很着急，但想着自己不知不觉地陷入找对象和相亲的困境就烦，首先是烦自己的言行和想法统统被找对象和相亲垄断了，都将自己变得面目全非了。通过遇见张威她知道她其实在内心深处也是无比期待有分真实的爱情的，但这分真实的爱情在哪里？突然她感到了孤独，生活的内容都变得特别特别的不真实起来，看着天空远远的在上空，天气也是雾霾沉沉，点点说不上满心的愁绪，她理不出头绪，不知不觉走到了后海。

这时，后海两岸边的霓虹灯已经开始迷人地点亮闪烁，各种风格的酒吧，成了名副其实的年轻人的天下。

点点来到一家"恋恋茶艺馆"坐下，她想让自己清醒一点，将自己的生活状况梳理一下，点点要了一壶茶对着后海的各种霓虹灯出神，江中的水在无声无息地流动，人其实也是像流水一样，今天不知明天会漂到何处，生活中太多的不可知和不可控的事情，你无法左右，无法逃避，这是不是一个人的宿命呢？想着自己其实是一个阳光健康向上的女孩子，却为了摘除一个大龄剩女的帽子，搞得灰头灰脑的，特别是自己内心深处对张威的那种期待，想想都可笑，好在莉莉可可没有笑话她，现在妈妈的焦虑让她无所适从。现在只不过是年过30而已，就弄得自己这么狼狈不堪。30多岁未婚的女人难道说真的是像做了件好衣服，舍不得穿，放在衣柜里面，随着时间的推移，一二年后，你会突然发现衣服的样子和花色都不时髦了一样吗？现在，相亲的事情像一块巨大的石头压在她的心上，有点透不过气来，让她觉得无比的委屈，但这种委屈却让她无处诉说，点点真想放声大哭一场，但她还哭不出来，这种内心巨大的痛苦让她几乎崩溃。

现在喝着茶，梳理着头绪，她不要这样的状态，是自己真的想嫁恨嫁呢？

还是因为父母和朋友那些关切的眼神呢？

　　这一晚，点点回到家里后没有入睡，不知道是喝了茶的原因还是内心有压力，反正她就是睡不着觉。失眠对点点来说还是头一遭，人们常说压力会让人的睡眠受到干扰，现在她的压力就干扰到她的睡梦里面来了，她反复地想，反复地权衡，也就是这个晚上，她下定好了决心，按照原来她的计划，还是去美国工作一年。

　　点点公司的总部在美国，现在总部需要一个懂得亚洲市场的法律人员去帮助公司理顺一些有关亚洲市场特别是中国市场的法律事务。因为美国总部已经跟点点公司来过几次电话催了，公司一直觉得点点是最合适的人选，与点点交谈后，点点说要考虑一下再答复，之前点点她一直犹豫是自己的终身大事没有定下来，在这个年龄出去妈妈会不同意的，现在点点决定与妈妈好好谈一谈，相信妈妈还是会支持她的。

三十五

　　点点妈表面潇洒，内心其实还是一直担忧得不得了，日子在一天一天中过去，时光在一点一点地流逝，点点在一天一天地老去，希望却还没有一点一滴的痕迹。现在最要命的是，那些亲戚朋友没有几个能有好的消息，没有人有这个方面的资源，似乎北京的大男孩子都已经全部结婚了，都已经销声匿迹了，都已经在各自温暖的家庭过着幸福的生活了。点点妈现在甚至觉得别人说得对，一个女孩子再优秀，还是在应该结婚的年龄段结婚的，在应该生育的年龄段生育的，不然再优秀的女孩子也就觉得不够完整似的。

　　这将近一年来的工作、相亲、学习和生活，对点点来说感觉是做了一个从未做过的梦，这个梦让她变得很不真实起来，她其实从内心深处还没有将自己的没有男朋友的事情看得这么重，她被迫着将这一事情已经占据了她的所有精神空间，让她不断地在怀疑着自己，她真的害怕再这样下去，她会有很严重的挫败感，她害怕因为这样一个事情会让自己否定自己，那将不是一个真实的点点。现在，点点找到了一个让她透气的空间和出路，那就是去美国，她知道自己不会再让这个事情使自己窒息了，她隐隐觉得自己最好的年龄仿佛已经过去，又懵懵懂懂地感觉到最好的岁月仿佛还没有来到。

　　如果不告诉别人的话，点点在外表看充其量也不过二十五六岁，因为她喜欢运动，所以健康阳光。点点觉得自己现在过着的生活表面上是许多年轻人的梦想：别人眼中的她是那群体面的特殊阶层的一员，是精英阶层中的一员，每天衣着光鲜笔挺，说话夹杂着中英文，出入的都是高档写字楼，上下班开车，出行坐飞机，入住五星酒店，拿美元补助，度假就是出国旅游，年薪还高得吓人。但谁也不知道点点她的光鲜背后有着对自己的前途的打算，点点一直想开个属于自己的律师事务所，特别是从去年开始，这个想法更加强烈了。她在内心给了自己一个目标，那就是在五年之内，一定要离开外企，自己成功地经营一家律师事务所。

因为点点觉得自己这些年在外企的打拼遇到了前所未有的尴尬，从她留学回国一踏入外企开始，她就像电影《杜拉拉升职记》里面的杜拉拉一样：勤奋吃苦外加沟通，她的能力与情商都在提高，当然工作也从法务部助理到团队主管，如果不出所料的话，点点应该很快就会做到高级经理上了，点点的生活质量也从原来的普通已经有翻天覆地的改变了，因为凭她的努力薪水也从十几万元做到了现在的近百万元，以前她总是骄傲地认为外企最好的一点就是靠能力生存，凭本事吃饭，但现在她觉得她好几次的机会都因为莫名其妙的理由给了别人，她觉得自己这两年基本上是原地打转，最后，她终于看清楚，想明白了，这个地方，也就是在外企，国籍决定了你所能上到的最高位置。如果将外企比作五层楼的建筑的话，每层楼的人依次是：五楼（跨国公司注册国家）的本国人；四楼：其他国家的外国人；三楼，东南亚华人；二楼：有总部工作经验的海归或有中国政府关系及客户背景的中国人，所谓外企的中国高管；一楼：一般中国本地雇员。现在点点觉得自己只能止步于二楼了，点点知道自己已经遇到了"玻璃天花板"现象了，知道自己遇到了经济学上说的所谓"囚徒困境"了。比起点点妈对她找对象结婚的事情，点点认为自己的职业前途要重要得多。因为没有了爱情，起码她还有一分事业，如果没有了事业，一旦将全部重心放在爱情上，那时再一旦失去爱情，那她就真的是一无所有了。是的，她应该珍惜去美国工作的这个机会，为自己以后开律师事务所做经验准备。这样一想，她就觉得自己已经有了清晰明确的人生目标了，自己的命运一定要掌握，自己就是自己的上帝，所以决心已经定了。

促使点点下定决心还有一个因素，那就是一个女孩子嫁得好不好，真的是决定了她后半生的生活质量。与一个充满正能量的人做同事一直是点点心中最希望的，因为点点是一个充满正能量的人，她没有精力琢磨过于复杂的人际关系，而现在，点点却遇到了一个极具负能量和心态不健康的同事，因为婚姻的不幸，导致公司的人际关系有些鸡犬不宁，虽然不是表面公开化的，但暗流总是会不期而遇地出现。点点觉得与这样的人做同事，心也有些累。

　　点点的公司里面有个叫小萍的少妇，那是一个被丈夫抛弃的女人，她长得很漂亮，她的前夫也是一个风流倜傥的男人，虽然没什么本事，但长得英俊，小萍就是被他的英俊所俘虏，但她前夫好吃懒做，从来不管家务，特别是小萍怀孕时就出去鬼混，小萍生下女儿后更是不回家，后来傍上了一富婆，就坚决与小萍离婚了，离婚后的小萍，整个人发生了很大的变化，她对谁都有仇似的，心理不平衡。不幸的婚姻将小萍改变得面目全非，她开始嫉妒比她长得好的女人，更开始仇恨一切比她命运好的女人，点点就是在这时以天然去雕琢的模样出现在她的眼前的，她嫉妒点点的美貌和才华。点点的到来，像一面镜子照在她的面前，她看出了她自己的凋零，看到岁月在自己身上的浸蚀，看到了自己的悲哀，在点点面前的她就像菜市场每天下午失去水分的青菜，打蔫了，她每天拼命往自己干枯的脸上抹粉，有时像给墙壁批荡一样涂脂抹粉，但都无济于事，她总是想给自己那个已经蔫了脸多灌点水，让她看起来充盈些，生动些，但都无法改变她年色已衰老的事实，她不甘心不平衡。她的心态已经像被美好抛弃的老妇人，嫉妒着一切比她好的女人。

　　所以小萍对点点的到来有着天性的嫉妒。

　　小萍表面上关心着点点，背后却又说点点是嫁不出去的老女人，工作上总是会制造一些错误嫁祸于点点，点点总是会莫名其妙地在工作中出错，有好几次都误了大事。

　　记得刚到公司时，同事吴姐就提醒过点点少与小萍来往，吴姐曾好心地说："这个女人，你最好离她远点，她的可憎大过她的可怜，你会不知不觉地被她的嫉妒心所杀害，真的，原来她就做过这些事情，大家都不喜欢她，可憎的人必有令人可恶的一面，你不要被表面的现象所蒙蔽。"

　　当时，点点只是表面应承着吴姐，点点是个善良的人，觉得小萍对她还是很好很热情的，小萍经常会跟点点倾诉自己的不幸，所以点点很是被她的遭遇所打动，总是尽自己的所能去帮助她，但小萍就像一个心理变态的女人，认为任何女人的不幸就是她的幸福似的。她也许是在这种别人的不幸中找到她自己的快乐，让她达到一种心理上的平衡。其实，公司所有人都不喜欢她，也多次要求公司领导开除她，公司领导也多次找她谈过话，警告她不要再搬弄是非，她也痛哭流涕地答应了，但还是本性难改。小萍这样的女人是心理有问题，她将自己的不幸往往放大，并归结于别人，同时，她看不得别的女人比她好，所以公司的人对她都唯恐避之不及，除非不到万不得已，谁都不愿意搭理她。

三十六

　　那天是星期六，点点决定与妈妈好好谈谈，她想去美国工作的事。

　　点点妈听后，半天没有吱声。因为她知道，点点去美国工作，在一个人生地不熟的地方，点点妈也不可能跟她去，因为点点妈的语言不行，她是一句英语也不会的，她更担心的是再晚一年，点点的困难会更大的。所以点点妈用复杂而又矛盾的心情对点点说："点点，我们把你生下来，将你培养大了，你不能太自私，你已经32岁了，你要为我们着想，我们现在觉得你已经够优秀了，我们也不希望你能再往上走一步，赚多少钱了，我们现在看见别人的儿女都结婚生子，我们也很着急，虽然我们不是老古董、思想不开化，但，我们也想抱外孙子，你再晚一些，只怕生孩子都会困难的。"说到这里，点点妈眼睛都红了。

　　点点看见妈妈这么说，心里面一痛，抱着妈妈的肩膀说："妈，你看你又说这些，我知道你都是为我好，说的也是大实话，我也知道，很对不起你和爸爸，我为自己的婚姻大事也苦恼过，我理解你们的心情和想法，但我现在不是没有遇到合适的吗，如果遇到，我是不会放弃的。你放心，我觉得我不会那么惨的，因为我努力，我善良，我优秀，上天不会亏待我的。我去美国改变一下环境，对我的心态会更有帮助的，我现在都觉得有点压抑，因为只要认识我的人，一听还没有结婚就用那样一种眼光看着我，我不知道是关心还是怜悯，反正，我没有把自己嫁出去，就是一件大逆不道、不合常理的事，要不就是变态的老处女的感觉，本来我的心里还是很阳光的，这样一来，人们的好心也搞得我自己老怀疑我自己了，其实我并不是不正常啊，只不过是没有遇到合适的人而已，等遇到再结婚也不迟啊，但中国人世俗的眼光就是不行不正常了，所以，我想改变一下环境对我压抑的心情是有好处的，你放心，我一定会找一个好的爱人，给你生一个胖乎乎的外孙，妈妈你就再相信我一次吧，给我三年时间，我会给你满意的答案的。"

"三年后，你就是一个老得跟我一样的人了，没有人愿意看你了。人们都说，过了 30 岁的女人，就像从精品店下架的过时精品，没有一点底气了，只能退而求其次，有时其次还轮不到呢，不是我吓唬你。"点点妈对点点说。

"妈，你对我有点信心好不好，你怎么会用别人那种眼光看你的女儿，真是的，放心吧，你的女儿仍然是精品，而且是精品中的精品，你就等着骄傲的分吧，把你的虚荣都攒起来，到时我让人家对你羡慕嫉妒恨！"点点在妈妈的面前仍然内心强大无比自信地说着。

在点点劝说下，点点妈只好同意她去美国，因为母亲毕竟是心疼自己的女儿的，但她的嘴上还是不忘记叮嘱那么一两句不爱听的话了。

三十七

　　点点在给美国总部去电话确定选择航班与日期之后，她马上与莉莉和可可聚了一次会。

　　"你去美国总部工作一年？你还是在这里确立了对象再走吧，不然真的又耽误了一年。"可可又吃惊又好心地说。

　　"是的，原来我也想有一段稳定的关系才作决定，并且，我还想如果我有一段很稳定的男女朋友关系，我会征求他的意见，让不让我去美国工作，我不会太怎么的，因为毕竟年龄大了，如果要生孩子的话，时间是不能拖的，所以一直没有答应美国总部，通过这一年的相亲，被相亲的过程真的是对人性的一种摧残，有的真的很差，根本就不是我这一个世界这一个层次这一个空间的，我都觉得掉分，我并不是只要是个男人就行了，我起码要找一个志趣情投意合的吧，对别人的好意，你还不能随便说，不然就是：难怪这么老了还嫁不出去，就是太挑剔了呗。网上相亲又遇骗子，我只是觉得憋屈，总觉得我的人生已经被这个所谓人人必须要进入的婚姻程序所扭曲了。"点点说。

　　"我觉得点点现在去美国是对的，一段婚姻，一段感情必须出自真爱，才有可能带来这种对生命真的滋养和它本来的意义，如果两个男女之间没有灵魂的交流和对话，没有两人之间的灵肉交融，两人生活在一起也会味同嚼蜡，那种做给别人看的婚姻生活，真是太委屈自己了吧。"莉莉也说。

"其实我有时是对这个社会现象有深深的失望的，这近一年的相亲旅程，我深深地感到委屈，而且这种委屈不但是我一个人，比如有很多的像我一样的优秀的大龄女孩子，委屈的还有这些优秀女孩子的父母亲，为什么现在的社会还这么不平等啊，如果32岁这个年龄段的男孩子，也没有找对象的话，社会上没有人会认为他们是挑剔，哪怕就是40多岁了，只要这个男人有北京户口，即使他没有事业，没有成就，甚至他没有什么学问，如果他还没有找对象，人家也不会认为有什么不妥，他的父母也不会为他而着急得寝食难安，不会为他感到抬不起头来，因为他还是可以随便挑选到一个很优秀的很年轻的女孩子的。所以我觉得有时真的不知道这个社会是进步了还是退步了，而我们也看到有很多与我们差不多大的女孩子虽然结婚了，成功地进入了人们眼中的婚姻生活模式，但最终因为性格、生活层次和空间的巨大反差，还是不可避免地走向婚姻灭亡的地步，多大的讽刺啊，虽说离婚是各个年代的人都有，但是八〇后的离婚率在全国是最高的，为谁结婚？婚姻的本质是什么？这个社会是不是被人们人为地掺进了许多的外在因素。"点点说。

"可笑的是，在青春时想谈恋爱却没时间，等想结婚时，却发现已经年龄大了，找不到合适的男朋友了，世态炎凉和更为惨痛的是我们考上大学时学位已经就贬值了，让人讽刺的是熟读成功学却遇到阶层板结，现在很多人还对八〇后那些结了婚的人称之为'三明治一代'，用这个模式那个模式地戏称我们这代人，因为不分配工作，自己总是不能如愿地找到好工作，所以八〇后很多的人进入了自己并不喜欢的行业工作，成了名副其实的'橡皮人'模式，而很多人的婚姻也进入到了'闪婚＋闪离'模式，生活却进入了Hard模式，我们遇上了大学毕业没有工作分配，我们错过了福利分房，所以我们结婚买房基本靠啃老，社会上很多人在指责我们这些人什么都要啃老，你说有几个像我们一样成功的，就是我们这么成功还是买不起北京那令人生畏的房，所以不啃老他们能行吗？我们错过快乐速致富有的时机，没有成为富二代也很难成为富一代。"可可数落着说。

"我有时觉得我们这一代人就像盲人摸象，我们很多的同学还成为'蚁族'、'房奴'、'屌丝'。我记得作家王蒙曾经说过我们是'没有昨天的人'，我只想告诉那个可爱的大作家王蒙先生，谁还关心变得那么快的昨天啊。"可可笑着说。

"现在想想青春已经在我们面前溜走了，但我觉得我们还是很可爱的，我们的可爱之处，就是因为我们是真正热爱我们自己的人。我们虽然活在一种新的物质文明之中，但我们的精神生活依然丰富多彩，我们虽然也为欲望奋斗，但我们在金钱里面还是能找到人生的意义的，我们虽然没有为结婚而结婚，由此进入到了一个伟大的剩女行列，但我们内心还是清澈灵魂还是干净，所以我们还是为数不多的世界上最可爱的人，为我们的可爱干杯吧！"点点举着红酒杯说。

"哎，点点，你在美国看看有没有合适你的男孩子啊，说不定会有意外的惊喜哩。"可可对点点说。

"现在我真正地想通了，走不进的世界就不要硬挤了，难为了别人，作践了自己，何必呢，一切随缘吧，一切顺其自然吧。"点点笑着说。

"成熟的最大好处就是：以前得不到，现在不想要了。"莉莉哈哈大笑地说。

"对，不该要的不能要的绝对不要，要，就要自己认为最好的，最适合自己的，绝对不能含糊，既是对别人负责，也是对自己负责。"点点肯定地说。

"其实在美国能遇到对的人也不要放弃，抓住自己的幸福，因为美国人只要了解了，他们对家庭的重视程度比中国还重视，他们一旦成家，对家庭的责任心，对孩子的爱心，其实比我们中国的大多数有钱有权的所谓成功人士还可靠，我们中国的大官、富商基本上不在家，对家有良心的就是给钱，谈不上对老婆孩子有多大的爱心，没有时间关注老婆的病痛，没有时间关心孩子的成长，没有时间陪伴父母。其实很多都是找借口，时间是自己安排的，总不会时间来安排人而是人安排时间，观念不同，行为不同而已。"莉莉说。

"我是坚决不会找外国人结婚的，因为我不想将我这么优秀的血统输送给美国佬的，我的子孙后代也应该是优秀的，起码应该是中国人才行，文化生活等等的不习惯肯定是不行，别说我不行，我的父母就会坚决反对，找一外国人，语言不通，习惯不同，那不把我妈憋死才怪，我的父母这一关也过不了，算了吧，我去美国，主要是为了换口气，这一年的相亲旅程让我太疲惫了，我妈妈也累，我觉得憋屈的是，我们不就是没有把自己嫁出去吗，犯了什么错？触了那条法？"点点有点慨叹地说。

"别管他是什么国家的人，首先，只要我们觉得这个人真正是值得我们去爱的，其他的都是次要的。"可可说。

"其实，说句心里话，我还迷茫的是，不是找不找对象，而是我要找的对象在中国有没有的问题。你们有没有发现，中国现在的男人其实能分为两种类型的，一种是有钱的，一种是没钱的，有钱的人们称为'土豪'，没钱的人们叫做'屌丝'。我现在不在乎'土豪'或'屌丝'是否看得上我，而是我担心的是：

找'土豪'吧，我发现中国绝大多数的'土豪'缺乏与财富匹配的文明与贵族教养。找'屌丝'吧，我觉得'屌丝'缺乏上行的机会和阳光健康向上的进取心。这才是真正的高不成低不就。"点点发自内心地说。

"我不知道我们是否应该欣赏那些爱穿乔治·阿玛尼（Armani）和爱马仕（Hermes），爱卡地亚珠宝、喜欢戴百达翡丽（Patek. Philippe），用万宝（Mont. Blanc）等签名，出入长安俱乐部、开劳斯莱斯幻影，爱喝路易十三，爱抽雪茄，出入瑞银和花旗，喜欢在佳士得和嘉德斗富，争抢艺术品，泡在长江商学院搭人脉，跑到欧洲、美国及三亚海边度假，在香格里拉大床上嘿咻，手拿沃图（Vertu）手机，直接用人民币买大力丸的男土豪呢？还是不欣赏，不可否认的是，他们生活在我们同一个时代，也许他们中有的是机会主义者，这些机会主义者既亲近权力，渴望权力，又忌惮权力，这些人灵活地游走于灰色的缝隙，抓住一切机会累积原始财富，并此发家。因为是快速发家，有的是一夜暴富，这些人的财富与文化品位就形成了巨大的反差，所以他们去国外旅游是手拿金卡，大声说话，甚至插队，胸前挂着昂贵的徕卡相机，只为在景区前用几秒钟拍下 V 字手势，他们不是去领略国外的文化和学习国外的文明，这些男土豪是真正的有钱没文化，我们是不能嫁的。"莉莉笑着说。

"土豪在时髦的西方媒体世界已经有了拼音式英文——tuhao，英文意译是——local tyrant。你们有没有发现，西方人认识中国的土豪，是因为这些人在海外的'海购'而认识的。在海外的'海购'成为了中国土豪的面孔。赖特·米尔斯说过声望、权力和金钱如影随形。金钱和权力走到哪里，声望就会跟到哪里。所以现在有钱的土豪在中国获得了无比至高的声望，但我对这样土豪最难接受的是他们与贵族阶层的距离，对待生活的品位，以及与贵族阶层人生境界的落差。"点点接着说。

"点点你也不要太失望了，中国现在也有一小部分有文化有思想有品位的土豪开始跟着世界的科技潮流前进，他们喜欢有着科技质感的餐厅，将黑松露混着雪茄吃，他们纷纷在买 4K 电视，眼睛看着 Imax 的高端家庭影院系统。他们对科技的好奇心推使着这些土豪与国际接轨。这些人只是我们还无缘接触到罢了。"可可笑着说。

"是的，暂时无缘，不管了，来，干杯！"点点对莉莉、可可说。一切都随风吧！

三十八

点点告别了莉莉和可可，在点点妈的眼泪和莉莉、可可的不舍中离开了中国，来到了美国纽约。

一踏上纽约的土地，点点就忙得不可开交，找公寓、购买生活用品、注册个人保险号等事情，工作上也是，总部一大堆的事情等着点点去做，点点不但要熟悉美国总部这边的一切业务，还要对美国的法律和中国的法律作严格的区别，亚洲市场对美国总部来说很大，美国总部的计划是在两年内将在亚洲特别是中国市场的份额提高30%。

但在这里，点点的心情感到了前所未有的轻松，这里没有人会关心和探听你的个人隐私，也不会用异样的眼光看着你，也不会因为你已经32岁了还没有结婚，而觉得你有什么不正常，多少岁结婚找对象，在他们看来都很正常，这一点点点很喜欢，也不会因为你没有美国国籍而降低你的身份，在这里，只认可你的才华和能力，只要你能够胜任你的工作，你就是受欢迎的人。

点点的公司是一个上市的百年老牌公司，也是一个全球最大的国家人债券承销商之一的公司，有着很好的品牌和口碑，在金融市场中也有着举足轻重的地位，这里真正是精英云集，公司的员工招聘如果不是全球顶级名校毕业的学生一般都不要，进入公司的门槛儿是非常高的，当然，能进入这家公司的人也是有着无比灿烂的光环和荣耀的，待遇也是所有人向往的。

不知是点点的好运气还是不好运气，当点点到达美国总部时，正是西方欧洲经济共同体出现严重债务危机的时候。

总部负责金融业务的副总裁克里是一位极其干练而又英俊的 40 岁左右的中年人，他是哈佛大学金融专业的高材生，是一个充满自信，充满力量，充满朝气和活力的领导。他曾经在一家最负盛名的金融公司担任过市场部执行总理，那时的他刚到那个公司，通过削减部门开支，果断采取金融产品转型等措施，取得过短短半年时间使市场交易量增长 20% 的良好业绩，为克里在行业内的良好口碑奠定了基础。

那天是星期一，克里一上班就召集中层以上的所有人的会议，商讨如何应对金融危机的出现。

点点作为一个法律部门代表参加了会议。

克里说："目前欧盟已经出现了大量的债务危机，意大利、希腊、西班牙、葡萄牙等国家的金融形势十分不乐观，在这种情况下，我们必须采取紧急对策，我认为别人的危机是不是也是我们的机遇呢？大家想一想，过去，我们公司的传统主营业务为期货交易经纪业务，主要收入源自代理客户交易的手续费和期货保证金的利息收入。大家也知道获取利息收入的方式是，当客户中出现对同一合约数量相同、方向相反的持仓时，我们作为全球金融期货公司的总头寸会被抵消，而客户向我们上缴的保证金就不需要向交易所上交，这样我们就获得了来自买卖双方的交易保证金，这相当于短期融资，我们再将这笔投资投放到隔夜借贷市场，赚取利息收入，在我们公司内部这不是一个秘密。但近两年，美联储一直将隔夜市场利率维持在 0.25% 以下，这无疑阻断了我们的财路，这段时间，我们一直在寻找新的出路，如果不寻找新的经济增长点，我们无疑会被边缘化，这是作为老牌上市公司绝对不允许的，本着对大家及对股东利益最大化的原则，我们必须再开辟新的经济增长点，开源。怎么开源？我现在在这里提出的就是要大胆地转型，怎么转型？我们经过大量的分析，希望往投资银行方向转型。目前欧洲多国的债务金融危机越演越烈，我们如果转型投资银行的话，这里面的措施之一就是高风险的投资战略，我主张大举投资欧洲主权债券。目标是 10 亿美元欧洲主权债券。今天提出来，给大家一个思考时间，大家回去后，讨论、分析、论证一下是否可行，行与不行的结论是什么？大家集思广益，也欢迎大家随时与我沟通。"

这次的会议上，克里并没有要求大家讨论，因为要给大家一个调研分析的过程。

在克里会议之后，总部里面，大家围绕着克里的投资转型与投资欧洲主权债务进行了广泛的讨论，各种不同意见经常会争得面红耳赤，因为这里的每一个人都是精英，都是能力和才华出众的精英，有自己看问题的不同角度。克里的聪明就在于将大家的智慧集中起来，从中分析每一次重大决策中的利弊，最后作出最有把握的最聪明的最优质的方案。所以总部能有这样的业绩和声望都是一群精英智慧的结果。

因为克里是个年轻人，有抱负有事业心有能力也有胆略，在这一个星期中，他会随意找人谈话，听取不同层次不同人士的意见，为自己的决策提供一些更为有力的依据。

在星期五的上午，点点就这样被克里请到了他的办公室，他对点点说："你好，你是新来的，更重要的是你是从中国来的，我想听听你对我们这次转型与大量投资欧洲主权债务的见解和看法。"

一个多星期以来，点点被公司的这种民主和集中决策所鼓舞，她查找了大量的资料，也分析了大量的金融形势，也听了同事们的各种不同的意见和议论，他们还会用午餐时间进行一些随意性的讨论，这让点点学到了很多的业务知识。

点点觉得克里的这一决策在此时是很不明智的，但点点没有与这么高层交换过自己的意见和看法，不知这样说出来会不会有什么后遗症，在来克里办公室的路上，点点是有点犹豫，她完全可以什么也不表态，对她是不会有任何的影响的，但，现在坐在了克里的面前，她看见克里那双忠诚的眼睛，她觉得自己应该说出自己内心最忠实的想法。

"谢谢您能抽出时间听取我的意见，说实话，我在这一个星期中，每天听到大家不同的意见和议论，加上我自己的了解，我们公司的转型迟早都要进行的，但我并不认为您说的在目前的情况下大量投资欧洲主权债务这一决策是正确的。也就是说，我个人是反对进行这一欧洲主权债务的购买的。"点点直视着克里的眼睛说。

克里的眼睛里面明显地看出了不快："为什么?"

"我认为风险太大，这种高风险的投资战略，我认为实际上是投机战略。"点点刚说到这里时，克里毫不客气地打断了点点的说话。

"投机战略? 你说得对，什么是投机? 就是将危机化为机遇的意思，你懂不懂?"克里面无表情而且十分严肃地对点点说。

"投资欧洲主权债务的风险太大,还在于我们无法规避所出现的风险,我认为欧洲主权债券国家一旦违约,我们如何应对?决策是什么?"点点继续将自己的想法说出。

"你知不知道,美国是冒险家的乐园,风险越大获利也就越大,我想,我们会制定相应的规避风险的对策的。我们之所以要大量购买那些因信任评级下滑、价格走低但收益率上升的欧洲主权债券,是因为大家目前都不看好欧债,不被大家普遍看好的欧洲主权债券并不见得就是不值得投资的,因为它像股市一样,等大家都看好时,已经开始变成熊市了,我们要的就是别人没有的眼光和胆略。"克里继续对点点说。

"我认为美国不但是冒险家的乐园,也是冒险家的坟墓!"点点说。

"金融市场上,可以说是撑死胆大的,饿死胆小的,目光放远,胆略胆识气魄!"克里自信满满地对点点说。

"我知道我们公司想将那些低价的欧洲主权债券抵押获取贷款,希望能够获取利差。但如果说由于持有过量的欧债资产,加之欧债危机的不断加剧,其资产自然面临信用评级下调的风险。那会不会致使公司必然面临加剧大幅归还借款本金的比例,进而使其陷入新的财务'流动性'风险比例呢?"点点也继续将自己的疑问抛出。

"你是在质疑我们的应对风险决策能力吗?我反而觉得你是过于保守了。"克里说。

"我只是觉得如果我们这时大量购买 10 亿美元的欧债,以我们公司的资产净值来看,我们总资产对欧洲国家债券的风险敞口比例达到 8% 甚至于 10%。众所周知,欧洲危机对全球投资来说是典型的系统性风险,随着上述这些欧洲国家主权债券信任评级深陷急转直下的'泥潭',系统性风险将传导给我们,那么我们持有的债券就会面临严重的市场风险、信任风险和流动性风险。"点点继续说着。

克里的眼睛开始柔和些了。

"另外,我还认为经营存在战略风险及过度投机行为。次贷危机后,美国银行业的平均杠杆率已经由雷曼兄弟破产时的 30 倍下降至 10 倍。大多数金融机构处于保守状态,在这时我们是否需要采取激进态度?欧洲联盟成立以后,欧洲国家(除英国外)统一使用欧元作为统一法定货币。使用统一欧元后,欧元区的财政政策并没有统一。因此在面对过高的债务问题时,那些发行欧洲主权债券的国家，如希腊等欧盟成员国只会失去货币政策这一有力工具，只能依靠财政政策'一条腿走路'来应付。当欧盟成员国意识到债务问题存在时，那时问题已经到了危机的程度。而如果在此时，我们却不畏高风险，大量购买意大利等国家债券，我认为不仅体现了公司经营存在战略风险而且存在过度投机的嫌疑。"点点也毫无保留地说出自己的看法。

"市场就是博弈，只有在博弈中取胜才能发展壮大。"克里说。

"我不否认市场在很大程度上有博弈，但如果对见到的风险，一概认为是机会的话，博弈的输赢是很难预料的。也许我过于保守，但我认为在建立新型业务时，特别是转型时，我们宁愿走路慢一点，步子小一点，操作稳一点。要多考虑综合风险，不要'豪赌'，否则真的是不可控了。"点点坚持自己的看法。

"好吧，谢谢你，今天就到此为止吧。"克里有些疲惫地对点点说。

离开克里的办公室，点点回到自己的办公桌前，心里有些懊恼，她知道自己说的话有些一针见血，很刺耳，她也看出了克里的不高兴，但，这就是点点的性格，不愿意讲出自己都不喜欢讲的假话，采不采纳是公司的事情，也许点点的水平及见识没有那么高，看问题也没有那么远，但这就是点点目前的水平和思想，没办法，都已经说出来了，管他克里高兴不高兴呢。

三十九

　　点点经常会在晚上跟妈妈进行视频通话，点点妈在点点离开北京后也回到了老家，点点妈不再像以前一样再唠叨点点找对象的事情了，点点妈知道点点的心思，也知道点点的目标很大，现在别人一问点点有没有找对象，什么时候结婚时，点点妈就有一个很好的借口："点点现在在美国，等她回来再说吧。反正她什么时候结婚会告诉我们的。"

　　在美国，最大的一个好处是周末不用加班，一般都是自己的生活时间，点点就利用这些时间购物或在街头漫步。

　　在国内的时候，点点在网上对纽约的一些情况进行了较为全面的了解，特别是日常生活设施及购物方面更是了解得详细。虽然点点的经济收入很高，特别是到了美国以后，她的收入比国内还有些提升，但点点从小就养成了将钱花在应该花的地方的习惯，不该花的钱她是不会乱花的，但应该花的钱她是一点都不含糊的，比如，资助那些贫困山区的学校，点点从来就没有吝啬过，在国内她就是一个网购达人，公司同事的很多东西都是在她的引导下从网上购买的，其实同一件物品，从网上购买比在百货大楼购买要便宜得多，所以点点在来纽约之前，就将纽约购物的一切关键点都进行了了解。点点需要好的生活品质，但点点认为好的生活品质并不一定是花大钱才能享受到，她知道纽约也有一种比较有趣的消费方式，那就是拍卖生活必需品，也就那些大型超市里面经常会有些整套的物品里面有个别物品被碰撞坏了，而同盒中其它的物品完好无损，这种情况下超市一般都会将这些物品放在一个地方进行拍卖，大到如电器、椅子，小到如碗筷、毛巾、杯子、卫生巾等等，这些东西比原来的价钱低了很多，但品质是一样的。通过询问和网上搜索，点点所有的生活用品都是在拍卖会上拍卖而来。点点觉得参加这样的拍卖会特别的有意思，既丰富了她的拍卖体验，更重要的是她感受到了一种前所未有的成就感，这不单单是省下了一笔生活费用的问题，而且是她用智慧来获得的这些生活必需品，用她的话说，用智慧获得性价比最高的生活所需品。

最有意思的是，点点在拍卖场还认识了一位中国人玉儿，玉儿是一位标准的江南风情的美少妇，身材高高的，苗条错落有致，特别是皮肤，是那种像鸡蛋清般透明的，脸上的毛细血管都若隐若现，一与她说话，你就懂得了什么叫女人味，那种温柔让人十分舒服。

玉儿是五年前来美国的，现在已经在美国定居，那天，点点在拍卖时看中了一个碰杯和一个花瓶，最后只有点点和玉儿竞拍了，最终，玉儿以 25 美元拍卖成交。拍卖结束后，玉儿主动上前与点点打招呼："你好，你是中国人吗？看来我们都有相同的审美观啊，我叫玉儿，认识你很高兴。"玉儿高兴地伸出手来与点点相握。

"对呀，我是中国人，我叫点点，认识你也很高兴。这个花瓶很好看呢，恭喜你拍到了。"点点友好地说。

"谢谢你，是的，这个花瓶我很喜欢，有点夺你所爱了。"玉儿说。

"没有，没有，你拍买到了我也很高兴啊。"点点说。

"如果你不介意的话，我想今天是星期六，现在请你去喝杯咖啡怎么样，我还要谢谢你不再与我争夺这个花瓶呢。"玉儿诚心地对点点说。

"你千万不要这么说，我也只是觉得它好看才拍买的，并不是非要不可呀。谢谢你，咖啡就不喝了吧，不要那么客气。"点点说。

"如果没什么事情就去吧，因为在异国遇到同胞我也是很高兴的呀。"玉儿继续说。

"事情倒没有什么，因为我来美国也不是很久，刚刚将生活上的一些必需品购置好。那就去吧。"点点说。

玉儿带点点到街道对面的咖啡馆喝咖啡。

坐下后，玉儿问了一些点点的基本情况，从哪里来，在哪里上班，在美国有没有亲朋好友等等，点点一一作了回答。

"我来美国已经五年了，我是从广州来的。现在有一个儿子，我先生是美籍华人，以前也是从事金融工作，金融风暴后，他转型经营着一家信息咨询服务公司。先生的父母都在美国，不过是在旧金山，我现在没有工作，因为孩子还小，三岁多，一个小王子。家里面有保姆，我基本上就是干自己喜欢的事情。我喜欢画画，成天没事就在家里画画。哈哈。"玉儿说。

"在这里你习惯么？生活上、文化上、人情上你习惯么？"点点关切地问。

"刚开始多多少少会有个适应的过程，因为毕竟是在异国他乡，是不是！但我可以肯定地告诉你，我现在觉得在这里比在国内好，因为我的先生在这里，我懂得了爱在哪里，家就在哪里，另外，在这里，我最大的感触是心不累，精神上不压抑，在哪里都会有困难，但这些困难在美国克服起来心里就没有那么多的负担，因为这里的人的心简单些，这里的人也很有情谊的，虽然他们不像中国那样的东家窜西家走，起码，这里尊重别人的私生活，不会一天到晚说你的长道你的短。轻松、自由是我最大的体会。"玉儿说。

"多好，轻松、自由，我喜欢和向往这样的生活状态。"点点想到自己的相亲的压力，由衷地说。

点点和玉儿有一种一见如故的感觉，她们在那里喝了差不多一个小时的咖啡。临分别时，玉儿对点点说："你在这里没有亲朋好友，如果你不嫌弃的话，我愿意做你的好朋友，这是我的手机号码，你有什么事情可以随时找我，我有时间，另外，如果你想改善生活的话，可以到我家来，我们一起做中餐吃。"

"好啊，我觉得我们俩还是有许多的共同点的，年龄也差不多，对问题的看法也会差不多。以后有机会我们再约吧。"点点说。

"你是优秀的女孩子，我就不行，但我很羡慕你的成就，一个女孩子能凭自己的能力做到这么出色，真的令我佩服。"玉儿笑着说。

"哪里，哪里，我们今后还有机会聊天的，再见了，谢谢你。"点点与玉儿分手后，回到公寓，觉得真好，在美国遇到同胞。

四十

点点的工作是忙碌而充实的。

忙过了前两个月的适应和熟悉阶段，点点开始有时间静下来，这一静下来，反而让点点滋长一股浓浓的孤独之情，虽然不时与莉莉、可可通过电话说着大家各自的情况，可可已经与万里定下了稳定的关系，并且进入了谈婚论嫁的阶段。莉莉还是不能接受别人走进她的内心，莉莉总是说："我与马克的爱情，足够让我过一辈子不缺爱的生活，马克给予了我一辈子取之不尽用之不竭的爱情之水，没有人能比得上，我一点都不寂寞，一点都不孤单，我已经跟我父母说好了，如果他们实在想抱外孙，我就会通过精子库用人工授精的办法，为他们生一个外孙，我不觉得单亲妈妈有什么不好，何况我完全有这个经济能力将孩子带大并教育好，我对自己有信心的，我也跟我的父母说了，再给我二三年时间，如果我还没有遇到足够让我爱的人，我就会为他们生一个完全属于我和他们的孩子，只要遇到了，我会将马克珍藏在我的内心深处，好好珍藏着，我会与相爱的人结婚，是那种不带任何外在因素的纯真的爱情的人，只要遇到我会跟他结婚，并为他生孩子，但是如果在 38 岁的时候还没有遇到，我就会考虑人工授精的办法，为父母生一个外孙，让他们享受天伦之乐，我不是理想主义者，但我依然相信真爱，纯粹的爱。"

点点在这里没有了妈妈的陪伴，一切都要靠自己，点点对自己的工作前景和目标是一清二楚的，对于自己的生活和未来的婚姻生活她心中也有清晰的模式，现在她没有了在国内那种焦虑，因为这里没有人给她这方面的压力。

点点也是一个喜欢学习和观察城市的人，等到工作步入正轨后，她开始在周末熟悉纽约这个城市，了解这个城市的文化背景、文化习俗。

纽约是一个自由的城市，人们可以不在乎他人的任何眼神，别人一般也不会对你投来任何奇怪的眼神，有时点点会想，纽约的曼哈顿地理面积这么小，却又能容纳整个世界的人种、文化教育、时尚，这真是一个世界大都会，全世界最顶级的精英在这里你都可以看到。

点点发现纽约是一个极具包容性的城市，在纽约的街头，经常会看到许多人边走路边哭泣，开始，点点觉得奇怪，这里怎么会有人随便在路上边走边哭呢，对别人的哭泣，没人会觉得奇怪也没有人会停下脚步问你是否需要帮助，不是这里的人们冷漠，而是这里的人们充分尊重别人的行为，有时，点点觉得人们的情感是需要倾诉的，点点有时会看到有的年轻人边走路边打电话边哭泣，有时又会看到有的人坐在长椅子上默默地流泪，点点能理解这些人流泪的心情，有时，点点也会想流泪，生活上的、找对象上的压力，生存的艰难，异国他乡的孤寂，都会导致人的情感波动，都会使人流泪，在纽约，流泪并不是一件丢人的事情，不管什么人在大街上流泪，其他的行人从来不会觉得奇怪，不会停下脚步对哭泣者注目，所以点点觉得纽约这个城市是一个多么不在乎的城市，这个城市似乎每天都在为那些哭泣者提供一个承接眼泪的肩膀，可是等这些哭泣的人宣泄够了，这些哭泣的人都会明白，这座城市是不相信眼泪的，它提供的承接眼泪的肩膀都是虚空的。所以只有擦干眼泪，咬紧牙关继续打拼，继续前进。

纽约不相信眼泪，北京也是，只有自己相信自己了。

点点这几个月来经常与玉儿通电话，谈谈生活上的一些事情，玉儿还请点点去她们家一起做过中餐，点点认识了玉儿的先生安南，安南是一个温文尔雅的人，总是静静地在一边听点点和玉儿说话，有时候，安南还是一个有点内向害羞的大男人。他们家的宝贝儿子安贝贝则是一个人见人爱的调皮精灵，长得英俊漂亮。全家都围绕着他，总是欢声笑语。

点点知道了安南的前妻已经过世10年了，他有一个女儿现在也已经结婚了。玉儿和他的女儿相处得很好，他女儿在旧金山工作，他们基本上是一二个月见面一次，都在安南的父母那里相聚，一大家子其乐融融。

四十一

　　那天是星期天，点点接到玉儿的电话，玉儿说："你有时间吗？我们去喝咖啡好么？我刚从老人院做义工回来，很渴了，我正好路过你住的这个街道，你下来吗？"

　　"好啊，我这就下来。"点点飞快从公寓下来，上了玉儿的车，她们到了前面的一家咖啡馆喝咖啡。

　　"你做义工啊？真不简单，我在国内的时候，也与两个好朋友，对贵州的一所贫困小学进行义务捐助。"点点说。

　　"是啊，好人还是有好报的，我在国内的时候也去孤儿院做过帮扶，说实话，刚开始做这些的时候是一种赎罪的心情，现在却是心甘情愿要去做，在帮助别人的过程中，我也得到了快乐。"玉儿说。

　　"为什么说是一种赎罪的心情？"点点不解地问道。

　　"哎，说来话长，我想先问问你信不信命？"玉儿问。

　　"命运，我还是相信的，但我觉得命运还是靠自己掌握吧。"点点说。

　　"我一直认为，人的命运是个很玄的东西，我记得有人曾经说过：人的命运实际上是包含有两个含义：一是命，二是运。说命是不可以改变的，比如你出生在什么样的家庭，你的父母和你的家族命脉是不可以改变的，有的人是出生在富贵家庭，有的人出生在贫穷家庭，你的命就好比是一辆汽车，有超级豪华车也有廉价平民车，这些是不能由你自己去选择去决定的，这就是命，是命中注定的。而运就是你后天对那辆车的配置，你是配置一些高级配置还是配置一些低廉的配件，完全取决于你。也就是说人的运完全是可以改变的，通过努力奋斗，不管自己出生如何，用知识、智慧、勤奋就可以获得自己这部车的各种配置。"玉儿说。

"所以说这个世界上没有两个人的人生是完全相同，因为出身不同，付出的努力不同，或者出身相同，但付出的努力不同，人生都会不同的，这就像不可能有两片完全相同的叶子一样。对不对？"点点笑着对玉儿说。

"人的一生从出生到死亡，实际上就是两点，起点和终点。生命是个过程，每个人从出生开始，都是朝着一个方向前行，那就是走向死亡。我觉得每个人的一生一切都是命中注定的。"玉儿笑着对点点说。

"我觉得你像是一位哲学家，对人生有着这么深的思考。"点点也笑着对玉儿说。

"我不是哲学家，我觉得上天给每个人的一切都是有天数的，你不能超过命运给你的天数来从事一切事情，否则就会受到惩罚。常言说得好，没有规矩就不成方圆。就像婚姻法，规定每个人都只能一夫一妻制，如果你多占用别人的妻子你就会受到谴责甚至惩罚，如果你不是通过正当的劳动获得财富，你就会失去人生最美好的自由。资源分配给每一个人都是有定额的，从你出生的时候就已经注定好了的，所以只要这个世界上所有的人都按照上天给予的定额行事，这个世界就会平静和和谐，否则就会引起社会动乱乃至战争。"玉儿接着说。

"你说的有一定的道理，但不知道为什么，我觉得这些道理由你讲出来好像很不相称，你这么年轻，对人生悟得这么深，让我佩服。"点点喝着咖啡说。

"别看我比你只大二三岁，如果你经历了我这些不堪回首的过往，你也会对人生有深刻的感悟的。"玉儿搅动咖啡说。

"我不知道你的人生经历过什么，但我觉得能对人生有着一些领悟是好事，你说是不是？"点点喝着咖啡说。

"你今年 32 岁了，点点，你事业成功，学业成功，虽然你现在没有结婚，但你有目标，有追求，并且，最可贵的是你没有不良的纪录，你的人生没有污点，你长得漂亮，活得也漂亮。"玉儿说。

"你还千万别说我活得漂亮，我在北京都把我妈急死了，这么老了都嫁不出去，马上就 33 岁了，没人要了。"点点笑着对玉儿说。

"我说的活得漂亮是你的心清澈、宁静和自由，不像我，26 岁到 31 岁活得污泥浊水似的，说实话，我不知道你对人生有着怎样深深浅浅的体会，我虽然相对于你来说年龄只大几岁，我也不知道你的生命中又经历了多少铭心刻骨的爱和痛彻心扉的恨。人生对我而言，的确充满了复杂而瑰奇的色彩，虽然如今我已经能淡然地看待这些云卷云舒，但是说实话，以前在很多的时候我都是面对着灵魂的忏悔，困境的折磨，人生的低谷。那些长歌当哭的日子，那些以泪洗面的日子，那些风尘仆仆的日子，都成为了我人生最伟大的财富，照耀了我，道路深静幽远，我一个人带着解脱之心，一路暗夜前行。"玉儿继续搅动着咖啡，轻轻抿了一口。

"你像个诗人，说话都这么有文采的。"点点对玉儿说。

"今天我不急着回去，安南在家，贝贝也有人带，我已经跟安南说了我们俩在外面喝咖啡，晚点回去，所以，我想跟你讲讲我的过去，我从来没有跟任何人说过我的这段往事，因为你现在还能把握自己的命运，特别是你在自己漂亮的妙龄时期没有迷失自己，我希望今后的你也不要迷失自己，这点很重要，要对自己负责，为爱负责。"玉儿说。

"你别说得那么沉重，我觉得也许每个人都不轻松，但日子是自己过，生活要自己经营，我还是希望我们过得都很轻松愉快的。"点点笑着说。

"你说得对，现在的我很幸福，因为我找到了我的真爱，过得很轻松。但我还是要跟你说说我的过去。"玉儿又笑着说。

"你的过去已经过去了，如果不堪回首就不要去想了。"点点不想窥探别人的隐私，所以急忙表态说。

玉儿没有理会点点说的，继续说："可能每个人都有向人倾诉的欲望，我曾经是一名小三。"

点点一听到这里，心里就觉得特别别扭，因为这有违她的道德观念。

玉儿说："我看见你的表情我就知道你是看不起做小三的人的，是不是？但如果我说，有的人并不愿意做小三，而是被动和无知做了小三，你能不能原谅？"

点点望着玉儿没有说话。

玉儿继续说："其实原谅不原谅都已经成为过去了。"

点点听到的是玉儿传奇的故事。

我，漂亮的玉儿，怎么也想不到，自己竟然会是一名被人唾弃的小三，而且是一名能呼风唤雨的省部级高官的小三，是一名做了五年之久的小三。

小三，这个称谓，让我很是接受不了，但不管怎么样，事实就是如此。

我从来没有想到的是，自己事业有成，有着光明的前景，重点大学的学历，骄傲的成绩单，只要努力本分地做好自己的工作，我一样可以锦衣玉食，一样可以光鲜靓丽，一样可以有着绚丽的生活，一样可以找到属于我的那个白马王子，过着幸福而平凡的生活。而现在怎么也成了那些不屑启齿的觊觎别人丈夫不光彩队伍中的一员，我怎么会跻身于这样的队伍当中，我一向那么清高，我根本就不屑于充当这样一个不光彩的角色。

我从大学校园满怀激情与憧憬地投入到人生的职场，带着我的天真烂漫，没有谁曾经向我提及过，来到这个复杂的社会，应该秉持一种什么样的生活态度，没有人给我一些生活上的建议，在学校里面，我也没有真正学到怎么做人、怎么处事，当我满腔热情地投入到我要为之奋斗的社会职场当中时，玉儿我像一头可爱简单的小绵羊，一头扎进了我以为是温情脉脉其实内里狰狞的社会大狼群中，我还没有来得及适应，没有来得及施展我的才华，没有来得及体味这个大课堂的各种滋味，就被一只无形的手将我拉到了这个让人不能自拔、让人痛、让人笑、让人哭、让人迷茫、让人眩晕的不能在光天化日中显身的隐形队伍中，只因为我那天然的美丽，只因我那无敌的青春，我还来不及反抗，来不及抗争，来不及退缩就被强大的势力给俘虏了，就被那种耀眼的权力给圈养了。

做有钱有官这些人的小三或金丝鸟，是很多爱慕虚荣的女孩子打着所谓爱情幌子来满足自己物欲的一个绝佳途径，她们有很多的爱情宣言，为了达到目的，她们可以不择手段，甚至于不惜牺牲自己的青春和破坏别人的家庭。以至于现在的高官或富豪们的太太们每天都将自己的神经绷得紧紧的，社会上也流传着那些"防火防盗防小三"的段子。

其实在我的骨子眼里，我也是像所有的人一样，从心眼里看不起小三的，特别是对社会上那些骄纵漂亮的女人，为了达到她们的目的，她们凭着自己的美丽、青春资本，打着爱情的幌子，大言不惭，堂而皇之地潜入他人的家庭，获取她们想要的，她们没有底线，更无灵魂。她们大声宣称，她们是那些精英们的红颜知己，她们不惜为了那些精英低到尘埃里面，并且轻薄风骚地掠夺她们要的精英，对这些小三，我其实同样是不苟同的。但不管怎么样的理由，也不管是那些男人们有钱就变坏还是有权就被变坏，还是女人变坏就有钱的任何潜规则，我也不能为自己解脱小三这种"光环"。你知不知道我当时觉得自己就像一只懵懂而又迷路的蜘蛛，一不小心就掉进了这张用权力和金钱织就的无形的网中，自己的命运在那几年就被那些织网的猎人左右着。

我到现在为止，哪怕是那位高官已经被绳之以法了，我还是不能将自己与小三画等号。

我不是为自己找理由来说明自己不是人们眼中的那种小三，但是不管是哪种小三，只要是做了小三，都是遭人唾弃的。而且我认为自己不是小三，只是被动地做着小三，说实话我也从来不认为自己没有廉耻心，而是我自己也不能理解自己的这些行为和动机，虽然我从不认为自己与那位高官峰交往有什么动机。我也从没有主动向峰要过一分钱，也从没有主动要求峰离婚来与我结婚，我从来都没有想要利用峰的权力获取我的一丝一毫特权，我甚至从来都没有觉得自己爱过这个男人，这个比我大了20多岁的男人，这个可以做我父亲的男人，我从来都没有想过在这个男人这里得到什么。

然而，现实是，不管我想与不想，得与不得，我都与这个问题高官在一起了五年。这五年，让我流逝了宝贵的青春，这五年让我到达了人们眼中的天上人间，这五年让我了解了有的人的生活可以这么随心所欲，可以这么奢华，可以拥有这么样的生活方式，可以秉持这么样的生活态度。这五年，我时而内心彷徨，时而外表风光，时而神智迷茫，时而陶醉物欲，时而外表清纯，时而内心龌龊，时而不知是否在天上，时而又不知是否是在地狱。

然而，不爱不等于不要，不要不等于不给。不知道哪个环节出了问题，反正就是在这种怪圈中，我虚度了我最宝贵的五年。

我有时只是觉得自己做了整整五年的懵懂梦，走了五年的懵懂运。

我知道，虽然现在并没有多少人知道自己的这段经历，也可以说只有几位峰那时的最亲近的人知道我在峰的生活里面曾经存在过，但我自己知道，自己的心知道，心是不会欺骗自己的，我还是一个有着思想的女子，每每想起自己这梦一般的五年，想着自己已经腌臜的灵魂，我就不能原谅自己，我恨不得时光能够重来，我绝对不会再被物欲所诱惑，想着自己那不干净的过去，有时，我恨自己就想自杀算了，那样别人就不会知道我的过去。然而，我却不忍心自己就这样撒手而去，如果这样去了的话，我绝对相信，我的哥哥钢子也就活不成了，我是哥哥一生的希望和寄托，我要是走了，而且是以这种方式走的，那么，我就是真真切切要了哥哥的命，那是我唯一不能做的事情。

我告诉你，点点，我交往的那位高官叫峰，在开始我并不知道那位峰是一位高官，我也从来没有与这样的人打过交道，你要知道，我是一个从粤北小城市到广州这个大省会城市的清纯女孩子，我的家庭是普通得不能再普通的知识分子家庭，一场车祸导致母亲长年坐轮椅，父亲是个老实巴交的知识分子，有一个哥哥叫钢子，为了我他牺牲了他自己上大学的机会，他一个人担负着全家的重担，照顾着瘫痪的妈妈和老实巴交的爸爸，而将一切的希望都寄托在我的身上。

从小，我最喜欢的就是画画，但学画画要很多的钱，我们家的条件是不允许的，由于我从小到大学习成绩都很好，加上我长得漂亮，高考我是以优异成绩考上电影学院主持播音专业的，大学里面，我为了减轻家里的负担，我一边上学一边打工挣钱。我没有时间在大学里面谈恋爱，在大学由于我那种纯属天然的脸孔，吸引了一些模特公司的注意，我签约了一家模特公司做兼职模特。一年后，在大二时，由于我自己从小就喜欢美术，加上自己的播音主持，为了赚钱我与一个志同道合的同学开了一家画室，专门教学生画画和对色彩的设计运用，在最多的时候，我们的学生已经达到了80多人，后来由于那个合伙的同学去国外读研，才把那个画室结束了。在大四的时候，我接触到了一种叫墙体彩绘的艺术，它是壁画的一种，我一接触就特别喜欢，我觉得这个墙体彩绘的这个艺术与我喜欢的绘画有异曲同工之处，所以我就与另外两个合伙人合作开了一个工作室，对外接到墙体彩绘的活，生意竟然出奇的好。几个合伙人，越干越有甜头，不但解决了自己的学费问题，而且生活水平都有了很大的提高。

在大学我有个外号，叫"劳模"和"玉钱迷"。就是大家都知道我是那种除了学习以外，其他所有时间都在学校勤工俭学，都在不停地工作，每天，只能睡几个小时，我就像喝了鸡血似的，充满了斗志和激情。学习，赚钱，再学习，再赚钱，是我大学的生活写照。在四年的大学时间，我不但没有用家里面的一分钱，而且，还帮助家里购置了许多电器，为的是减轻父母家务劳动的负担。

说到这里时，玉儿的脸上呈现出骄傲的气色。

毕业后，我凭着自己重点大学及播音主持的专业和漂亮的长相，加上在学校期间的兼职和创业经历，找到一份省电视台的工作，接到工作通知时，我感到自己是多么的幸运，要知道，大学毕业生找工作是多么的难，何况，我没有一点家庭背景和靠山，能进这个省电视台，真是幸运。

才华，是电视行业的通行证。

我的才华是在一次中秋晚会前夕被发现的。来到电视台后，我没背景没靠山所以并没有什么机会主持大型的综合晚会，我更多的时候是打杂，但我做什么都充满激情，从不计较，虽然我也向往那些名主持人，但我知道自己能有份不错的工作就很好了，平时没事的时候，我也会留心学习别人是怎么主持的，我最大的主持也就知识竞赛类的，不是在黄金档播出的那种。

那是我到台里工作的第二年，主持中秋晚会的燕因为家庭正在闹离婚，老是不在状态，本来喜庆的晚会，她那张苦笑的脸一出现，就觉得别扭，后来，彩排前燕主动向台领导提出自己无法有好的状态出现在晚会上，要求换人，这时台里领导很是恼火，临时找主持人上又不是一件容易的事情，每个人的工作都已经安排好了，正巧，那天领导怒气冲天地在台里发火，看见我在旁边一个人收拾准备彩排的道具，随口就说："玉儿，你上吧。"

"我不行，我不行。我不行。"虽然我很希望有这样的机会主持大型晚会，但我知道这么短的时间内要熟悉主持词，心里一点把握都没有，我可不想搞坏了省台的名声。

"谁说你不行，没得商量，抓紧配合，抓紧记主持词，不允许搞砸，如果砸了，你也滚蛋!"台领导恶狠狠地丢下几句话就走了。

我其实也是个好强之人，一急，我还真急出来了，我拿出拼命三郎的干劲，终于在那个中秋晚会上第一次亮相，没想到我的亮相带来极好的反响和效果，渐渐地我在电视台及社会上开始小有名气了。

在一次我晚会后，电视台的领导要带我去参加一个活动，那天晚上已经是10点钟了，我已经很累了不想去，但台领导说，一定要去，因为关系到台里面的一些发展。

我没办法只好去了。

说实话，长到这么大了，26岁的我还从来没有参加任何正式的晚宴或聚会，我只是与三五个同学在大排档一起吃过晚饭，我根本不知道参加这些聚会有什么含义。

晚上，我们一起来到珠江新城的一个叫空中1号的顶级会所，要知道这是个"能喝酒的空中博物馆"。这是一座有着哥特式小厮塔顶端的建筑，会所好似一座"空中花园"。从电梯直上28楼，一入会所可以看到的是整面墙壁都是红酒，听介绍才知道这是"望江厅"的"红酒博物馆"，而这墙壁实际上是整体恒温酒柜，里面鳞次栉比地陈列着来自"葡萄酒之乡"波尔多的近三千支不同品牌的红酒，有1982年的"拉菲"，也有被誉为"酒皇之皇"的"罗曼妮康帝"，光是存酒价值就达5000万元。

说它是博物馆更为确切，因为我们所经之处都是一些名人名画，服务员小姐用那温柔的语调告诉我们，这里有从明末清初的法若真，到清代的林则徐，再到近现代的齐白石、张大千、徐悲鸿、傅义、关山月、黎雄才、黄永玉、杨之光、林墉、方楚雄，可以说是应有尽有。我们那晚是在独立的贵宾房的"壹号厅"，说实话，一到顶楼，一踏进"壹号厅"给我的震撼是空前绝后的，服务员小姐告诉我们这里有 728 平方米，这种超大面积凸显"天字第一号"范儿。地下是天蓝色的地毯，上面印有五彩祥云，我觉得在上面走就仿佛在云中漫步。左边的是透明玻璃墙壁，右边的木墙上挂有一幅高 2.6 米、宽 6.6 米、价值 5000 万的巨幅画作"粤山晴色"，是国画大师谢稚柳平生最大的一幅作品。屋内还配有全自动的"雅马哈"三角钢琴和古筝。这里面可以容纳 60 多人就餐，我们刚一入座，屋顶的电动开启式天幕徐徐拉开，露出天空，那天晚上又特别好的天气，抬头可以看见天上的星星在闪烁，而窗户的外面，正对着无敌江景珠江，夜晚的珠江两岸霓虹灯闪烁，流动的彩船在珠江上来回交织，真是美丽极了。

晚宴的时候，我被介绍给各位来的老板认识，其中有一位叫峰的老板，我认为这样的老板是一个即使在众人中也能抓住别人眼球的人，他的气场能吸引在场的每一个人，这个老板已经 50 多岁，但很有风度和气度，特别是那双眼睛，给人一种深如古井的内涵。一个地道的北方人，讲话声音不高，但是他每讲一句话，都像会在听者的心里留下一道痕迹。我通过人们看峰的表情和眼神感到，峰在他们的面前拥有绝对的尊重和权威。

当然，人们对他的尊重，使他更加焕发着成熟优质男士的魅力，他轻松时也会幽默风趣，而只有在这个时候他才会发出洪亮的声音。

那天晚上，除了峰老板以外，还有几个气度不凡的老板，我虽然被人介绍了，但还是记不住这些人的名字，当然，对他们是从事什么职业也没有兴趣，因为我不是那种爱八卦的女孩子，这些人从事什么职业一点都不影响我的心境，我的生活其实就是那种纯朴得不能再纯朴的。工作、赚钱、养家，生活也就是单纯得不能再单纯，有时忙碌起来，我都很少有时间去与同龄人玩，不是我不爱玩，只是我觉得只要工作没有完成，我不去玩也不会有任何的抱怨，再说，我顶多就是逛街，看看不同的服装潮流而已。

"你就是那个美女主持?"峰老板问我，看着我的眼睛，他的眼中掠过一丝惊喜。

"谢谢，过奖了。"由于大家在一起喝酒的氛围很好，我笑着答道。

"我先敬才女一杯!"

我喝下去了。

"我再敬美女一杯！"

我又喝下去了。

"来，为今天聚会，我再敬你一杯！"

一连三杯，我都笑着喝下去了。要知道我从未接触过这样的场合，也从未有人这么敬过我的酒，我居然都不知道推辞，居然不知道装一装自己不会喝。那种洋酒我从没有喝过，我也从来都不知道自己究竟会不会喝酒，我从来没有与别人一起喝过酒，我记得，在家时，我的父母即使是过节，也只会拿一点自家做的糯米酒喝喝，我喝这种洋酒，只是觉得与家里的糯米酒口感一点都不同，并且这种洋酒很好下口。

我知道喝酒后的我脸色绯红，还有一点就是我喝了酒后会不停地微笑，只要有人来敬，我都喝。

我觉得很兴奋，席间大家讲网络段子，一个又一个，大家欢声笑语，回家之前，我感到有点喝高了，真的不知道自己究竟喝了多少酒，是他们将我送回家的，好在没出洋相和失态。

第二天，我的头像要炸裂一样痛得难以忍受。我没去上班。

手机响了。我虚弱地说："喂。"

"是我，你没事吧？"对方说。

"请问你是谁？"我觉得这个声音很陌生。

"我是峰。"带有磁性的男中音。

"峰？我不认识你，你打错了吧？"我说完将电话挂掉了，又睡。

过了一会儿，手机又响了，我迷迷糊糊去接电话。

"好家伙，口气真不小啊，我的电话都敢挂，我是昨晚一起与你吃饭的那个峰，你没事吧？"峰一阵爽朗的笑声。

觉得奇怪，他怎么会知道我的手机？

"啊，对不起，我没有想起来，也没有听出来是您，谢谢，就是头有点痛，我想是昨晚真的喝多了，睡一会就好，您怎么会知道我的手机呢？"我问道。

"我是搞刑侦的，要得到什么情报都没问题，何况你的手机号码。"他呵呵大笑。

"谢谢您的关心，我没事。"我说。

"一会有个叫明仔的小伙子会给你送点治头痛的东西来，你吃了就可以解酒的。"

"啊，不要，不要，我真的没事。"

"你可别客气，我们主要是要保护好我们的美女，让你好快快好起来。"

"真的谢谢，东西就不要了。"我不习惯接受别人的东西，因为从小到大我什么事情都是靠自己，小时候就养成了不需要靠别人同情与怜悯过日子，更何况这还是一个只有一面之交的男性。

不一会，门铃响了，我迷糊地开门，一个叫明仔的小伙子，大包小包拎着东西进来，还送来一大束玫瑰花。

我有点愣，本来头脑就不太清醒，这样一来更不知如何是好。

"老板要我送来的，你好好休息，需要什么就给我电话，这是我的手机号码。"

明仔拿出一张名片交给我："我走了。"

我还没来得及推托，明仔已经轻轻关门出去了。

我打开那些大包小包一看，头更晕了，全是什么进口水果、美国花旗参、各种坚果，甚至各种进口保健营养品。

我放在一旁，不去想这些东西。

先睡觉，多喝水。

我整整睡了一天，晚上起来，我喝了几杯水才感觉好多了，什么也吃不下，喝了点粥。

晚上 10 点多了，峰打来电话关切地问："好些了没有？"

"好多了，没事，您太客气了，我都不知道怎么办才好，那么破费。"

他又开始呵呵大笑了："不要那么紧张嘛，这点东西就吓倒了？其实我真的没有别的意思，就是觉得我们要你喝太多酒了，才让你这么难受，你也是，不会推托一下的，我看你也是有点傻得可爱。"

"啊，别人敬你酒，这怎么不喝呢？那不是不给人家面子么，这样不太礼貌吧？"

"以后要教教你怎么样既不伤着别人又不伤着自己才行。"

"以后我再也不会去喝酒了，真的是太难受了。"

"呵呵，早点睡吧。"

"谢谢！"

一天下班后，我们部门的江姐对我说，"玉儿，我说过一定要给你找个条件好一点的男朋友，昨天晚上，我们家老公单位上的一个小伙子给他送东西到我家，我一看又帅又俊，我老公说，是个海归博士呢，还未婚呢，听说已经快 30

岁了，家庭条件也不错，他本人现在在政府外事部门上班，很优秀啊，特别是你们外形很相配啊。今晚，你一定要跟我去见一下。"江姐的老公是在政府部门上班的，还是一个部门的头儿。

我本来还是反对这种相亲方式的，认为很尴尬，而且目的性太明显："谢谢江姐，我现在还是不着急的，我就不去了。谢谢您了！"

"不着急，等你着急时，好的男人早就被别人抓走了。听我的没错，见个面，有缘分就更好，没缘分就交个普通的朋友。"江姐不由我推托就果断地说了。

面对江姐的热情和关心，我与江姐就一起去与那个肖正的男孩子见面吃饭。我一见这个肖正，果然一表人才，十分养眼。整顿晚饭气氛很好，特别是肖正对我的第一印象很好，我当时只是觉得与这个肖正可以从做普通朋友开始接触，因为对方也十分优秀，要了解还是需要一个过程的。

在往后的日子里面，肖正会时不时约我一起吃个饭，虽然两人并没有确定男女朋友关系，但我感觉到了肖正也是一个十分绅士的人，并没有急于定下关系或有些不轨的动作和行为，这让我心里舒服和放心些，我觉得从普通朋友相处下来，水到渠成会好些，这是要相处一辈子的人，很多方面都是需要了解的。

5月的一个周末，台领导又对我说："晚上一起去吃个饭，有个活动你去参加一下。"

"什么人吃饭？什么活动？我不想去，我真的不想喝酒，我真的没有兴趣。"我拒绝着。

"峰老板组织的，你还是去一下吧，人家峰老板上次还真是关心你呢，你也总该给人道个谢吧。"

"要喝酒的话，我就不去了，你帮我道个谢就好了。"

"不会要你再喝酒的了，你放心吧。"

没办法，那天晚上我就去了。

我一出现，我明显感觉得到，峰的眼神闪烁着，我微笑着没说话坐在那里。

这次的聚会活动，大家没有要我多喝酒，只是象征性地喝了几小杯。一起来的还有歌舞团的一个叫珊珊的漂亮女孩子，省团委的一个叫飞飞的美女，这几个美女在一起气氛还是很好的，几个公司老总围绕着峰，不停地敬酒和说话，对几个女孩照顾得也很体贴，我的感觉还蛮好的，心情也开始舒畅起来，大家在一起有说有笑。

酒后，大家就在餐厅里面唱歌跳舞，没想到，峰的歌声深沉宏厚，很有磁性和感染力。大家要我唱歌，我还真不敢唱，虽然我从小喜欢听歌，但我从来没有这样的闲暇时光，要挣钱，要照顾家里，我并不会唱一首完整的流行歌，所以我没有唱。在别人唱歌时，峰邀请我跳舞，我还是在大学毕业晚会上跳过唯一一次舞，那次一个大学的同学主动教我跳的舞，也只会简单的三步、四步。

"我不会跳舞。"我没有信心跟他跳舞，怕出洋相。

"没关系，我也不是很会跳舞，跟着走走就行。"

一跟他跳，我就知道他真的是一个跳舞高手，我不会的舞步，他都轻轻地带着跳，让我完全感觉不到自己不会跳。

"你跳得很好啊，很轻。"

"是你带得好，我真的不会跳舞。"

"我很喜欢音乐这东西，"他在我耳边轻轻地说，"听音乐能使我放松，一天工作下来，真的很累，音乐真是人的心灵鸡汤。"

"音乐是个好东西。"我不能多说，我也谈不出对音乐更多的感受，因为我压根儿就没有去感受和体验过。

一来二去，大家在一起相聚的机会多了起来，但大家都只是在峰发出号召时才组织，每次也只限于这么几个人参加的聚会。而且每次的聚会，大家也不敢对我太放肆，特别是不敢太强迫我喝酒，后来才知道，是峰交待过大家，被人照顾我多少有点感动。

我就这样不知不觉地进入到这种我以前想都不曾想也无法想象的生活圈子。

"圈子，什么是圈子？"说到这里玉儿停下来问点点。

"我的理解就是同一层次的人的交集，人们常说，物以类聚，人以群分。"点点回答。

"我进入峰的这个圈子，是那种非富即贵的圈子，我看得出来这些人不是有权就是有钱，而他们这个圈子的人是左右着很多人的命运，占据着很多老百姓做梦都想不到的丰富资源的人，很多还是很稀缺的资源，这些资源决定了他们在某种程度会越来越富有，越来越强大。

"然而我并不是那种非富即贵的人，本不应该属于那种圈子，也没有资格进入这种圈子，但我是那种非富即贵的人所追求并想独占的稀缺资源——美女，年轻而又纯洁有点文化素质的美女。就这样，我被无知无觉地圈进来了。"

"层次是个什么东西？"玉儿又问点点。

"我认为中国人所说的层次往往取决于他所在的位置。"点点回答玉儿。

像峰这样的位置，决定了他们的层次是高高在上的。

我进入这一个圈子后，发现很多的东西超出了我的想象力。

比如说，峰每次无论在哪里吃饭，明仔都会带一瓶专门炒菜的油交给酒店或会所，让他们用自带的油炒菜。我知道现在人们很怕在外面吃饭油不好，这一段时间新闻联播就报道了地沟油事情，但我发现并不是他们害怕地沟油的问题，因为他们一般到的地方都是五星级有时会是更高级的私人会所，这些地方的油一般还是有保障的，之所以明仔每次都要带油去，这充分说明了一个有地位人的层次和特权，我注意到的是那瓶油是市面上见不到的。我还特别喜欢那个油瓶子的形状，因为我是学过美术的，对艺术品类的东西特别敏感和有兴趣，那天因为明仔交给酒店时，经理在点菜，我就将这个我没见过的油从桌子上拿过来好好欣赏。

明仔见我拿那瓶油在看，便过来轻声地对我说："这个油叫天颂牌红花籽油，红花籽油在市面上几乎没有。它是纯天然的，没有任何的防腐剂。"

"难怪我在市面上没见过的呢？看来真是食品油中的奢侈品啊。"我笑着说。

"你真的识货，"明仔小声说，"你知道吗，能吃到这种稀缺食品油的只能是非富即贵的那些少数人。"

"那是不是很贵啊？"我傻傻地问道。

"应该算贵的了，你看这样一瓶油也就一斤吧，上面标的是 570ml，要 700元一瓶，一般的老百姓哪里吃得起啊，何况每天每餐都要用。"明仔说。

"那峰老板他们不在市面上买，在哪里买的呢？"我问。

"老板不用自己买的，有人专门给他买的，他们全家都是吃这种油，每个季度就会有人专门将一个季度的量送去他们家，当然办公室也会给他放一些，以便他在外面吃饭时用，当然，他下基层是不会带去的，只有在这样的范围内他才会叫我带的。"明仔觉得我问的这个问题有点天真，笑着小声对我说。

"啊！"我也觉得自己问得特别傻，赶紧朝明仔做个鬼脸。

"我见过那种油，天颂红花籽油，是食用油中的精品，我在我北京好朋友莉莉家见过，她爸是一个部长。后来，莉莉还拿来一瓶在我公寓蒸鱼。很好的油，就是贵，当然物有所值。"点点插话说。

"是的，就是那种有身份的人才能享用的油。"玉儿接着说。

峰组织大家在一起聚会，大家的心情都会很好，因为峰本身是一个低调得让人不好琢磨的人，难得峰高兴，所以，他们在一起聚会时，几个女孩子就谈论时装和娱乐圈的一些八卦新闻。

大家在一起，我根本就不会有太多的想法，认为更多的是纯玩，只是有一次，我看见珊珊拿出个什么东西叫峰签字。

"老板，不好意思，我们家妞妞这次中考又没争气，想上一中，还差几分，请您签个字，我也是实在没办法了，孩子的事情真的没有办法。"珊珊红着个脸说。

"你简直是拿高射炮打蚊子吧，这样的小事情还要老板签字？"在一边的叫彭厅长的笑着说。

"不是啊，今年的竞争太厉害了，一般人签的字没有什么力度，所以我还是为了孩子的前途着想，请老板签个字，这样才有百分之百的把握啊。"珊珊低声地说道。

"拿来，我签，孩子的事情不同于一般的事情，现在都只有一个孩子，都宝贝得不得了，为了不让孩子们输在起跑线上，每个父母都可以为他们做一切的事情的。"峰很痛快地给珊珊签了字。

珊珊为了表示感谢，一连敬了峰好几杯酒。

而有一次在聚餐会时，一个姓方的老总好像在小声地对峰说，对方的什么船在什么地方扣留了，发现了一些走私物品，要没收，请峰在一个报告上签字，峰当时是极不情愿的，这个时候，峰会在脸上表现出一副不太高兴的样子，但他又会很随意地对我说："玉儿，你看看，他们请我吃饭纯粹就是鸿门宴，哎，你怎么也不找我签个什么东西？"

"我没有什么要你签的呀。"我往往会很认真地回答，峰听后往往会大声笑起来，大家就会赶快说："罚酒，敬酒。"一阵欢笑。

每次聚会都是在很高档、很私密的地方，我真的都不知道，这个城市会有这么多的会所和别墅，而每次聚会活动总是会有人提前安排好的，吃的都是我以前只是在杂志上、报纸上看过，而自己从未吃过的山珍海味，有时很多东西我吃都不会吃，峰和一起去的朋友们就会很耐心教我，有的西式吃法，峰会教我吃的程序。

我不知不觉地慢慢融入了这个私密的圈子，我只是隐隐约约知道峰很有来头，也感到他是一个来头不小的高官，少说也是部省级的高官，但我也不便去问，我不想显得自己太讨厌、管闲事，何况我一直对权力这种东西没有什么清晰的概念，这与我的出生环境有很大的关系，我的概念里面，从来没有认为权力会给我的生活带来什么变化，也从来没有想过要通过别人的权力来为自己达到什么样的目的，我只是单纯地想着用自己的努力工作，获得薪水来改变自己与哥哥的生活和负担。

所以每次与峰这个圈子的朋友一起聚会，我是最轻松的，我从没有想过要通过这个圈子为自己改变什么。

每次聚会，总会有人以各种理由送我一些东西，比如说"我刚才从法国回来，给你带了瓶香水"或者"刚从香港过来，给你带了个手提袋"、"昨天从香港回来，这是最新款的手机"。但每次我都会拒绝，因为我知道这些礼物都很贵重，价值不菲，我觉得虽然大家是朋友，但朋友的深浅我还是知道的，太贵重的礼物我是不习惯接收的。但每次都会被明仔巧妙地送我回家时放到我的家里，我有时又觉得不好为这撕破脸皮，因为人家又不图你什么。

这样的事情多了，我也开始习惯了，但我总会想办法在聚会时给大家回送点小礼物。比如：男士衬衫的别致的扣子、领带夹，女士就别针、胸花、钱包，每逢这时，大家总是欢欣鼓舞，我感到大家都很喜欢我的，峰更是用赞赏的眼光看着我。

峰给了我他的手机号码，但我也从不主动打他的手机，因为我觉得自己也没有什么特别的事情要找他。

反而是峰经常会给我打电话，并问："你为什么从不给打我电话？"

"反正没什么事情，也就没打了，你都那么忙。"

"再忙，你来电话我还是会很高兴的。"

我总是微微一笑，不再做声。

"今天过得怎么样？需要什么吗？"

"不用，谢谢，挺好！"

我与大家之间就这样很亲密地相处着。

一天，明仔来要我的身份证、户口簿和相片："给你办个港澳商务通行证吧，方便些。"

"不用，香港、澳门我倒是没去过，但我也不一定会去。"我说。

"办个吧，商务通行证能多次往返，不用签证那么麻烦。"

我想想，也行吧，就给了。

一个星期不到，明仔就将港澳商务通行证送到了我手里。

很快，明仔就来电话，说这个周末大家活动一下，叫我带上港澳通行证。

"是要去香港澳门吗?"我问。

"也不一定,反正带上方便点,万一他们想去就可以去了。"明仔说。

那个星期五晚上,我们分头去了香港,是明仔告诉我几点在什么地方有汽车接我送我的,汽车接我时,还觉得奇怪,怎么不见其他女孩子,我觉得可能大家会在香港碰面,但一到香港,我才知道这次只来了四个人,峰、明仔、另一个老板。

由于峰所做的一切要高度保密,所以我们是装作互相不认识各自去的香港。

因为所有的行程和接待都有人安排好了,可以说是安排得天衣无缝,高级无敌。我一到香港就有一个人来接,黑色的大宾利,将我接到了我认为是天堂的地方。

这个电视上成天都看到的花花世界,一下子就在眼前,置身其中。我当时还是很激动和好奇。

接待的香港主人把我们安排在太平山顶的一栋别墅里面。

"希望有一个可以面朝大海的房子,四面都是落地玻璃,可以看到日出和日落,自己就在那座房子里面喝着咖啡,听着音乐,画着画。"这是我曾经的梦想,今天来到了这个虽然不是自己的房子,但是离梦想最近并先能体验和实习的地方。

香港真是一个超级的极乐世界,全世界最奢侈的东西都能在这里买到。

别墅的奢侈,让我目瞪口呆,我觉得太不真实了,世界上还有这么美丽的别墅,这么奢华的别墅,这样的东西应该只有梦中才有的,不对,就是在梦中也梦不出来的奢华。

这里坐拥无敌江景,我也不知道这里有多少个房间,反正有三层,这套别墅有十分严密的保安系统,独立电梯直达楼顶层。别墅建在山的半腰,既有山上的树能隐蔽,又不影响观海的视觉效果,是一座私密性很高的别墅。

我被安排在顶层楼的最大的套房。

吃过海鲜晚宴,明仔送我回房间休息。

"你好好休息,需要什么就打我的电话。"明仔出门时对我说。

刚坐下,峰就进来了,问:"住的还满意吗?"

我说:"太美了。"

峰打开衣橱,里面挂满了各种衣裙。

"这里面的衣裙都是给你买的,看看尺度合不合适。"

我真的目瞪口呆了,这么华美的衣服我只是在时装杂志上看过:"不要,不要！我自己身上的衣服就好了，不要让你再破费，我不要!"虽然自己买不起名牌，但由于职业的原因，我经常翻阅这些国际顶级的时装杂志介绍，也会在电视关注各场时装秀。因此，我知道这里的衣服都是名牌，都是国外的顶级名牌，这些手袋，其中一个是爱马仕限量版，价格要上二十万，所以这些衣裙，真的价值不菲，我不能接受。

峰说："不要紧张，这些都是我的一个朋友送的，也不是我买的，我也没那么多钱和时间去买，在他最落泊时我帮了他一把，他现在在香港生意很大，所以你只管放心，因为你是我的朋友。"

我摇摇头，没有再为这事与他争。

峰从套房里的桌子上拿起那瓶早已经冰镇好的红酒，说："我们不如为在香港这个花花世界度过美好的一夜而干杯。"

我不知如何拒绝他的这个提议，没有吱声。

他麻利地打开红酒，桌上点了烛光，客厅里放着轻音乐，从窗户的外面远望，维多利亚港的美景尽收眼底。

这只有天上才有的美景，真的使人陶醉，但我却心里有些害怕。

望着窗外，望着维多利亚港闪烁的霓虹灯，面对这么豪华的房间，第一次与一个男人独处，我有些不自在，我听了峰的建议举起了红酒杯，我们没有太多的语言，只是一杯又一杯地喝着酒。

我喝得全身都有些发热，一瓶酒很快就被我们喝完，我们不知道为什么要喝完这瓶酒，我其实已经隐约感到今天我们之间会发生什么事情。

他走到我的身边，将我轻轻地揽入怀中，我刚一接触到他的身体，就条件反射似的推开了他，我只觉得我全身发紧，并且我害怕得全身的鸡皮疙瘩都竖起来了，我后退了几步，对峰说："你要干什么?"峰温和地对我说："来，过来。"见我不但没有过去，反而又向后退了一步。

峰上前一步，一把抱住了我，什么也没有说，紧紧的，越来越紧，并且将他的头慢慢地靠近了我的脸，再将他的嘴在我的脸上温柔地吻着，我无法挣脱，只能任凭他在脸上游走，最后，峰将自己的嘴很准确地对着我的嘴狂吻起来，开始，我不想让他控制，极力地挣扎着，但峰极尽可能地抱着我，我在被动中被他撩得竟然全身开始有触电的感觉，我没有再拒绝，也许是酒精的作用，也许是这样的环境，我就这样献出了我的初吻。只是我没有想到的是，我的初吻是献给了一个不能与我结婚，不能陪伴我终身的男人。

峰的手开始不停地抚摸我的身体，我第一次被一个大我20多岁的男人抚摸，全身僵硬，随后开始燥热，他轻轻地解开我的衣服，轻吻着我的脖子、耳后，我的身体一阵热流，痒得我只想尖叫。他解开了我的文胸，用舌头轻吻着我的乳头，我全身都酥了，我的身体已经开始由倦屈到僵硬，这时，他的手不老实地伸向了我的下腹部，那里已经是一片湿地。我突然清醒，不停地叫："不要！不要！"并试图用力推开他。

无奈，这时峰将我放在了一张宽大的像龙床一样的床上面，那张床上已经撒满了玫瑰花瓣，我已经是一丝不挂。他轻轻地将我压在身下，将自己的身体很有力地插入我的下部，我尖叫一声"好痛"。

完毕，他发现我还是一个处女，床单上有红色的血迹。他感动得泪流满面，那一刻，峰认为自己是爱我的，他吻遍了我的全身，信誓旦旦地对我说："我不会辜负你的。"

我的脑袋里面一片空白，我不知道自己干了些什么，其实也明白自己干了什么，但是我不明不白的是自己为什么会这样，怎么就无力保护自己。

后来，他并没有在我身边过夜，而是轻轻地吻吻我："宝贝，你好好休息，明天就在房间用早餐吧，我还有点事，不陪你了。"

峰走后，我只觉得内心一股气不停地往上涌，猛然冲进洗手间，以为自己想吐，却什么也没有吐出来，我抱着马桶突然放声大哭起来，我有点不由自主地、机械地拉着那马桶的冲水掣不停地一遍又一遍地冲着水，同时，我像一头猛兽似的一头冲进沐浴间，一遍又一遍地冲洗着自己的全身，我的眼泪不停地涌出来，不停地涌出来，像忘记关开关的水龙头，我就这样反复不断地让流水冲洗着自己，想让这些流水冲走了我身上的污迹，但我却清楚地知道了，那流水是冲不走我那污浊的灵魂的。

我抚摸着自己这个曾经圣洁的身体，除了自己以外，还没有一个人摸过它，它的每一寸皮肤、每一个毛孔、每一根汗毛，从头到尾，从里到外，从上到下，都只属于我自己一个人的，从不给别人碰、亲、摸，对自己的身体，我常常会保守得不能再保守，我像捍卫神圣的领土一样保卫着它，而现在，那身体已经不圣洁了，它被一个我不爱的人把玩了，蹂躏了，糟蹋了，发泄了，这已经不是我原来的身体了，这不是我的身体了，我唯有不停地冲洗着，我只觉得自己很脏，也觉得自己很贱，更觉得自己可耻，我知道自己即使现在将自己的皮肤洗得血肉糊糊，洗得露出骨头，洗得全身的毛孔都炸开，洗得每一个细胞都扒开，洗得血管和神经都抽出来也洗不干净自己那肮脏的灵魂了，但我就是要不停地冲洗着，也不停地让马桶水箱抽动着，大约这种状态持续了一个钟头，直到我感觉得非常的累，我才回到房间，我没有睡到那张大床上，而是睡到了房里的那个沙发上，我疲倦地睡着了。

事后我觉得那时的状况是没有了思维，没有了头脑，从踏上维多利亚海湾土地的那一时刻起，我就是一个木偶和机器人了，机械地听着他的指挥，我不知道是不是他的物质魅力让我不能自己。

我们在香港呆了一天，白天是由明仔带我逛街，海港城、铜锣湾、时代广场、紫荆花广场、星光大道等，我想自己第一次来香港，应该给父母买点东西，最后，我在周生生金器店，给他们买了一对大的情侣金戒指，我知道他们结婚时没有互相送，因为他们买不起。付款时，明仔要去付，我坚决拒绝了，因为我觉得这是给父母的礼物，必须自己掏钱，我知道自己已经不纯洁了，我不希望自己的父母也被玷污。

我给哥哥买了一块手表，是一块浪琴男士表，这块手表花掉了我近三个月的工资，但我觉得值得，因为哥哥为了我牺牲了自己的一切，至今还没有一块手表。

明仔真是一个超级会办事的人，那天我从香港回来时，一件衣裙都没拿，我真的不是很习惯随便拿人家的东西，何况这么贵重的东西。

殊不知，第二天，明仔将那个衣柜里面的衣裙、鞋子等一并送来，还有5件英国名牌Burberry、Aqounsenton的T恤，一块佰爵女款手表，一个爱玛仕限量手提袋等。

这些东西加起来我可能一辈子的薪水也买不起，可能价值近50万元吧。我心里一算后，吓坏了，不能要，对明仔说："我不会要这些东西的，你拿回去吧！谢谢了！"

明仔听后有点奇怪地望着我说："老板的朋友要我带回来给你的，你一定要收下，不然老板会生气的。你还真是与别人不一样，没事。请你一定不要为难我，我只是执行任务，完成不了的话，我会受批评的。"说完就立即闪人了。

我没法推托。

我望着满满的一堆物品，这些曾经在杂志上和奢侈品商店看到过无数次并且无数次用眼光羡慕过的物品现在真真切切地放在了我的眼前，是我自己的私人物品了，看着看着，我突然放声大哭起来。

我怎么也没有想到自己会以这样的方式和代价来获得这些我曾经梦想过的物品。

我知道，这些物品意味什么，它意味着我用女孩的身体转换成女人的身体的代价。

我曾经在少女时代无数次幻想着自己会以纯洁的身体献给自己最相爱的爱人。

那时，在大学时代，我长相美丽，有很多男同学追求我，由于要赚钱，我根本就没有时间考虑这些，曾经记得，在大学里面，我们宿舍的每个女孩子都有男朋友，在大学期间谈一场轰轰烈烈的恋爱是每个同学引以为骄傲的事情，大学的同学中，男女同学对性是不陌生的，他们公开地有时甚至是骄傲地高调地秀着他们的校园爱情。

记得，在大学里面与我一起办彩绘班的那个男同学，家庭条件特别好，又是个很英俊的小伙子，当时，那个男同学多次明确向我表示过好感，并且努力地追求着我，但除了我天性成熟晚以外，那时刚刚尝到赚钱的甜头，我的心思完全沉浸在那种奋斗赚钱的过程中。有一次，那个男同学又一次向我提出确立男女朋友关系时，我当时说了一些自己现在想起来都后悔的话："谈什么谈的，我觉得只有你们这些有钱人家的孩子才会一天到晚想着这些风花雪月的事情，爱情，爱情对我来说，目前还是个奢侈品，太不现实了，我觉得我现在还这么小，没有资格和资本也没有时间去谈一场什么恋爱，那种情调真的不适合我，别看我长着一个女孩相，我现在只有一个男孩子的心，就是赚钱帮家里解决一切的经济困难，自己养活自己，我身上有着很大的责任，你知道吗？"那个男同学听了我一番话后，自尊心受到伤害，回敬了一句话："你真是可敬不可亲。"后来那个男同学去国外留学了。

我现在想起来，如果知道自己会走入这条歧路的话，会有今天的话，我青春无瑕的身体当时为什么不在大学里有故事呢。

我放声大哭着，哭得歇斯底里，有几次哭得自己都感到喘不过气来，我也不知道为什么这么伤心，是伤心自己已经失去了最珍贵的贞操，还是哭自己从此人生有了根本的不同，还是哭自己的青春时代就这么一去不复返了，还是哭自己对未来的迷茫，反正我就是想哭，在放声大哭了一场后，我清楚地知道，从前那个冰清玉洁的我已经不存在了，现在的我，灵魂和本质都污染了。

我觉得自己就这样不明不白地稀里糊涂地将自己最珍贵的东西丢掉了，从此以后那件最珍贵的东西再也找不回来了，我知道我的灵魂从此将漂泊下去，那是不是命定的轨迹我不知道。

这时我对自己开始有了害怕和担忧，我决定从此以后再也不与峰他们来往了，虽然我的身体不纯洁了，但我的心还是算纯洁的，因为我还将自己内心深处的爱紧紧地抓住着，没有对谁泛滥过，我决定将内心深处那份纯洁的爱死死地捏在自己的手里，不管怎么样，那是我现在唯一还能拥有和把握的东西，我发誓我要管住自己。

然而，在峰的强大的攻势面前，在峰那张织得密密的网前，我的所有挣扎都是不堪一击，我感到很累，我的内心既抗拒峰对我的摆布，但在强大的物欲面前，我又不由自主地被征服和吸引。就这样，我一直在矛盾和挣扎中度过，一方面享受物质和那些高档环境带给我的视觉冲击，同时享受着那种权力光环中耀眼的光彩，享受着被峰身边那些人捧在手心的那种尊贵的感觉，另一方面我又很心虚，我清楚地知道自己这样下去会给自己的人生带来什么样的后果。

在以后的日子里，峰与我们也会秘密聚会，但他与我从未一起在公共场合露过脸。

那时我也知道了，他真的是一个很大的省级领导，权力很大。也听说他曾经离过一次婚，前妻还将他的儿子带走了。现在又结婚已经近 20 多年了，夫人还是个大学教授，他有家有室，但我并不爱他，为什么跟他在一起，好像每次都是身不由己，其实都是因为我这时已经不讨厌他了，他的确很有魅力，特别是那种万人之上的优越感使人真的很敬仰，那种权力的光环是所有人无法抗拒的。

我参加他们的秘密聚会，有时会感到很无聊，因为这些聚会的人们，好像都带着面具，好像都带着伪装，在一张张暧昧的笑脸之下，他们都各自打着自己的如意算盘，为了达到自己的目的，甚至在玩着各自的游戏，在这一场场的游戏里面，甚至不需要手段有多高明，道德有多高尚，人格有多美好，大家都心照不宣游刃有余地玩着这些游戏，是的，天下没有免费的午餐，有的只是各取所需，互相利用罢了。

那天星期五快下班时，我接到肖正的电话，约我吃饭。

我和肖正的见面不像别的男女朋友那么频繁，因为肖正负责外事工作，出国出境的时间比较多，每次去并不是一两天，有时甚至是半个多月，所以我们见面的机会也不是很多，而是靠电话联系问候较多些。

香港回来后，我觉得自己已经不纯洁了，不配和肖正这么绅士的人交往，但肖正并不知道我发生的一切，一如既往地对待我。

我们在一家叫塞纳河的西餐厅见面。

肖正对我说："单位派我去香港工作，作为外派人员，我们的纪律和要求是十分严格的，香港是我十分向往的地方，到那里工作也是我希望的，我只是没有想到来得这么快，并且还在职务上给我提拔了半级。就是觉得太突然了，要求我在下个星期一就去。单位早就给我办好了一切去港澳工作的手续，这样，我也只有接受的份了，我希望今天能与你确立一个正式的男女朋友关系，你知道，我一直都很喜欢你，虽然我从来没有向你表示过，但我只想等时机成熟以后才向你表白的，没想到，这次工作变动这么突然，我就是想在走之前与你确定下来，以便我们今后有正当的理由交往，组织上我还要去备案的。"

我听肖正这么一说，知道肖正是忠诚和认真的，便更加觉得自己配不上肖正了，虽然每次我们在一起吃饭都是规规矩矩的，最多也就散步时互相拉着手，肖正也表现得很绅士和温柔，我们可以说连接吻都没有过，我们还都只是在一个互相接触和了解的过程中，我们互相尊重对方，也互相欣赏对方。我一想到自己的香港之行，自己已经的不纯洁，就觉得自己不能欺骗肖正。所以我对肖正说："谢谢你！你是一个很优秀，很有前途的人，我目前还没有作好成为谁的正式女朋友的准备，我觉得我们还是维持现在的这种普通朋友关系好些，我也祝你在新的工作岗位一切顺利。"

"我虽然很伤感，你的决定我是会尊重的，因为我认为这种事情必须是双方都认可接受和喜欢才行。你如果以后有想法，或者改变想法，愿意与我有进一步的发展时，你就给我电话，我会张开双臂欢迎你的。"肖正略带苦涩地对我说。

"那我下个星期就不去送你了，祝你一路平安。"我举起红酒对肖正说。其实，我为失去一个优秀的男朋友而心疼。

"谢谢！你也要多保重！"肖正说。

肖正到达香港后给我来了电话，并且告诉我他在香港的电话，但我从没有主动联系过肖正，而肖正也因为刚到一个新的工作岗位，忙得也没有多少时间给出我来电话，渐渐地我们的联系就越来越少了。

物欲的膨胀和奢华的生活，是容易让人着迷的，也是可以毁掉一个人的才华和进取的。

那时的我在电视台也没有主持大的晚会了，因为我的状态也不是很佳，华服对我来说只是一个外表，一个没有灵魂的人主持节目，是对一个节目的亵渎，所以我主动要求不去主持大型节目。台领导也心知肚明，因为他清楚地知道为了台里利益只能牺牲我了，他也清楚只要谁入了峰的法眼，就没有人能逃脱得了他的掌控，峰就是一张无形的网，他要谁谁就只能在网中。

有一次，峰的一个朋友安排我们从公海坐专门的游艇过去澳门，我们在那里只有一天的时间。

峰叫明仔带上我，我因为有了商务往来的港澳通行证，很方便的。

我们在威尼斯酒店这个豪华的大赌场里面，呆了一整天。

我那时是一个名副其实的花瓶，我越来越会穿着了，人靠衣装是一点都没有错的。高档的衣服和裙子，加上苗条的身材，我走到哪里都是一道最耀眼的美丽风景。

我那天穿戴很漂亮，一路上人们都向我行注目礼，我们上了楼上的包房，峰穿戴得比较伪造，一般认不出来。

威尼斯酒店的奢华，只有在电影里面才看到。那种赌场的场景，我觉得既刺激又兴奋，但更多的是担心。因为他们的赌注实在是太大了，让我紧张得有点喘不过气来。峰拉了一下我的手，轻声说："没事。"

我努力使自己镇定，全神贯注地看他们出着筹码。峰一副不是赌钱，而是赌假币的感觉。一场下来，输赢往往在数百万。

我因为不习惯里面紧张的气氛，所以悄悄地对峰说："我想出去转转。"峰派明仔陪我去酒店里面转。

威尼斯酒店我早就听说过，是如何的气派，如何的豪华、阔气，我到了里面才知道比传说中的威尼斯还要美艳，一进入大堂便已觉得震撼，里面古典西方音乐如仙乐飘飘，金碧辉煌为主要的色调，大厅天花板上应该是文艺复兴时期的绘画。

在大运河的购物中心，世界顶级奢华品牌应有尽有，真是个购物的天堂。更令人叹为观止的是它的整个天幕一共绘制了 3500 朵白云，而且就如天空的真实白云一般，在天幕中找不到任何两朵是相同的。更大手笔的是，建筑师在三楼的室内高空中挖掘了三道人工运河，分别是大运河、马可波罗运河和圣路卡运河。我觉得在此情此景中可以将自己想象成为穿梭在意大利歌剧中的贵妇人，最好是拖地长裙，移动在威尼斯水城上。也可以在美轮美奂的大运河上，乘着贡多拉去购物，穿街走巷地去寻找各国美食。我们还走进了零下 15 度的冰 FUN 世界里，我觉得不可思议的是在这样的夏天里，可以看到南国的彩色冰雕，仿佛一下子来到了哈尔滨。我觉得这里真的是一个神奇的世界。

在威尼斯大酒店的一楼大堂，看了一下大厅的各种赌局，我不感兴趣，没有玩。我不喜欢。

事后我对峰说："不要再去玩这个了，我不喜欢，我也害怕出事。"

他答应了我，但事实上，他还是去那里，只是不再带我去了。

时间过得是无知无觉，就这样我们在一起断断续续已经五年多了，他为我在珠江边的星河湾买了一栋184平方的小别墅，有三层楼，用的是我的名字。那天，峰拿出房产证给我时，我感到惊讶，身份证和户口簿都在自己这里，峰怎么可能用我的名字买房子，峰告诉我，是明仔给我办理港澳通行证时将我的身份证和户口簿复印了，购买这个别墅时用复印件给我办的。

我感到权力有时大得没有办不成的事情。但是，我坚决拒绝要这个别墅，我觉得有点像自己的卖身契，让自己感到恶心，并且也让自己感到对不起哥哥和父母。但房产证峰就这样放在了别墅里面，说："要与不要都是你的了，你真的很傻，多少女的与我交往就是为了从我这里获取一切她们想要的东西，而你从不向我要，给你还不要，你越是这样，我越是心甘情愿给你。你太可爱了。"

我听了峰的这句话感到内心有一种深深的厌恶，我知道峰肯定与很多的女的交往过，而那些女的都是有目的的，而我心高气傲地想，她们是她们，我是我。

虽然我们的交往很少人知道，但我不知道自己究竟是怎么想的，其实，我根本就谈不上爱他，只不过是不讨厌他而已。

要知道自己的第一次竟然给了一个可以做自己父亲的人，我有时会一点也不开心，但我又时常无法抗拒他的魅力，那种被无数人侍候，被人围着转的感觉真的不错。

有时候，我怎么也想不明白，权力这种东西，难道是个无所不能的魔杖，围绕在峰身边的那些人，我从大家的谈论中得知个个身价都是几个亿，有的甚至是几十个亿的老板，而那些政府的官员，个个也都是厅级干部，最小的身份也是个正处长，但这些人，在峰的面前，也都还是个孙子，钱再多，也抵不上权力。在中国这样一个集权的社会里面，这难道是人们所说的权力绝对大于金钱？

我也不懂或者也隐约开始体会到权力这个东西怎么会令无数男人夜不能寐、无比渴望？权力对男人似乎是个具有永久魅力的光环圣物。我就亲眼目睹了峰运用权力解决了现实生活中一般平常人根本无法解决的难题。权力在这些人的身上真的有着无处不在的威严性和有效性。我也感到权力让我迷惑，我不知道是不是权力越大的人，生命力也变得相应的强大起来了，是不是那些权力越大的人，他身上所有的人性的弱点和缺陷性都会被权力的"有用"性掩盖掉，哪怕甚至是一个侏儒也会因为强大的权力而变成一个巨人。而平民老百姓要想成为一个引人注目的角色，恐怕也只能通过消费来达到这一目的，但即使是有钱的商人，却永远不可能享受到权力者那份殊荣。

这就是我被峰的那些权力光环所迷惑的原因吧。

那栋别墅只是在我们约会时，我才去。

接触时间长了，我感到峰是一个有着极强两面性的人，他的工作圈子与生活圈子是绝对分开的，在公众的面前，他威严凛冽，做事非常严谨，对自己和下属相当严格，是一个典型的工作狂，他的口才极好，记忆力超群，作报告时经常不用看秘书写的稿件，出口成章，他在下属面前有很高的威信。他对自己极其严格，生活相当简朴，有时他下基层就与当地的领导在单位的食堂就餐，并且规定不准为接待他而铺张浪费，他自己也衣着朴素，是一个生活得特别简单的人。

而在峰极其私密的生活圈子中，他会放开，自从有了那套别墅后，我看到的是另外一个峰。

这个峰，是个对顶级国际奢侈品相当痴迷的人。

这个别墅，就成了他奢侈品展厅。

每次他都不是空手来，以前我虽然从书本杂志上认识了许多大品牌的奢侈品，但真正亲眼看见和亲手接触还是在这个别墅里面。

严格意义上来说，峰是我奢侈品牌的真正启蒙大师。或者说是峰成了我名副其实的奢侈品培训师，而且很大一部分的因素是峰对自己拥有的奢侈品无法展览和炫耀，所以只能在我面前显摆以达到自己的心理满足，所以峰可以说是不停地按他收受奢侈品的内容对我进行培训。

有一次，他给我电话："你回去那里一下，10点钟后会有一个送货的送来一台钢琴。"

"噢，"我说，"是你买的吗?"

"是的，你只管签收就行了。音乐跟绘画是相通的，就是说艺术都是相通的，你有时间还可以去学学弹琴。"

我在很小的时候，就羡慕过同学家买了钢琴，但我从没有对父母说过，因为知道家里买不起。没想到，现在我的家里也有了钢琴。

10 点钟，送钢琴的送到。钢琴是由 12 条大汉和二位钢琴专卖店的负责人护送而来的，他们在搬运的时候，那份小心，就像侍候着太上皇似的，生怕有什么闪失。

我签收的时候，问送货的人："这钢琴挺贵的吧?"

"是啊，那是相当的贵，只有你们这些有钱人才买得起啊。这钢琴是世界名琴，叫斯坦威，我们专卖店售价是 135 万元。"

"这么贵?"我吐着舌头，以为自己听错了。

送钢琴的人走后，我轻轻抚摸着钢琴，我都不敢按键盘弹，生怕这么贵重的钢琴会被我弄坏，不过，这架钢琴真的好看，那个油漆就像镜子一样，将人照得一清二楚，那个色泽，小时候我在同学家看见的那就不叫钢琴了。

我等到峰回来。峰，一进大厅就看见了这架钢琴，他脸上露出了最开心的微笑。他亲吻着我说："怎么样，漂亮吧?"

"真漂亮，一定很贵吧?"希望峰亲口告诉我价钱。

"物有所值。你要知道斯坦威钢琴，是名贵钢琴的典范，它是肖邦国际钢琴大赛、柴可夫斯基国际钢琴大赛的指定用琴。也是一个多世纪以来全世界著名钢琴家的首选用琴，郎朗就与它合作过。"

"这么名贵的钢琴，放在这里，我们又都不会弹，那不是浪费了吗?"

"怎么是浪费呢? 不会我们可以学呀，好的钢琴弹奏出来的效果是不一样的，傻瓜。"

"我都不敢摸了，更不要说弹它，太贵重了。"

"其实，你不知道，斯坦威的钢琴80%都是手工制作，所以物有所值，它最贵的一台钢琴可以到1300万元，我们中国，一架斯坦威9尺钢琴售价135万元，虽然它相对于普通钢琴价格来说，是贵，因为它可以买100架普通的钢琴。但它很稀缺，要知道，订一架斯坦威有时要8个月至一年以上的时间。"峰说。

"这么说，斯坦威钢琴带给我们的不仅是细腻的感触和完美的音色，更重要的是享受艺术和享受生活的快乐。"我理解地说。

"这就是我为什么对你好的原因，因为你不俗气，能理解有时我的一些怪癖。"峰笑眯眯地对我说。

也就是说，从这一秒开始，我真正地明白了拥有与占有的区别。

世界上有许许多多的好东西，作为人是有欲望的，谁都希望能拥有与拥抱这些世界上最好的东西，包括人。但拥有在某种程度上，这件好东西还能与人分享，比如在视觉上分享一下，而占有却是一个人的专利品，一个好东西只要被一个人占有后，也许就再没有机会跟其他人分享了，而一个人的占有欲望是无穷无尽的，甚至有时会不惜一切手段，会不惜一切代价，一旦占有了它，就满足了人的那种所谓的快感和成就感。

刚开始时，我还不觉得峰就是那种对顶级奢侈品有强烈占有欲的人，因为，我们并不是一开始就频繁地在别墅里面见面约会，那时的我对顶级奢侈品的认识范围和价值还没有太深的体会，我并不是一个对物质欲望特别强烈的人，因为我学过美术，对色彩和款式有自己独特的理解，所以，我会很单纯地沉迷于自己的品味中，但随着峰陆续地带一些顶级的大牌回别墅，我开始仔细地欣赏这些大牌考究的做工，细细地观察每件大牌的每一个细节，我知道，什么叫顶级大牌了，这些大牌每一个环节，每一处的手工艺，它会让你体会到这种独一无二的个性，这种情况下，你会越品越有味，你会对这些顶级奢侈品爱不释手，会痴迷，因为每一件顶级的奢侈品大牌都是一个故事，让你沉醉。

那天晚上，峰去别墅，他从汽车上拿下两套衣服。一套女装，是香奈儿（Chanel），一套男装，我叫不出是什么牌子。

"这是送给你的，试试合不合身。"峰对我说。

香奈儿（Chanel），这著名的双 C 标志，我还是认得，因为全世界的名流都为之疯狂。最记得的是美国著名影星玛丽莲·梦露曾说过的一句名言："在床上，我只穿香奈儿五号。"我曾经看过香奈儿创始人创作品牌的故事，更多的是对香奈儿可可的传奇爱情故事着迷。

今天，我简直不敢相信，自己也能拥有一套这么国际大牌的服装，特别是那种经典的黑白套装。打开包装，套装里面还放着一瓶香奈儿五号的香水。

我一试，大码，正好合适。

在宽大的别墅大厅中间，我穿着香奈儿走着猫步，像时装表演般来回走了两趟，我很兴奋，因为黑白是我的最爱，何况还是这世界顶级的香奈儿呢。

"不错，不错！"峰眯着眼欣赏着时装表演的我，"你天生就应该穿这些服装品牌。"

"谢谢！"我也很高兴。

"要是再配一双更好的鞋子和一个更好的手提包就更完美无缺了。"峰说。

"已经够好的了，千万别再花费钱了。"我马上强调道。

因为我知道，香奈儿这个品牌的历史，1931 年法国巴黎香奈儿，因为它的著名，所以每一套时装也都价值不菲。它的女装包、香水、鞋子和化妆品等配饰也是。我感到我还没有能力拥有，我也不希望峰送我这么多贵重的物资，虽然我也很喜欢这些大品牌。

"你也试试你的西装给我看吧。"我赶快转移话题。

峰打开一套藏蓝色的西装，纯色的藏蓝，我一看这个品牌，好像在哪本杂志上见过，但又叫不出来名字。

峰穿在身上很合身，峰是典型的北方人，五官俊朗，加上多年身居高位，眉宇间带来的一股成功人士的气质，有时会给出一种幻觉，不知道他是我的什么人，他的真实身份是什么。

"这是什么品牌呀？"我问峰。

"这是意大利的品牌，叫杰尼亚（Ermenegido．zegna）。杰尼亚创始于1910年，一直是商务和政要人士的至爱，因为穿它绝对不会出错。美国前总统克林顿、法国前总统密特朗、英国王子查尔斯，还有一些好莱坞影星都是这个品牌的常客。"只要我一问到这些奢侈品品牌，峰就会滔滔不绝地炫弄他对大品牌的知识和品位。

"哇，难怪你也喜欢，说明你希望成为他们一样的身份的人啊。"我调侃峰。

"我只能羡慕他们，希望成为像他们一样的人，还是不现实的，但在服装上我可以同他们共同分享和占有啊。"

"你努力吧，应该可以的。"

"在中国，要到那一地位没有关系和背景那是痴心妄想啊，我也不奢望了，有一次，我看见电视上克林顿穿着这个品牌的衣服，我一下子就喜欢上了，那种品位，无法形容。所以我就去订做了这个品牌的衣服，要知道，杰尼亚在1991年才进入到中国，现在中国已经是它在全球的第四大市场，它只提供量身订制服务，一般一套西装的价格在12万元左右，它的稀缺性在于，每年它只制作五十套。你做了西装，肯定还要配套做衬衣吧，它很绝的是，你初次订制时，就要至少制作三件，而每一件的价格都要超过265美元，相当于人民币1800元左右一件，那么三件就是5500元左右，那还是最普通的，它全部在意大利做过来。它量身定制系列提供超过350种的传统布料与120多种季节性织物，它们的色调与图案都紧跟时尚潮流，要知道它的布料都是家族企业自行研发的，它的布料手感极为柔顺舒适，透气性强，绝对保证品质。你摸摸。"

"手感是很好，但也太贵了吧，我不吃不喝也买不起。"我说。

"所以它只做男装呀，知道你们美女们不会舍得，所以它只针对那些非富即贵的男人啊。"

我虽然对权力不是那么的懂得，但从峰的言语中，从峰的那个想得到又得不到更大权力的叹息中，隐约知道了峰为什么这么痴迷那些顶级奢侈品了，我感觉峰这样的人都一样，一旦尝到了权力带给他的滋味以后，就像吸毒者的毒瘾一样，总想把官越做越大。而现在官做到一定的程度，要上更大的官阶因素太多，峰就是清楚地看到了这一点，自己在官场博弈的胜算已经不是太多，不如过着自己的另一种人生。峰这时的状态基本上是在工作中开始维持，在生活中开始追求腐败的过程，现在峰处于的这个位置，他掌控着他的这片领域巨大利益特权，他觉得既然无望再上一级台阶，那他就不再用自己的所有精力来追逐那个无法再实现的官阶梦想了，而开始享受一种实惠带给他的腐败的"好处"，陶醉于权力带给他的感官的享受。

除去奢侈品，峰也喜欢带些古玩字画回来，有时他会叫我将这些东西送去指定地点进行拍卖，有时又从拍卖市场取回一些，当然，他不会叫我去拍卖会举牌，都是别人拍卖好了的，我直接去约定的地点取，不是取东西，就是取发票，对那些东西，我一点都不感兴趣，就是那些字画，我也没兴趣，因为画画，我也只画画自己心中的感觉，难怪峰经常会笑我好傻。

在以后的交往中，我发现峰是个极其谨慎低调的人，那套杰尼亚西装及衬衣他一次都没有穿过，他害怕被别人发现他的资金来路不明。其实，我没有发现他接受过别人给他的现金，但是他专门接受顶级奢侈品，并且这些顶级奢侈品只放在我的别墅，只有我欣赏到，他只有在别墅中拿着看着陶醉着。

对峰我有时候也会感到很烦，因为我觉得自己有点过着梦幻般的生活，有时会觉得自己很透彻地知道自己应该去为自己要的生活努力奋斗，但有时正好下着决心脱离这种隐形生活时，峰又一个电话，或者制造一些惊喜给我，让我又深陷其中不能自拔。

过后不久的一个晚上，峰又叫我回别墅。

峰进来时，手里又拿了两样东西，一个是给我的鞋子，我一看，认得这个品牌，在一次我们的私密聚会上，那个珊曾经炫耀过她脚上的那对鞋子，那次珊说是她老公在香港买的，是送给她的生日礼物，6800多元港币。那双鞋子就是今夜峰送给我的菲拉格慕（Salvatore. ferragamo）品牌。我曾经在杂志上了解过这个品牌，我也知道菲拉格慕是意大利名牌鞋的典范，这个品牌创建于上世纪二十年代，菲拉格慕的制鞋艺术与工艺是深受人推崇的，深得各国名流的喜爱，有"好莱坞红星的造鞋师"之美称。我当时在杂志上看到介绍，说歌星麦当娜、影星奥黛利·赫本、索菲亚·罗兰、玛丽莲·梦露、球星迈克尔·乔丹、美国前总统克林顿、英国皇妃戴安娜、菲律宾马科斯夫人等都曾是该品牌的忠实拥趸。

我先拿出来一双黑色的菲拉格慕，正好是我的号码。我穿上这双鞋子，感觉到就是不一样，它的鞋形紧贴我的脚形，是我穿过的鞋子中最舒适的，难怪这么贵。

"这个才配你那套香奈儿呀，合脚吧？"

"噢，合脚。"

"别脱，把餐厅的蜡烛点上，一会我们好好吃点东西。"

"哎，我没有买菜呢，我不知道你会来吃饭的。"我说。

"不用你买，我已经安排好了，等会会送来的。"峰神秘地说。

话音刚落，就听见了门铃声。

我去开门，是丽斯卡尔顿酒店送餐服务。

"放在哪里？"服务生问。

"放在这个餐桌上。"我指着餐厅的方向。

我回头已经没有看见峰了，他进房间去了。

送来的东西并不多，但足够精致。

每份餐品都有一个小卡片，上面介绍了这个餐品的品名和用法。

"吃完后，我们会在明天下午三点来取餐具。"服务生指着那些盘子、碗筷和刀叉说。

"好的，谢谢！"我说。

一份"和牛肉"。卡片上写道：和牛（Wagyu）肉，产地日本，和牛是日本从1956年起改良牛中最成功的品种，是从雷天号西门塔尔种公牛的改良后裔中选育而成的，为全世界公认的最优秀的优良肉用牛品种。

我正在看这个卡片时，峰来到餐桌前，对我说："我的香港朋友推荐的，他告诉我这种牛肉的特点是生长快、成熟早、肉质好。第七、八肋间眼肌面积达52厘米。目前和牛肉里脊肉在欧洲的价格是每200克650人民币。现在在中国这个价格已经翻了近两倍。"

另一份是土豆泥。卡片上写：La Bonnotte 土豆。产地：法国。

"这是法国努瓦尔穆杰岛上种植的土豆，据说这种土豆每年产量不超过100吨，土豆非常柔软，只能用手工的方法采集。这种土豆的价格在当地高达每公斤4817人民币。"峰有点自豪地说。

"中国怎么有呢？"我问。

"要提前三个月预订。到中国的价钱就不止这个价格了。"峰骄傲地说。

一瓶红酒。拉斐（Chateau Lafite）。"这是法国波尔多地区的酒，你要知道在十八世纪它就是宫廷御酒，1855 年被评为波尔多顶级葡萄酒之一，这几百年来深得各国王宫贵族和社会各界名流的喜爱。你知道这瓶酒是哪一年的吗？1982 年产的，现在 28000 多元一瓶。"峰将酒倒入酒杯中，边倒边对我说。

"这哪一年产的价格还有区别呀？"

"那当然，每一年的气候，如雨水啊，温度啊，对葡萄的收成是有很大的影响的，82 年那年，由于气候等原因，那年的葡萄做出来的酒是最好的，产量也不多，所以价格相对就要贵很多。"峰每次只要遇到有机会就会在我面前炫耀他对国际奢侈品牌的知识，这些他烂熟于胸却从来都没处炫耀，因为他从来在外都装得很朴素，跟这些奢侈品从来都不沾边，何况，这些奢侈品如果以他的身份用薪水购买是不现实的。所以他只能在我这个绝对可靠的美人面前将自己憋在心中的最爱宣泄出来，让内心的封闭和憋屈得到一时的舒展。

我与峰就在这张餐桌上点着蜡烛，峰还要放点轻音乐，喝着红酒，吃着这柔和的牛肉和土豆，口感非同一般。真是东西不在多而在精啊。

峰那天的情绪特别好，饭后他又主动试穿了他带来的衣服。

峰那天带来一件阿玛尼（Armani）的混纺材料的 T 恤，他也自己试穿了一下。阿玛尼（Armani）这个意大利品牌以优雅著称，这个品牌创建于 1975 年，它一出现，就深受人们的喜爱，几乎所有的影星都与它有过最亲密的接触，各大颁奖礼，如奥斯卡颁奖晚会上都可以看见阿玛尼精心设计的套装礼服。

我帮峰脱衣服时，一看标价 7900 元。真的是叫穷人无法想象的 T 恤啊。

在我 28 岁生日的那天晚上。我清楚地记得，峰为我精心准备了一个生日晚宴，那天，峰没有叫其他人，而是独自与我去了一个私人会所，那天的天气也特别的好，繁星闪烁，那个私人会所，没有其他客人，只有一个老板亲自服务，厨师是看不到人的，一个浪漫的烛光晚餐，一大束玫瑰，餐厅放着优美的音乐，峰让会所老板开了一瓶白雪海瑟克香槟（Piper – Heidsieck），峰举起酒杯对我说："生日快乐！""谢谢！"在这样一种我从未想象过的环境中过生日，是另外一种感觉，"这红酒口感很好呀！"我说。

"算你有水平，这是法国有二百多年历史的顶级品牌的酒，今天的这一瓶是白雪海瑟克激情玫瑰香槟（Piper – Heidsieck Rose），你尝尝，有什么样的味道？"峰继续对我说。

"有柑橘的味道。"我浅尝一口说，我真的感觉到了一种柑橘的味道带出的一种成熟感，同时缠绕着一种柔和、轻盈与自然的热情，如同阳光的清闲在唇齿之间回荡。

"真的不错，这就是我喜欢你的原因，悟性、品味特棒。"峰由衷地赞扬我。

"白雪海瑟克香槟严格遵守法国'原产地控制命名'（AOC）法令，对品质的要求尤为苛刻。酿造这个品牌的香槟来自香槟区 50 个精心挑选的葡萄园，为确保原创风味，还会加入陈酿的葡萄酒，用于创造一种更为圆润的混合效果。"

两杯红酒过后，峰与我随着音乐慢慢跳舞。

刚刚坐下，峰送给我一只蒂梵尼的钻戒，深情地对我说："我虽然不能成为你法律上的丈夫，但在我的心里，你就是我的爱人。"并且给我戴上这颗也不知道多少克拉的独钻。

那一刻，我很恍惚，什么也没说，只是机械地被峰戴上这颗钻戒。

我想，这么贵重的东西，我这样是不是在亵渎它的纯洁性。所以生日回家后，我再也没有拿出来，觉得我不配。因为在美国电影《蒂梵尼的早餐》中，我被奥黛利·赫本的出色演出所折服，那时起我就知道了珠宝中有一个顶级品牌叫蒂梵尼，我也知道那晚峰送给我的那颗独钻价值不菲，按照现在友谊商店的专柜价格不会少于人民币 20 万元。

峰有个很怪异的行为，就是每次到别墅，与我温存后，总是要独自呆在那个存放奢侈品的房间里面一两个小时，不让我在这期间打扰他，并且他在里面关上门，出来后，就在阳台抽那些顶级的雪茄，而这些雪茄他从来不在公众场合抽，他的高级手表从来不戴，高级西装从来不在公众场合穿，他最喜欢的内裤就是 CK，所以人们眼中的峰就是一个很正经廉洁的首长。

他也只是偶尔在那里过夜，每次他都会乔装打扮，一般别人是难认出他来的，但不幸的是，我怀孕了，得知我怀孕时，峰高兴得跳跃起来，证明他宝刀不老。峰很认真地问过我，要不要留下这个孩子，我经过再三考虑，还是放弃了这个孩子。峰说我怎么决定他都不会反对，因为他不能给我法律上的名义，他尊重我的选择。所以为他流了一次产，这使我深深地痛恨自己。

我才 30 岁，人生的路还很长，并且，我也清楚地知道，他不可能给出我未来。

打那流产以后，我开始有些抑郁，但又不能表现出来，只知道这种物质生活已经严重腐蚀了我，我再也没有了对生活的激情。

我生活得很矛盾，心里一直很纠结，自己还这么年轻，究竟要什么样的生活和未来还是很模糊。

我开始有点迷失自己了，变得像一个只有物欲，没有灵魂的躯体，每天出入的是高档场所，这些场所让我着迷，我也知道这样不行，但不能自拔。

这样迷迷糊糊地过了五年，我也清楚地知道，峰与我在一起的时间并不多，他真的很忙，有时我们一个月也就只能见面一次，有时还不能，一切取决于峰的时间。我总是被动的，经常是他给我电话，后来，我们还是一起去聚会，只是聚会的次数开始减少。

我觉得自己越来越像一个木偶人，被峰控制在他的绳线之中，自己曾经是那么的有理想、有梦想、有抱负、有追求，但，现在我虽然多次想摆脱目前的这一切，但总是没有足够的意志力，来对抗峰那条绳线的力量。

这以后，来往的少了，我开始审视自己，但有点病入膏肓似的，会经常若有所失。

再不久，听电视台说他被中纪委"双规"，严重违纪和作风腐败。

我大吃一惊，电视和网络上说他有大量巨额财产来历不明，并说他生活腐败，有众多的情人。我彻底崩溃了，整夜整夜地睡不了觉，巨大的精神压力让我不知所措。

我开始时伤心气愤，天真地认为他只对自己好，但我觉得自己真是太不了解他了，从没想过他会如此败坏。最后反省自己时，痛恨自己无知和贪图虚荣。

他是因为再次去公海上赌博而被抓的，我知道他已经有点登峰造极，忘乎所以了，权力给了他天堂，也给了他地狱。正如他有次在电视上讲反腐败时说的"人不可以将金钱带进坟墓，但金钱可以将人带进坟墓"。正是他自己的真实写照。

整夜整夜的不眠严重侵蚀了我的身体，我害怕他会说出自己的名字，害怕自己也臭名远扬，害怕自己一旦出事后，生病的母亲、老实的父亲怎么生活下去。我更害怕的是哥哥的伤心，一想到这里，我就后悔莫及。

我甚至想到了自杀，但一想到自己的父母和哥哥，又放弃了。

算我幸运的是，他讲出了所有与他有染的女人的名字，唯独没有讲我，我躲过了这一劫难。我是中国法律漏网之鱼，虽然我觉得自己应该举报投案，我应该上缴他所给予我的一切，但我却没有这一勇气。

但更大的不幸的是，有天我洗澡时发现自己的右侧乳房好像有个黄豆大的结节，我感到有些怀疑和恐惧，马上到医院进行检查，医生看了以后建议我做进一步检查，最好动手术，最后，确诊为良性。

手术后，我回到父母身边，看着医院里面轮椅上的母亲、老实的父亲、辛勤劳累的哥哥，我不敢告诉父母自己的一切状况，只是说想家，休探亲假。

我无比痛恨自己的虚荣与迷失，觉得是像峰这样的男人毁掉了我的一生，本来我可以有很好的未来，就是这些权力的光环和金钱腐蚀了我，我只想报复这些类型的男人。

然而，我却再也不会有什么机会去接触这样的人物、进入这样的圈子了。

这时的我，幡然醒悟，意识到肖正的调离，我现在才明白是峰已经监视了我的一切行为，我在那时已经是峰的私藏财产，不能与别人分享的私藏财产。我只是他的一个宠物，他有许多的不为人知的一面是我不清楚的，当然，这些不知道反而也保护了我没有陷入更深的泥泞。

我痛恨自己这样穷奢极欲地挥洒着我的散乱人生。

五年，一个女人最青春最耀眼的五年，自己却是这样地度过了，要知道，这五年，是我本应该过着最精彩的年华，本应该是过着最耀眼的岁月，本应该是过着最舒展自己的岁月，本应该是过着最美丽绽放的岁月，却是这样以无法与人启齿、无法与人言说、无法与人炫耀的方式度过了。青春没有故事，更没有那种让人终身无法忘怀的动人心弦、直入心灵的故事，有的只是那种见不得光、拿不出手的令人唾弃故事。

电视台我是不去了，自己辞职。

我有房产，但是那个别墅我一点都不想再回去，因为那里时刻会提醒我记起自己从前的丑陋的经历，我不愿去面对那些让我不堪回首的过去，我想摆脱从前的一切，所以我很快将那个别墅及里面的东西全部卖掉，拿出一部分钱寄给哥哥，哥哥刚结婚，让哥哥好好改善生活，不要像以前一样那么累，因为自从母亲三年前感冒后引起胸肌炎就再也没能出院，每天哥哥的生活就是单位、家里、医院三点一线，哥哥又是个十分善良孝顺的孩子，别人照顾母亲他总是不放心，虽然也请了医院陪护，但他还是一天往医院跑至少一次，只要有空，他都在医院里面，他除了给父亲做好饭以外的其他时间都在医院照看母亲。

同时我用其中的一部分钱在沙面新城的小区买了一个两居室，并且开始学开车，给自己购买了一部汽车。

这个两居室，很温馨，在这里没有人认识我，可以放松自己的神经。

有一天清晨，一觉醒来时，有些茫然，不知要干点什么好，我想了很长时间，都不知道自己究竟想干什么。

我记得有个名人曾经说过一句话："即或没有了工作，也不能失去自我。"

　　说得多好啊，自我，这个词，我想在中国是最没有所谓的自我的，我的自我是什么？在哪里丢失了？之前的我一直是没有自我的，现在，我觉得反而很轻松，可以有自我了，可以为自己而活了，可以天马行空，独来独往了。

　　想到这点，我的心，一下子，就亮了。

　　然后，我想暂时离开这个城市，去上海。

　　上海，并不是我概念中的上海，也不是电视中看见的上海，我来这里以后，才知道，上海，这个都市，完全颠覆了我脑海中的印象。

　　这里才是真正有权有钱人的地方，我发现，这里简直太大了，如果是在上海漂着，可能一辈子也只是没有根的人，但是如果要扎根下来，那简直是痴心妄想。看着满城的年轻人，看着满城的毕业生、海归生、草根生们，你会感到自己简直就是大海的一粒沙子，别说发光发亮能不被浪潮冲走就算是幸运的了。

　　我本来想找一份跟自己原来专业相关的工作，但投了很多的简历发现根本不是那么容易，想要融入上海，想要融入职场，我发现，自己又找不到自我了。

　　新公司是由一群年轻人组成的，他们都很有活力，虽然我年纪并不会比他们大多少，而且还是处在中间年龄段的，但我的内心已经没有了青春的活力，我感到自己有点未老先衰。

　　我在上海人生地不熟，没有朋友，我的一个同事小李，是一个很漂亮的少妇，先生是一家大公司的老板，那天下班后，对我说："玉儿，你没什么事情，我带你去参加一个晚宴吧。"一听晚宴，我就坚决拒绝了，说："我今晚有事情，谢谢，不好意思呀。"小李说："你陪我去吧，我知道你没有什么事情的，我只是一个人去实在是太无聊了。求你啦。"我不知为什么那天又没能拒绝她，就与她一起去了一家私人会所。

　　会所的老板叫琳达。介绍认识时，琳达很热情与我拥抱。

　　我觉得琳达真的显得很高贵优雅，并且很难猜出她的年龄。

　　琳达像一个真正的主人，周旋在每个人身边，各位来宾都笑容满面。

　　我想这个琳达的气场真的够大的，看她那微笑的脸上，好像每个人都是她的至亲至爱。

　　来宾自由自在地交流认识着，无拘无束，在这里，我原以为会很紧张，没想到自己也很放松，能营造出这种氛围的人是让人吃惊的，没有一定的水平是不可能做到的，我不由得佩服起琳达来。

我不会像交际花一样到处去主动认识别人，但这里的嘉宾确实都很有教养，每个人都不会冷落身边的任何人，半个小时内，我与那些人基本上都互相友好了一下。

那天有两个迟到的男士一进来就与琳达拥抱。琳达说他们来这么晚要罚酒，一个姓袁的男士说认罚，同时介绍另外一个姓肖的男士给琳达。

正当我对着那架钢琴发呆的时候，突然，觉得有一个似曾相识的面孔在我面前晃过，认真一看，这个人太像肖正了，只是这个人留着满脸的胡须，正在轻声地与琳达说话，我再退回远处看看，太像了，但从年龄上看，比肖正可能大个十来岁，他并不是那种很开心的样子，有些忧愁和憔悴。

我很快去与别人说话。我有点心不在焉。这种状态马上被明察秋毫的琳达发现了，关切地问我："你怎么啦，没事吧？"

"没事，我以为遇到一个熟人，结果不是。"我说。

"你是说那个与袁总一起来的同学吧，姓肖，从香港来的。"琳达说。

"姓肖？从香港来的？"我有些惊异，难道真是肖正？

这时那个袁总与那个同学正好一同过来，琳达立即热情地为我们作介绍。

那个姓肖的对我说："我觉得你太像我以前认识的一个朋友了，但你比她更加漂亮些，我觉得有点像双胞胎。"

"你的那个朋友在什么地方？姓什么？说不定就是我呢。"我想确认一下，开着玩笑说。

"不会是她，她在广州，应该不是她的。只是太像了。"

"你也是从南方来，从香港来，我倒真的认为你是肖正。"

"真是你吗？玉儿？太不可思议了！"肖正惊喜地说。

"是我啊，我都差点认不得你了，你真的有些变化了，怎么样，你过得怎么样。"我心中有点不敢相信，难道这是一种缘分？

我们两人站在了一边聊了起来。

"天哪，玉儿你怎么也到上海来了？什么时候来的？现在在干什么呢？"肖正急切地问我。

我将肖正拉到阳台上坐着，那里月色正浓。

"我一年前来上海，现在在一家公司搞活动执行。"我说。

"你可是不但没变老，而且是越变越优雅了，女人味十足。"肖正由衷地赞叹着。

"你怎么也来上海了？"我问。

"我是来上海出差，今天一早到的，订了明天回香港的机票，晚上被那个袁总，也是我在国外的同学拉来这里说参加一个聚会的。"肖正说。

"你明天就走了啊，那我想请你吃饭都没时间了啊。"我说。

"这次不行了，下次来你再请我呗。"肖正说，"对了，你成家了没有？"

"我还没有呢，你呢？"我回答并问肖正。

"我今年底可能结婚，找了个美国人。"肖正说。

"那恭喜你了！"我说。

"谢谢！其实我并没有你想象的那么喜悦。你看看我老了很多是不是？"肖正突然问我。

"发生了什么事情吗？你有什么不开心的事情吗？"我关切地问道。

"哎，我可是不敢跟任何人讲，我心里的那种难过和耻辱。"肖正满脸忧愁地对我说，"我以前跟你讲过我是个单亲家庭的孩子，你记得吧？"

我点点头。

"其实，是在我五岁的时候，我的父母离婚的。你不知道我的父亲是谁吧？这个秘密一直没有人知道。因为我从来还没有觉得没有父亲的生活会有多糟糕，也从不认为有多不幸，因为我有一个伟大的母亲，她将她全部的爱灌注在我身上，她把我培养得阳光、向上、健康开朗。然而，突然有一天，在电视看到，省里高官峰因为经济和生活问题被中纪委'双规'了，我感到十分地震惊和难受，要知道，那个人就是我的父亲啊，虽然我对他一点亲情都没有，但那毕竟是我的亲生父亲啊，他当年那样对我们母子，但我的母亲从来没有在我的面前说过他的不是，她只是说父亲因为很多的原因离开我们的，我知道母亲一直很爱他，我知道自己有一个很有能力和地位的父亲，这是我内心最大的秘密。虽然我现在与他没有一点关系，并且基本上没有什么人知道我跟他的关系，但血脉在那里，别人不知道，我是知道的，这种不光彩的父亲对我来说是个致命的打击。"肖正双手捂着头痛苦地反复地说着这些话。

我这时简直就呆了，我没有想到人生这么戏剧，这么狗血喷头，简直是比那些电视剧里面的情节还戏剧，那个与我共处了五年的峰竟然是肖正的亲生父亲，我更是羞愧得无地自容。在这时，我觉得自己根本就不是人，是一个魔兽。我脸色惨白，觉得自己都快要支撑不下去了。我不知道自己是否有资格来安慰肖正，肖正见到我脸色惨白，他认为是自己的话和行为吓坏了我，连忙扶住我说："对不起，把你吓着了，我不应该向你说这些。"

我稳住一下自己的心神，脸色惨白地连忙说："不是不是，这不是你的错，你不要拿他的错误来惩罚你自己，他是他，你是你，你可以说是不了解他，你没有必要为他负疚，你也没必要为他负罪。"我这时满脸泪水，我是羞愧的泪水和心疼的泪水。

"你不要难过，我会慢慢地调整自己的，谢谢你的好心和善良。"肖正感激地对我说，他以为我是听了他的那些事情而流泪。

"你好好生活，多保重，我明天就不送你了。"我慌忙地对肖正说。

正好在这时，肖正的同学袁总叫他过去，"我过去了，以后再联系。"肖正对我说。

我等肖正一离开，就悄悄地离开了琳达的家。

回到家里，我眼前满是肖正那张痛苦的脸，我认为自己真的罪孽深重。以前，我总在内心认为自己是被动地参与其中，我内心还总是强调自己的本质不坏，不愿意走入这个通道中，但现在我深刻地认为自己就是伤害像肖正这样纯洁善良的无辜的刽子手，自己根本没有资格在这里谈什么情爱，看看自己无形中伤害了多少无辜的人，我想如果没有像我一样的这些女人，峰也许不会走向深渊，我觉得我们正是这个社会、这个官场的毒瘤，是我们腐蚀了这个社会健康的肌体，我痛恨自己的堕落，我没有脸再见到肖正。

正好在这时，哥哥钢子来电话说，母亲的病情加重了，我要不忙的话就回去看看吧。

我心里想，上海是个大有神秘大有魅力也大有魔力的地方。

上海，地方太大，这里不是一般人能待下去的，能待下去的人也不是一般人，特别是能混出个名堂来的更不是一般人，所以上海这个水很深的地方，一般人没有很好的水性是会要被淹死的。

我想，这个地方也不是我这等人能呆的地方。我关掉了在上海的手机，从此，我也再也没有勇气与肖正联系和见面了。

我火速地回到了家中。

回到家中的我，心生深深的惭愧，我无法原谅自己的放荡和放纵，看着已经年迈多病的父母，望着疲惫不堪的哥哥，想着他们为自己所做的一切，感到无比的内疚，想一定要振作精神，不再成为父母和哥哥的负担，自己曾经是父母的骄傲，一定要重新使自己成为父母的骄傲，成为他们精神和生活的寄托。

我下定决心，不再与任何男人进行深入交往了，结婚是不会再考虑了，虽然无法面对父母与哥哥的关心，但我会处理好这一切。我就将大量的时间用在绘画上，我一直喜欢绘画，我的画没有什么别人的风格，都是自己心里所想的，有时是一个天使，有时是大自然的花草，也有鸟和一些可爱的小动物，没有拘限，随心所欲。

我知道一定要想办法做一点自己喜欢做的事情，我喜欢绘画，我每天都会在家里画上几幅，我也不知道我画这些干什么，但我知道我并不完全是为了打发时间，更多的是心灵的需要，有时会出去写生，但也不多，因为那是要有心情的，我的画真的很有灵气，我绘画的功底见长，我在画中极力地追逐着那个遥远的已经破碎了的梦，那是我的灵魂，但那个灵魂总是在寻找着出口。

我除了绘画，还喜欢写点东西，并且写东西与绘画完全相反，绘画我很喜欢安静在家画，而写东西却喜欢在热闹的环境中写，比如，我会去咖啡厅喝咖啡，写一些自己的心灵感受，从不对外发表，我需要的只是一种倾诉，并不是要赚钱，我也是在为自己寻找一些灵魂的寄托。

我的生活自由、清闲、安逸，只是每到节日会感到有些孤独，我不愿意与人深交往，基本上是独来独往。

我记得那是三月份的一天中午，我去街道边上的一家猫屎咖啡屋喝咖啡。我喜欢去猫屎咖啡厅喝咖啡，一是喜欢它的那种与众不同的味道，二是猫屎咖啡厅的墙壁上挂着一幅我最喜欢的仿梵高的油画《鸢尾花》，那是我小时候就最喜欢的一种花，我喜欢它的五彩缤纷，喜欢它象征幸福的人生寓意。那天我感到异常地奇怪，心中总是有一种要发生什么时候的预感，有点心慌慌的感觉，说不出来是为什么，我有时真的会觉得，世界的万事万物都是有灵性的，有灵就意味着有征兆，有征兆人就会有感应，那天，我好像被什么感应着，我在那个咖啡厅的角落里面，对着电脑，把自己的这种感觉写下来，突然，我感到在我的身上有道目光射来，我抬头一看，这一看不要紧，天哪，这是谁？好像在哪里见过？似曾相识？

这是一双多么迷人的眼睛啊，清澈见底，没有一般中年人的混浊，我的心里一阵慌乱，从他的衣着上看，他不像那些二混的中年人，干净整洁，他的眼中没有一丝邪恶，脸上的皮肤白皙，一看就是受过很好教育和家庭背景优越的男人。

这是一个干什么工作的男人啊，从他的面容来看，他不像是经商的，因为一看就是一个很善良很老实的人，经商的人都是很狡猾，从眼神可以看得出来。我在想，这个人可能是个老师，只有老师，才可以这样地有教养，才可这样地干净。虽然只有这么短短的一对视，我好像和他认识了几辈子似的，可以说是对他一见钟情，我的心莫名其妙地狂跳，眼睛慌乱地躲开。埋下头继续盯着电脑，但一个字也打不出来，心里很乱，这种感觉是自己有生以来从未有过的。

我就在那里对着电脑发呆，而我感觉到他也在那里对着咖啡若有所思，偶尔，我们会用目光交流一下，但都只有短短几秒钟，感觉到我们在这几秒钟中互相诉说着什么，不知道这是不是心灵感应，我也不知道自己是不是有了爱情的欲望，但我那个封闭的心灵现在真的雀跃起来了，我不会主动去同他说话。没有这个勇气。

仅凭着这一眼的对视，我懂得了什么叫"一见钟情"、什么叫"心有灵犀"。

那天，我们两个一句话也没有说，他先离开咖啡厅。

从那天开始，我只感觉生活有了期盼。

第二天，我又去了猫屎咖啡厅，仍然坐在那个位置上，中午时分，他又来了，还是坐在那个位置上，他深深地看了我一眼，就默默地坐在那里喝咖啡，他没有主动给我打招呼，我也不敢主动跟他打招呼。

依然如此，我们会装作很不经意地互相对视几秒，那几秒对我来说，却是长长的几个小时。到了那个时间，他又离开了。

第三天，依然如此。

第四天，依然如此。

第五天，依然如故。

同样的时间，同样的地点，同样的目光交织，同样的无声无息，我知道，这种格局没有人能懂得，只有我们独有，一天一天地下去，谁都不会有勇气主动打破这样的格局，但就是我们独有的格局。

这样从不间断，双方从不缺席的格局一直持续了三个月，这成了我们俩共同的秘密和独有的交流方式。

每晚我的脑海里都是他的影子，想象着他是一个什么样的人，也想告诉他，我的这种感觉。

但我一想到自己的经历，就一点勇气都没有了，我会很深深地谴责自己，自己是没有资格去爱和被爱的了，但我就是会不由自主地想他，有时甚至会觉得自己是自作多情，自己并不年轻，他也不像是没有家室的人，即使他目前没有成家或离异，但像他的条件这么好，也是有大把年轻漂亮的优秀女孩子追求的，绝对不会愿意找我这样，有着复杂的经历和家庭背影，并且年纪又这么大的人的。再说，他再优秀也与自己无关了，只能说是在错误的时间的错误的相遇，说实话，打死我，我也不会再做别人亲切的小三了，这种不道德不光彩的事情，自己现在的内心都深恶痛绝。

所以每次当我有与他主动交谈的冲动时，又退缩了。

这样的格局，这样的默契，这样的似曾相识，却又分明陌生，这样的独特相遇，独特相见，一直整整维持了近四个月。

那是我心灵最圣洁的时光，也是我精神最清澈的时光，那份内心深处的甜蜜和期盼，给了我很多的希望和生活的乐趣。

有天我的父亲突然发烧，曾犹豫着是否礼貌地与他交谈一下，打个招呼就此告别，但我最后退缩了，我没有这份勇气和自信心，便立即赶回老家。在医院照顾父亲的时候，我无时无刻不想念他，会想，他今天去了喝咖啡吗？我没去他会不会想念我呢？有时，觉得自己很可笑，说不定自己在做梦呢，别人为什么会想念你，你算什么呢，更多的时候是思念，我很懊恼自己为什么不跟他说话，懊悔自己的不自信。这时，我对自己终身不嫁的想法开始了动摇，我有一种特别想与他交流的冲动，我想与他倾诉，心里会坚定地认为自己会被他理解和接受。所以，我的心里是矛盾、痛苦、纠结和甜蜜的。说实话，遇到了他，我竟然会用诗歌来表达我的心情，我会为他写诗：

> 我不该如此怯懦
> 竟不敢把梦境向你诉说
> 那原是一片朦胧的薄雾
> 澄清在三月一个明媚的正午
> 又何须鄙弃那纯真的痛苦
> 让它自由地生，自由地长
> 去发放她那应该怒放的花朵。
> 我不该如此退缩
> 在金色的年历上一任岁月的蹉跎
> 这本是禁锢和奔放的相互争搏
> 早已惊惧那情感的苦果
> 才这般疑惑着命运的折磨
> 其实正因为有那壮丽的蜃楼出现
> 我才聊以自慰去把蓬莱开拓
> 我不该如此踯躅

听信怯弱的网缠绕向前的步足
其实辉煌的流星常在瞬间遥落
沸腾的陨石也不免于凝固
真应该记得这永久的凄楚
南风中的中午有一片绿叶飘过
会不会慢了枯黄了那绝色的歌
……

"点点你知道吗？当爱来临时，是没有先兆的。我说的这个男人就是安南。"玉儿甜美地笑着。

"我知道这个人肯定是安南，我真的觉得你们的人生很多彩，有苦有甜，我很愿意听，还真让我感动呢。"点点说。

"我跟你讲我的故事，特别是那些奢侈品的培训，并不是为了向你炫耀我认识或者得到过这些奢侈品，而是我现在对这些奢侈品心里都多少会有些抵触，并不是奢侈品本身的问题，而是有时奢侈品成为官员滋生腐败的一种途径了，让我为奢侈品感到悲哀，因为一旦奢侈品被作为一种行贿的手段，无疑是亵渎了这些奢侈品的高贵品质。好了，已经不早了，我还要回家哄贝贝睡觉。如果你愿意听我们的故事的话，我让安南给你讲后面的故事。"玉儿说。

"好啊，什么时候？让我听得都入迷了。"点点说。

"明天晚上，你下班后来我家吃饭，吃饭后，让安南给你讲。"玉儿微笑着说。

"好啊，明晚我就不客气了。"点点说。

四十二

第二天下班后，点点直接到玉儿家，玉儿已经做好一桌中餐等点点，安南也已经下班回家了，贝贝已经吃完了，在看动画片。

晚饭后，玉儿对安南说："点点是来听我们的故事的，我已经讲过了我的那一片断，你接着说下一片断吧。"

安南给点点倒了一杯茶接着说："好，我会把我的一些经历好好地对你说的。因为玉儿说你在国内时由于年龄的原因，家里及外人都为你的婚事操心得不得了，让你也焦虑不已，我们的经历告诉我们，真爱需要等待，一定会出现，即使经历很多的挫折，哪怕你走很多弯路，做错了很多的事情，但只要你改错，就像玉儿一样，她真的做了很多不可饶恕的错误，但她知道错了，彻底地用行动改掉了，所以上帝还是原谅了她，让她的真爱来到她的身边，因此说属于你的一定会到来，何况你还是那么的优秀纯洁呢，所以希望我们的故事能给你一点信心，同时，我们也为我们所经历的一切感恩。

"我所经历的人生虽然五彩斑斓，也存在着许多黑暗，虽然有积极阳光的一面，也曾磨难纠缠。我曾经有过一段刻骨铭心的婚姻，对于那段温馨且甜蜜的婚姻，我一直把它安放在记忆深处，它是光，照耀了我黑暗阴霾的冷雨夜；它是雨，滋润了我干涸枯涩的心灵土壤；它是爱，笼罩着神圣而幸福的光芒。

"我的爱人去世后那段日子，我承认，那段长达差不多三年的时光，对我来说太过是非黑白，我活得蝇营狗苟，浑浑噩噩，没有理想，没有方向。试想一下，当你认为曾经是你的全部的心爱之人离你而去，那种掏空身心的感觉，真的是让人没有活下去的勇气。爱会带走你的一切的，真的是这样的，情到深处的时候，人是无法用语言来形容自己那时的感受的。我那时甚至消极厌世，我的人生黯然失色，甚至我的皮肤也在那时枯萎了，毫无光泽，面若土色，跌到了谷底。

"但幸运的是，我勇敢面对了，无论这个过程有多么的漫长曲折，逆境丛生，无论当时的结果有多么的令人难以接受，这一切，我认为都只是我人生中必然出现的挫折和狼藉。现在上帝又将玉儿送到了我的面前，让我真正体会到，人生本身就是一场修行和历练，是需要阵痛和磨合才能化茧成蝶的，没有那千百的呼之欲出和撕心裂肺的碰撞挣扎，就不会有漂亮闪耀的精美薄翼。"

"你们俩都有很好的文学才华，说的话都像优美的散文和诗歌，所以你们俩都应该是文学青年才行。"点点笑着对安南、玉儿说。

"在这点上我们比较相像，喜欢文学，更喜欢用文笔记录自己的心情。"安南笑着回答。

下面是安南讲的片断。

在华尔街的金融中心，安南的公司正在以每天吸纳数以亿计的财富运作着。他公司的股票每天也像过山车一样起伏涨跌，他的生活成天都在这种紧张而繁忙中度过。

他是一个华裔后代，他的祖父这一代从香港移民到美国来，开始了那一代人的创业。他的祖父和祖母是靠在唐人街开餐馆起家的，他的祖父、祖母用他们的勤劳苦干获得了人生的第一桶金，在对待他父亲教育的问题上，他的祖父、祖母的想法惊人地一致，就是创造一切条件给他最好的学习环境。那时他的祖父、祖母受够了美国白人的欺负，为使他的父亲能接受最好的教育，他的祖父、祖母倾其所有，他的父亲不负所望，努力加勤奋，学习成绩一直很优秀，最后考取了哈佛大学，并取得了哈佛大学的金融硕士。毕业后，他的父亲没有继承父母的餐饮业，而是从事了金融白领的行业。由于他父亲的聪明才气，在他就职的公司里，他深得老板的赏识，在老板离开美国去英国发展时，将这一家小公司过户给了他的父亲。他的父亲不负众望，将公司规模不断扩大，父亲对安南的教育也是如此，安南受父亲的影响，他对金融这一块也有浓厚的兴趣。为了继承他父亲的事业，他选择了金融领域的研究，并且也像他的父亲一样，就读哈佛，只不过是他比他父亲更优秀，他在哈佛完成了金融博士的学习，而后他进入到父亲的公司进行学习和工作，并在父亲退休之时成功接位。

安南的夫人安妮是他的大学同学，安妮也是学习金融的，由于安南与安妮在名字上只差一个字，所以同学们曾开玩笑说，他们是两兄妹，同学们的玩笑，让他们彼此都多关注对方一些，加上共同的学习背景让他们走到了一起。

人们常说，好女人是男人的一座学校，这话真的一点都没错。安南虽然心中有着远大的梦想，将父亲的公司做大做强。但安南生性有些懦弱，做事情总是会过于温和，安妮知道丈夫的梦想并竭尽全力帮助他。对未来的期望，对成功的渴望，使得他们夫妇全身心投入工作，不敢有丝毫懈怠，安南每次做出重大决策，安妮都会全力支持。

可是安妮在生他们女儿时由于难产差点就丢掉了性命，随后身体一直都不好，她得了严重的心脏病和贫血症，整整15年了，她都是在医院或家里的床上度过，想尽了一切办法都医不好她的身体，她极度虚弱，但她善解人意，为人贤淑，他们的感情一直很好，虽然他们不能像其他夫妻一样到处旅游，也不能像其他夫妻一样在事业上互相搀扶，甚至于他们不能像其他夫妻一样过正常的夫妻生活，但他们更多的是在平静温馨的生活中度过，安妮常常会愧疚地对他说"对不起"，每当这时他的心总会很疼很疼，他对他夫人的爱，已经超过普通意义上的夫妻爱情，更多的是亲情的爱，他的事业更加辉煌，他的公司经营扩大。安妮在她的健康状况不好的情况下，仍然乐观开朗，从来没有在安南和家人面前流露出一丝不快，每天早上她会准时起来陪安南吃早餐，哪怕她自己一点都不想吃，亲自送安南出门去公司，并在门口说："安南，今天有什么事情要我办吗？"晚上安南回到家，她也会静静地聆听他讲今天公司发生的一切事情，并且总是鼓励安南。

那年的冬天，天气出奇的冷，安南正在公司开会，安妮心脏病突然犯了，他接到电话，开车飞奔到医院，这时他夫人已经不行了，他握着她的手，将头深深地埋在她的手臂上，泣不成声，她睁开眼嘴角动了动，眼神里有太多的不舍和留恋，但很平静和一脸的幸福走了。

从那以后的日子里，安南像是一个只会工作的人，工作工作再工作。

在安南看来，最美好的最圆满的爱情就是，执子之手，与子偕老。可这最无瑕疵最珍贵的情感，却在他最美好的年华，戛然而止，化作记忆的血液，留在他的血管里，变成他的养分，温暖他，折磨他，以至于以后所有的人再出现，都会受到他最严厉的挑剔和对比。接下来的日子里，他用所有的时间和情感去祭奠它。生活中某个事物可能会牵出某段记忆，他就会飞越回当初的时光。

安南是一个用情专一的男人，人生的旅程其实就是那么关键的几步，有时金光大道和独木桥就是一瞬间的运程。

从安妮去世后的那一天起，是安南人生最低谷的开始，那一刻起安南的人生像一部无情理可言的电影，一脚踏空，从幸福美满的天使转为堕落地狱的独自远行的魔鬼，这一脚的踏空，比粉身碎骨还惨烈百倍。

曾经无比温馨的家，忽然失去了一个主心骨的女人，安南感到生活的天平已经失衡，他风风火火十几年，所有的青春、所有的精力、所有的心血都在为家庭，为安妮，为工作努力打拼着，他现在从忙碌的职场一下子回到家中寂静的世界，心中不知如何是好，每天起来不知干些什么，心里空荡荡的，精神上极度空虚，仿佛是一列正在前进的火车，突然脱离了正常的轨道，不知驶向何方。

在刚失去安妮的日子里面，安南每天不知将心中的感觉向谁诉说，他感觉到自己的意志是多么的薄弱，夫人的离去，就像生活同时也抛弃了他，他的思想、他的精神、他的生理都在发生着深刻的变化，他不再朝气蓬勃，他不再意气风发，他不再年轻，他不再被需要、他不再是家庭的中心。女儿莉莎还小，不能理解他那种心灵的需求，父母已经开始年迈，也不能在事业上帮助他，突然间，他真正茫然了，不知道如何安放他那高贵的灵魂，不知为自己的精神家园寻找什么样的寄托，不知将他满腔的热血洒向何方，他有时就像一头关在笼子里面的困兽，时刻想冲出牢笼，但无奈牢笼太坚固，谁也不能帮他打开。

这就是现实。安南觉得自己的灵魂在这浮躁的世界里再也寻觅不到栖息之地，他的灵魂时常像一个无助的婴儿，面对着这些由钢筋水泥、数字经济、尾气污染以及无孔不入的钻营摄取、看似博大却异常逼仄的空间，精神找不到驻足之处，灵魂无以安栖。

其实每个人的灵魂都需要抚慰，以前安妮就是安南灵魂的安慰者。安妮走后，安南就像个失去依靠的可怜的孩子，根本就没有任何的安全感和平静感。

那时的安南，常常会心生一些倦意，他甚至会觉得，人生只不过是一个过场，根本就没有什么特别的意义，但现实是人们都在竭力把这个过场弄得极有意义，极其丰富。而此时的他，却想将自己的人生弄得极其散淡，哪怕这种散淡是对生命的不负责任。

在安南的脸上再也看不见昔日的笑脸，再也找不到他昔日的自信和阳光的心情，他仿佛一下子没有了目标、没有了方向、没有了动力、没有了乐趣。

安南已经习惯了与自己的心进行着交流，这是安妮走后他找到的应付自己、支撑自己的强大手段，他时常给自己营造着一个虚幻而唯美的空间，把自己屏蔽于难免有些腥风血雨的现实之外，因为他知道如果自己受到任何的惊吓都再也没有安妮的慰藉了。白天他要强颜欢笑，出现在公司里面，但谁都看得出来他是内心有着巨大的痛苦的人，他拒绝所有的人走进他的内心，他不跟任何人倾诉内心的痛苦，他脸上的表情有时会变得很怪异，不知那是笑还是哭，直到有一天，女儿莉莎摔了一跤，大哭"妈妈"时，他才猛地惊醒，他自己开始怀疑这样下去是不是有一天自己也会厌恶，望着莉莎，他感到安妮在轻轻地对他说："你还有莉莎哩，你可以做好的。"他知道了这不是安妮所喜欢的他，安妮在天堂其实也一直在关心着他，他并不孤独。那天晚上，他梦见安妮以她那惯有的轻言细语对他说："你这样对待自己是对自己的一种不负责，也是对家人的一种不负责。你让全家人为你担心，这样的人生你要吗？"

安南猛然一惊，是的，这样的人生不是我想要的。这样一想，安南觉得自己应该想办法改变这种状况。

安南觉得，自己还年轻，还有活力，还有精力，不能自艾自怨，不能活在过去的回忆里，人只能活在当下，活在未来才能充满希望，既然上帝带走了安妮，我为了安妮也要培养和照顾好莉莎，照顾好年迈的父母，这样一想他开始振作精神，恢复往日的精力和活力，将自己全情投入工作及照顾莉莎和年迈的父母身上。

慢慢地，由于心态的调整，那种失去安妮的精神痛苦的感觉开始减轻了，虽然失去安妮的这个痛苦还留在心头上，但他在尝试新的乐趣时，在忙碌时，会忘记这一事实的存在，他想这不是麻痹自己的精神，而是在自己人生的另一个路上找寻一个出口。有时失去安妮的这件事情变得不那么重要了，他也能接受一些新的事情，失去安妮这件事情，它由开始像一座大山一样压在他的全身上，变得像一块砖一样，他能将它放在口袋里，带着它走路，也能带着它干些别的事情了，这就是感觉。

安南真正懂得了人生最远的旅行，不是环绕地球，而是真正地走出自我！

他开始珍惜友谊，珍惜亲情，关心别人，懂得给予，懂得付出，懂得知足，懂得爱学习，懂得勇敢，他虽然曾经徘徊，但他能勇敢战胜自己，走出自我，并且在事业上创造人生的一个又一个的奇迹。

安南有着对金融市场天生的敏感，他敏锐地观察到，在亚洲，也是他祖先生活的国度，市场的发展正在超过世界上其他任何一个国家，这是一个多么充满生机和活力的处女地般的市场啊，这个亚洲市场正在以诱人的面目吸引着全世界人的目光。安南也按捺不住了，回到中国去开创市场，经过反复思考，他作出了这个决定，并将美国的公司所有的业务和管理都交给他的大姐和二姐，而他就是通过电话和网络遥控指挥着美国的公司运作，对公司的所有都做了详细的安排。

在他离开美国到中国来开辟市场的前一夜，他与女儿莉莎进行了一次长谈，安南对莉莎说："亲爱的莉莎，你已经长大了，这么多年，我们相依为命，你是一个真正体贴懂事的好女儿，这么多年来，我们经历了失去你妈，经历了人生最大的痛苦，但我们一起相互扶持着走过来了，爸爸的事业有了一定的成功，你的学习也很好，让我欣慰的是你一直很争气，很优秀。今天我还想用我们的经历告诉你一个真理就是，人生在世真的是十有八九不如意，总会有许多的坎坷，有许多的痛苦，遇到这些坎坷和痛苦时，就是去找心理医生也解决不了你的根本问题，心理医生只能帮助你找到一点问题所在，但是要根本解决问题的是你自己，这个世界上谁也帮不了你，谁也救不了你，战胜自己只能靠自己，帮助自己也只能靠自己，这个世界上从来就没有什么救世主，也没有神仙皇帝，一切只能靠自己，哪怕你穷困潦倒时，别人给予你的也只是物质上的支持，精神上的救助只能靠自己！所以，你必须对未来的世界要有个强大的心理准备。"

"爸爸，我真的很佩服您的，这么多年来，您每天用行动鼓励着我，我之所以有这么好，就是以您为榜样，就是不愿意让您为我操心，您已经很不容易了。我现在也开始长大了，如果可以我还是不希望您再这么苦自己，有合适的再找个吧。"莉莎眼含着泪花对安南说。

"你可别把爸爸看得太伟大太高尚了啊。爸爸有时也很脆弱，有时在夜深人静时，心中的那处失去你妈的暗伤会隐隐作疼，有时还会感觉到暗伤在半夜悄悄地流血，很疼很疼。所以我知道了，人呀，不管你的人生怎么样，你经历过的每一件事情，特别是对你人生有重大影响的事情，你永远都不会忘记，也永远都不会消失，只不过随着时间的推移和流逝，那件事情对你的人生的影响没那么重了而已，但已经化在了你的血液中，在你的骨髓里面，伴随着你会是终生的，只是你会有能力和勇气驾驭它而已。"

"好的，我懂得了。"莉莎低声地应道。

"我明天就要到中国去，那里现在是一片生机勃勃的市场，我想去做完市场调查后，合适就在那里与别人合伙开办公司，以后在家的时间会越来越少，你要照顾好你自己。"安南拥着莉莎。

"噢，你也要照顾好自己，多保重！"莉莎依依不舍地说。

女儿莉莎是他的全部，很多的朋友想让他再次走进婚姻，但他就是不愿意，有同事或朋友看上了他，他也都不太接受这些感情，他很正常，他只是一个有点诗人情结的商人，他要的是那种精神上能跟他有共同点的婚姻伴侣，他要的是那种让他的灵魂感到很安宁的婚姻伴侣，他一直没有遇到。以他的条件，年轻美貌的女孩子，有才华的女孩子多的是，他也曾经尝试着与一些年轻美貌的有才华的女孩子接触，不可否认的是，这些年轻美貌的女孩子会给他的生理和虚荣心带来无比的快乐，但日子一长久，他会发现那种只能是苍白的，他的精神世界和灵魂仍得不到交流和安宁，所以，他觉得没有婚姻并不代表他不健全，有女儿的地方就有他的欢声笑语，他的家庭仍然一直很温馨，他给他女儿一切情感，让她幸福骄傲地成长。

在安南看来，他可能不会再有什么太多的情感生活，他也没有什么觉得不妥。

南方，是他到的第一站，他在这里开了一家信息咨询公司。

安南公司在这几年里面，由于把握了较好的时机，运作一直良好。

那天不知为什么，安南觉得心情不好，所以他去附近的那家猫屎咖啡厅喝咖啡。

这里是沙面新城东面唯一保留下来的一条很老但又很高贵的街道，当年住在这里的都是非富即贵。它坐落在沙面新城这样现代化风格的楼宇旁边，形成了一道有着历史意义的风景，街道的旁边是一栋栋年代久远的别墅，每座别墅都有不同的风格，有的已经完全没有人住了，每栋别墅的院子内都种有各种树，桂树、白兰树，一到五六月就飘着白兰花香，整条街道都是白兰花的香味，在晚饭后散步整个人心情宁静。到了八月份，所有的桂树都开了，桂花的香味让人陶醉。平时，各个院子里面有不同的香蕉树，结满香蕉的大叶树，像真正的美人蕉。有的院内还种有人心果树、芒果树等等，道路的两旁是上百年树龄的大榕树，榕树的气根长长地垂落下来，迎风飘舞，整个街道被一棵棵巨大的榕树遮掩，夏天走在街道上一片阴凉。围绕着这条街道的是一条小河，流向珠江，时常会有人在河里钓鱼，河的对面就是一栋栋现代化的 CBD，小河的旁边是一个叫南山湖的公园，公园里面有弯曲的小桥，有人还在湖中划船。河边的所有的别墅都已经成为了文物，因为这些一百多年的别墅都是当时的有钱人家建造的，这些有钱人家随后都迁居国外，别墅就这样空置下来。后来人们觉得这一带的环境这么好，千方百计通过那些富人们的远房亲戚将这些别墅租下来，经过稍微改造装修，开起了咖啡馆或西餐厅或私人会所。

这些保留下来的古建筑群，大部分是一些英式或德式的别墅，有的曾经是解放前的各国领馆，街边有一座用镂花雕刻的黑色围墙，很神秘、很贵气的中西式混搭的别墅，特别吸引人的眼球，安南的公司在沙面新城友谊商店旁边的西塔，来到这座猫屎咖啡馆喝咖啡，他起初注意到角落里面的玉儿也是那天，他心情不好，想在里面安静一点的地方喝一杯咖啡，走进里面，看见一个女孩子，他被她的宁静所吸引，她不是十分漂亮，但皮肤就像是刚刚煮熟剥皮的鸡蛋白，透亮透亮的，粉瓷粉瓷的，仔细看还能看见她脸上细小的毛细血管，她的手指像葱白一样，细长、匀称，看到她，他的心仿佛一下子没那么烦了。

在咖啡厅，他不时抬头看看玉儿，有一次，玉儿抬头正与他对视，仅这一眼让他的心头为之一震，他仿佛在她的眼中找到了彼此的灵魂的火花。

后来的日子里，安南不要助理磨咖啡了，反而是自己经常去那家猫屎咖啡厅喝咖啡，一天又一天，他们就像形成了某种默契，每天都会在一个固定的时段坐在固定的位置上喝着各自的咖啡，从不说话，从不搭讪，从不言语，偶尔他们会心有灵犀地互相对视一下，短短的几秒钟，但他们好像已经交流了很久，然后玉儿仍然在她的电脑上写着什么，他仍然凝望咖啡，若有所思地静静地品味咖啡，不知道他们在各自平静的外表下的内心深处有着怎样的汹涌澎湃，他们的这种沉稳，与现在的大多数人宗尚的"闪"的生活是多么的格格不入。

安南一直认为人与人的相识与相遇是存在缘分的，而这次与玉儿的相遇，让安南又有了另一种感觉，那就是人与人的缘分是上天早就配好的，而要寻找这个人，那就要靠一种信息的传递，这个世界上只有有缘分的人才会有一种相互发出的信息在传递，比如他和她，虽然没有说话，但他们之间有那种信息与感觉在相互地传递着，所以感觉特别熟悉。

安南这时深刻认识到自己这么多年来，一直拒绝别人走入他的生活的原因了，他在潜意识里面一直有一个标准声音和模式，在他的一生中，他其实并不是像外表那样的潇洒，他的内心深处仍然是很脆弱的，他其实一直在寻找着一个能将他抚慰的灵魂，这个能让他安宁能让他平静能让他不再觉得孤独的灵魂，现在他觉得他似乎已经找到了，他一直鼓励自己拿出勇气去抓住她，有时，他都觉得这是上天为他制造的一场专门的邂逅。

就这样，每天中午去猫屎咖啡馆喝咖啡已经成为了他的生活内容，他只要去了咖啡厅，看见了玉儿，不管这一天多么的累，多么的烦恼，他都会宁静下来，她仿佛是他的镇静剂，让他安宁、平和，她也仿佛是他的一道咖啡，变成了他生活中不可缺少的一部分。

安南那种害羞懦弱的性格在这里又表现出来了，他每天晚上都会对自己说："明天，我一定主动与她讲话，告诉她我的这种感觉。"

可是，等第二天他去咖啡厅时，一看见她那全神贯注的样子，就像他心目中的女神般，宁静、高贵，他就不忍心去破坏和打扰，他害怕吓着她，而头天晚上对着镜子所想好练好的开场白，又一句都没说出来。

他将心中的感觉写在了纸上，他想如果不敢讲，就用笨拙的办法，递给她一张纸条，他原来不相信他这种年龄的人还会有一见钟情，但他现在知道了，这个世界上每一对男女都会有自己一见钟情的对象，只是有的人等不及那个一见钟情的对象就草草结婚了，有的人钟的只是那张脸而不是那份情，大多数男女只是凑合用，有的人从未体验到一见钟情的愉悦。

也许任何人都会说他们傻，没有人能理解他们的这种方式，但他们就这样固执地守望这种相处。日子就这样一天一天地过去了，他为了能见到玉儿，很多要出差的机会都放弃了，他已经是差不多四个月没有到美国了。

就这么默默地用眼神用心交流着。他们已经习惯了这种交流方式。

几个月后的一天中午，安南没有看见玉儿，她没来，他若有所失，咖啡的味道不如原先的入口了，他等了一个中午都没见到她来。

第二天，安南去咖啡厅仍然不见她来，他开始期盼，也许她明天会来。

第三天，仍然不见她来，安南开始烦躁，脑子满是疑问，她怎么啦？

再往后的每一天，安南仍然固执地去咖啡厅等她，仍然不见她的到来，他开始抓狂，整个人就像丢了魂似的，整个脑子都在为她担心，一时想她是不是生病了，有没有人照顾，一时想她是不是旅游了，按理也应该回来了，反正无理由地成天为她担心，工作无法投入，情绪极为火暴，他根本无法静下心来做任何事情，满脑子都是对她的思念和揣测，他不明白自己是怎么了，他觉得自己很陌生，一个50多岁的事业有成的男人，又不是一个年轻人，难道还会掉入单相思的情网，他有时对自己的这种想法和举动感到不可思议、不可理喻，他很生自己的气，他按朋友的建议用各种手段来麻醉和惩罚自己，喝酒、健身，甚至找年轻漂亮的女人，但他就是无法投入。每次做过这些后，他内心深处会深深地自责和内疚，为她。

对目前所做的一切，他开始怀疑自己得了幻想症，一个连名字都不知道的并不年轻的女人，搞得自己神魂颠倒，自己是不是太不正常了，他会不由自主地每天为她写信，向她诉说着自己的思念，向她倾诉着自己每天的烦恼和工作中的各种事情，一天又一天，一封又一封，根本不知往哪里去寄，但他就是要写，如果一天不写他就会睡不着觉。

他开始给她取名叫"玉兰"他觉得她像瑰玉稀罕一样无价，像兰花一样高贵。她就是他心中的"玉兰"。他会给她写信：

"感觉这东西，真的很神奇，我相信我的直觉，我相信你是懂我的。快快回到咖啡厅来吧，我一定要当面跟你说我的感受。"

有时安南会像年轻时那样，像在大学那样写诗歌，那是属于安南心灵的诗歌，谈不上好，但能准确地表达他对她的思念：

> 且忍住心头的沉痛
> 一任那泪眼迷离
> 假如你已经鸿雁远飞
> 我将颠沛在风雪里
> 吻着闪电啊
> 聚集着雨
> 在江河的急喘中
> 在山峦的云雾里……
> 你出现了
> 在一个晴朗的正午
> 我像一个虚弱的溺者
> 向你伸出手臂
> 已经在日日夜夜地
> 刻骨铭心的思念
> 你那神秘的去处
> 不是我能知道
> 只有那曾经的对视
> 给过我钻心的记忆
> 那苦苦的咖啡
> 永远烧着我的舌蕾
> 等你

再次天使般
出现在咖啡厅
盼你
像一只嘌着彩虹的鸟
朝我飞来
我便有了执着的勇气……

　　他一封又一封地写着他无法寄出的信件，他向他心中的玉兰倾诉着自己的思念和灵魂的对白。

　　"不知你是否听见了，我要对你说话：虽然我每天都处在忙忙碌碌的工作高节奏中，在喧嚣处，我会时时刻刻寻找一个神灵的所在、独处，但发现只有我一个人时，内心立即被极度的再见到你的渴望重压失衡，我深切地感受到了我的脆弱和害怕再次孤独对我致命的扼杀。"

　　"不知你是否能理解我，我要对你说：今天你又没来，我的心情很乱，知道吗，我需要安宁的情绪，才能处理好各类工作。但我对你的揣测成天胡思乱想，严重影响了我的正常工作和生活，我不知道我这样对你是不是精神暗恋，我觉得我的精神世界和灵魂深处不可理喻，而且，又无处可诉，我知道我走进了死胡同，但我不能自拔，只有你能拯救我。我真想超脱，不再思，不再想，也不再急，一切随缘！"

　　"我希望你能再次出现，我要对你说：我将我的灵魂裸露在你的面前，我想你是懂得我的。"

　　"不知你是否能听见我对你的内心呐喊，我要对你说：你不在的日子里，我已经不是一个完整意义上的自己，如果你还不来，你还不出现的话，我决定去寻找你，我不知道寻找你的过程是否艰辛，但我不能没有你，因为我已经无法抑制自己想念你的一切情绪，这些情绪已经成为我的主宰，所以我会用我所有的力量和勇气来寻找你，让我们的生命因此而精彩。我祈祷！"

　　这一封封无法投递的信件，倾诉着他对她的感觉。

　　有时，安南怀疑人生是否有前生和来世，他和她是上天已经安排好了的，只有让上天配对好了的人生活在一起才会幸福快乐。

　　有时他觉得她已经成为了他身体和灵魂的一部分。

　　安南是受过高等教育的，有着优质的家庭背景和高等的职业地位，他把这种困扰他的情感跟他最好的朋友朗文讲，朗文建议他去看心理医生。

他也觉得自己是不是精神有问题，他开始去看心理医生，但一点效果都没有。

他仍然每天去猫屎咖啡厅喝咖啡，向咖啡厅的服务生打听她的消息，咖啡厅的服务生也是一无所知。

他有时甚至怀疑自己是不是上辈子欠了她的情这辈子来还。他本来是一个工作很稳定生活很充实的男人，虽然他的婚姻已消失，只要他愿意，他有大把大把的年轻漂亮、受过高等教育的优秀的女孩子追求，但他为什么会对那些身边认识的女孩子一点都不动情，却对一个一无所知的也并不年轻的女人着迷痴狂，他的心灵家园为何会寄托在一个这样的女人身上，他自己也不懂。

他决定要为自己的精神和灵魂负责，他要揭开这个谜底，他开始行动。

他要找到她。

他开始策划找她的方案。

一会儿想找私家侦探，去查找她的下落。一会儿想利用网络力量，进行人肉搜索，这一步，他是十分不愿意的，他不想将事情扩大，他不想亵渎他心中的女神。何况他也不知道她叫什么名字，没有办法搜索，他也不想搅乱她的生活，虽然他不知道她目前的生活状况。

他的状态很不好，他白天工作正常高效，但一到晚上他便会生活在他与她的世界里面，他的精神世界和灵魂都乱了，但一到上班时间，他就正常了。

他自己也觉得神奇，不可思议。他的好朋友朗文帮他分析说，他可能得了强迫和妄想症，他并不同意，他明白自己想要什么。

回到家里，已经是深夜了，安南睡不着觉。他又给"玉兰"写信：

谁懂得

千万颗星星中

有两颗在遥远地相爱

委托光

传送去默默的恋

只有遗憾

却无悲伤

安南对玉兰的思念是："我每一秒、每一分、每一刻，都在问星星问月亮问太阳，不为年华，只为和你再次相遇，我坐在咖啡厅里面，思念的心装满的全是你，流转的瞬间，我忘却了时光，忘却了自己，只想问你：你想我吗？我们还会相见吗？"

有时，安南会对着安妮的照片说："你就安心吧！只是我，我想告诉你的是，我的心中除了你之外，又多了一个像你一样能让我灵魂得到安慰的人，我的精神世界里有她了，你会答应我吗？我知道你一直希望我过得好，这么多年来，我一直缺少一个精神上和灵魂上有交流的人，遇上这个叫'玉兰'的女人，我的生活仿佛又丰富起来了，只是目前我们还未能进行面对面的交流，一年了，她不见了，我想放弃她，但我又做不到，怎么办呢，你帮帮我，让她出现在我面前吧。我还是一如既往地爱你和女儿，你们就是我的生命。"

而这段时间，由于金融风暴，安南必须要回到美国处理公司的一些重大事件。在离开中国的那天晚上，安南在微博上深情地写道"寻找一个有着共同灵魂的人"，他用 140 个字写下了他与那个女人在那个咖啡馆的相遇，他的艰辛寻找，他的思念以及他明天十一点半将带着遗憾回到美国的心情。

写完以后，他关掉了电脑，他的心中充满无限惆怅。

第二天，在白云国际机场，他在排队等待办手续时，突然发现前面一个熟悉的侧影，他的心跳加快，难道是天意，真的是她！

他失态地冲上前去，对着她说："是你吗？是你吗？"

她轻轻点头："是我！"

仿佛天地都停止了工作，一切都不存在了，她是那么的平静，他们仿佛已经认识了一辈子，虽然之前他们从未说过一句话，但他们已经熟悉了彼此。

他只是忘情地望着她，脸色苍白，她关切地问他："你没事吧?"

他有点虚弱地说："我们去旁边的咖啡厅喝杯咖啡吧?"

她点头说："好吧。"

在机场的咖啡厅，她对着痴痴的他说："没想到我们会在这里见面吧?"

他说："我找你好久了，我以为这一辈子都见不到你了呢，你到哪去了？我还以为你在这个地球上消失了呢。"

她静静地看着他，不做声。仿佛他们的心灵已经进行过对话似的，她微笑着说："我还不知你叫什么名字呢?"

"我叫安南，你呢?"

"我叫玉儿。"

"不，应该叫玉兰。"

她笑笑不做声。

"你为什么不再来咖啡厅喝咖啡了呢?"

"家中出了一些事故,没办法再去。"

"出了什么事故,能告诉我吗?"他急切地问。

"已经过去了,我的父母在几个月前都相继过世了。"

"对不起,我不知道,"随后,他又喃喃地说,"我应该可以帮助你的,对不起,我不知道。"

玉儿的心中涌现出一股暖流,眼圈一下子就红了,32年来,还从没有人像这样温暖过她,除她的哥哥父母以外,她从来都不知道被人关心的滋味,她只有一味地关心着她那残疾的父母。

"你去哪里?"安南问道。

"我来找你。你昨天发的微博很多人在转发,我正好也看到了,我觉得你写的就是我们之间的故事,我想也许是天意,我一定要在你离开中国之前找到你,表达我同样的感受,所以,今天我一大早就过来机场,从远处看看是不是我要找的那个你,结果是你,我的内心狂喜不已,但我又有点迟疑,因为你就要走了,是否有再见面的必要,所以我就这么静静地看着你呢。"玉儿回答说。

"真的啊,感谢微博,我其实一直比较内向,很难将自己的真情实感在公众面前表达出来,我这次又心有不甘,因为遇见一个对的人真的很难,但我没有办法了,反正在微博上倾诉一下自己的情感吧,真的没有想到,要知道能这样,我就早点发微博了,也不会让自己痛苦和相思了这么长时间。感谢上苍让我们终于相见了。"安南激动得满脸通红。

昨天晚上,玉儿习惯性地打开微博浏览,看到了安南发的那则微博,她的心狂跳不止,是的,这写的就是他们之间的故事,心有灵犀!玉儿按捺住自己狂跳不止的心,她站在梳妆台前,望着镜子里面的那张脸,32年韶华弹指一挥间,无情的岁月还没有在她的脸上留下那些不堪注目的风霜,她依然美貌如花,肤若凝脂,无半点瑕疵,无一丝皱纹,充满朝气。无论人生给过她怎么样的磨砺,却还没有反映到她的脸上。

玉儿现在心如擂鼓,她不知如何是好,是去机场还是不去机场,她不知该如何选择。

虽然经历了那五年懵懂的日子,但从在咖啡厅看到安南的那一眼起,她还是在内心深处希望自己能拥有纯真的爱情,那种属于自己真正希望拥有的爱情,她甚至从见到安南那一眼以后,就相信属于她的爱神会来到她的生命里,她相信这个天使会从天而降,就像上天赐给她美貌一样,会让她得到属于她的爱情。

有时候，她真的相信奇迹！

现在玉儿已经看到了那耀眼的爱情之光在那里闪闪发亮，幸运的天使已经降临，当爱靠近时，她的心情是如此的忐忑和纠结，她不知为什么此刻自己还会有所犹豫，选择去机场相会，可能她的人生真的会从此不同，但她多少还是害怕自己那个不堪回首的过去，会让她的人生再次遭遇夭折，她在内心深处矛盾着，徘徊着，她从来没有像这个晚上那么纠结过，是的，这个晚上，玉儿想，我以为我可以放得下，我以为自己曾经说过再也不会要任何的爱情了，我以为自己曾经自虐地封闭自己，我以为自己已经下定了决心，孤独终老，但是现在，我只全神贯注地想着一件事情，如果我明天不去见他，还不如让我自己死去好了，但我更会知道失去见他的机会的那种痛苦比千百次的死亡更加难受。玉儿还想，在爱情的路上，我曾经迷路，不知道自己曾经犯下过多少多么不可饶恕的错误，但玉儿想，当我看到他时，那一瞬间我就明白了，那就是我要为之付出一切的爱人，不是为了荣华富贵，不是为了山盟海誓，只是为能与他一起度过一个像鸢尾花一样丰富的人生，只是为了这个独一无二的他。她一个晚上都没有睡，反复权衡、反复选择、反复斗争，她最后领悟到了，现在是毁灭自己过去的唯一机会，也是自己获得重生的唯一一次机会，不管这个机会胜算有多大，自己都要去搏一搏，相信自己内心的召唤，相信自己心灵的感觉，不要纠结这么多，不要在乎结果，人只有对自己没有做过的事情后悔，最后，她决定不想那么多了，听从内心的召唤，她来到了机场，她想抓住属于自己的爱情，她想抓住属于自己的幸福，她想赌博一把自己的运气，她要过那种阳光的欢乐的生活，她要像鸢尾花一样幸福。

玉儿来到了机场，带着内心的渴望，带着一夜不眠的兴奋和疲惫来到了机场。

看着安南那诚实的面孔，玉儿一下子就觉得无比地温暖和信赖，她对面前的真实的安南说着自己的过去以及所犯下的错误。

玉儿当时回到家里后，在父母的病床前尽着自己的孝顺，她做得比谁都用心，她觉得自己对不起父母，是自己的放纵，让父母带着没有看见她成家的遗憾离开了世界。

父母的相继离世，玉儿觉得那是上帝对她的惩罚。为了减轻自己的罪孽，她主动去郊区的那座孤儿院帮助那些缺少爱的孩子们，她会不定期地给孩子买玩具、书本，有时她一去就会呆上一整天，陪孩子们说话，陪他们做手工或画画给他们看，有时看到他们那渴望爱和关心的眼神，她的内心会一阵阵地痛苦，她觉得自己现在也是孤儿了，像他们一样，成了没有亲人的孤儿。

渐渐地，玉儿到孤儿院去并不是她内心当初的那种拯救自己灵魂的感觉，她觉得自己内心深处最柔软的那种温暖的感觉开始复苏了，她喜欢这种感觉，这种感觉是孩子们带给她的，是孩子们带给了她的那种爱，而孩子们也很喜欢她，不仅是她的年轻漂亮，更重要的是她对他们的那份爱心。这种爱心的交流是人世间最宝贵、最温暖的、最幸福的事情。

这些年，她先后为这里的孩子们花了上百万元。最让她难忘的是，去年大年三十那天，在所有的人都忙着准备与家人过大年的时候，她跑了很多商场，为孩子准备过年的新衣服、食品和礼物，独自一个人开车到了孤儿院，看到孩子们那惊喜的眼神，听见孩子们的欢呼声，她感到从未有过的幸福和快乐。

同时，玉儿也会一个人悄悄地去老人院做义工，她会抽时间与那里的老人聊天，她耐心地听着，虽然她不能为他们解决任何实质性的问题，但她给老人带来精神上的安慰，老人就是需要有人陪他们说说话，而不是物质的东西，但社会都太忙碌了，人们无暇顾及老人们的这些需求了。

听完玉儿的故事，安南更加心痛她。

玉儿坦诚地对安南说："有些事情，我不知道是不是命中注定。在人生的旅程中，是不是所有的人都迷失过自己，其实遇到峰时，我根本不知道自己会走进这一段里程，我想权力这东西是一个长满魔力的拐杖，它深深地吸引着你朝它扑去，而物资这东西，就像是每个人欲望深渊的磁铁，你总会想吸得更多，其实有很多的物资财富你是用不上的，但这种财富可以让你的内心有巨大的满足感，让你的占有欲获得充分的快感。有时，我总在想，如果我没有遇见峰，我的生活会不会是另外一种样子，是的，我遇上了他，那个我并不爱但又无法抗拒的峰，这是我必须经历的人生，这种经历无论是笑容还是眼泪，直到最后彻底的悲伤。

"虽然我经历了这些不堪回首的往事，虽然我曾经为这段经历而发过誓言，不再嫁给谁，但我知道，我其实心底一直有个强烈的愿望，希望自己在有生之年，为了某个人而忘了自己，不求有结果，不求同行，不求曾经拥有，甚至不求那个人能用与我相等的爱情来爱我，只求在我的生命历程里，遇到那个人！自从在咖啡厅看见你后，我觉得你就是我想为你忘掉自己、不求一切回报的那个人。"

他看着她，听着她的诉说，内心涌现着一种从未有过的冲动，这么多年来，他第一次感到是多么地渴望拥抱着自己的灵魂。

他轻轻地把她拥在自己的怀中，说："我感到我们已经认识了一辈子，彼此之间是如此熟悉，不管你我曾经经历过什么，不管你我曾经的人生里程有多少故事和坎坷，但现在，你是上帝对我的恩赐，让我们在千辛万苦的寻找后再相逢，感谢上帝，在我绝望时将你送到了我的身边。

"我想，这么多年的等待难道就是为了等你的到来？

"在我的夫人去世以后，在遇到你之前，我从来不曾对任何女人有过冲动，我甚至一度怀疑自己是不正常的，现在我明白了，是上帝的安排，我们的缘分是上一辈子就安排好了的，只是我们总在错过，总在寻觅，你知不知道，那天之后，我见不到你，我几乎迷失了自己，我的生活完全打乱了，我每天晚上给你写信，我就像和你在面对面地交谈，把我的心里话一一对你讲，我感到你已经深深地融入我的生命之中，我们的灵魂是一体的。"

她已经是泪流满面。她一句话也说不出来，这种感觉，她在咖啡厅里时就有，她总觉得他们之间有很多的东西在交融，但她害怕自己说出来会吓坏他，会怀疑她有精神病，所以她选择放弃说出来，将这种感觉放在内心深处。她从来不敢幻想与他重逢，更惊讶的是他对她有强烈感觉，她全身颤栗，她只是觉得自己此刻灵魂在欢快地跳舞，她的脸因激动而绯红。她什么也说不出来，她只有一种感觉，紧紧拉住他的手，再也不松开，哪怕到天涯海角她也义无反顾，至于他从事什么职业，对她来说都不重要了，她只要他，他就是她一生所寻觅的人。

"我无法忘记你的面容，也许有时你就只是个幻影，出现在我的梦中，我记得你恬静的姿势，我老是在想真实的你是怎么样的，你的脸上混合着一种让人着迷的表情，有时是眼神神秘而骄傲，带着一点欢乐，有时渴望和执着，带着一点痛苦，我真的想为你分担所有的欢乐和痛苦。你的离去也带走了我的阳光，带走了我的温暖，带走了我的快乐。"安南唠唠叨叨地说个不停，有时他出口成章，像极了一个诗人，根本不像他这样的年纪说的话，玉儿听了这些文绉绉的话，一点都不觉得酸，反而是真正能体现他们彼此的心情，他说："我觉得人内心的情感世界，就像优雅而动听的琴声，只有那个真正懂你的人，才会知道如何拨动你心中的琴弦，你就是那个懂我琴弦的人。"

他们有时就不停地彼此倾诉着，两个人都是泪流满面，有时就这么默默互相凝望着，他们忘记了时间，忘记了周围的人群，忘记了他们去干什么，世界就在他们眼前，而他们之间只有对方，一切都不存在了，地球真正停止了转动，这一时刻，只有爱在空气中弥漫。

安南错过了飞机。这不重要，只要他们找到了对方，在对方的眼里，在彼此心中。

"自从遇到了你，我的生命又重活了，我不再狂妄，不再焦虑，不再暴躁。我觉得安定了。

"你是一个值得我关心和爱的人，这是我最深的直觉，相信我，如果太多沧桑与不愉快的经历让你疼痛，相信我，治疗它们最好的方法不是时间，而是我给你的关心和爱。你要将那些该忘却的忘记，铭记你我心中的那份爱。从现在起我不会让你的现在也陷入在过去的泥潭中，我会用我的行动，让你清楚地知道现在的你是多么的幸福，我是多么的幸运。

"我一直相信有真爱，我也曾经找到过，但那份真爱随着安妮的离世珍藏在我内心深处的那个角落，它会终身陪伴着我，我也相信会有奇迹，这么多年的坚持与等待，你的出现就是奇迹！爱就是人生，如果我错过爱，便错过了人生。上苍没有让我错过你，就是没有错过我的人生和爱，我现在选择告诉你这份真实的爱，我渴望我的勇气与努力会叩响幸福的大门，给我们的人生留下一份美好永恒的回忆。"安南像年轻的诗人一样深情地对玉儿说着内心的爱恋。安南可能除了与安妮说过这么多的话以外，他对玉儿说了他这一生最多的话。

安南打电话给美国的女儿，告诉她自己找到了生命中最贵重的东西，要晚点再回来。

玉儿带安南一起去了那座孤儿院，安南也为孩子们准备了一些礼物，他们一出现，孩子就像见到了自己的父母一样，一下子围在一起，亲切地大声说着，并为他们汇报演出了他们最近学习的歌曲和舞蹈，这时的玉儿脸上焕发的是母性的光芒，安南觉得那是多么美丽的一个笑脸啊。

最最让玉儿感觉到神奇的是，在去孤儿院的郊区的路边，她竟然看到了她心中的鸢尾花，正是鸢尾花开的季节，一株株紫色的鸢尾恣意开放，那么灿烂、那么阳光、那么耀眼、那么夺目。更不可思议的是，安南也是一直最喜欢这个寓意为"彩虹"的鸢尾花，真是太神奇了，玉儿和安南觉得是上天的安排，他们的心灵感应直入彼此的灵魂了。看到灿烂鸢尾出现在他们的眼前，他们觉得幸福多彩的生活真正降临到了他们的生活中，上天终于眷顾这对有情人了。

美国的公司由于金融危机的影响，受到致命的冲击，这时，安南决定立即回去处理。他对玉儿说："跟我去纽约吧，我们去纽约生活，等我处理好公司的一切事务，就举办婚礼好不好？"

玉儿一时没有反应过来，本来去哪里生活，都不是太大的问题，毕竟没有了父母，哥哥又有了珍。

她看着他没有吱声。

安南心里很急，他毕竟是个以事业为重的男人。

"如果公司很紧急的话，你先回去，我还要去办理护照，办理签证，这一过程还有一段时间。你看好不好？"

"好吧，我先去，你一办好就立即飞过来。我等你。"

"好。"

第二天，安南就飞纽约。

长长的接吻，紧紧的拥抱，他们在机场生怕一分手又被天各一方。他们害怕分离，对他们来说，紧紧拉着对方的手才是他们要做的事情，才是让他们安心踏实的事情。

机场等候大厅中，他们全然不顾人们的眼光，像年轻人一样，忘情地相拥，双方的眼中只有对方，没有其他。

在等待办理护照和签证的这段时间里面，玉儿天天去学习英文，她觉得到异国，语言不懂，生活都困难，所以她除了每天给安南打个电话外，生活的内容就是学习英文。

玉儿每天都是期盼和快乐的，对以后的日子，她的内心多了许许多多的期盼。

时间在紧张忙碌中过去了两个月，玉儿的相关手续都办理妥了。

玉儿想到纽约之后，如何才能给安南家人一些得体的礼物呢？玉儿想来想去，决定用自己画的画，她找到一家丝巾制作工厂，把自己的画印在丝巾上，效果出奇地好。

与安南通过话后，玉儿确定了机票日期和行程。

在六月的一天早晨，玉儿来到了美国。安南手捧一大束玫瑰到机场接她。

见到安南的一刹那，玉儿有点不敢相信，安南很憔悴，她心疼地说："你瘦多了。"

"没事，有点累，工作上压力太大了。"

安南的家离机场只有30多分钟的车程，很快他们就到家了。

这是一个离市区有一个多小时车程的郊区别墅，是典型的美国式三层别墅。别墅的门前有一个很大的花园，别墅的后面也是一个很大的花园，严格来说这是由两个大的花园包围起来的别墅。

"这个花园是我妈妈一手打造出来的，我的妈妈是一个很喜欢花的浪漫女人，对生活充满了热爱。"安南边走边介绍说。

"真漂亮，这个花园真美。"玉儿由衷地赞美。

这是一个大家族，安南的父母仍然健在，只是他们有自己的一片天地，很少过问安南工作上的事情了，安南有个姐姐和一个妹妹，她们分别住在离他们不远的小区里面，这也就是中国的传统习惯，家里人尽量在一起，但这样住是有好处的，各自过着自己的生活，只有在有节日时才会回到他们父母所住的别墅来，一起享受天伦之乐。

"这是玉儿，这是我的母亲，这是我的父亲，这是我的宝贝女儿莉莎，这是保罗，这是我姐安琪儿，这是我的妹妹安卡拉。"安南一一为玉儿作介绍，并且将姐夫，以及他们的孩子也一一介绍了一遍。

玉儿将自己准备的礼物一一送上，当大家知道这是玉儿自己绘画制作的丝巾礼物时，都露出了惊喜和欣赏，这种礼物对他们来说太珍贵了，他们本来都喜欢一些手工制作的东西，何况这种独一无二的丝巾礼品，让他们感到到送礼人的诚心和被重视，所以他们都开心得不得了。

大家在一起有说有笑地吃早餐，吃过早餐后，安南对玉儿说："很抱歉，我今天不能在家陪你，你先休息和熟悉一下这里，公司有个很重要的会议，真是对不起了。"

"没关系，你去忙你的，我没事，你不要为我担心，我会照顾好自己的。"玉儿说。

"我已经交待了管家五婶，她会为你做好一切服务的。"

"放心吧，我不是小孩子了，你去忙吧。"

"你就是我的宝贝，所以我还是觉得有些不放心。有事给我打电话，这是我的办公电话，我的手机在开会时一般不会接，有急事你可以给我的助理打电话，这是她的名片，她叫娜塔莎，我会交待好她的。"

"好的。"

安南的父母由于出生在美国，所以对中国大陆的一切知道得不多，玉儿有时就给他们讲一些中国大陆的变化，陪他们聊聊天成了玉儿的主要内容，从中，也学习了更多的英语，因为安南的父母是不太会中文的，因此，玉儿在结结巴巴的表达中，加上手势，她的英文也有很大的进步。

安南每天早晨6点多钟就要去公司，路上要一个多小时路程，每天晚上要差不多 8 点多钟才会回到家中吃晚饭。玉儿不管他回来多晚，都会等到他一起用晚餐。晚餐后安南会对她说一些公司的焦头烂额的事情，这次全球的金融危机影响太大了，首当其冲的金融公司个个都想尽一切办法把冲击度降到最低。但玉儿要做的只是倾听，她一点都帮不上他，她对金融不懂，而每次安南说完之后，也会轻松一点。

安南每次都会说："等我忙完这一阵，我们就去把我们的事情办好，让我们好好享受生活对我们的厚爱，亲爱的。"

"你不要急，安心把公司的事情处理好，这是你的心血，也是你们家族的心血，只是你太累了，我又帮不上你。"

"你真是上天派给我的天使。"

玉儿在这里没事情可做，她就又在家里不停地画画。何况这里的环境这么优美，她更有心情地画花画草画松鼠，她有时会画得很忘情，有时会一整天都画，她不觉得累，因为她的心是愉快的。

那天，莉莎回来，看见玉儿在画画，她很好奇，怎么可以画得那么的好，她说，可不可以画画她啊，玉儿说，给她画一张素描吧，结果，就那么几笔，就将莉莎的神韵表现得淋漓尽致。莉莎高兴极了，称她为大画家，并且对玉儿说："你会画画，要不试着设计设计婚纱吧，你看，我最近与保罗在那些婚纱店看婚纱，总是没有十分满意的，你可不可以帮助我设计几款婚纱，我们拿着你的设计图纸去那些婚纱店制作就行了，这样又可以与众不同，又可以是我自己喜欢的，那样是不是会太神奇了？"

玉儿看着莉莎那个渴望和纯洁的脸说："我答应你，帮你设计，但我不知道我的水平能否满足你的要求，我们一起来设计吧，不如，你将你的想法告诉我，我们一起构思与设计，我们可以边做边修改边设计。"

莉莎高兴得雀跃起来，她赶快打电话告诉保罗，保罗也高兴得不得了。

玉儿以前没有设计过服装，她知道服装设计与画画是有区别的，但她好学，她的美术基础将她的想法很好地表达出来，玉儿知道，外国人都喜欢个性，她全身心沉浸在为莉莎设计婚纱的构思里面，她按照西方的设计理念，为莉莎设计洁白的婚纱，像天使般的高贵，她又按照东方的概念，将中国的一些元素放进来，其中有改良后的中国旗袍款式，莉莎很是兴奋，她提出各种改良方式，玉儿与她总会不经意地灵感想到一处，这让她感到很神奇，也很开心，这些与众不同的婚纱让她恨不得马上做好，马上穿上。

每天，玉儿除了用心设计莉莎的婚纱外，就是在家里绘画着各种各样的画儿，她会拿着本子在花园里面写生，对着那些花草，她总是很陶醉，她的心也是纯净而宁静的。

由于市场的瞬息万变，渐渐地安南回家后，由于太累，连和玉儿说话的精力都没有了，回来就想睡，但又睡不着，严重的神经衰弱。

安南越来越焦虑，市场谁也左右不了，公司里面的情况越来越不好，很多的事情又由于大环境乱得不得了，加上人们的心态也越来越浮躁，使得人心不稳，工作效率和工作节奏都乱得跟不上市场的变化，这一切让安南焦虑得不行。

9 月下旬，一个星期天的晚上，睡觉前，安南洗澡时发现脖颈处出现了两三块指甲大小的白斑，用手轻轻一挠，还有皮屑簌簌而落，他胆战心惊地叫："玉儿，这是怎么回事，这里怎么一块块掉皮。"

"别紧张，可能是夏天皮肤干燥引起的，或者是什么东西过敏吧，明天去看看医生吧。"玉儿安慰说。

"明天是没有时间，星期一的事情最多，过几天再说吧。"安南说。

"你可能是没有休息好，别担心，过几天就好了。"玉儿安慰着继续说。

"但愿如此。"安南就休息了。

然而，事情完全超出了安南的想象。白斑越来越多，他的鼻子、嘴巴、额头，甚至于头皮都出现了白斑。他慌了，再忙，也要去医院确诊。

玉儿陪他去医院看病，医生肯定地对他说："是白癜风，很难治。"医生的话犹如晴天霹雳，安南根本接受不了，这对于他这样注重仪表的人来说，根本就是致命的打击。

玉儿知道对于注重仪表安南来说，这种体无完肤的状况是要他的命的。她轻声地安慰他说："不要紧张，我们找最好的医院去看，去治，现在医学这么发达，没有什么治不好的，放心好了。"

"我如果真是这样子，就真的一辈子都毁了，但愿我的这个样子，不要给公司造成影响。我不希望公司雪上加霜。"

"不会的，不会的，你放好心态，这不会的。"玉儿安慰他。

安南开始了积极的治疗，各种药物他都严格按医生的要求坚持吃，但这个白癜风就像风一样随意在他的身上到处刮，并且所到之处，都是一片片的白斑，恐怖极了。

他开始不愿意见人，但由于工作上的事情又不得不见人。那天他回到公司，公司秘书娜塔莎一见到他，吓得连连往后退了几步。嘴巴半天都合不上："安总，您这是怎么啦？"

"我得了白癜风病，这个形象不太好吧。"安南故作镇静地说。

"对不起，安总，我建议你还是回家休息治疗好了才来吧。"娜塔莎极为心疼地说。

"没办法，事情太多，我放不下。"安南说。

"我给你倒咖啡去。"娜塔莎说，急急忙忙地想走。

"你跟我约的那个布鲁斯老总几点到？"

"九点。"

"知道了。"

"安总，布鲁斯老总已经到了，在会客室等您。"娜塔莎报告说。

"好的，我马上来。"安南说，他走到洗手间再次看了看自己的模样，打起精神来到会客室。

令他万分尴尬的是布鲁斯看见他这张大花脸，如同见到怪物般惊恐，握手的时候，布鲁斯以极快的速度抽回了手，显然是担心被安南传染。安南红着脸，向布鲁斯介绍了自己的病情，并信誓旦旦地保证说："白癜风绝对不会传染。"

"知道，知道。"布鲁斯也强做笑脸应道。

各项合作的项目谈完后，原来说好的一道吃午饭，但布鲁斯还是委婉地拒绝了。送布鲁斯出门时，布鲁斯象征性地与安南轻轻地贴了一下手。其他的客人都没有主动伸出手来与他握手，显然人们心中存在着巨大的恐惧。他们的表情彻底击碎了安南心中残存的自尊。

安南回到办公室，关上门。将头深深地埋进手臂中，放声大哭："上帝啊，你为什么要这样对待我呢？"心中的绝望，心中的那种无助使他恨不得从这座高楼上跳下去。

安南一个人开车盲目地在那条回家的路上瞎转。他不想回家，让他不能接受的是，这种情况他不知道要延续多久，他原先想好的一切计划，现在必须改变。因为他太爱玉儿了，他不允许在她的心目中他是一个这样的形象，而且玉儿还年轻，如果让玉儿下辈子跟着一个面目全非的人过生活，那太残忍了。他不能也不接受玉儿跟他一起忍受这种非人的精神折磨，他要离开她，他要她回到中国去。虽然他是多么的爱她，虽然他是多么的离不开她啊，但他不忍心让她跟着他过着这非人的痛苦的生活，这不是他想要的，他原来想的是让她过上优质的女王般的生活，因为她就是他心目中的女王，然而现在一个白癜风让他的生活从天堂一下子跌入地狱。这不是玉儿应该有的生活状态。他在心中庆幸自己还没有跟她结婚，这样可以让她轻松地离开自己，不让她跟着自己受苦。

玉儿也非常着急，但她除了安慰以外，无能为力。

医院开的药，安南吃了一个疗程，几乎没有什么效果。白癜风好像一个嗜血成瘾的鳄鱼，闻到血腥盯住不放，而安南就是那永远摆脱不掉的血腥。

有时，他看见别人用一种害怕的眼神盯着他，他就恨不得钻入地缝中或者夺命般逃跑。

家里由于安南的病，失去了往日应有的平静和安宁，每个人都忧心忡忡。安南的父母看着儿子的痛苦心里急，有时恨不得自己能替儿子去受这份罪孽，他们的精神状态和身体状态也一下子急剧下降。

安南病急乱投医，听说哪里有好的医生就赶过去看病，但都疗效甚微。安南成天被白癜风压得喘不过气来，晚上已经严重失眠。

玉儿这时安慰了这边，又来安慰那边，心力交瘁。然而，有一天，玉儿去看望安南的母亲。"你滚！自从你来到我家以后，就像个扫帚星一样，把我们家折磨得没有安日。"安南的母亲突然像山洪暴发似的对着玉儿咆哮，然后放声大哭。"伯母，您怎么能这样说呢？"玉儿整个人被安南母亲突如其来的骂声吼傻了，她喃喃地说。

"我们家以前多好呀，你没踏进这个家门时，公司也好，家里平平安安，每个人都健健康康，是你的不卫生，让安南得了这个该死的皮肤病，你走开，我不想看到你！"安南的母亲有点口不择言地发泄着心中的悲恸。

玉儿突然感到很无助，她做梦也没有想到，安南的母亲会这样看待自己，她觉得自己快要崩溃了，"我做错了什么，上帝啊，还要这样惩罚我？"她哭着回到自己的房间，她恨不得立即离开这里，让自己的自尊不再受到伤害。但她一看到床边上摆放着的安南的相片，她就下不了决心，她想，这时，安南是最需要我在他身边的，我不能离开他，我不能离开他。

玉儿想，也许是安南的母亲一时气急说的话，不要跟她计较，为了安南。

安南接受不了曾经多么英俊的自己变成这样一个人，那天夜里，他独自一个人在酒吧喝到打烊，玉儿一直都在打他的电话，他都没接，玉儿都要急疯了，玉儿只好给莉莎打电话，莉莎打安南的电话也没有接，莉莎和保罗急匆匆地赶回来，一直在等安南。

深夜，安南回到家中，玉儿说："你到哪里去了？你为什么喝得这么醉？你难道不知道医生说你不能喝酒吗？"

"爸爸，我们都急死了，你没事吧？你不能喝酒的呀。"

"我喝点酒，你们也要来管，你们是不是也嫌弃我这个样了？你们滚吧，你们一个个都离我远点，都滚，都滚！"随即，安南又冲出门外，对着院中的大树拼命地踢，"大家都嫌弃我，你们都害怕我，大家都把我当成魔鬼，我还有什么尊严活下去了。"玉儿看着安南疯癫的样子，只好在一旁默默地流泪，莉莎哭着走到安南的身边，蹲在安南的脚下，说："爸爸，我们没有嫌您，您在我们心目中永远是最帅气的。来，进去吧，我们一定会治好这个病的。相信我！"安南抱着莉莎痛哭，一起回到房间。

安南开始变得异常敏感，人们的一个眼神，一句话，都会像匕首一样刺痛他。以后的日子，安南不停地奔波在求医的路上，花的钱不说，每天吃的药就像令人恶心的毒品一样，让他苦不堪言，更大的痛苦还是收效不大，他的情绪越来越恶化，他急于求成的心情与疗效甚微的结果形成巨大的反差。无论是在家里还是在公司里面，他动不动就发火，有时在公司他还要强忍恶怒，回到家里情绪一不好随时就来，他发怒时一会摔东西，一会砸东西，一会儿莫名其妙地冲人吼。搞得家人都很恐惧，生怕惹怒了他，有时家里人觉得他是不是得了神经病，这样下去会毁掉他的。他们建议安南去看看心理医生，安南却大声对他们吼道："你们嫌我烦，我自己还嫌烦呢，我看白癜风已经够了，你们还要我去看精神病医生，你们是不是巴不得我也得精神病？"搞得家里人都不敢再说他了。

安南的精神状态这么恶劣搞得玉儿也快疯了，她想安慰他，可他异常敏感，话还没讲完，安南就会说："你还赖在这里做什么时候，你回到你的中国去，我不需要你的怜悯。"

玉儿每天祈祷老天爷，快点让安南好起来。

玉儿知道安南这样对她不是他的本意，她知道他是控制不了自己的情绪和行为。有时他平静时，会歉疚地对玉儿说："对不起，我不是有意让你难受的。"玉儿这时虽然心里委屈得要命，眼泪在眼里打转，但她都会把他拥在怀里面，轻轻地拍打着安南："我没事，你发泄出来心里舒服点就好了。"

安南自从得病后，很少让玉儿跟他一起睡，他怕玉儿醒来会吓着。但玉儿坚持要在他的房间睡。

有一天晚上，安南在浴室里面洗完澡后，对着镜子，看到自己人不人鬼不鬼的模样，想着自己因病遭受的种种磨难，他心里炼狱般的痛苦，一气之下伸出拳头将浴室的镜子砸烂，手血流满地。玉儿听到巨大的响声，大声敲门，安南就是不开，玉儿大声哭着："安南，开门，你开门啊，你怎么啦，我不能没有你啊，安南。"反复说着，哭着，安南终于打开了门，只见安南手背血流满地。玉儿扑上前去，紧紧抱着安南："你没事吧，你没事吧？"玉儿全身发抖，安南拥着玉儿："我这是怎么啦，我该怎么办啊？"玉儿将他手上的玻璃碎片一个个小心地取出来。并用纱布包扎好他的手。

从那以后，玉儿让工人将家中所有的镜子拆除，以免刺激安南。

"玉儿，你走吧，回中国去，我是不能给你幸福了，这种病会夺走我们的幸福和快乐的。"安南那天在家对玉儿说。

"你是不是不爱我了？我不知道是不是我做得不够好，帮不了你什么，你要赶我走？"

"不是，你还年轻，我一天天老下去，关键是要你守着我这样一个面目可憎的人，我真的不忍心。"

"我不在乎你什么样子，我只想知道你的心中还有没有我？我不会走的，除非你不再爱我了，如果我哪些方面做得不好，你告诉我，我可以改，我的心在你这里，我就是回去，也是一个没有灵魂的躯壳，生活对我来说还有什么意思。"

安南紧紧拥抱着玉儿："对不起，让你跟我受苦受累。"

"我愿意！"玉儿坚定地回答。

转眼就到了冬天，纽约的冬天真的很冷很冷。加上那年又是美国遭遇几十年来最大的暴风雪。交通都已经瘫痪。安南没能去公司，因大雪将路都封锁了，厚厚的积雪，根本不能开车，人更不能出门。望着窗外白茫茫的一片，玉儿在想，老天啊，你让这白茫茫的雪带走安南的白癜风病吧。

人们常说，一个人的生理疾病并不可怕，可怕的是心理疾病，走出自我，战胜自我，说起来容易，做起来是多么的艰难。有时候，痛苦可以将一个人深深地打垮，那种绝望与无望，会将一个人逼上绝路，在巨大的超过人的心理承受的压力和痛苦面前，人会彻底地丧失理智。虽然很多次，安南做出疯狂举动后，自己也会很后悔，特别是伤害亲人和玉儿时，他会感到内疚，但他在某种状态下会连自己都不知自己干了些什么，他只想将心中的那种愤怒发泄出来，这种愤怒和心底深处的绝望常常让他窒息，让他喘不过气来。

那天因大雪不能去公司，安南早餐后，自己洗手，看到自己那白斑点点的手，他疯狂地要用刀子砍掉，玉儿吓得赶快将他手中的刀子抢过来，由于安南的力气比较大，在抢的过程中，刀子将玉儿的手割得鲜血直流。但玉儿仍然不放手，紧紧哭着求着安南，不要再做傻事。望着玉儿那张因痛苦而哭泣得泪流满面的脸，安南突然清醒，赶快松手，一把抱住玉儿："你没事吧，你没事吧？玉儿，都是我不好，对不起，我无法控制我自己。"

玉儿凄惨地哭着："你没事就好，我不要紧，听我的话，不要再折磨自己了，好吗？"

"好，我听你的。"安南说。

天气慢慢好转。雪下得小了，再过了两天，终于停雪了。安南表面上安静了许多，特别是与他父母在一起的时候，他会强作微笑，不让自己年迈的父母再为他操心。虽然安南的母亲再没给过玉儿好脸色看，但玉儿都默默地忍受着，怕为这事再让安南不开心，她也没有将他母亲骂她的话告诉安南，玉儿想，只要安南好了，一切都会没事的，为了安南，要我干什么都行。

看着安南开始平静，玉儿建议他再去看看心理医生，他们去了心理医生那里。心理医生告诉安南："白癜风病是一种治疗时间较长的慢性病，由于这种病给人视觉上的伤害很大，很多的病人都急于快点治好，心理上不能接受的是很长时间不见疗效，导致情绪十分恶劣，这种恶劣的情绪只会更加刺激皮肤从而加重这个病的病情，致使病情进入恶性循环。要想得到好的治疗效果，除了严格按照医生的医嘱按时吃药治疗外，情绪的调理也十分十分的重要。关键的三点是自我控制能力、注意力转移能力和让步妥协能力。"安南决定按心理医生所说的试试，他不再将注意力放在自己的形象和皮肤，而是将自己的精力放在工作上，他积极给别人去电话，哪怕是那些对他有害怕心理的人，大多数的时候他都用轻松快乐的语气与对方说话。这样一来，果然有效了，自己没有那么烦躁了。

已经是深冬了，玉儿由于签证期已经快到了，而她没有与安南结婚，所以必须要回国重新签证。

玉儿在机场与安南深深厚感情相拥抱："等着我，我马上回来，你千万不要做傻事啊。"玉儿千叮嘱万叮嘱安南。安南流着眼泪说："好，我听你的，等你回来。"

玉儿一回到广州，第一件事情就是想到安南的病也许中医药调理会有效果，但怎样才能说服安南吃中药呢，她想只有大量的事实说明，安南才会接受。

在咖啡厅里，玉儿约朗文见面。玉儿告诉了朗文安南的病情，朗文说："没想到他会得这种难治疗的病，他一向对自己的外貌很在意，所以他肯定会接受不了。可怜的安南。"

玉儿说："我想通过中医药的治疗来看看是否有效果，你说安南能否接受呢？"

"恐怕要做一下工作，不过，我想为了治好病，安南会尝试的。"

"你是他最好的朋友，你一定要帮我说服他接受中西医结合治疗，好吗？"

"没问题。"

"我准备在这边先找到一些好的药方或找到一些好的有效的中药，都给出他试试，看哪种有效。当然，最好是有个老中医给他把个脉。"

"先做通工作，再说下一步吧。"

"工作你先帮做，因为你的话他会听的，你们之间的情谊他多次跟我讲，你是他最好的知己。朗文。"

"好吧，我今天就给他打电话。"

玉儿一边等待签证，一边到处打听治疗这种白癜风的特效中药。她想中西医结合治疗安南肯定会有效果的。她的心里一直就有这个信念，她只要听说哪里有这类特效药，她都会去买，再将用法治疗的案例分别写好，这样，玉儿前后一共找了十多种偏方。

安南送走玉儿后，那天他在玉儿的床铺枕套下，看见一个笔记本，这是玉儿来到这里后写的日记。

一天一天的日记，记录着玉儿来纽约后的心路历程：

"今天，是我人生的一个新的起点，我来到了这个陌生的国度，虽然与中国远隔千山万水，但我是在我心爱的人身边，我来到了安南的身边，感谢上帝对我的恩赐。"

"今天安南去看病，他发现自己身上有一块一块的白斑，医生说是白癜风，这种病很难治，但愿不要再严重下去了。上帝啊，保佑我亲爱的人吧！"

"安南的病情越来越严重，身上、脸上、手上到处都是白斑，天啊，帮帮我们吧，我看安南都快崩溃了，让他快点好起来吧。"

"看到安南做傻事，我恨不得我能代替他得这个病，我心爱的人被这个可恶的白癜风折磨得快要疯掉了，上帝啊，让我代他生这个病吧，我不想让他这么痛苦，多么英俊的一张脸，被这可恶的病弄得面目全非，这是为什么啊？快快让他好起来吧，我求您，上帝！"

"昨夜又做噩梦，老是害怕安南再做什么傻事，噩梦醒来，全身大汗淋漓。"

"今天我去伯母那边，伯母大声对我骂道，我是个扫帚星，是我给他们家及安南带来了厄运，她叫我滚！我觉得真是很委屈很委屈，我从没想到是我的原因给安南带来这么大的灾难，但我能理解是伯母的一时气话，我相信她也是被安南的病急昏头脑了，才说出这样伤人的话来的，我相信她老人家是善良的，我也相信安南不是我给他带来厄运的。我在医学书上，在网上都查了，白癜风的病主要是自身的免疫系统出现障碍而造成的，也是内分泌失调的一种，安南主要是工作压力太大了，他应该好好休息才是。不管伯母怎么说，我都不会跟她计较，爱子之心我能理解，只要她不再赶我走，我就满足了，至于她不给出笑脸给我，我也不计较，只要让我在安南身边，让我陪着安南就好了，没有了安南，我的人生也失去意义，我一定要和安南在一起。"

"今天安南同我讲要我回到中国去，我感到万分地伤心，我也知道他是为我着想，我一直感到安南是能理解我的，我并不是希望他给出我什么婚姻，这种对我来说并不重要，重要的是我在安南那里能找到灵魂的安宁，他应该是懂我的，但他为什么说这样绝情的话呢，太伤心了。我只想对安南说：'不管你是美也好，丑也好，不管你是健康也好，疾病也好，不管你是老也好，年轻也好，不管你是胖也好，是瘦也好，我都会陪你到永远，我爱你！'"

"我不管安南怎么想，我永远爱他，我会一直在他身边的。"

安南泪流满面地读着这些日记。他觉得自己辜负了玉儿对他的信任，他觉得如果不是真爱他，玉儿不会忍受着这么多的委屈，他再一次被玉儿的真情打动，他恨自己不像个男子汉，遇到这点困难就失去生存的勇气，并且让自己心爱的人和年迈的父母跟着他受罪。他打自己，恨自己，他决定振作精神，一定要凭自己坚强的毅力与白癜风作战，一定要战胜这可恶的病魔，让心爱的人和自己的亲人重新回到往日的欢声笑语中。

玉儿将自己找到的中草药一一包好，准备先快递一部分过去。因为她跟安南讲了中西医治疗的方案，没有想到安南很痛快地答应了，这让她感到兴奋和高兴。她兴冲冲跑到邮局去寄。没想到，邮局说药材是不能寄出国的，她苦苦哀求邮局的工作人员都无济于事。她感到很沮丧，拖着沉重的脚步回到家中。

如果这样，只有一个办法，就是叫安南来中国治疗一段时间，但安南是否有勇气来中国呢？她心里一点把握都没有。

春节已经来临，家家户户在这个传统的中国节日里，都兴奋和忙碌起来了。玉儿与朗文一起说服安南，安南同意在纽约陪他的父母过完春节就来广州，治疗他那恼人的白癜风。

安南选择正月十五日到达广州，因为这一天是中国的情人节。中国人把元宵节寓意为情人节，相传牛郎织女会在这一天再相会。

玉儿的生活变得充实和忙碌起来，她开始为安南的到来做好一切准备。她为他预约好老中医，安排好住的地方，她不让安南去住宾馆，她要让安南住家里面，以便生活上好照顾他，同时也可以避免安南的模样在宾馆遇到白眼，再次刺激他。她要做的事情很多，她每天逛商店，为安南选够最好的睡衣、外衣和日常生活用品，她为安南买来他最喜欢喝的咖啡，买来咖啡机，她打算自己亲自做饭，亲自磨咖啡给安南吃，做这一切的时候，玉儿的心里充满了幸福和快乐。

正月十五日的下午，安南的飞机准时抵达广州。朗文和玉儿一起去机场接安南。安南头上戴着一顶帽子，将整个的脸孔遮住了很多，他穿着高领毛衣，戴着一副墨镜，玉儿一见到安南，就一个健步冲去紧紧抱着他。

"你终于来了，我好想你。"

"我也是。"安南一手抱着玉儿，一手握着朗文，"朗文，辛苦了。"

出了机场，朗文驾车直奔玉儿的家，玉儿的家只是一套两房两厅的房子，比不上安南的大家，但这里的一切，经过玉儿的布置，别具特色。这里的每一样家具，都体现了女主人的品位和风格：高雅、温馨。

这真是个谜一样的女人，安南想了想。

朗文的夫人已经在玉儿的家里开始准备晚饭了，他们在一起，有着抑制不住的兴奋和感慨。时间过得真快。转眼，他们认识已经差不多二年了。

安南的心情没有了以往的浮躁，能够平静地对待人们的目光。朗文夫妇也没有表现出大惊小怪，但他们的内心都有一种难言的纠痛，多么可惜啊，疾病可以完全将一个人摧毁，哪怕你拥有再多的金钱，人在疾病面前是多么渺小啊。

"安南，我预约了一个老中医，我们明天去看看吧，那些厥类草药，我也已经跟你配好了。你觉得还要不要再等倒倒时差呢？"看得出玉儿恨不得马上治好安南的病。

"好的，今天早点休息，明天下午去吧，上午可能会起来得晚些。"安南说。

"好，朗文明天你们就去忙你们的吧，反正，我在这里不是一两天的事。"安南说。

"好的，反正有什么需要就给我电话吧。"朗文说。

第二天下午，玉儿陪安南去看老中医。老中医说："你这是属于比较严重的白癜风了，用中西医治疗是好的，我主张，你先用中药调理一下体内的气血，这个疗程要一二个月，再配合用一些增强免疫力的中草药，你按我开的这个方子外用，我会给你使用一些针灸、拔罐、香熏等，每个星期来两次。"

"好的，我们会按照要求来治疗的，谢谢您！"

玉儿很兴奋地说："老中医都说你这病没问题吧，放心吧，肯定能治好的。"

看着玉儿那张兴奋的脸，安南心中非常感动，这才是自己生命中最重要的女人，她不以你的外貌、你的财富、你的年龄来看待你，而是忠心耿耿地急你所急，想你所想，忧你所忧，这就心连心的感觉。玉儿为他的病情担忧得脸上有了细小的皱纹，特别是眼角，安南想，她可能经常偷偷地哭吧，才产生了这些细细的皱纹。

玉儿虽然有着复杂的经历，有着心酸的童年，但她的那个善良的本质没有变，她的心态其实是很纯净的，她还真的没有被世俗的风雨所侵蚀。单纯、简单、善良、有爱心，这一切就足够了，虽然她并不老，可以说还很年轻，但她真的一点都不浮躁，更多的时候是很宁静。

安南将玉儿紧紧地拥在怀里，没有过多的言语，他需要的就是这份宁静。

一个月很快就过去了，安南的白癜风治疗有了很大的起色，不再恶化下去了，有些白斑也开始淡下去了，安南的心情也越来越好，信心也开始增强，玉儿每天不断变幻着花样做好吃的、营养的东西给他吃，让他有一种稳定平和感。他每天除了上网对公司每天的情况进行掌控，电话遥控指挥公司业务外，其余的时间就是很安静地在家看书、吃药，日子过得很充实。经过中药的调理，加上玉儿的合理营养，安南的气色也越发好了。

两个月也很快就过去了，他们除了吃药看病的安排外，经常也会约朗文夫妇去吃西餐，或喝咖啡。

生活真是愿意捉弄有情人。痛苦并快乐的日子并没有因他们的努力就对他们格外宽容，生活的苦水也没有被他们热烈的爱情蒸发掉，反而越来越凶猛，要把他和她淹没。

快三个月的一个星期二的早上。

这天天气不太好，安南与玉儿去看老中医，他们慢慢地走在去医院的路上，路上的行人比上班时间的人是少了一些。

突然手机响了，是莉莎，安南心中一紧，因为这时应该是伦敦的半夜，莉莎这时来电话肯定有什么紧急事情。接到电话一听："爸爸，爷爷突然不行了，现在正去医院抢救呢，怎么办啊？"莉莎哭着对安南说。

"爷爷怎么啦？现在怎么样？医生怎么说呢？"安南心急如焚地问。

"医生说是脑出血，很危险。"

"我马上回来。"安南当机立断地说。他们马上掉头回家，订机票。

"我跟你一起去吧，反正我也已经签好了证，上次回来就签好的，现在还有效。"玉儿对安南说。

"好，我准备坐最近的航班走。"安南急得不得了。

"你准备好行李，我去中医院再多带点中药回去，并且带上医生的处方，托运一点中药回去。"

"好，你尽快回来。"

他们坐上了下午去香港转机的航班，安南很是着急，在飞机上又不能打电话，玉儿不停地细声安慰他："在医院，有医生，不会有事的，放心好了。"

第二天的美国早晨，安南他们回到家里。安南的妈妈一见安南就泣不成声，因为安南的父母一直相伴相依，从没有离开过。

安南安慰完母亲，急忙跑到医院，安琪儿和安卡拉都在医院。告诉安南，父亲是因脑溢血中风了，幸亏抢救及时，才脱离了生命危险。目前还在重症病房观察，安南去找主治医生了解情况，医生告诉安南，由于年龄较大，脱离危险后，生活上可能不能自理，恢复的过程是一个极其漫长的过程，要做好思想准备。

由于父亲在重症监护室，安南与玉儿也进不去，父亲目前还不能说话，所以他们在医院走廊上坐了一会。

"你回去休息一下吧，你已经一晚没睡了，可不能把自己累倒了。"玉儿对安南说。

"我没事，只是心有点累。"安南说。

莉莎已经上班去了，她现在已经忙得同她爸以前一样了，原本与保罗的婚事，因安南与爷爷的生病，已经改期到明年了。

安琪儿要安南先回去休息一下。

安南与玉儿就先回到家中，母亲正痴呆地坐在客厅，看上去是真正受到了打击和惊吓，安南心中一阵发疼。上前去陪着母亲，突然，他母亲盯着玉儿，马上愤怒地大喊："都是你，都是你，你这个害人精，你这个灾星，自从你和安南在一起后，我们家就没有安宁过，你给出我滚！"

"伯母，我。"

"你滚，你滚，安南你叫她马上离开我们家，我再也不想见到她了。"

"妈，您误会了，这与玉儿没关系，您真的误会了，您别急，先休息一下，先回房间休息一下。"安南扶着母亲到房间休息。

玉儿眼泪长流，她感到真的很委屈，为什么这些灾难会是因她而起，但她又无法与老太太争论，她只有默默忍受着。

安南感到从未有过的心力交瘁，加上他本身身体就处在治疗期，他只觉得头都要随时炸裂了，他赶快回到房间休息，也顾不上安慰玉儿，他太累了。

玉儿看见安南的脸色很不好，回来又没理她，感到一阵深深的难过，"天哪，这一切是怎么啦，我该怎么办，走，还是留?"玉儿感到无比地痛苦、委屈和失望。到现在为止她和安南还没吃一点东西，她都不觉得饿了，我该怎么办?怎么办?望着睡了的安南，那是她最爱的一个人，如今也感到陌生了，他可能是太累了，没有精力来安慰我了，但我该怎样面对这一切呢。她默默地流着眼泪，坐在椅子上睡着了。是的，她也太累了，这段时间，她只顾着为安南治病，完全忘掉了自己，她全情投入地对着安南，安南的一切，就是她的一切，她想方设法为他做各种营养品，目的是要让安南的身体状况恢复到最佳，她因安南吃中药后吃饭没胃口，不爱吃饭，她学着电视的做菜方法，尽量使菜做得色香味美，来刺激安南的味觉，让他多吃一点，只要安南一餐吃得多一点，她就像自己中奖一样高兴，她对安南付出了女性全部的爱，他们有许多共同的地方，对待事物与问题的看法也往往惊人地一致，但对待安南妈妈看待她的这个问题上，安南怎么不能旗帜鲜明地站出来为自己说话呢，她感到困惑和迷茫，她目前该怎么办呢?

她迷迷糊糊地睡着，她做起了噩梦。

她梦见安南将她推下了悬崖，丝毫不留情地对她说："你去死吧！你这个灾星！"

"别，别，安南，我求你，这是冤枉啊，救我！"她梦中一声凄惨的尖叫。

"玉儿，你醒醒，你醒醒。"安南被玉儿的尖叫声音吵醒，他轻轻地摇着玉儿。

"安南，别推我，别叫我去死，我好害怕。"玉儿哭着抱紧安南说。

"没事了，没事了，好了，好了。"安南心疼地抱着这个可怜的玉儿，她受尽了委屈。

"你也会怪我吗? 你也会像你妈那样认为这一切都是我造成的吗?"玉儿用泪水的眼睛可怜地问安南。

"你真傻，我怎么会这么认为呢，没事了没事了，我们去吃一点东西吧。"

安南说现在赶快吃一点东西，好再去医院看看他父亲。

"那你妈妈那里怎么办呢?"玉儿问安南。

"妈妈也许只是一时气话，你别放在心上好啦。"

"我看不是气话，上次你生病她也这么认为。"

"我到时做好她工作的，放心吧，吃点东西。"

安南赶到医院时，安琪儿说:"医生说爸爸目前已经脱离了危险期，再观察一二天就可以转到普通病房了。"

"爸爸醒来没有，可不可以说话。"

"已经醒来，但不能说话。"

"安琪儿，你回家去吧，你累了，这里我来吧。"安南对安琪儿说。

"好吧，我明天再来，你辛苦啦。"

安琪儿离开了医院，安南与玉儿一起守在医院。

第二天，他们从医院回来，安南先去看看母亲。母亲整个人自从父亲生病后，就一直状态很不好。

"妈，你吃了一点东西没有? 爸爸已经脱离危险期了，您放心吧。"

"脱离危险期了，那就好，上帝啊，怎么会说不好就不好了呢? 他本来壮得很呢。"

"没事，您老就放心吧，爸会挺过来的，年纪大了都会有这个那个毛病的，放心好了。"

"我怎么能放心啊，你的病还没完全好，你爸又这样，我觉得我们家真是事事不顺哪。"

"妈，您想到哪去了，这不大家都还好好的吧，都不是往好的方面发展吗? 放心好了，最重要的就是，您别再病倒了，这就是我对您的要求，您就放心好。"

"对了，安南，那个玉儿走了没有，她真是灾星哪，把我们家搞得鸡犬不宁。"

"妈，您就别乱说了，这与玉儿一点关系都没有。"

"怎么会没有，你说，她没来我家之前，我们家多好啊，什么事情也没有，我看就是她给我们带来了晦气。"

"妈，您怎么会这么想呢，玉儿真不是这样的人，只不过这些事情正好都发生在她来我们家以后，这纯粹是一种巧合呢。"

"巧合，哪这么巧，我就是认为是她带来的晦气。"

"妈，您真的是误会了，玉儿对我真的很好，你看，为了给我治病，她吃了很多苦难，差点还受重伤，她的心，我很知道的。"

"我说安南，不管这玉儿对你有多好，你都不能跟她结婚，我认为你们两个可能命里不合，不然怎么会这么不幸呢？"

"妈，你怎么不懂科学啊，什么观念呢，玉儿真的是个很好的女人，她吃过很多苦，但她很善良，从来不抱怨，并且，很懂道理，很明事理，能设身处事为别人着想呢。"

"安南，我跟你说，如果你这次不听妈的话，妈就不认你这个儿子。"

"妈，要说得这么严重吗？我们先不谈这个事情，你累了，还是先休息一下吧，我回那边去吃药了，妈，千万别多想啊，您的身体好，就是我们的福气了。"

安南回到这边房间，玉儿已经将中药煲好了。

"你妈还好吧，药好了，你吃完休息一下吧。"玉儿说。

"谢谢，还好，你也休息一下吧。"安南说。

玉儿进去休息了。安南一边吃药，一边心酸地想，为什么事情搞得这么复杂呢，本来就够累的了，一边是恩重如山的母亲，一边是爱意情深的心爱的女人，他谁都不想伤害，他谁都需要，她们都是他生命中最重要的不可缺少的人。如今，80多岁的老母亲竟然固执地认为是玉儿造成的这一切灾难，而他清楚地知道，玉儿是没有错的，这只是一种纯粹的巧合而已。但怎么才能说服自己的母亲呢，他真的感到很累。安南回到房间，玉儿已经睡着了，看着她日渐消瘦的脸，安南很是心疼，她受了很多委屈了，我一定要保护好她，呵护好她才行，安南心想。在她身边静静地躺下。

安南对玉儿说："我们散散步吧。"

他们在黄昏中慢慢地走着，谁也不想说话，因为彼此都知道很累，慢慢在花园中走走，对他们的身心都是有好处的，有时，他们之间不需要太多的语言，彼此之间很能理解对方在想什么，他们的心灵是相通的。

以前，他们在一起散步就是这样的，他们在幽静的小路上慢慢地走着，那种心灵的温暖，无需依赖任何语言，也不是年轻人之间的甜言蜜语，而是存在于他与她透明的心灵之间。他们喜欢以这种方式进行交流和沟通，他们的心是相互感应的。

安南曾经想过如果父亲的病好起来了，自己一定要趁父亲健在时结婚，让父亲看到自己的幸福，但目前，母亲的心思和态度成了他实施这一计划的阻碍，怎么办呢，他是绝对做不出让母亲不高兴的事情来的，哪怕牺牲自己，但这样，对待玉儿太不公平了，更何况他也不能没有玉儿啊。每当一想到这些，他就头痛欲裂，他不知道老人的固执会有这么可怕的，但是为了大家都高兴，他必须再努力，再争取。

一天饭后，他送母亲到房间休息。"妈，您是最疼我的，我认为您真的误会了玉儿，玉儿是个好女人，她对我真的很好，我不能没有她，您就从内心接受她吧。"安南对母亲恳求道。

"儿子，妈会害你吗，难道妈不希望你幸福快乐吗？妈不是说玉儿不好，但她真的与我们家相克，这个你不能不信，她来以后发生这么多的事情，难道仅仅是偶然的巧合吗？我左思右想觉得人哪，有时还不得不相信命运，不相八字。我还是那句话，你们做朋友，我没意见，但结婚，我不同意。我见到她有障碍，总会有一种不祥的感觉。"

"妈，您是不是最近太累了，缺乏对事物最起码的辨别力了，您这样对玉儿是不公平的，我甚至觉得有点愚蠢。"安南有点激动地说。

"我是老糊涂了，但我还是坚持我的观点，你听不听是你的事情。"

安南怕再说下去，事情会更加糟糕，所以马上收口，说："妈，别太累了，早点休息吧，我去那边喝药。"

安南的心情很沉重，自己这个时候真的不能再刺激母亲了，毕竟80多岁的老人了，她千万不能再有什么意外，否则真是不堪设想。

安南想这个事情只能暂时委屈一下玉儿了，等过了一段时间再想办法说服母亲了。

玉儿知道安南去母亲那里了，但一看见安南沉重的脸色，她就知道，安南的母亲的态度仍然没有好转。她的心里很心疼安南，她不愿意看到安南的为难，虽然她是那么深受安南，但如果他不开心，她是不愿意的，现在夹在母亲和她之间，对安南来说，这是很痛苦的协调。她不忍心安南痛苦，其实她并不是不想要婚姻，但如果她的婚姻是建立在安南的痛苦上的，那么她宁愿不要。一纸的婚约虽然对一个女人来说是无比地重要，但与之相对，只要自己深爱的人不痛苦，也就不算什么了。更何况，她知道安南是个孝子，让他母亲不开心的事情他是不愿意做的，她谁都不怪，只能怪自己的命不好，这些事情都摊在一起了，看上去是多么的吻合，但她知道，要说服安南的母亲是一件很难的事情。她经常暗自流泪，为什么，上天对我这么残忍，我就不能开开心心地与心爱的人在一起幸福快乐地生活么，上帝啊，你也给了我们这么些的考验和磨难了，你就睁开眼，开启安南母亲的大脑吧，让她能成全和祝福我们吧。

岁月在无情地流逝，安南的父亲已经出院在家健复了，目前一切都还恢复得不错，主要是他父亲能积极配合，也是一个积极乐观的老人，自己开始恢复一些生活上的自理。

玉儿的签证又要到期了。她准备回中国去，安南很痛苦地对她说："对不起，让你总是跑来跑去，我也太无能了。玉儿，对不起！"

"没有的，安南，这段时间对我来说，虽然很累，但我很幸福，因为我在你的身边。有时我也老在想，老天对我还是很恩惠的，让我遇到了你，让我的生命又有了企盼，我觉得我不再孤单了，因为有你。"

"谢谢你！"安南流着眼泪说。

"我才要谢谢你呢，其实我倒不是要什么真正的婚姻不婚姻，如果要你违背你母亲的意志来娶我，我相信你也是不会快乐的，与其这样，不如不要结婚，你说是不是，我可不希望你背着良心债过日子。"

"可我真的不能没有你啊，怎么办呢？"

"我走后，你一定要坚持把药吃完，现在主要是巩固前面的疗效，你要有信心，一定会治好你的病的，我相信你。为了我，你也要坚持下去，一定要坚持下去。"

安南与玉儿更是紧紧抱着不愿意放手，仿佛这一分别就是永远。

他们此时没有太多语言，更多的是心灵的呼唤和呐喊。

玉儿回到中国后，对安南的思念让她彻夜难眠，她不知道如何是好，她已经进入了两难的境地，回到安南身边吧，安南的母亲这一关怎么过，不回去吧，她不知道自己怎么度过今后的每一天。她知道自己虽然回到了中国，但她的心已经留在了安南那里。生活怎么这么折磨人呢。她每天将自己的心情写进日记里面，她不敢向别人倾诉，她害怕又引起别人的联想，每次写完后，她的心情才会好一点。她也去六榕寺庙烧香，祈求神灵保佑安南早日康复，也祈求神灵保佑她能回到自己心爱的人身边。她不知道是不是自己前世的罪孽太深重，要她这一辈子来还，她想通过一些形式尽快洗清自己身上的罪孽，她请求寺庙每天让她去做义工，让她听到菩萨的教诲，让神灵来给她的心灵指引方向。

除了去六榕寺以外，玉儿就是三天两头去孤儿院，看望那里的孩子们，听到孩子们的笑声，她心中会轻松很多。

安南自从玉儿走后，他知道他的心也随着她一起走了，离开了玉儿，他的心又开始了烦躁，整夜整夜地又开始失眠，他知道，玉儿不在他的身边，他的心平静不不来，灵魂又开始无处安放了。他恨自己的怯懦无能，他为自己不能保护心爱的女人而感到羞愧，他觉得自己不应该如此无能，应该好好跟母亲再谈，毕竟母亲是最爱他的。

玉儿走后的一个月，安南比以前更加沉默和忧郁，母亲看在眼里，急在心里，但她心里的那个结还是没有完全打开。这期间，安南的父亲、姐姐、莉莎都有意无意地在安南母亲面前说着玉儿的好，她的心开始有了些许的动摇。有时深夜，她也会问自己："难道是我错了？"她也找不到答案。

那天安南陪父亲锻炼后，又陪母亲在院子里面散步。"儿子，你瘦多了。"母亲摸着安南的脸温柔地说。

"妈，我想玉儿。"安南像个孩子一样，对着母亲哭泣着说。

"如果真的想，那么这就是你们前世的情分，我也没办法，你就叫她回来吧，也许是我错了。"母亲轻轻地叹息说。

"谢谢妈，谢谢妈！"安南亲吻着母亲的脸，这一刻，他像极了小时候要求母亲给糖吃，母亲经不住磨给他糖吃，他得到糖时的神情。在母亲的眼里和面前，不管他多大，他都永远是孩子。

安南高兴得恨不得将母亲举起来转几圈。他太高兴了，母亲的首肯对他来说比一切都重要。

这半年多来，怎么跟母亲讲都是不欢而散，今天，老天也被他的真情所打动，居然让母亲开心地接受了玉儿。感谢上帝！

安南飞快地跑回房间，他要将这个消息第一时间告诉玉儿，让她尽快来。可是玉儿的手机关机。他急得不得了，估计是手机没电了，他请朗文一定要想办法去她家找她，给他电话。

放下朗文的电话，他的眼睛因为泪雾而模糊，视野的东西清晰地倒映在他的心里。他相信一切的真情实爱都是要以泪水和苦痛作为代价的。这二年来，他可以说是经历了人生最艰难时期，自己事业上遭遇低谷，自己得了难以言语的丑陋的白癜风，父亲的中风，一连串的灾难考验着他，打击着他，摧毁着他，把他打击得支离破碎、遍体鳞伤，他的亲情、他的爱情都经受着一个又一个的考验，他想做的每一件事情，异乎寻常地艰难，但是他又是如此专一、单纯、坚决，几近固执而又饱含深情和希冀，心无旁骛乃至与世隔绝守护着自己心目中的爱情、亲情，为这些目标而奋斗着、抗争着。他想起了自己曾经的努力和放弃，曾经的汗水和泪水，曾经的坚韧和忍耐，曾经的执着和付出，他感到一种从未有过的感动和庆幸，感到一种从未有过的欣慰和尊重，是对自己的尊重，这是他第一次经受了如此艰难的考验，第一次变得如此地坚强，他开心极了。

朗文来电话说："玉儿不在家，听别人说，好像她在寺庙做什么事情。"

安南紧张到说话也不成句子了："在寺庙，她不会出家吧。"

安南坐不住了，他要立即飞到中国，立即找到他心爱的玉儿。

安南第二天就到了广州，朗文接到他直奔玉儿的家，家中没人。安南顾不上倒时差，他们就到六榕寺庙去找玉儿。问来问去，别人都不知道玉儿是什么人。他们就一个个香炉旁边找，都没有，急死了安南，他真想大声喊，但寺庙又不允许喧嚣，他急得都快晕过去了。这时，朗文看见一个着咖啡色长衫的女人很像玉儿，她戴一顶草帽，但看不太清楚面貌，她正在菩萨像前上花。朗文轻轻地喊一声"玉儿"，她手中一惊，抬头看到的却是安南，她不敢相信自己的眼睛，揉搓着眼睛，她怕是幻觉，安南上前抓着她的手说："玉儿，我们回家。"

是的，是安南。"感谢菩萨，您的大慈大悲，让我的安南回来了，谢谢菩萨！"玉儿泪流满面，扑通一声，跪在菩萨面前连叩了三个响头。

她脱下咖啡色的长衫，道过谢，跟安南、朗文一起回家。

玉儿带安南买了很多礼物又去了一趟孤儿院，那个给她心灵慰藉的地方。

玉儿带安南回到她家乡的那个小城市，哥哥、嫂子高兴得不得了，特别是哥哥，几次都偷偷地擦眼泪，玉儿知道哥哥是幸福的眼泪，玉儿有了终身的依靠，哥哥怎么能不高兴，何况安南还是那么的优秀，哥哥不知道这几年玉儿的经历，只是舍不得玉儿离开中国，但看看安南，他又觉得玉儿能幸福就是最大的一切，多远都值得的。

玉儿回到美国后，看见莉莎拿着她们设计的婚纱，惊喜得不知如何表达，莉莎说："这些都太美了，你看，现在一切都过去了，我和保罗准备在今年之内结婚，并且，我告诉你，我的这六件婚纱已经被这家婚纱设计公司注册了版权，怎么样，我们不但可以拿到版权费，更重要的是那家设计公司已经给了聘书，要聘请你当他们的设计师了，很棒吧？"

玉儿高兴得也说不出话来，一切的一切是那么地美好，她真的很感谢上苍给了她这样一次重生的机会，她会努力的。

玉儿将莉莎紧紧拥抱在怀里。安南看着这一幕，高兴地微笑着。

一年后，安南和玉儿已经结婚，并且生下了一个大胖儿子，安南出售了在中国的公司，全部精力放在美国新开的公司和家庭上，安南一家五口经常在节假日团聚，幸福地生活在一起。

安南讲完了他们的故事，点点还沉浸在这感人的故事。玉儿依偎在安南的怀里。

点点说："听了你们荡气回肠的爱情故事和人生经历，我觉得我对爱的认识又有了更加深入的理解，父母给了我们一次生命，如何过得精彩和有价值，在于能否心中有爱，爱是需要漫长的忍耐和等待的，在我们的一生中，会犯下错误，不管是有意和无意，只要你有认识改正错误的行为和决心，只要你肯为犯过的错误付出代价，坚持以真心换真心，以真情换真情，面对磨难，心中依然相信黑暗后会有彩虹，坚持到底，你的生命一样会有精彩和价值。"

安南说："点点你说得太对了，真爱，就是要用毕生的心血去找到那个能让你鼓起勇气，看到希望，得到快乐的人，那个人一定会出现在你生命中。"

安南转型开了一个类似于相亲网站的公司。他相信真爱，他也希望能通过网络这种途径让更多人找到自己相爱的另一半。他还对点点说，将点点的条件放在他公司的网上，看看点点的另一半是不是也能在这里出现。

点点没有同意，她还要考虑考虑。

四十三

　　快下班时，点点接到公司首席执行官秘书的通知，明天晚上全体成员到首席执行官家聚会。

　　点点问她的部门经理聚会原由，部门经理告诉点点是老板的生日。

　　点点觉得老板的生日，要送什么好呢，总不能空手去吧，部门经理说，无所谓，不要太贵重的礼物就行，一束花或一个小纪念品都可以，太贵重了反而会彼此尴尬，大家要的是一份相聚的情谊，是大家对老板的尊重和认可。并且部门经理特别强调要点点注意穿晚装。

　　点点想了想决定将出国时带来的一个京剧脸谱书签送给老总。

　　点点的老板叫约翰，是一个很有才华的老板，点点只见过他一次，那是全公司的年度预算讨论会议上，那次部门经理要她参加以便对今年的亚洲市场开拓有一个全盘的考虑，特别是法律方面的考虑。

　　点点与同事们一同来到约翰家里，到达时约翰家里已经来人了，约翰给大家一一介绍，约翰夫人是一个很漂亮的女士，她热情地与点点拥抱，并且高兴地用英文说："D·D，你好漂亮，我喜欢你，你是我们家来的第一个中国客人。"

"谢谢，见到你很高兴。"点点也很开心地说，是的，她喜欢约翰夫人，她漂亮、热情、可爱，给点点的印象好极了。放眼望去，点点发现今晚所有的人都光彩夺目，男士一色西装革履，女士一律长裙晚礼服。

除了点点他们纽约总部的同事外，约翰家的亲戚们都来了，约翰的家很大，点点走进客厅，映入眼中的是一个典雅奢华客厅，估计光客厅就有100多平方米，在奢华的水晶吊灯的照耀下，有一张可以容纳50人的长桌，有一张可容纳20人的圆桌，还有一个自助餐形式的站立区，客人们都在随意交流，互不熟悉的客人会微笑点头，除了本部门的人外，点点可以说是一个都不熟悉，生日晚宴是8点准时开始，在约翰的家里，充分体现了美国人的自由性格，你可以自由选择自由组合。

他们家的花园很漂亮，是点点经常在电视、电影或杂志上见到的那种，草地也很大，还有游泳池。

点点最喜欢的就是那种自己随便取食物和红酒方式，大家随意走动。

点点端着红酒杯随意走动，慢慢地欣赏着约翰家里面的风景和摆设。

"你是这里唯一不同肤色，唯一不同头发，也是唯一漂亮的女孩子。"一个声音从点点的身后响起，吓了点点一跳，当然都是英语，"哈哈，你看你多么地胆小。"点点回头一看是副总裁克里。

克里向点点伸出手，点点握了他的手说："您好！"

"又见面了，漂亮的中国女孩。"克里一反上班时的严肃，幽默地对点点说。

点点这时才发现这个站在身后的克里是一个多么英俊的男子啊，175公分左右的个子，俊朗的脸盘，一双蓝色的眼睛似乎总在笑。与上次在他办公室的见面完然另外一种笑脸。更要命的是，克里那富有磁性的声音，让人感到无比地愉悦，难怪曾经有人说过声音也可以治疗疾病。

点点一下子就脸红了，因为她不知克里对她是这样的印象，她也认为那次她的固执态度和犀利的语言肯定使克里不高兴了，但她只知道的一点是，克里经过反复考量与管理层论证，后来没有坚持购买欧洲主权债券，公司的发展转型似乎放慢了步伐，记得当时得知这一消息时，点点还有点小小的高兴，偷偷乐了一下，因为起码她的分析大方向还是对的。

现在看见面前的克里，点点反而有点不好意思了，自己当时在公司什么也不是，却大道理一整套地与克里争执着。想到这里，点点的脸不禁红了。

"怎么样，在我的印象中，你是一个能说会辩的女孩子，现在怎么不说话了？工作上还好吧？"克里眨着他的那对深邃的眼睛看着点点。点点在这双好看的蓝色的眼睛里面，看到了自己失落的灵魂。点点被自己的这种感觉和这一想法吓了一大跳。

"还好还好。"点点忙说，准备离开克里去旁边看看。

"我带你参观一下约翰的家吧，那边的那两个女孩子是约翰的最爱，他对两个宝贝女儿是宠爱得不得了。"克里指着那两个公主说。看来克里对约翰的家里还是很熟悉的。

在克里手指约翰漂亮女儿的时候，点点发现克里手上戴的那款表很好看，特别是这表皮带的，这让点点很窃喜，因为点点戴手表一直喜欢用皮的表带，点点觉得皮带这种材质更能理解肌肤的感受，没有戴表开始时的冰冷，也不会有突然的火热，皮带能给人一种循序渐进的慢腾腾的温热，这种感受才是触及灵魂深处的具体感动。

点点看不清克里带的是什么牌子的表，她不敢盯得太久，那样太没礼貌了，但她喜欢那款表上的黑底，她似乎看到克里那款手表表盘上的光辉刻度，在黑色的"幕布"上独舞。

"她们太漂亮了，太可爱了！"点点由衷地赞美两个公主。

"你的这些话千万千万不要被约翰听到了，不然他今天晚上会高兴得睡不着觉的。"克里笑着顽皮地说。

他们边喝着红酒，边谈着，有时侍应生端着各种精美的点心过来，他们会伸手取一些吃，克里自从跟点点打招呼后，就再也没有让点点与其他人说话了，他紧紧地跟着点点，照顾着点点，他们一直在谈一直在谈，谈各种各样的事情。

"D·D，你们北京的故宫和长城是我最喜欢的。"克里在点点的旁边边说边微笑。

"你去过故宫和长城吗？"点点问克里，点点觉得克里也许只是对中国好奇，才不停地跟在她的身边说这问那。

"我去过，那还是你们国家江泽民当总书记的时候，邀请我们美国学生去看看发展中的中国，那一年我很荣幸作为应邀参加者去了。那一年我还只有16岁，上中学。"克里骄傲地说。

"那真是了不起，想必你的学习成绩一直很好啊。"点点由衷地说。

"我的学习成绩是不错，主要还有我的各个方面的综合素质不错，我经常喜欢在学校出些风头，所以很容易被老师记住。"克里有点调皮地坏笑着说。

"那后来你有没有再去过中国？"点点问克里。

"啊，没有，从那以后我再也没有去过中国，已经20多年了，不过我对中国的印象还是很好的。我爸爸年轻的时候在中国当过一年的外交官，他还很喜欢中国的古典红木家具呢。"克里回答说。

"中国有很大的变化了，现在的北京更加漂亮了，可以说除了故宫和长城没有什么太大的变化外，其它的全变了，变得更好了，也更现代了。你有时间再去看看吧。"点点认真地说。

"我是一直想再去的，我下次去的时候，你能不能做我的向导啊？"克里用充满期待的眼神望着点点说。

"好啊，没问题，保证你会流连忘返，乐不思蜀的。"点点用了一句中国的成语。

"什么意思？"克里迷惑的眼光看着点点问。

"那个是我们中国的成语，就是说你去了中国，会特别喜欢而不想再回来的意思。"点点笑着回答。

约翰微笑着走过来，说："很开心吧？克里，要谢谢你今天帮我招待 D·D，"又对点点说，"克里是第一次这么认真这么负责地帮我招待客人，以往我叫他帮我，还没有说两句话就不见人了。今天，我可是没有要他招待客人的，因为我知道他是指望不上的，反而他一直没有离开过你，看来克里被漂亮的 D·D 迷住了啊。"约翰开心地笑着说。随后，约翰又去招待其他客人了。

点点听后脸又红了。

这是一个与工作中透着威严完全不同的克里，他聊到兴起时表情极其丰富，笑声爽朗而又富有磁性，浑身散发着难以抗拒的魅力，是一个极富感染力的性感体。

在后面的交谈中，点点知道了克里是哈佛毕业的金融硕士，他的爱好很广泛，喜欢艺术，特别喜欢汽车，他自己还成立了一个汽车俱乐部，家里已经买了 5 部有个性的汽车，他所有的收入都花在了购买汽车之上。当克里知道点点是牛津大学政治经济学院法律系毕业后，很是惊奇和赞赏："哇，那可是英国排名第一的大学啊，全球知名的名校，你的大学是出政要人物的大学，很多的大人物都是你的校友啊。"

"不是不是，你说反了，应该说我是很多大人物的校友。"点点马上笑着说。

时间过得真快，一个晚上，点点除了开始被人介绍了一番以后，再也没有机会与其他人接触了，她整个晚上的时间都被克里真正垄断了。

晚宴进行到二个小时后，约翰大声宣布请大家观看烟花表演，点点他们与全部的宾客来到了游泳池边上观看烟花，五彩缤纷的烟花，如梦如幻的烟花，在夜空中灿烂地绽放，让宾客们都惊讶不已，大家都随着冲上天空绽放的烟花而欢呼。

突然，一朵烟花冲上天空后又直冲下来，开始像一团巨大的火，随着离地面越近越像一颗流星，直直地砸在了点点的身上，对这突如其来的火焰，点点拼命地躲藏，不想没有注意到已经一脚踏空掉到了游泳池中，点点在跌入游泳池的那一瞬间，本能地伸出手一把拽住身边的克里，克里和人们一样被这突如其来的火焰吓得目瞪口呆，被点点用力一拽也一起落花流水入游泳池中，"扑通！"一声，溅起巨大的水花，人们一声"啊"，点点却在落入游泳池后，拼命拍打池水，"救命！"那两个字还没有说出来时，点点发现自己其实已经被克里紧紧地抓在手里面，她有些紧张又不好意思地被克里面拽着往游泳池边游。其实，这时的克里已经又紧紧地抓住了点点的手，拼命地将她带游到池边，人们不一会又大笑和鼓起掌声来，因为两人的晚礼服都因为被水浸透再加上点点紧张的表情和克里夸张的手势而变得十分的滑稽。上游泳池后，约翰夫人把点点带到客房冲洗，并一个劲地"对不起！对不起！"点点觉得自己真是尴尬和倒霉，第一次与大家见面就给大家留下一个这么难忘的印象，真是糗死了。但面对一个劲地真诚道歉的约翰夫人，她又觉得反而是自己的笨拙导致了这个局面，这个意外的插曲实际上是因为自己的不小心而发生的，让本来很欢乐的生日晚宴额外加入了一些紧张气氛，所以点点反而用忠诚的微笑对约翰夫人表示了歉意。

换好衣服出来，在走道上又看见了克里也冲洗好了出来，两人一见面就彼此忍不住大笑起来，这一笑，点点的心里就放松了很多，点点对克里说："对不起，实在对不起，让你跟我受累了，特别是你那么漂亮的衣服被我给搞乱了，对不起！"

克里说："这是我平生以来最有意义的游泳了，我还要感谢你呢，太难忘了。"

在生日晚宴结束，点点离开的时候，克里突然红着脸对点点说："D·D，我能问你一个很私密的问题吗？"

"什么问题，如果我能回答，我会如实地回答的。"点点的心中对克里有很好的感觉，特别是那双眼睛，那是世界上最漂亮的眼睛，点点看到克里的那双会笑的眼睛后，觉得那蓝色的眼眸就像是深深的海洋，深不见底，那里有无数引人入胜的美丽景色，点点此刻真的恨不能自己去亲吻那双令人着迷的眼睛了，并且不管它是不是已经成为了另外一个女人的专利，不为别的，只为那双迷人的眼睛。但点点毕竟是点点，想归想，甚至她的这种想法不会让任何人看出和知道的，她会用微笑隐藏得很好，她不会让自己再犯任何低级错误了，何况这里还是美国。

"你有结婚吗？"

"结婚？没有，没有！"

"你有男朋友吗？"

"曾经有过，现在没有了。"点点坦诚地对克里说。

"那我可以约会你吗？我也没有结婚，我也没有女朋友。"克里很认真地说。

"哇，太直接了吧，我想你会是个很好的约会对象，但我却是再过几个月，也就是不到一年的时间要回到中国去的女孩子呀。"点点说。

"那不是问题。"克里肯定地说。

四十四

　　离开约翰家，回到公寓的点点一下子失眠了，眼前都是克里的形象，不可否认，克里是优秀的，她喜欢克里，特别是今晚她看见的是一个生活中的克里，是工作以外的另具魅力的克里，而这种魅力是点点最为着迷的。她从内心深处感到了自己对克里的呼唤，看到克里，觉得他似曾相识，那种很熟悉的感觉扑面而来，但点点没有让自己的内心情感表现出来，因为有上次在飞机上的教训，她一直克制着不要对克里表现出过分的兴趣和好感，她不敢相信克里会喜欢她，因为克里已经知道了她很固执和强硬的性格，但从刚才克里直接的话语中，她知道克里喜欢她，可以说是对她一见钟情，但点点现在已经会控制情感了，她没有表现出过分的好感，她一直觉得像克里这么优秀的男人应该早就结婚了，他为什么现在还没有女朋友？为什么现在还没有结婚？点点只是觉得自己不能太过投入，否则自己会很惨的，何况她现在遇到的是一个事业有成、多金英俊男，用中国话说就是一个典型的"高富帅"。

　　而最为重要的是点点曾经定下了坚决不找外国人的条例。现在，点点对那个条例产生了怀疑。

　　整个晚上，与克里每一句话的交流，都反复在她的脑海里面浮现，无疑，克里是很优秀的，也是符合点点各方面要求的，但是，点点知道克里是个外国人，点点从来就没有想过要与一个外国人谈恋爱和交朋友，并且点点的父母绝对不会同意她与外国人结婚的，他们会觉得外国人太不靠谱了，何况克里对中国话是一窍不通，无法与父母沟通和交流，今后点点的父母是要与点点生活在一起的，连跟女婿都不能沟通，点点妈估计会被憋疯去。

克里说要与点点"约会"，天哪，约会，点点曾经清楚地感觉到过与别人约会就像是会呼吸的痛，它活在点点身上所有角落，在北京时，点点感觉到与别人约会会痛，没有人约会也会痛，连睡觉也痛；约会这个美好的词汇在点点这里已经成了会呼吸的痛，它在血液中来回滚动，现在来到这个美丽的国度，她原来以为这个痛会停歇一阵，没想到它依然不期而至，点点不知道这样与克里约会是不是一个痛转变为快乐的过程，还是一个她未能知道的旅程，要不要与克里约会，点点的心里一直在矛盾和纠结着，点点感到这是一个很现实的问题。

四十五

第二天上班，办公室的桌子上放着一束红玫瑰，是克里送来的，红玫瑰，在北京时，点点也收到过，但像克里这样别具一格的红玫瑰，还是第一次。

一束很大的红玫瑰，在红玫瑰的中心一圈，估计有 10 朵，每一朵里面，都夹有一张金黄色纸条：

"我相信一见钟情！"

"我相信缘分！"

"我相信奇迹！"

"我相信遇见你是命运给我的恩赐！"

"我相信我们会注定相爱！"

"我相信幸福是长久的相爱！"

中间最大的那朵玫瑰花插着的那张卡片上还写着一行字："晚上下班我会来接你去吃晚饭。"

点点觉得外国人就是制造浪漫的高手，没有哪个女孩子会在如此浪漫的玫瑰花前无动于衷的，点点的心思全被打乱了，爱情降临时，总是太突然，爱情有时也会在对的时间遇到对的人。

点点也觉得缘分这东西真是个捉摸不透，想它的时候，它无影无踪，看不见摸不着，而正当对它不再抱有希望的时候，它却像一头活蹦乱跳的兔子冷不丁撞入你的怀里，你抱不抱都得抱住。

点点觉得自己真的很幸运，爱情虽然降临在异国他乡，爱情它真的是可以穿越国界的，来了，它就是实实在在地来了，并且是在点点对它不再抱有希望，不再抱有期待，不再抱有幻想时来临了。

克里对点点真正是属于那种一见钟情的。那天在办公室里面，看着点点那张漂亮的东方面孔，听她说着一些让他惊讶的认真话语，他当时心中就有一种很特别的感觉，他知道这种感觉不仅仅是因为那张特别的漂亮的东方面孔，而是他感觉到她身上还有什么特别的东西吸引着他，她很有智慧，他马上感觉到是这样一点，而且她很有信心，似乎她能够在生活中不受干扰直奔自己的目标。对他来说，这些是真正重要的东西。没有这些东西，漂亮一文不值。克里在约翰家里聚会后再次证明了自己的感觉，并且他对约翰谈了自己对点点的感觉和看法，约翰鼓励他大胆追求自己的爱情。

那天上班，在电梯里遇到总经理，点点微笑地向约翰道早安。约翰对点点说："你到我办公室一下。"

点点有点紧张地跟约翰来到他那个老总办公室。约翰客气地对点点说："坐吧，咖啡？"

"不用，谢谢！"点点知道约翰会说克里的事情，因为工作上，约翰不需要与点点谈，只有克里的事情才能让约翰找点点谈。

"D·D，我知道你很优秀，克里对我说，你是一个有大智慧的女孩子，他明确表示喜欢你，可以说对你是一见钟情，我只想告诉你的是，克里是一个很优秀很有责任心的男人，他以前谈过一个女孩子，但他们没有缘分。女孩子觉得克里事业心太强没有时间陪她，所以离他而去了。他与那个女孩子谈恋爱时也没有像现在对你这么兴奋和激动，我们总部的人其实都很喜欢克里，虽然他工作时很严肃，但生活中他还是很风趣的，这些年，他为了事业，可以说是付出了他的一切，包括他找女朋友的时间，我们也一直希望克里能遇到他的真爱，我只是想告诉你，这回克里对你动了情，你可以放心他的人品。"

"谢谢！"点点不知道说什么好，因为一切都是如此突然。

四十六

　　点点还发现克里其实是一个典型的中国迷，克里的父亲曾经是一个外交官，年轻时在中国呆过一年，他特别喜欢中国的古典家具。克里受父亲的影响，也喜欢中国文化，从他家里的一些摆设和家具看得出他对中国文化的热爱，严格来说，克里其实是一个随心的人，他喜欢什么就买什么，他的家里其实是一个典型的中西结合的混搭。

　　那是与克里约会三个月后的一个星期六，克里说："点点，你还没有到过我们家吧，我带你去看看。"

　　"你们家有什么人啊，我应该准备什么啊？"说实话，点点一听克里说要带她去他家时，很紧张。

　　"什么也不要带，家里只有我父母，没有别人，放心好了，他们会喜欢你的。"克里说。

　　那天，克里接点点去他家，点点就带了一条杭州丝巾给克里的妈妈，带了一盒中国有名的木梳子给克里的爸爸，并买了一束鲜花带去了。

　　一到克里家，克里的父母已经在翘首以待他们的到来了。

　　见到点点克里的母亲就来了一个大大的熊抱，是一个热情开朗的老太太，点点一下子就喜欢上了。

"让我来看看，是什么样的女孩子将我们家克里的魂都勾走了。啊，原来是这么漂亮的中国女孩子啊，难怪，你很漂亮，克里老在我们面前夸你有才华，你看你的牙齿长得多白啊，多整齐啊，我喜欢。"

"妈，看你，人家点点都不好意思了。"克里嗔怪妈妈。

对点点送的礼物，克里的爸爸妈妈喜欢得不得了。

看着那样的母子情深，点点好喜欢。

喝完咖啡后，克里的妈妈对点点说："你来这里就不要老呆在克里身边了，陪我，陪我，我们俩在一起，让我带你去看我花园里面的花。"克里妈妈开朗的性格一下子就与点点没有了距离，点点经不起克里妈妈的鼓捣，她们一起来到她心爱的花园参观。

点点记得克里曾经说过他妈妈最喜欢在她的花园里面鼓捣着，将她的花园整理得很漂亮。一来到花园，点点觉得真是名不虚传，太美了。

点点随着克里的母亲参观她心爱的花园。"你看，这里原来是一个很大的空坪地，我觉得太荒凉了，就想着一定要种些花草。我想的是要开满玫瑰花式的英式维多利亚式的花园。"

"我觉得这个花园不仅很漂亮，而且还很实用。"点点说。

"是的，你看，"克里的妈妈带点点穿过草坪指着那个白色的大凉亭说，"这是我们和朋友们一起享受休闲时光的娱乐空间。"

点点看到，两个台阶之上，是用石材铺装的露台，上面白色的维多利亚式棚架和凉亭分隔出一个独立的娱乐区域。架棚是本质结构的，上面爬满了植物，给人带来了凉爽和私密的氛围。通向凉亭的花架旁，种植了粉红色的爬藤玫瑰，在绿色背景和白色木棚架的衬托下，显得越发清新柔美，散发出英式花园的优雅气质。

"你看，那里是我们户外开 Party 的地方，前些年我们经常请朋友一起来开 Party，现在少了很多。"克里妈妈指着那边的区域对点点说。在凉亭的对面，那些石材铺装的区域里面，摆放了餐桌椅，旁边靠墙壁的位置安放了一个壁炉，壁炉的旁边还有个室外厨房，这里还可以聚餐时烧烤。

"你看，那个很质朴的小凉亭，里面有什么?"克里妈妈故作悬念地问道。

"天哪，是个按摩浴缸。"点点惊奇地说道。

这间小凉亭被茂盛的植物所包围，里面安装了低于地面的按摩浴缸。

"这主要是克里要求的，他在天气好的情况下，有时工作回来就在这些植物的遮掩下体验户外按摩浴缸的舒适，从而放松，释放压力。"克里妈妈一提到克里就露出慈祥的笑脸。

整个花园看得出是克里妈妈最心爱的地方，不但种植了许多美丽的植物，还用色彩轻柔的织物做成座套和靠垫，那些白色的座椅有了这些色彩漂亮的织物的点缀，不仅给花园增添了视觉美感，而且还提升了舒适度。特别是那个白色长椅，复古的造型，很搭配维多利亚式的庭院风格，将旁边的开竺葵衬得更加鲜艳。

"为了打造这个花园，除了玫瑰花以外，我还种了许多的月季、香草和药材。"克里妈妈一说起心爱的花园就滔滔不绝，脸上还泛着孩童般的红晕，真是个可爱的老太太。

"你看，那些红砖地面，都是我亲自与工人一起铺好的，我设计哪些地方铺红砖，路径铺成圆形还是方形，怎么个走法，工人们与我一起干的时候都觉得特别有趣，包括地下供水设备都作了详细而严格的要求，不能让那些管道裸露出来，以免影响整体美观，在整个花园完成后，我天天将花盆移来移去，让它点缀得更加漂亮，最后大家都觉得比较好了，我还不停地从外面买各种色彩花的品种回来，让花园的色彩更加丰富和斑斓。"

"在花园里面，真是一种享受，您一定很有成就感吧？"点点问道。

"是的，有的朋友家的花园还漂亮，我会去向别人学习，让它更加地漂亮起来。"

"克里的姐姐和妹妹的孩子们来了就在花园里面玩，他们真的很喜欢花园。因为孩子们不喜欢呆在室内，特别是我们家的室内的家具基本上是与花园两个概念，那个区域全部是按照克里的爸爸的要求设计和摆设的，全是中国的古典红木家具，很有中国概念，对孩子们来说，太沉重一点，活力不够。这样，我们家的房子是一人实现一个梦想，我要花园，他要中国风格。"克里妈妈开心地骄傲地说着笑起来。

"您真是了不起！"点点由衷地赞美她。

"我们去房内喝点茶吧。"克里妈妈听到点点的赞美兴奋得像小孩子一样，开心得不得了，过了一会她提议。

"好的。"点点高兴地说。

走进别墅的里面，完全是另外一种风格，你会感到这就是中国的一个大户人家，室内的所有家具都是中国老古董式的实木家具。高背的紫檀木沙发配同质方茶几，够宽够大够气派，点点只能用这三个够来形容。

"他爸年轻时在中国做过一年的外交官，那时起，他就喜欢上了中国的古典家具，他很喜欢木质的纹路，对那些好的木头和家具首先看木纹路，只要漂亮，再贵也买，你去看看、摸摸这些家具。"克里的妈妈是个健谈的人。

点点感觉这里其实就是中国古代那些达官贵人家庭的一个缩影，每件家具的造型，都是经典。除了墙壁有个美国式的壁炉外，其它的无一例外是中式古典的家具。你会深切地感到这就是一个热爱中国文化和中国古典家具的美国老人的家，并且是富足老人的家。

克里的爸爸这个老外交官看上去很儒雅，一头银发梳得一丝不苟，话不多，总是微笑。整个房子的布局一看就是一个西方人对中国文化的热爱所有的情怀。每一件家具无不体现着中国式的古香古韵，沙发的背后有一个可以活动的屏风，屏风的图案用透雕的设计，是一个紫檀木材质雕刻的，图案为卷草、莲纹、云纹，刀法线条流畅，生动形象极富生气。

在沙发的正前方墙壁上有个不太大的电视机，电视机下面有个边几，也是紫檀木的，非常精巧，不仅有小面积的雕刻，以少胜多，更有通过平面、凹面、凸面、阴线、阳线之间不同比例的搭配组合，形成多样感的几何形断面，达到鲜明的装饰效果。客厅的窗户都是木制的雕花窗子，纯实木的原色地板，光洁透亮。

一楼有间特大的书房，书房的书柜、书桌、座椅都是采用框架式设计的明代家具风格。绿檀木深绿的色泽配合稳重大气的造型，特别是绿檀木纹路，十分漂亮，造型结构通过边框处条纹的变化，经及小面积雕刻，黄铜附属件的装饰，充分表达出明式家具清雅含蓄、端庄丰华的东方韵味。

最让点点惊讶的是克里他们家的厨房，这是点点有生年以来见过的最棒的厨房。

一个大的红木圆餐桌放在中间，餐桌上有水果和鲜花，一个岛台摆放了各种电器，有可以煮各种咖啡的器具，有几种很漂亮的锅、壶，有白色、黄色和淡紫色的搪瓷用品，有英国上等的杯碗盘碟子，有比利时华夫饼烤箱、高级搅拌机、优质榨汁机等等，各种精美的餐具，各种调料，像艺术品那样赏心悦目地摆放在那里，一个像中国人家里衣柜那么大的冰箱，那么宽敞明亮，让你绝对不会相信这是置身于厨房中，这是一个让你愿意久呆美得不得了的地方。点点想到中国人只在乎对客厅的装饰，对厨房就没有那么用心思了，而美国人对厨房的用心程度绝对大于客厅，因为厨房是一个人生活品味的重要来源地，用克里妈妈的话说就是："厨房是制造生活美味，创造生活情趣的地方，一定要让整个阳光照耀进来。"他们的厨房并不是简单的炒菜做饭的地方，而是与家人共同享受温暖的地方。点点想，这就是东方与西方生活品质的最大区别。

"您这里的每一件家具都是一个艺术品，都这么经典。太了不起了，比我们中国人还中国人。"

"这些家具是我在中国做外交官时喜爱上的，你仔细看真的很美，它代表着中国的文化、中国的艺术，那些木纹，那些手工雕工，拥有它，真是至高的品质享受啊！"克里爸爸笑着对点点说。

"家具很贵，但很值得。"克里妈妈由衷地说。

"对呀，好的东西，就一个字'贵'，但贵得值得呀。"克里爸说。

"我爸这个购物理念深深地影响着我，我现在的观点是一样，只买自己喜欢的东西，再贵也买，譬如我喜欢的汽车，然后激励我拼命地挣钱。"克里在旁边自豪地说。

"是多么有智慧的一家人啊，多么有生活品质的一家人啊。"点点发自内心地赞美他们，心中也更加爱他们了。

四十七

第二天，克里骄傲而开心地对点点说："你已经通过了我父母的面试关，太好了，要庆祝。"

"那是因为本小姐本来就很优秀，算他们慧眼识珠。"点点也很高兴地说。

"你就不能谦虚一点吗？"克里笑着灿烂的脸庞对点点说。

"我是有这样令我骄傲的资本呀！"点点也笑得灿烂无比。

其实，点点很喜欢克里的爸爸妈妈，喜欢他们阳光和健康的心态，他们也是 70 多岁的老人了，他们独立、坚强而且能充分享受生活带给他们的乐趣。

点点认为在这一点上中国的老人就不如美国的老人，点点对克里说："我喜欢你爸爸妈妈的阳光、自信和独立，在他们身上我会体会到什么叫优雅地老去，无论从心态、体态和外表，见到他们不会让人觉得老去是一件可怕的事情，人生都有不同的阶段，在他们的这个年龄能保持着这种状态，那是让我羡慕的，比我们中国的老人要活得潇洒，我们中国的老人们一上 60 岁，他们大多数都不大讲究自己的容貌仪表了，他们认为这么一大把年龄了，谁还看你，在他们的观念中，老人就是老人，这个社会上，谁还会把你当回事。所以中国的老人大多不注重自己的形象了。像你妈妈多漂亮啊，你爸爸也是，哪有半点老人的状态，我真的很喜欢他们，他们注重自己的容貌和生活质量，认为那是对生命的热爱也是对自己和别人的尊重，所以他们活得比我们中国人潇洒自由。"

克里说："当然我也能理解，在你们国家这个年龄段的老人，有些观念还不是特别国际化，为自己而生活的理念还没有完全形成，这要有个过程。"

"你不知道的是，我们中国退休的父母都十分希望给自己的儿女带小孩，带他们的孙子孙女，所以就会出现很多像我妈这样的催婚逼婚来了，现实和矛盾的是并不是所有的孩子们都愿意让父母去给他们带孩子，因为父母的观念不同，他们会把孩子溺爱坏的，所以大多数的时候，儿女们宁愿父母在经济上资助他们来抚养下一代，而不愿意让他们来带。结果父母和儿女们想法的矛盾，使大家都身心疲惫。"

克里说："如果老人喜欢将年老的幸福建筑在儿女身上，而儿女们又不十分地情愿，他们便感到无比的失落。"

"就是呀，老人一失落，就落下了心病，心里不阳光，身体就会出问题，走下坡路了，这时又是人的生理机能一个大的转变期，心血管等疾病如潮水般涌入那没有什么生机的身体，所以一下子他们真正进入了垂暮的老年。中国的老人绝大多数人是老在了心理上，所以你读他们的脸，基本上都是没有神采飞扬的脸，满脸的皱褶都是岁月蹉跎的烙印。好在我妈还不至于这样，这是我的庆幸，所以为什么我说喜欢你的爸爸妈妈呢。"

"我想这是一个观念的问题，中国的老人如何活出自己的人生价值和自我，如何不要将自己的晚年幸福与依托建筑在儿孙的身上的问题，这样，相互之间不要成为彼此之间的负担，如何像我们美国的老人一样，坚强、独立。当然，我不是说人与人之间不要亲情，我知道中国是礼仪之邦，中国人自古以来讲究的是尽孝道，讲究赡养是美德，但赡养老人，在老人与儿女们的观念中，我认为是要多方面的，如果有孝心，陪伴和看望并不是一定要每时每刻都在一起，彼此之间有着自己一定的空间，在力所能及的时候，彼此照应着，我想大家都会活得轻松些，老人对儿女的期望值不要太高，要自己活出自己的价值来。"

"其实我不是政府官员也不是社会学家，我为什么要对你说这些老人的问题和现状，是因为我喜欢与老人在一起，因为我的父母也开始老去，我知道我有责任照顾他们，但我更希望他们能像你的父母一样坚强独立，只要他们需要，我们肯定会义无反顾地陪在他们身边，但我们国家的老人根深蒂固的观念很难改变。他们不像你父母对人生有个长期的规划，我们的中国老人很多没有把快乐建立在可持续的长久的人生目标上，人的一生都应该为快乐而生存，而不是一时短暂的功名利禄。五六十岁之前的快乐是事业奋斗，培养儿女的快乐，而五六十岁之后的快乐就是健康享受，晚年生活的快乐，不依附于任何人健康快乐地生活。我跟你说，我们很多的老人，没有工作了，家里又没有孙子带，又害怕花钱去旅游什么的，就整天大眼瞪小眼，感到无比地孤独，从人性的角度来说都是极不利于身心健康的，更何况老人，他们的生活自理能力和精神支柱能力都在消失，他们像婴幼儿一样，开始需要人的关注、关心和关爱，但是他们享受不到婴幼儿一般的呵护、关爱，他们只能自己品尝着人生晚年的孤独，哪怕这种孤独对老人而言，是天生的痼疾，无药可医。我记得有一次我陪我妈去医院看病，医院里面有很多老人，从这些老人的脸上，我读到的满是孤凄。我想老去，不断地老去，可能是每个老人心中最残酷的事情，他们面临的不仅仅是芳华凋零，青春不再，更是他们要面对偌大的世界，忽然自己成了赤手空拳的俯首就擒者，而且是满身体的病症。在他们的脸上，我读不到未来，读到的只是近在咫尺的终点，他们的活着，在世界上已经成为过客，虽然每一个人都是这个世界上的过客，但他们已经在等待生命终结的到期，特别是那些疾病缠身的老人，更是毫无生命质量而言，他们的心理已经比生理更提前衰老了。很多老人其实都在等待死亡，为什么要等，被动地度过生命最后的时光？这其实也是一个人对待老去和生命的态度的问题。我也不知道为什么要与你说这个沉重的话题，只是看见了你的爸爸妈妈联想到我在中国的所见我突然有一种很深的感受而已。"点点对克里说。

"这说明你是一个有思想而且很善良的人，没有关系，我们都会对老去的父母很好的，是不是？"克里拥着点点说。

"呀，我觉得我说这些是不是有点未老先衰呀，按道理我们这么年轻，不应该谈这些话题的，但我就是喜欢你爸爸妈妈那样的老人，我想，我今后也要像他们一样健康阳光优雅地老去，并且还是与你一起老去。我想如果可以，我们每个星期去陪一下你的爸爸妈妈，陪他们说说话，只要他们喜欢，什么时候我都会喜欢去看他们的。"点点发自内心地说。

"好，只要他们方便和喜欢我们就去。其实，我和你一样，对父母有很深的依恋，因为时光在他们的身上停留是不会太长久的，你说的，他们很大程度上是这个世界的过客了，所以我们就要像对待客人一样对待他们，竭尽全力让他们开心，让他们幸福快乐，是不是？"克里开心地说。

点点也喜欢与克里谈一些社会现象和这类探及灵魂的话题，他们有着很多相同的价值观，并且对事物都能达到一致的看法。

四十八

　　点点与克里的约会已经成为她工作之余的全部生活内容，克里沉稳、体贴、细心，他总会在不经意的细小事情中体现他的细心。

　　点点第一次真正体会到了被人捧在手心中的感觉，那是一种妙不可言、让人陶醉的感觉，那是一种被呵护、被宠爱的感觉。这种感觉让点点觉得做一个女人真好。

　　点点也会偶尔想起在中国被约会的情景，那是一个让她时刻提醒自己这是已经过了32岁的大年龄女人的约会，每次的被相亲被约会思想上有很大的负担，那不是一种愉快的感觉，而是一种交易被交易的感觉，那个时候的她，一点都体会不到男女约会的美好，更谈不是男女恋爱的美好了。

　　点点与克里的约会，让点点充分享受了除男女双方异性的吸引外，还有克里对点点的各方面的智慧的诱惑。点点觉得这种智慧的诱惑享受完全只能在同一层次和同一空间同一智慧中人中进行。在克里的身上，点点获得了她对生命中另一半所要求的全部期待。他们的每一次约会和交流总是会擦出一些令他们两人都惊喜和开心的智慧的火花。

　　这就够了。

克里意想不到点点会这么热爱音乐，他对音乐可以说是一窍不通，点点对音乐的热爱引起了他的好奇，以前他是没有时间去听音乐会，现在虽然也很忙，但他会将自己爱汽车的时间稍稍调整一点出来与点点一起欣赏音乐。

"哇噻，这个月底，席琳·迪翁会在波士顿开演唱会，我们去看，好不好？"点点兴奋得脸都发红，对克里说。

"又是你的偶像，是不是？"

"是呀，你要是知道了她的故事，你也会对她很崇拜的。"

"她的什么故事？"

"席琳·迪翁的爱情故事，她是一个加拿大出生的小女孩子，从小会唱歌，但小时候像个丑小鸭，当她父母送她到现在的丈夫那里去请求他指导她时，她的丈夫正事业走下坡路沉入低谷并已经打算不再搞音乐了的时候，那天他一眼看见席琳，马上就不感兴趣，因为形象实在是太不尽人意了，他从事音乐这么多年，他深知形象对一个歌手的重要性，虽然席琳当时才 15 岁，所以他脸上露出了不耐烦，没有兴趣也没有打算听她唱歌，但席琳父母还是坚持要席琳唱一首给他听，一张口，他就惊喜不已，这种声音实在是太少有，当即他就决定不再放弃自己心爱的音乐，一心一意培养这个丑小鸭，他将他的全部资金都用在打造席琳上，教她唱歌，给她争取演出机会，一次又一次地将她推向前台，让人们认识她喜欢她，渐渐地席琳随着他的培育而长大了，名气与日俱增，随着一次演唱会的大获成功，席琳在庆功宴后，主动向他表示了自己的爱，但他却退却了，他与她年龄悬殊太大，席琳是一个光彩夺目的歌星了，而他却是一身病疼的人，而且是一个开始进入老年的人了，但席琳坚定地勇敢地与他结婚了，婚后的他们，将席琳的事业推向了顶峰，这时的席琳已经是全球歌坛的巨星了，事业蒸蒸日上，生机勃勃，但他却得了癌症，面临着生命的危险，席琳这时作出了一个大胆的计划，要为他们的爱情增添结晶，席琳在她近 40 岁的高年龄，为他生下了一个孩子，孩子为他们带来了新的活力，然后，席琳又冒险为他们生下了一对双胞胎，他们生活在爱的怀抱，席琳，最后决定，为治好她丈夫的病，在世界开展巡回演唱会，演唱会就叫《为爱冒险》，里面的每一首歌曲我都喜欢，我最敬佩的是，她在全球演唱会时，在每一个城市，都是将全家包括她的父母兄弟姐妹全部带上让他们在一起，真的是很温暖很爱意浓浓的大家庭，席琳做到了，后来她丈夫的身体也逐渐恢复，爱，真的能战胜一切，爱，让人美好。"点点感慨万端地对克里说。

"好，我马上订演唱会的门票，我们一起去看演唱会。"克里拿起电话就将演唱会的门票订好了，点点回报给他的是一个长长的吻。

听完席琳迪翁的演唱会后，克里也深深感动，那些歌《为爱奉献》、《爱的力量》、《为爱冒险》、《水深山高》、《钟爱我一人》等等。所有的歌词他都喜欢，第二天，他专门去买了席琳的专辑回家，车上、家里每天都会放上音乐，他喜欢上了音乐，他觉得音乐像一道心灵鸡汤，能滋润心田，给人力量，缓解疲劳。那以后，点点、克里听过很多的音乐会。

休息和放假的时候，克里会开着车子带点点去纽约的任何一个地方，他们喜欢一起被风吹着，放着音乐在高速公路上奔驰的感觉，点点喜欢席琳·迪翁的《为爱冒险》，他们的汽车和家里时刻都会播放这个歌曲，他们也喜欢随时发现生活中的小错误而开怀大笑，克里带点点参加他的同学和朋友的聚会，点点喜欢他的朋友们，都是一些很有智慧并且懂得生活的人，克里还带点点去他的汽车俱乐部，与俱乐部的成员一起聊天，一起喝咖啡，点点认识了克里很多的朋友，并且与他们也成了好朋友，而因为点点说过喜欢摇滚音乐克里还和点点一起专门去了一个音乐俱乐部听摇滚，没想到克里也爱上这种喧闹的音乐，因为他觉得这种摇滚音乐能让人彻底放松，也能使人回归本真。

克里喜欢汽车，点点也受熏陶喜欢上了汽车，每次走在路上，点点就会对前面行走的豪华漂亮的车辆点评："这是 Competizion 阿尔法罗密欧。"

"这是 Hummer 悍马。"

"这是 Jaguar 捷豹。"

"这是 Porsche 保时捷。"惹得克里心里高兴得不得了。

有时候，克里和点点会哪里也不去，点点就会在超级市场购买一些她所需要的食料，在家里面做一些中国饭菜，克里跟点点学会了用筷子吃饭，克里开始学时，总是夹不起也夹不稳菜，看着克里那滑稽认真的表情，点点会开怀大笑。最后经过克里的努力，现在反而喜欢上用筷子吃饭的感觉了。而每次吃饭后，他们就会蜷缩在沙发上，看着各自喜欢的书，谁也不会说话，点点很喜欢这种感觉。甚至，与克里一起走路时，因为点点穿着高跟鞋，克里会放慢节奏呵护她，特别是在楼梯或爬坡时，克里抓住点点的手臂，扶着她慢慢地走路，不让她摔倒，喜欢克里经常会用自己的手臂挽着点点的腰在大街上走路的感觉，这些感觉让点点觉得，这是一个可以依靠，有安全感的男人，这个外表和内心都强大的男人是能够陪伴自己走过一生的人。

四十九

　　恋爱中的人总是觉得时间过得特别地快，点点与克里的约会已经进行了六个多月，随着与克里的交往，也随着对克里各方面的了解，点点觉得她一生中最重要的那个他已经出现了。记得第一次与克里约会时，点点很认真地说出了自己的想法和疑惑，克里这么优秀，为什么现在还没有结婚，是有什么特殊的原因吗。克里很认真也很体贴地对点点说了一番话："你说出来这些我觉得我很能理解，不单是说这是中西方文化的差异，也是我们应该如何看待这些事情的问题，首先，我可以正式地认真地向你介绍一下我自己，我今年 39 岁，身高175 公分，毕业于哈佛大学金融硕士，现在在我们公司做副总裁，自己爱好汽车，经营着一个汽车俱乐部，身体健康，内心阳光。肯定地说，我之所以到现在还没有结婚，是因为我没有遇到一个令我真正有感觉的女孩子，我之前也谈过一个女孩子，但最终友好地分手了。你会问我怎么会喜欢你，告诉你吧，我喜欢那种智慧并且漂亮的女孩子，喜欢阳光健康向上有活力的不做作的女孩子。其实，我也与你一样，对你的过去我一点都不了解，这有什么关系？因为我不是与你的过去交往，而是与你的现在，与你的未来交往，你的过去怎么样，与我有什么关系？因为它已经成为了过去，你的过去同我们现在的交往一丝一毫都没有关系了，过去不可能再现，而不代表你现在和将来，我注重的是现在的你，是不是我喜欢的你，是不是让我有感觉的你，是不是使我要将你视为终身在一起的你，现在的你，我是不是可以把握相恋，将来的你，我是不是可以相守相爱，这才是我要考虑的，我明确告诉你，我喜欢你，我对你有很好的感觉，我觉得你应该是为我而生的，也觉得是上帝特意将你送来美国来到我身边的人，你们老说缘分，我认为认识你就是缘分，缘分让我们相恋相爱，让我们幸福相遇和相守，所以不要去在乎一个人的过去不过去的，何况我的过去还这么清白和干净的，放心相爱吧，这才是唯一。"点点被子克里的一番话说得云开雾散，是的，我要把握和拥有的是现在和未来，而不是过去。

利用星期六和星期天，克里开车带点点去海边度假。

路两旁的树，被海风吹得翩翩起舞，天空是那么的高，那么的蓝，海是那么的辽阔，沙滩是那么的洁净。他们就这样相拥在一起，看着潮涨潮汐。

晚上，他们就坐阳台上，看着天上的星星，让他们彼此感觉到的是空气中都弥漫着爱的滋味。

其实，这时的点点，真的就想让时光凝聚在这一刻，让这一刻成为永恒。

克里要求公司尽量不要打扰他周末度假。

他们在一起整整两天两晚的时间，什么也不做，就是很放松，很随意，很安宁地过着属于他们两个人的生活。

克里说，现在他和点点躺在夜晚的沙滩上，让他有很多美好的感觉，克里抚摸着点点说："你听，大海的海浪声音，一阵一阵地涌来，你看，天上的星星、月亮，你摸，海风悄悄地吹着，还有在静静的时候，可以听到海水亲吻沙子的声音以及它们之间的丝丝细语，我太喜欢与大自然作伴，和心爱的人在一起，在天、地、海、你、我之间，这时的我，觉得很幸福很幸福，这是我拥有的最大的财富。"

点点轻吻着克里的耳垂，为克里而感动，以前在点点的脑海里面只有金钱、股票、珠宝、房子、汽车，最多想到的财富还有健康，而现在克里将她带到了财富的另一个层面，那就是天、地、星星、月亮、阳光、海浪、海风、花、草、树木等大自然的一切，还有让大自然拥抱自己身上每一个细胞的自由。

属于他们两个人的世界。

人们常说，有爱的地方，就是天堂。有真爱的地方，就有灵魂。

五十

　　点点将她与克里约会这一消息告诉了在北京的莉莉和可可，莉莉和可可高兴得不得了，要点点带克里到中国玩。当然，点点也将自己的顾虑说给了莉莉听："我其实一直对外国人很浪漫有所担心，因为我怕他们对任何女孩子都会这样，所以其实我与克里约会内心还是没有很大的安全感的，但我却真的喜欢他，他那么优秀体贴。"

　　"我觉得找外国人反而更安全，先不说缘分不缘分的，我认为外国人只要认真与你交往，那他就会对你负责的，外国人最大的优点是什么，你知道吗？诚实！他们对人对物都很诚实！如果你与他结婚，他会一心一意对你好的，绝大多数的外国人重视家庭，他们对家庭很有责任感，越是受过高等教育的这方面做得越好，他们有钱了有地位了一般也不会背叛妻子，你知道美国人与中国人最大的区别是什么吗？我认为美国人是在婚前浪漫开放，在婚后专一有责任心，而中国人是在婚前保守拘谨，而婚后却开放大胆，像我们国内有些有钱有权的人，一旦结婚后，就不是把你捧在手心里，而是成天不回家，在外面泡女人，找小三，找小蜜，不可一世，没有一点社会和家庭的责任感，所以我反而认为外国人在家庭方面都体现出一种尊重和忠诚，所以我觉得你大可不必担心什么

269

找外国人怎么样怎么样啊。"莉莉说。

点点听莉莉这么一说，心里紧张的状态放松了不少。在哪里都有好的男人也有坏的男人，就看你好不好彩了，何况，通过几个月的相处，点点对克里还是蛮有信心的。

点点与克里的约会，让点点体会到了美国人与中国人的感情表达区别，中国人对感情总是含蓄内敛，不太善于表达，而美国人却是会很明确地将自己的情感表达出来，有点像"爱就要大声说出来的"的感觉。

克里那天看见点点后，无头无脑地说："有时甚至想，你这个人肯定就是我生命中最特别的人，也肯定就是我寻找一生的至爱吧。"

有时克里又会对点点说："不知你是否有感觉，我想告诉你：我希望每天都能看见你，每天都会祈盼你就在我的身旁。见到你，我就很踏实，见不到你，我感觉我的心、我的灵魂都不在我的身上了，我真正知道了什么叫做魂不守舍。有你在的日子，我觉得阳光是明媚的，天空是晴朗的，而我的心是安宁的，也许，你会觉得我可笑，觉得我自作多情，真的，我要告诉你的是，我没有说过一句不真实的话，有你在我身边的日子里，我过得很真实，也很快乐，虽然工作仍然是如此的繁重，如此地紧张和压头，但我不觉得累，我感觉你是懂我的，理解我的。"

点点听后会从内心深处体会到感动，但点点嘴上却会对克里说："瞧你这点出息。"

点点是无可救药地爱上了克里这个工作中理性，生活中感性的结合体了。

从与点点约会的这一天起，克里说他变了，他不再是那个单纯会工作不会生活的克里了，他说他喜欢他的这种变化，让他感到了对生命的热爱和生活丰富多彩的热爱，他感情变得特别细腻了，记得有一次在下班回家的路上，克里突然听到有个街头艺术家弹着吉他，闭目唱着电影《泰坦尼克号》的那首名曲《我心永恒》"每一个夜晚，在我的梦里，我看见你，我感觉到你，我懂得你的心……"他的心里一阵感动，眼眶一热，是的，他也是一样，这种感觉他真的有深切的体会。现在的克里有时会因为听到一首触动他心灵的歌儿，或者在大街上看见恋人的牵手而想到点点，想着她的智慧、想着她的时而宁静时而狂野、想着她那工作时那份认真、想着她那对生活的高品位、想着她的无法言语的美丽，有时或许会因为一道似曾相识的风景，一种触动心灵的感觉就会想起她，每当想起她的时候，克里的心里总是暖暖的，有三分美好，三分感动，三分憧憬，更有一分执着。克里执着于与她的这份情缘，这样的情缘让克里有着一种幸福含泪的感觉，心里酸酸的，总想留住幸福的时光。

克里很感激上苍给了一个这样的她，因为生命有时真的很无奈，工作压力和市场竞争又是如此的残酷，在克里生命中他过早地陷入繁重的工作压力之中，虽然工作的责任心和事业心让他充满干劲，他也博得了大家对他的尊重和喜欢，但工作之外，特别是繁忙的劳累之后，没有人安慰和倾诉，他有时会觉得特别的孤独，心灵会很孤寂，有时工作的压力将他逼得无法解脱，他真的觉得生命像一潭死水，寂静得没有一圈涟漪泛起，以前的女朋友并不能理解他的工作热情，而他的日子中只有工作、工作再工作，生活没有了滋味，生命没有了光彩。他感谢上苍没有遗忘他，让她出现在他的面前，他的生命从此有了多条雨后的彩虹，他的生活从此有了满目的苍翠。

克里更感谢上苍，给出了他这样一个她，让他遇见了这样一个她。这样一个让克里在这个世界上不再孤单，不再寂寞的人，这样一个让克里的心变得柔软脆弱，让他的思念拥有了湿润的一隅，更让他有了独享着一生眷恋和牵挂的人，让他在疲倦时，只要一转身就能找到精神的依靠，让他在绝望时找到会及时拯救他的灵魂的一个她——点点。

点点听到这些让她感动得无法形容的话语后，对克里说："我在中国看了一本青年作家郭敬明写的小说《小时代》那里面有一段话我印象特别深，一直记得：'你要相信世界上一定会有一个爱你的人，无论你此刻正被光芒环绕、被掌声淹没，还是那时你正孤独地走在寒冷的街道上被大雨淋湿，无论是漂着小雪的微亮清晨，还是被热浪炙烤的薄暮黄昏，他一定会穿越这个世界上汹涌的人群，他一一地走过他们，怀着一颗用力跳动的心脏走向你。他一定会捧着满腔的热和目光里沉甸甸的爱，走向你，抓紧你。他会迫不及待地走到你的身边，如果他年轻，那他一定会向顽劣的孩童霸占自己的玩具不肯与人分享般地拥抱你；如果他已经不再年轻，那他一定会像披荆斩棘归来的猎人，在你身旁燃起篝火，然后拥抱着你疲惫而放心地睡去。他一定会找到你。你要等。'这段话让我体会很深，我感谢我自己的等待，也感谢你对我的等待。说真的，我在这个等你的过程中在等你的路上，被人们不断地抓去相亲，或者在网络上相亲，或者期待艳遇，我一个又一个地看，都不是你，上天一直考验着我的耐心，我感谢我们的共同等待。我觉得我现在是如此的幸福和幸运，上天对我真是厚爱，将一个这么优秀的你送到我的面前，谢谢你！"

克里听后将点点紧紧拥抱在怀里："我也谢谢你对我的等待。"

五十一

再过两个月，点点的美国工作期限就要结束了，但克里却说，不愿意点点离开，要点点再申请延长一年的工作时间，点点也不愿意离开克里，就与北京的公司提出了再工作一年的申请，北京公司同意了点点的申请。

点点和克里高兴得说要在外面庆祝。

克里带点点来到了他心爱的汽车俱乐部，那天来了他全部的俱乐部成员，当时，点点觉得这个俱乐部在今天已经被玫瑰花装饰得温馨浪漫。克里对全体朋友说："我今天要你们在这里见证我生命中最重要的时刻，点点是我生命中最重要的人，我将一辈子与她共享幸福。"随后，克里从旁边捧着一个汽车模型，那是一个很大的房车模型，克里对点点说："这是我用一个月的时间，亲自为我们未来的家设计的，里面的每一个零件都是我一个个拧上去的，里面的每一个关节都是我镶嵌上去的，你看，这个家什么都有，还有我们将来的可爱的小宝贝，我们将一家相亲相爱周游世界，幸福美满地生活着，这个家，在你疲惫时，它是你停歇的港湾，在你快乐时，它会为你奏响欢乐的乐曲，我希望你能成为这个家的女主人。"随后克里从口袋里掏出一枚戒指，向着点点说："你愿意与我共度一生吗？"

"愿意！愿意！"朋友们大声应答，音乐在此时轻轻地响起，点点已经是热泪盈眶："我愿意！"克里随后带着点点翩翩起舞，点点被这巨大的幸福所包围着。

五十二

　　时光似流水，急急流过。圣诞节很快就要来临，点点与克里商量，等放假他们一起回一次中国，让点点的父母认识一下克里，也让克里认识一下点点的父母和莉莉、可可等朋友，更重要的让克里再重新认识一下中国。

　　点点让点点妈和点点爸在北京等待他们的回来，在飞机上，点点的内心充满了快乐，她再也不用期盼旁边的座位上的另一个人，再也不用幻想空中的艳遇了。

　　飞机降落的时候，点点对克里说："欢迎来到中国！"

　　"谢谢！我相信会喜欢这个生育我可爱点点的国度的。"克里拍着点点的脸调皮地笑着说。

　　莉莉来机场接机，点点与莉莉一见面就亲切地拥抱着，点点将克里介绍给莉莉，莉莉很开心地用英语对克里说："认识你很高兴！"

　　"你好，认识你很高兴！"克里与莉莉握手。

　　可可没有来，莉莉告诉点点，可可现在正与万里在卖他们的房子。

　　"卖房子？"点点不解地问莉莉。

　　"是的，可可这几天像那些房地产主一样，迫不及待地将万里的另外两套房卖出去，因为有小道消息，加上网上放风，三月份国家会出台政策，第二套房产的交易要收取20%的税。这样一来，原来的房子就要多花几十万元了，甚至按北京的房价的话要一百多万元的税，这还只是内部消息，一旦真的实施，那时可能要卖掉都来不及了。"

"啊，我记得可可曾经说过万里有四套房子，因为他害怕父母没房子住，害怕别人嫌他父母，所以他将赚的钱全部都放在了购买北京房子上了，从中也说明他还是有眼光，北京的房价涨了很多倍，他还真赚到了，趁现在税还没上来，卖掉是对的。"点点说。

点点带克里回家，点点妈与点点爸开心得不知如何是好，他们开始很紧张，因为克里是一个外国人，他们不知如何与他沟通与交流，但一见到克里，点点妈就喜欢上了，这么英俊的孩子，与点点是多么的相配啊，特别看到点点那张神采奕奕的脸蛋，点点妈心里别提多高兴了。

晚上，莉莉、可可与万里在酒店给点点接风。在与克里互相认识以后，大家对克里的印象好极了。

可可说："我觉得北京真是没有秘密，不，应该说中国政府都没有秘密，我们这样的人都能知道国家即将出台的政策，所以我想赶快卖掉那两套房子，没想到的是，知道此内部消息的人很多，现在已经是半夜开始排队等交易过户，真的累，房产交易大楼人山人海了，这也说明北京的人真有钱，房子多的人太多了。"可可说。

"其实，人的一辈子就只能睡一张床铺，不知道这些人为什么总是活得很累。"莉莉现在不但做瑜伽，而且她还开始信佛了，对世界上的一切事情越来越看得明白了。

"是的，人都是被欲望所左右了。"点点说。

为了照顾克里，所以他们交流的时候大多数是用英语交流。后来聊到点点在美国工作生活的事情，点点说："我一直有一个想法，想与你们商量一下，原来想在电话说，又怕说不清楚，所以就见面说，我必须要先说，好让你们多考虑，就是在美国这段时期，特别是认识了克里以后，我就在想，在中国像我们这个年龄段的女孩子是很难找到合适的男朋友的，事业有成，有点高不成低不就，再加上交际圈子又很小，使优秀女孩子特别是大年龄的女孩子很难找到与自己匹配的优秀男人，其实美国这个年龄层的优秀的男人很多，他们对女孩子的年龄不是那么在意，关键是看双方有没有感觉，而在美国大年龄的女孩子和大年龄的男孩子也很多，他们不像我们中国一到20多岁就急着结婚生子，他们

275

做着自己喜欢的事，然后才开始交朋友，他们会在众多的朋友中寻找自己最合适的一半，而与之相交的朋友都不会一开始就用一个婚姻的枷锁来锁定对方，我觉得他们的观念特别好，我就在想，我们可以在中国开一个类似于熟女俱乐部的会所，将那些30岁以上特别优秀的女孩子都集中到我们的俱乐部来，而我在美国还认识了一个中国人玉儿，她的先生安南就是开了一个这样的征婚相亲网站，那里面有很多未婚美国男孩子的资料，我想将他们叫上，一起合作，美国那边的未婚男孩子的资料及所有软件都是现成的，我们移植过来就是，将那些事业有成的30岁以上的成功男人的资料放到我们的俱乐部来，当然，这些男人也必须是希望找到中国女孩子，给他们提供一个交流认识的平台，你们说好不好？"

"我觉得这个主意好，我举双手赞同。"莉莉说，"因为这个层面的女孩子在中国还真不少，她们又不愿意放低自己的标准，她们有着很明确的婚姻价值观，而与她们相匹配的男孩子在中国早就被那些年轻漂亮的女孩子抢走了。对了，我觉得我们还可以请艾玛教授参与进来，她那里也有很多的优质精英的。"

"我看这个主意真的太好了，我们找到了就一定要想到还有与我们一样的女孩子还没有找，是不是？我觉得这个也就跟《非诚勿扰》的性质一样，给大家提供一个实际的交友平台。"可可说。

"我觉得不单纯是相亲平台，我们还要在俱乐部内举办很多的讲座，艺术品展览，搞一些 PARTY 啊，更重要的是，我想吸引更多的美国精英，这个年龄段的精英说实话都是美国的未来，让他们来到中国，到中国来，了解中国，增加一些与美国商务贸易方面的机会，更重要的还是两国之间的文化交流，中国现在也越来越强大了，以后与美国就是强强联合，多好啊。明天我们把艾玛教授也请来听听她有什么见解好了。"点点又说。

"好，我们说干就干。"莉莉是个大气果断的人，"点点你在美国的这一年做好一切美国优秀男人的准备，与克里的所有同学、朋友、同事接触，给他们宣传，与玉儿的先生安南讲合作的事宜，当然，克里找了这么优秀的点点就是最好的活广告，让美国那些事业有成又没对象的男孩子都愿意并向往中国的女孩子，你将他们的资源都整理好，我们要做一个网站，让他们先在网上有意识的交流，有感觉了，我们每年会定期举办交流活动，搞交流聚会。"

"对的，让万里负责地点。俱乐部的地点场所以及里面的一切设施都由万里负责，我负责叫朋友建立好网站。时机一成熟，就行动起来，规模可以慢慢扩大，好不好？"可可说。

大家都觉得这个市场前景很广阔，万里和克里都说好，最后，他们一起讨论了资金问题，由万里做个建俱乐部的所需要经费的调研，拿出组建和成立熟女俱乐部的资金，最后，他们还决定，克里、安南因为资金雄厚些，就出全部资金的70%，莉莉和可可各出15%。

大家在一起聊得很兴奋，一直到晚上12点多钟才散。

第二天，莉莉又请来了艾玛教授，莉莉将可可、万里以及克里介绍给艾玛教授认识，艾玛教授感受到了这群年轻人的活力，对办这个俱乐部十分感兴趣，并且要参股，还要将她的资源一起整合过来，艾玛教授说："要做就做成中国一流的俱乐部，做成中国或北京独一无二的俱乐部，我想将我们俱乐部的女会员一个个都打造成像皇室里面的皇后一样，光彩夺目，我会在这里定期给这些会员开讲座的，告诉她们怎么做真正的女人，做优雅的女人，告诉她们怎么对自己负责，告诉她们怎么为人妻子，怎么为人母亲，怎么享受生活，怎么热爱生活，怎么提升自己，让我们的每一个会员都成为一道美丽耀眼的风景，让那些男士们看着眼红，爱着心甘情愿，你们说这样多好啊。是不是？何况我还有这么多重要的资源呢。"艾玛教授一点也不输给这些年轻人，干劲十足。

"我同意艾玛教授说的，要做就做最好的，但艾玛教授，我建议您的讲座就不跟那些女会员们讲吸引男士的技巧了，也不讲一些比如性生活技巧了好不好，就讲如何提升自己，包括教一些如何打扮，如何插花，如何做西餐，如何品酒，如何开PARTY，都行，就别讲那些技巧好了，免得人家到时说我们是色情培训，那就麻烦了。"点点诚恳地对艾玛教授说。

"没有问题，这个方面我不讲，我只讲如何提升女性自身素质，优雅生活的方面。"艾玛教授很爽快地说。

"好，太好了，大家意见都一致了，我们就立即行动起来吧！"莉莉开心地说。克里、万里也被这些优秀的女人所感染，大家都开心极了，将艾玛教授的资源一起整合起来，想想这个前景都十分兴奋。

点点带克里首先再去了故宫和长城游玩。克里发现现在的北京根本不是他20多年前来过的北京了，这是一座充满古老和现代化气息的城市，克里越来越喜欢北京了，特别是喜欢点点妈做的中国菜。点点、莉莉和可可、万里他们还会带克里去北京的小胡同吃正宗的北京菜，有时还带他去吃粤菜、湘菜和四川菜，或者大家去艾玛教授会所吃中西结合的菜，吃得克里总是开怀得不得了，直说还要多呆一些时间才过瘾。

时间总在快快地过去，点点与克里的圣诞节假期很快就结束了，克里在努力学习简单的中文，以便与点点妈和点点爸交流，点点的爸妈越来越喜欢克里了，他们通过与克里的接触，越来越觉得点点的选择是正确的，他们的内心又重新升起了以点点为骄傲的自豪感。

要离开北京去美国的前一个星期，点点一个人去买一些中国的特产给克里的爸妈以及玉儿、安南和贝贝，在去的路上，看见了一个似曾相识的苍老的面容，她一下子想不起来在哪见过这张脸，但她很快就认出来了，虽然她不敢相信，这竟然是小萍，岁月将小萍变得如此丑陋不堪，如此苍老，点点的心咯噔一下，收紧了，不过是一年多的工夫，小萍怎么变化如此之大，岁月对人是无情的，但并不是会在每个人的脸上这么快就留下如此深的烙印的。点点的心里说不出什么滋味，她本来看到小萍这样应该很幸灾乐祸才对，但她心里却高兴不起来，并且还很难过。买完东西后，点点给吴姐打电话问了一下小萍的情况，得知，原来小萍一直在走背时运，做什么都不行，精神上出现了严重的问题，家里人曾送她到精神病医院住院治疗了三个多月，但效果不理想，而且身体也越来越差，家中由于经济原因，也没有给她过多的治疗了，她现在没上班，混日子，过一天算一天，没有欢乐和幸福可言。听了这些以后，点点一个晚上没有睡着，她想，小萍对不起我，但那已经过去，现在我已经相当幸福和幸运了，我应该帮助她，想着曾经在一起的时光，一个人不能老去仇恨曾经伤害过你的人，不然你自己带着仇恨也会过得不快乐的，所以第二天，点点起来后，去银行取了三万元，用一个信封装好，买了小萍以前最爱吃的那种牛肉干和芒果，用一个纸盒一起装好，送到小萍家中，她去时，小萍正好在睡觉，她让小萍父母不要叫醒小萍，说了一会话就走了。

从小萍家出来以后，点点的内心感到无比的轻松，她觉得宽恕别人的同时，自己的心灵也得到一次洗礼和重生。

在离开北京的前一个晚上，点点、莉莉、可可、克里、万里和艾玛教授，他们又聚在一起，为他们明天的离开送行。这次的送行与上次点点一个人走时，完全有了不同的感觉，这是一种喜悦愉快的感觉。

五十三

　　熟女俱乐部的前期工作进展得十分顺利，首先是万里将地点确立和谈妥了，就在奥林匹克中心的附近，在注册的过程中，万里遇到了一点困难，艾玛教授一个电话就妥善地解决了，随后网站也开始将一些必要的程序建立起来，俱乐部内部的装修也已经开始了，这个俱乐部的整个装修风格现代时尚又明快，很有青年人的朝气，不像那些用金钱打造的奢华的感觉，点点他们觉得就是要这种现代向上健康的感觉。

　　在北京，莉莉和可可还花了一定的精力和人力去做了一个中国大龄女孩状况市场调查，比如说："你为什么被剩下？"有近三成的单身女人把原因归结于客观原因，自己没有渠道认识合适的人。

　　莉莉和可可拿着市场问卷表高兴地说："这不，就是没有结交男性的渠道啊，我们就给她们提供一个很好的渠道和平台。"回答排在第二位的则是把原因归结到自己，有认识对象的途径，但是宁缺毋滥。另外曾经被伤害，以及曾经沧海难为水让她们迟迟不能进入另一段感情。还有极少部分的女人，觉得婚后生活质量会变差，不敢结婚。

　　"你最想结婚的男人是什么样的？"莉莉、可可她们的调研表上列举了具有代表性的几种男人，被选择最多获得三成多的票数是"有房有车，二婚带孩"的男士。莉莉对可可说："你看，有三成多的女孩子选择了有房有车作为经济保障，并且对这种经济基础较好的男性在年龄和婚史都做了放宽。"排在第二位的是"40岁事业有成，相亲无数，至今单身"，获得二成多的高票。莉莉对可可说："相亲无数至今单身，姑娘们难道不想想为什么相亲无数都没有修成正果呢？肯定是有伤，我要劝我的俱乐部的女孩子要对这类男性谨慎。"而莉莉、可可她们最看好的"敦厚老实，不修边幅的IT男"排在第三，有将近二成的得票。可可说："你看看，最不受待见的是凤凰男，即便是高收入的企业高管，也因亲戚众多，被女孩们抛弃。"莉莉说："这就是北京的男孩儿受欢迎的原因所在，外在的因素太多了，婚姻的成本核算太高了，姑娘们考虑都比较多。"

在调研问卷中"遇到什么样的男人你宁愿单身也不愿意嫁？"莉莉、可可列出几个典型的男性特征，其中最不受欢迎的是花心，没有事业心排在第二，抠门小气排第三。

而在问卷中"你觉得哪些是单身最快乐的事情？而哪些是单身最不快乐的事情？"单身女人分享单身的快乐，二成多的女性觉得自己挣钱自己花，想买什么就买什么，很开心，而时间自由也是单身的一大优点，有二成多的女性选了这一项。有一成多的选择了"不用伺候公婆"，另外有一成多的认为不用取悦男友，也很快乐。选项的原因基本都集中在自由这个特征上。

莉莉说："你看有快乐的同时，就有不快乐。如果说'自由'是单身快乐的源泉，那么'孤独'就是不快乐的根本，这里有三成多的女人觉得快乐和忧伤都没人分享，很孤独，有一成多的女性认为遇到困难会很无助。而排在第二的'恐慌，年龄越大选择面越小。'也让单身的女人们不快乐。"

"快乐的理由都是相似的，而不快乐却有着各自的不快乐。"可可深思地说。

问卷中"你的个人生活主要做些什么？"有近五成的单身女人都将个人时间奉献给了工作，所以很多女强人都是单身，另外一方面，越看重工作，越没有个人时间，就越没有机会谈恋爱，这可是恶性循环啊。有近二成的单身女人在家煲电视。

莉莉开心地对可可说："你看她们都是怎么样解决个人的性生活问题吧，有人很明确地回答，没有性高潮的人生就像没有花的世界，性是每个正常人的基本原始需求，精辟！"

可可笑着对莉莉说："你找到了你解决性需求的最佳理由了！"

"是的，单身女人也有享受性生活的权利。"莉莉说。

"哎，你没有看见还有近三成的单身女人只接受跟正式的伴侣，所以她们还在孜孜不倦地寻找另一半，另外近一成的单身女人则不需要。"可可回答。

　　"不需要，是违背生理规律，是没人性。"莉莉咬牙切齿地说。

　　可可望着莉莉的表情开心地笑起来。

　　而在问卷中"作为大龄女青年，你还对婚姻抱有幻想吗？你还想结婚吗?"可可对莉莉说："你看超过半数的单身女人，把结婚当成自己一生的奋斗目标，有一成的单身女人凑合嫁也得结婚，这说明中国女人对婚姻的渴求非常强烈。我们做这个俱乐部是做对了，有需求就有市场啊。"

　　"你看还有二成多的单身女人感觉很累，对感情没有信心。而还有一成多的单身女人，从心底不想结婚，觉得单身比婚姻更好。所以想结婚也不是绝对的，都是因个人情况而定的。"莉莉强调说。

　　可可知道莉莉是拿她自己对号入座了，就说："我们说的是我们的俱乐部今后的前景会怎么样啊，你别敏感好不好？"

　　"你看来还不了解我啊，我现在是只要遇到合适的人肯定会结婚的，我想我们这个俱乐部肯定前景无限的，问卷就可以给我们信心了！一个字：干！"莉莉又潇洒地一挥拳头。莉莉、可可大笑起来。

　　莉莉、可可将她们的调研情况给艾玛教授过目，艾玛教授说："以后，我们俱乐部的女孩子只要经过我的培训个个都会是光彩夺目的，放心，我们这份事业绝对大有可为，积德的事业呀。"

五十四

　　点点回到美国一边工作，一边宣传熟女俱乐部的情况。玉儿支持点点的想法，他们经常一起吃饭和玩，克里和安南也成为了很好的朋友。点点和克里又对安南讲了他们想回到中国创办俱乐部的想法。安南太高兴了，也要求参股，经点点与莉莉、可可、艾玛教授电话商议，这样，俱乐部的股份也变成了5个股东各出20%的资金，安南主动将他网站的程序和会员资料提供给点点的俱乐部。很快在克里和安南朋友的帮助下，点点的俱乐部就建立了一整套的优秀美国男孩的资料，为了确保资料的完整性和准确性，特别是安全性。点点因为工作忙碌，就请莉莉来了一趟美国："莉莉，你英文又好，你过来美国一趟吧，将安南他们的会员资料再审核一次。"

　　"好的，我也是好几年没有回到美国了，我要去美国看望马克的父母。对了，点点，我也许还要带一个人过来的。""啊，不会是男朋友吧，几个月不见，你保密工作做到我这里来了呀。"点点玩笑地说。

　　"我其实就是准备告诉你，我也找到男朋友了，这次我真的是让他走进了我的心里面。"

　　"别卖乖了，快说给我听，是枚什么样的男人能攻破我们莉莉小姐那无坚不摧的心，让你接受并爱上的男人肯定有其与众不同之处呀。"

"是在艾玛教授那里认识的一个创一代，也是经营健身俱乐部的，叫杰夫。反正我是被彻底俘虏了。要命的是我的父母喜欢他胜过喜欢我了。"莉莉无不骄傲地说。

　　"哇噻，太赞了，可可也向我保密啊，你们太不够朋友了，快点带到美国来，没经过我的同意，没过我这一关，休想将我的莉莉夺走。"点点兴奋得直嚷嚷。

　　"好的，我们会尽快办好手续过去的。定下航班就通知你。"莉莉愉快的声音从中国的这边通过电话飘到美国点点的耳朵里面。

　　"快点，快点，我迫不及待了。"点点催莉莉说。

　　这么多年了，莉莉一直将马克的父母当作自己的亲生父母一样，她还将他们接到中国生活了一段时间。

　　其实改变莉莉想法和使莉莉敞开心扉的是点点的妈妈，点点妈在点点离开北京后，也回老家去了，只是因为房租等事情，加上换季的日常用品要整理，点点妈又一个人回到北京帮点点处理这些事情。

　　那天点点妈去超市买真空包装袋时，遇见了莉莉，莉莉开心地叫："阿姨，您也来买东西啊。"

　　"是啊，莉莉，好长时间没有看见你了，你好忙吧？点点的房租和物业管理费要交了，就来交款。"

　　"那，阿姨，现在已经是中午了，我请你吃饭吧。"莉莉热情地说。

　　"不要客气了，你那么忙。"

　　"阿姨，我不忙，去吧，就当你与点点吃饭好了，我代表点点陪您。"莉莉体贴入微地说。

　　听莉莉这么一说，点点妈就与莉莉一起在外面吃饭。

　　闲聊了一会，点点妈对莉莉说："莉莉啊，不要怪阿姨多嘴，我也是做父母的，你看见我为点点的婚事操心到什么样子吧，做父母的哪不想自己的女儿好好嫁人，嫁个好人呀，我也听点点讲过你与马克的感情，你是个好女孩子，但，孩子啊，人死是不能复生的，这就是这个世界最大的无奈，不管在世的人也好，还是死去的人也好，我想总是希望你过得幸福和快乐，要替你的父母考虑，如果有合适的，你还是要结婚生孩子的，这并不影响你对马克的感情呀。"

　　点点妈有点像拉着自己女儿的手一样，语重心长地对莉莉说。

　　莉莉听了点点妈的这一番话，含泪说道："我回不到从前了，我的爱都被马克带走了，我觉得我不可能再有勇气去爱别人了，我也想给父母找一个女婿，但我可能做不到。"

点点妈拍拍莉莉的肩膀，看着莉莉的眼睛对莉莉说："在你没有遇到马克之前是怎样过的日子？那时的你心里想得最多的是什么？"

莉莉说："那时的我对工作充满热情，我心里想只要我好好地工作只要我好好地努力赚钱养好父母，我还要找一个与我相亲相爱的男人，像万花筒一样丰富多彩地生活着，幸福地过好一生。"

点点妈说："那么，从现在起，你听着，你不过是乘坐着你命运的游轮在外面漂泊了几年，现在又被命运的游轮送回到了几年前的那个时光，不是要你完全忘掉与马克相处的那几年，而是要你将这份浓郁的感情珍藏在内心深处，我相信马克也希望你这样做，而不是希望你每天过着这种没人爱的孤独生活，他在天堂也是每天在注视着你是否快乐的，你表面快乐，其实内心深处还是会孤独的，是不是？所以你要放下你的思想包袱，过去了的事情让它随风而逝，就当从来没有发生过，把你与马克的爱珍藏在内心深处，轻松地回到过去的纯洁的你，这里的你可以说比之前的你应该是更有智慧和经验，可以再次无忧无虑地为自己的人生去奋斗，再次与一个你值得去爱而他也爱你的男人相爱的。你这样做的话，马克在天之灵也会为你高兴，要知道，有时候一个心爱的人或亲人去世，对活着的亲人或爱人的影响是很大的，是的，谁也不希望失去自己的至亲至爱，然而，一旦失去至亲至爱，如果活着的人却是一味沉迷于对死者的爱而放弃自己对生活应该有的追求，放弃生活应该肩负的责任，那就是对死亡本身的绝望，或者说是死亡本身的无奈，这种绝望与无奈，会让你的内心最深处失去一切的精神支持，会让你觉得马克对你的爱是你值得用一辈子去祭奠。莉莉，我从不怀疑你与马克之间深厚的爱情，你如果孤身一人其实是对你自己极大的不负责任，也是对马克的一种不负责，更是对父母的不负责，你的责任应该是你要幸福地与一个好男人结婚生孩子，你还应该以最大的努力去工作，以最大的热情去享受爱情，生命对我们来说都只有短短的几十年，过去已经过去，未来还是未知，好好把握现在，不要再蹉跎了你这美好的岁月了。去寻找你的真爱，让你的生活像万花筒一样丰富多彩，爱情的花儿幸福地开放。"

莉莉听后说："阿姨，谢谢您！我知道您是为我好，我会努力的，只要我再遇到我喜欢的男孩子我一定放在心上。放心好了。"

"我相信你，孩子！我一直就知道你是一个孝顺的好孩子，你还没有做母亲，对孩子的孝顺，其实做父母的真的不是在乎她给多少钱或买多大的房子多贵的车子，旅游吃大餐。孩子对父母的孝顺，我觉得就是应该表现在精神层面的，一个好的脸色，一个笑脸，每天都快快乐乐，什么都与父母讲，工作生活恋爱婚姻等等，父母这些方面虽然不能帮到什么，但他们也是有足够的人生经验的，与他们说说你的想法，谈谈你的工作生活感情等，他们会给你一些人生智慧的，起码会让你有所思，是不是？同时，也多与父母沟通沟通，陪他们说说话，了解一下他们的需求和想法，能满足的就尽量满足，因为父母对孩子的要求总是很低很低的，不信，你去问问或想想。同时，你还要知道，你的父母，因为你对马克的感情，他们不愿意逼你去做你不愿意做的事情，哪怕他们的心里是多么希望你早日结婚生子，让他们享受天伦之乐，在你不愿意的情况下，他们宁愿委屈自己，这就是天下父母亲的伟大之处。"点点妈也很感动地说。

"谢谢您，阿姨，是我不懂事，任性，我伤害了父母还没有意识到，谢谢您！阿姨，难怪点点什么事情都愿意对您讲，您这么优秀，天下的父母都很伟大。"点点妈的这番话又讲得莉莉泪流满面。

与点点妈分手后，莉莉的心思开始被打乱了，不错，莉莉对马克的爱是那种浸入骨髓的爱，已经融化到了血液里面，但她也知道了她必须对自己的父母尽孝心，她现在就是不知道自己还能不能遇到那种让她心动的男人，她也不知道自己还会不会爱上别人。

与点点妈分手后的一个周末，莉莉来到了艾玛教授的别墅。

艾玛教授看见莉莉主动来到她的别墅，心里大概明白了几分，她张开双臂夸张地拥抱着莉莉。

"我的小心肝，你可终于来看看我了。要知道，我都认为你忘记了我这里呢。"

"我忘记了任何人，都不会忘记您的。怎么样，都好吧？"莉莉拥着艾玛教授说。

"很好，你来我就更好了。"艾玛教授说。

"今天好像冷清一些，真是难得呀。"莉莉说。

"全部为下个星期的聚会准备去了，买东西的买东西去了，休息的休息去了，养好精神准备周末的聚会啊。你也一定要来啊，是今年以来最大的一次聚会。"艾玛教授说。

"星期六，是不是？那好，我一定来。"莉莉对艾玛教授说。

"你好像有心事？"艾玛教授递给莉莉一杯茶说。

"前几天，我在商场遇见点点妈，点点妈说了一番让我很触动的话，我觉得我是要改变一下自己的想法了，想想我爸妈都已经开始老去，我还是不顾及他们的感受，一味地沉浸在对马克的思念中，我觉得点点妈讲得对，这样下去，也不是马克希望的，也对不起我的爸爸妈妈。所以，我决定去尝试一下，接受别人的爱，让自己也去爱别人。你说这样好吗？"莉莉问艾玛教授。

"你终于想通了，宝贝，你终于开窍了，这样不但是对的而且是太对的了。"艾玛教授很激动地说。

"所以我到你这里来呀。"莉莉调皮地对艾玛教授说。

"绝对遇得到，并且绝对是最优秀最棒的，孩子，你要有信心。会有男人专门为你而存在的。"艾玛教授说。

"我也绝对相信！"莉莉露出笑容说。

周六的晚上，莉莉比平时去早了一个钟头。这就是莉莉的风格，认准了的事情，不会犹豫。

人生和生活有时就是充满戏剧性的，莉莉在这次聚会上认识了一位让她心动不已的男人杰夫，当艾玛教授介绍莉莉与杰夫认识时，就说："你们俩都是健身爱好者，我相信你们会有很多的共同语言的。"说完艾玛教授就忙于招呼其他的嘉宾去了。

当莉莉面对杰夫的时候，杰夫正好在仔细看着莉莉。那种眼神让莉莉心跳，那是一种让她情不自禁的目光，她竭力克制自己的情感，这是马克之后第一个让莉莉无法抗拒的目光。这是一位有着一头卷发的英俊男人，身材挺拔，肩宽背阔，透过得体贴身的衣服，隐约看见那一块块结实的肌腱，皮肤跟莉莉相似，有种小麦色健康之美，那双眼睛很清澈，在他的身上有一种勾魂摄魄的气质。当他站在她的面前时，莉莉感到了一种别样的阳刚之美。交谈中得知他比莉莉还小二岁，是一家健身俱乐部的老板，有着许多与莉莉相同的爱好，他也喜欢瑜伽，他也喜欢音乐，他也喜欢旅游，他们在一起的时候有着说不完的话。

莉莉一直认为很难再遇到一个让自己动心的男人，现在杰夫就是这样一个男人，莉莉觉得这是上天专门为她而配置的男人。

艾玛教授几次过来问他们："还需要吃点什么么？"并俏皮地眨着眼睛对莉莉和杰夫笑。

莉莉和杰夫心领神会地对笑着。愉快的氛围让莉莉感受到久违的快乐。

聚会结束后，杰夫主动提出送莉莉回家。

莉莉没有拒绝。分手时，杰夫主动要了莉莉的电话。

第二天，莉莉到瑜伽馆上课。没想到杰夫不打招呼地找来瑜伽馆，看见莉莉在上课，悄悄地坐在后面没有吱声，等到莉莉下课时，莉莉惊讶地看着杰夫："你怎么来啦，也没有打个电话。"

"我想看看大名鼎鼎的莉莉究竟是不是名副其实呀？"杰夫调皮地说。

"是不是名副其实呢？"莉莉反问。

"不但名副其实，而且其实名正。"杰夫看到莉莉的瑜伽做得这么好，他的目光中溢满了欣赏和赞赏，更多的是欣喜若狂，找到了知音。杰夫其实一开始看见莉莉就心里一动，她漂亮的脸上总有一股说不出来的气质，她的身材使他想起在杂志上看过的模特，这么特别的一个女孩子，太特别了，与众不同的特别，反正就是他喜欢的那种特别。

莉莉被他这么一说，反而有些不好意思了，没有出声。

他们在一起喝咖啡，互相聊着共同感兴趣的话题。

杰夫是一个普通工人家庭出身的东北男孩子，家里条件有限不可能支持他的所有爱好，大学毕业后的杰夫，开始自己创业，他勤奋并执着，从来没有什么困难能阻挡他对健身事业的热爱，他兴趣广泛，很快在健身事业方面取得骄人的业绩，他的健身俱乐部是全北京最著名的，健身俱乐部的项目也是全北京最全的。

想着这么年轻这么阳光这么成功的杰夫，莉莉就感到有一股与遇到马克一样的活力和内心的激动，莉莉是喜欢杰夫的，并且是彻底爱上了，莉莉爱杰夫最大的一点，是杰夫跟马克一样，是个按照自己的标准生活的人，在他的行为当中有种神秘非凡的东西，一种阳钢之气，这使得他与别人不同，也正是这种不同，让莉莉倾心和欣赏。这么多年来她的内心第一次出现涟漪，她感到了不可思议。

晚上，杰夫在那个很豪华的西餐厅请莉莉吃饭，他们之间有太多的共同语言了，瑜伽、健身、美容，莉莉看着杰夫深邃的眼睛，她感到渴望、兴奋，也感受到激情，更感受到了浓浓的温暖和爱意。

那双眼睛里面还有一种与莉莉相似的特有的坚韧。那坚韧是他们打拼过留下的痕迹，虽然莉莉的父母在北京是高官，但莉莉凭自己的能力闯天下，在建立瑜伽馆和美容院的过程中，她也是吃过不少的苦的，特别是在她带着失去马克的痛苦拼搏的过程中，她的内心常常流血和流泪，但她咬着牙挺过来了。听杰夫讲他的成长，他的创业，莉莉知道他们有着太多的共同之处，不同的是杰夫的出身更多的是在靠自己奋斗，现在杰夫通过自己的拼搏，已经稳稳地站在了北京的这片土地上，他身上渗透的都是智慧和精神，莉莉太喜欢这种智慧和精神了。

在后来的日子里面，莉莉和杰夫与可可和万里经常一起聚会，这样的聚会让莉莉感到无比地开心和幸福，爱情使她内心活过来了。

随着莉莉对杰夫的不断了解，莉莉找到了与杰夫一起成长的感觉，她感到杰夫是个让她振作，让她奋发向上的人，杰夫给她无穷的新奇，好像是她一辈子也用不尽的活水一样。

而杰夫也对莉莉痴迷不已，将莉莉捧为公主和女神。

莉莉周六一大早就给家里打电话："妈，我今天回家吃中饭，对了，还多煮一个人的饭，我带个朋友回来吃饭。"

"好，好，我叫阿姨多买些菜回来，你都差不多一个月没有在家里吃饭了，正好今天你爸也不用去办公室，在家。"莉莉妈说。

11 点钟的时候，莉莉与杰夫回到家里。莉莉妈一看见莉莉带回来的是一个英俊的小伙子，先是愣了一下，没有想到，莉莉还会带小伙子回家，这是从来没有过的事情。

"妈，这是杰夫。"莉莉对妈说完又转过头对杰夫说。莉莉的妈妈激动得反应有点迟钝，杰夫主动地说："阿姨好！"

莉莉妈才回过神来握着杰夫的手说："你好，你好，欢迎欢迎！"又大声地喊，"他爸，莉莉回来了，莉莉回来了。"声音因激动都有点颤抖。

莉莉爸爸从书房出来，看见莉莉带着一个这么英俊的小伙子，也高兴得不得了。

"这是我爸，这是杰夫。"莉莉继续介绍。

杰夫将带来的东西放在桌上，上前与莉莉爸爸握手："叔叔好！"

"好，好，坐坐。"莉莉爸虽然也很激动，但没莉莉妈妈表现得那么失态。

一家人很多年没有这么快乐地在一起了，杰夫陪莉莉爸爸说话，莉莉陪妈妈说话，莉莉一五一十地介绍着杰夫的情况，妈妈激动得几次要哭出声音来，不停地擦着眼睛，开心地说："我们莉莉懂事了，谢谢你！谢谢你！"而眼睛不停地看着杰夫，这么健康，这么阳光的男孩子，简直就是莉莉的绝配了。

莉莉的爸爸与杰夫聊足球，聊体育盛事，这是莉莉爸多年来一直梦想的场景，今天终于实现了，莉莉爸妈对杰夫喜爱得不得了，嘴巴一直都没有合拢过，吃饭时，莉莉妈光记得给杰夫夹菜而忘记了给莉莉夹，莉莉为此还提出严重抗议。幸福开心快乐洋溢在全家人的脸上。

五十五

很快，莉莉办好了一切手续，与杰夫一起飞到了美国。

点点与克里去接莉莉和杰夫。一出机场，点点与莉莉就将两个大男人丢在一边了，互相拥抱。

"这是杰夫，这是点点和她亲爱的克里。"莉莉还是很快将杰夫隆重介绍了。

"原来是这么英俊的杰夫呀，难怪莉莉重色轻友，光顾着与你谈恋爱把我都忘记了。"点点开着玩笑对杰夫说。

"哪里，哪里，莉莉成天都在我面前讲你，讲马克，讲可可，我都觉得好像认识你们很久很久了。"杰夫笑着对点点说。

"莉莉，你明天去安南和玉儿那里，对会员资料进行再核实呀，你来美国不能光像度假一样，还要干活。"点点又说。

"简直是个杨白劳，时刻不忘俱乐部的工作。"莉莉嗔怪说。

"杨白劳是什么意思？"克里终于有说话的机会了，问点点。

"杨白劳是我们中国的一个大地主，剥削穷人干活。"点点哈哈大笑对克里说。

"地主是什么？"克里又问。

"地主是旧时代的有钱人，他们雇佣没钱的穷人，要穷人多干活。"点点笑得直不起腰来。

　　"就像点点一样，我还没来得及休息，就要我干活。"莉莉笑得加上一句。

　　克里似懂非懂地笑笑。

　　第二天，点点、克里就将莉莉、杰夫带到玉儿、安南公司，将一大堆资料交给莉莉。莉莉开心地说："来到美国，手里捧着这么多的优质男人感觉很好呀，看看有没有我合适的。"

　　"你敢，我会与之决斗的。"杰夫做着手势故意夸张地说。

　　"哈哈哈。"接下来的几天，点点、克里、莉莉、杰夫、玉儿、安南经常在一起吃饭，一起去玩，一起讨论俱乐部的方案和项目，大家开心得不得了。

　　莉莉还将杰夫带去给马克的父母认识，征求他们对杰夫的意见，马克的父母很高兴，同时也为她能走出对马克的怀念感到欣慰。说明莉莉已经将马克珍藏在内心深处，她的人生还很漫长，她应该有一个为她分担忧愁的人一同前进，度过她那幸福的一生的。

五十六

　　俱乐部历时一年多的时间很快建成，点点、可可、莉莉三个人，莉莉 37 岁，点点 35 岁，可可 34 岁，这群在人们眼中的大龄剩女，以光彩夺目的姿势，骄傲而自豪地发光发亮，点点已经结束了在美国的工作，而在美国的玉儿和安南已经是他们的合伙人了，他们负责美国方面的一切事务和会员征集。

　　在这期间，玉儿和安南回了中国一次，考察俱乐部的项目，没想到的是玉儿经过点点的介绍，与莉莉、可可、艾玛教授也一见如故，很快，她们五个人就成为很好的朋友，点点开心地称她们五人为"五人帮"。

　　她们都一边工作，干着自己喜欢的事业，一边经营着她们的俱乐部，俱乐部的会员越来越多，俱乐部的知名度也越来越大，不仅限于中国的 30 岁以上的优秀女孩子，而且有许多国外的优秀男孩加入，更让点点、莉莉和可可高兴的是，有些事业有成的优秀中国男孩子也进来。

　　点点、莉莉、可可她们不愧是一群智慧无穷的女人，对如何经营好这个熟女俱乐部可谓下足苦心，别具一格。她们采纳了克里的建议，要求俱乐部的每一位会员写出一段自己认为最有代表和个性的征婚广告词，越有创意越好，越形象越生动越好，越新颖越独特越好，然后，他们就在每年 2 月 14 日西方情人节，正月十五日的中国情人节，以及 11 月 11 日的光棍节对这些征婚广告语进行一次比赛，除在网络上进行投票外，点点、莉莉、可可她们会让员工全体上街头，带着俱乐部制作的精美宣传册以及所有征婚广告词，在人潮拥挤的超市入口、百货大楼门口、地铁站、公园和一些流动人口较多的广场作市场评选，对那些参与评选回答的市民们除给予一本熟女俱乐部的宣传册以外，还免费赠送一份印有熟女俱乐部广告的小礼品。这样一来，她们的俱乐部不但免费获得了广泛的宣传广告，而且很多的市民用微信、用视频、用微博对俱乐部的活动进行了发布和转载，让熟女俱乐部的知名度在不打一分钱广告费的情况下，有了一个响当当的名字，一下子就吸引了大家的眼球，从这以后，熟女俱乐部的名字就成了家喻户晓的活口号。

对那些征婚广告词得奖者给予一定的奖励，特别是对那些广告语获奖者同时又成功找到心仪对象的更是加大奖励。

他们将这些征婚广告词挂在网上，供大家欣赏，收到了很好的效果。

熟女俱乐部里面的美国会员写的征婚广告词真的充分体现了美国人的幽默：

"俊男，35 岁，正在干瘪的男人，欲寻一位身材丰满，爱情水分充盈，五官姣好的女子，以滋润使其获得生活活力。"

"37 岁艺术男，爱绘画，爱音乐，愿娶能让我将你入画，能携带听乐的女子。"

"女，博士待嫁，吃货一枚，玲珑身材，欲觅能与其一同吃遍所有美食，共享舌尖快乐的男士。"

"男，33 岁，硕士未娶，如果你相信浓缩的都是精华的话，就来找我吧，保证让你如愿以偿。"

"男，博士爱车一族，爱红酒，愿娶有酒窝、笑容甜的女士为妻。"

"女，35 岁，拥有一颗萝莉的心，东方女人的温柔体贴，西方女人的大气开朗，欲寻一位成熟稳重、大叔型的男士共度美好幸福人生。"

这些幽默风趣的征婚广告语一时还风靡了整个北京及全国的网民。

她们还真通过这些俱乐部的活动，成功地匹配了几对，让那些优秀的大年龄男女获得了真正的幸福。

"一切都有最好的安排！"

"所有的期待都是上帝对你耐心的考验！"

"为爱而嫁！"

"为爱结婚！"

五十七

　　在北京，这三位大年龄的钻石剩女，准备在美国举行一次西式婚礼、北京举行一次中式婚礼，她们请来艾玛教授一起商量举办婚礼的事情。没想到艾玛教授兴奋地说："我也要在这一天与你们一起结婚，婚礼的主角怎么能少了我呢！"大家一听，开心得哈哈大笑："太好了，太好了，我们的教授是那天最美丽的新娘了！"艾玛教授又有些感动地说："人的一生很短暂，遇到真心爱你的人很不容易，就像我与我先生一样，中间有过挫折，但心中的爱始终在，这就够了，我知足了。"大家在一起商量着举办婚礼的细节。

　　"美国那边婚礼教堂的预订和场地、邀请嘉宾、宾馆酒店由我来负责，大家等我回到美国后将所有方案及预算传过来，你们觉得没问题了，我就落实。"点点说。

　　"好的，你不够人手，玉儿、安南可以帮你的，克里总把关好了。"莉莉说。

　　中式婚礼的一些细节她们商量得更细致一些。

　　"我来负责发请柬，邀请有身份有地位有名气的来宾，并且负责联系各大媒体来报道这场婚礼。"艾玛教授主动先说。

　　"我负责每位新娘、新郎的结婚礼服，我们都穿旗袍和唐装，你们这两天就开始到我那里来量身，不然时间会有点紧张。对了，克里的父母如果愿意穿唐装的话，他们到时将尺码传过来，我要让他们也穿上我们中国的服装。"可可说。

"我负责布置俱乐部的结婚场地，一定将它布置装饰得喜庆大气。"点点说。

"我负责联系那天的婚宴地点，我们就来个长长久久的菜谱。"莉莉说。

"录像、摄像统统都请最好的，由我来请那些朋友，他们会免费帮我们的。我要将这一天的美景和美人拍下来，等我们老了以后，好好回忆欣赏。"艾玛教授说。

"对了，还有轿子，我们坐轿子吧，吹唢呐吧。"点点又说。

"坐呀，怎么能不坐呢，那是必须的，吹唢呐，还要吹得响彻云霄才行。"莉莉说。

"要坐，要吹，要热闹，这就是为俱乐部做的最大的广告，活广告。"可可说。

"没办法，谁叫我们这么优秀呢。"艾玛教授还加上一句。

"我来负责轿子唢呐的落实好了。"点点说。

"我叫我们瑜伽馆美容院的女孩子来做礼仪小姐，当然，还要负责收红包啊。"莉莉说。

"财迷！"大家开心地笑起来了。

"叫玉儿来主持我们的婚礼吧，对，叫安南做证婚人。"艾玛教授说。

"太对了，太对了，点点，快给玉儿打电话。"莉莉说。

"现在是美国的半夜呢。"可可说。

"管不了半夜了，打电话。"点点说。

点点拿起电话，给玉儿打电话："玉儿，我们实在是太高兴了，没办法，我不管你现在美国是几点，我必须告诉你的是，我们四个人要举行一场声势浩大的婚礼，你必须来给我们做主持人，安南做证婚人，我们先在美国举行完婚礼后，接着就在中国举行，时间上要紧凑些，你要帮忙，将所有的精力都放在我们的事情上来，听见了没有。具体见面再说。"

"什么，你们四个，难道艾玛教授也要参加？真是太好了，我一定回来给你们做主持人，这是我的拿手好戏，我明天就开始为你们准备美国的婚礼事宜。"玉儿在美国大声尖叫，将正在睡梦中的安南吵醒，安南一听，也高兴地说："我来负责教堂、场地、酒店、鲜花等等，我的天啊，太令人激动了。"

点点妈听到要到美国去参加点点的婚礼，又激动又兴奋，点点爸也很高兴，但又觉得这么去美国要花很多的钱，加上语言又听不懂，有点害怕。

　　"去，那是绝对要去的！这不是钱的关系，你知不知道，点点还要你领着步入教堂亲手交给克里哩，我太向往这一时刻了，语言通不通没关系，实在不行，打手势都行。"点点妈高兴得语调都高了八度对点点爸说。

　　"准备服装，不能太丢点点的脸了。"点点爸说。

　　"那是必须的，我去买。"点点妈说。

　　"买什么买呀，你忘记了点点要我们去北京，可可那里给我们定做呢。"

　　"对呀，我真的是好福气呀，开洋荤了。马上买票，早点去北京，免得什么事情都弄得匆匆忙忙的。"

　　点点爸妈到北京后与莉莉的爸妈、杰夫的爸妈、可可、万里的爸妈、艾玛教授的爸妈全部聚在一起，商量了一些去美国的具体事务，决定由莉莉瑜伽馆的助手帮忙联系订飞机等事项，除了万里的爸爸还不能行走外，莉莉的爸爸当团长，由莉莉助手带领他们一大队人马去美国。然后，全部都到可可公司量身做衣服。

五十八

在美国浪漫的婚礼后两个月，克里、玉儿、安南及他们的父母姐妹都来到了中国参加他们举办的中式婚礼。

熟女俱乐部被装饰得喜气洋洋，巨大的各色气球在空中飘动，每位来宾在签到处不但获得了一份关于介绍熟女俱乐部的光碟和宣传画册，而且还收获了一份精美包装的神秘礼品，20位身着西装、佩戴白手套的英俊司机精神抖擞地为每位来宾泊车，使每一位来宾充分享受到了最高规格的尊贵，20位礼仪小姐微笑着像鱼儿一样穿梭在鬓影衣香的俊男靓女的贵宾中心服务，让所有来宾一踏入婚礼大堂，就被这喜庆的气氛所吸引所感染，空气像注入酒精般变得高亢与兴奋，这是艾玛教授的杰作，艾玛教授说，要做就做到极致。

这场中式婚礼，四位美丽的新娘都穿戴着中国风情的中式旗袍，新郎都穿着唐装，一大队的轿子，人们吹着唢呐，敲锣打鼓，新郎在轿子边将新娘扶下，别出心裁地还要新郎给下轿子的新娘穿绣花鞋，新郎、新娘一起跨火盆，新郎背新娘等等，那天的俱乐部真是花的海洋，艾玛教授充分发挥了她在京城的影响力，请来了各个层次有身份有地位有名气的嘉宾，并给俱乐部请来了各大媒体，电视台、报社、杂志都来了，玉儿穿着绣着孔雀的绿色旗袍，用她的话就是绿叶衬红花，玉儿做主持人，安南做证婚人，每对新人要派出代表交待情史、咬苹果、拜天地拜父母夫妻对拜、背新娘，花样百出，场面搞得十分地温馨和浪漫，喜庆快乐。特别是克里的父母，看到这些场面都热泪盈眶，高兴得无法表达，克里美国总部的约翰总裁和夫人及美国的同事朋友、玉儿、安南的父母也都来中国了，参加了她们这个轰动整个京城的婚礼。

第二天，各大媒体都在最醒目的位置报道了这场京城最具影响力的婚礼。那家最有名的《京晚报》用了整整两版介绍四位新娘的传奇故事和经历，以及四位新娘成功的事业，四位新郎显赫的地位及传奇故事。

一时间，整个北京城的街头巷尾都在议论熟女俱乐部，一时间，熟女俱乐部如雷贯耳，一时间，优秀的大年龄女孩子找到了心灵的驿站，一时间，优秀的精英目光聚集到了俱乐部。

熟女俱乐部从此一炮打响，这是一群有着超凡智慧的优秀女人，她们让熟女俱乐部成为北京城的一道亮丽风景，也是所有大龄剩女们的心灵归宿。

点点、莉莉、可可、玉儿、艾玛教授现在忙得不亦乐乎，按照她们的计划，今年内可可在俱乐部举办一场时装秀，艾玛教授办三期讲座，每期中间还穿插一场色彩搭配课，由可可来讲，一场女子美容课由莉莉讲，并且莉莉将所有的会员都发展为瑜伽馆会员和美容院会员，让她们通过健身、美容找到更多的自信。

点点的克里由于不愿意与心爱的人分离，也主动到中国来了。克里任点点原来北京公司的老总，比原来在美国的职务更上了一层楼，点点主动为爱牺牲，开了一家律师事务所，正好实现了她人生又一个大的目标，律师事务所的经营范围扩大到不但帮助企业上市，现在连家庭婚姻方面的法律援助都开展了，而杰夫则勇敢地将莉莉的瑜伽馆负责起来了，他不仅将原来的瑜伽课内容发扬光大，而且在瑜伽课内容上增添了许多深受人们喜欢的项目，比如，他将新学到的美国现在风靡的倒立瑜伽在馆内开课，深受白领的欢迎。杰夫还整合他与莉莉的健身资源，准备在北京开一个规模更大的健身俱乐部。莉莉因为杰夫帮忙管理瑜伽馆，腾出时间将精力放在了俱乐部上面，现在俱乐部主要以莉莉和艾玛教授为主，点点和可可也会帮忙跑这协调那，大家都忙得兴高采烈。而她们的父母们也都在北京成为了最好的朋友，最开心的是，安南的父母在北京住了一个星期后喜欢上了这个城市，也要回国安度晚年，而克里的父母每年也要到中国住上几个月，他们相约以后要将房子购买在一个小区，平时没事就一起打打麻将，打打太极，跳跳广场舞。

五十九

　　点点妈现在是笑得合不拢嘴，她感谢点点的等待，感谢点点的耐心，感谢点点的自信，她为点点感到真正的骄傲。

　　点点妈看到点点这些女孩子的幸福，她赶紧又跑去昌平的那个寺庙烧香，她说也要感谢菩萨的关照，让点点有了如意的归宿，她说她是去还愿。点点听后开心地随妈怎么去就怎么去吧。

　　点点妈想起了这几年的一切，她觉得最近她看过的一则微信故事讲得特别有道理：

　　"古时候有个国王，他喜欢出游，并且经常带上他最喜爱的宰相。

　　"有一天，他们出去打猎，国王打中一头狮子，但狮子没死，突然奋起袭击国王。在众护卫的保护下，国王仅受了轻伤，断了个小拇指。国王很伤心，但宰相却说：'一切都是最好的安排。'国王很愤怒，把宰相关了起来。

　　"一个月后，国王的伤好了，他又想出去玩了，这次，他准备自己一个人出去，他骑马到了国界附近的丛林中，抒怀着走在森林的小路上。

　　"一群野蛮人突然出现并抓住了国王，他们打算将国王当作祭祀供奉给上天。就在他们将国王推上祭坛时，有人发现国王的小拇指是残缺的，献给神的礼物怎么能有残缺呢？于是他们把国王给放了。

"国王回到皇宫，下令把宰相放了出来，并请他过来面谈，他对宰相说："我今天才体会到"一切都是最好的安排"这句话的意义。不过，爱卿，我因为小指断掉逃过一劫，而你却因此受了一个月的牢狱之灾，这又要怎么解释呢？"宰相笑了笑，说："陛下，如果我不是在牢狱之中，按照以往的惯例，肯定要陪您出行，野人们发现您无法作为祭品时，他们就会拿我祭神了，臣还要感谢陛下的救命之恩呢。""

一切都是最好的安排！点点妈现在是有着深切的体会了，世界上的一切事情都是上天早就安排好了的，是你的终究是你的，不是你的千万莫强求，这话说得多好啊。更为重要的是，点点妈懂得了，女孩子只要努力向上，只要阳光，只要善良，你多大的年龄都没有关系，都会找到一个与你一样有相同的婚姻价值观的优秀的男人，然后过着幸福美满的生活。

经过这事点点妈同时还明白了一个道理，结婚，一定要找到自己相爱的那个人，只有为爱结婚，才会使婚姻生活进入美好的殿堂而不是坟墓，幸福之道，就是时时刻刻在一个喜悦丰盛、感恩知足的状态之中。拥有幸福心态的养分是要找到一个彼此相爱的人，一个没有幸福心态的人，不管跟谁在一起，不管得到什么，或者遇到什么，都不会感到幸福的。婚姻和幸福是一个道理，婚姻和幸福都是一条道路，往前走需要勇气，转个弯需要智慧；牵手需要勇气，放手需要智慧；原谅别人需要云淡风轻，放过自己需要海阔天空！

点点妈相信人生永远都不会辜负任何一个人的，只要你肯努力，只要你够自信，只要你最阳光，你的人生都会成就你的一切梦想！那些转错的弯，那些走错的路，那些留下的泪水，那些滴下的汗水，那些内心所受的煎熬，那些辗转难眠的伤心夜晚，那些因误会受委屈的心灵，那些留下的伤痕，全都让你成为独一无二的自己！

点点妈感到真是活到老学到老才会活得明白，才会体会人生的真谛，那就是：感恩一切，毋须抱怨！

当然，点点妈又自嘲地笑笑想，如果都明白了这个道理，这个社会会不会更加和谐呢？会不会没那么浮躁？人们的生活压力会不会减少很多呢？人们的生活质量会不会更好一些呢？

六十

　　点点的婚礼以后，点点妈又回到老家，这次她是开心地坐着飞机回来的，等点点生孩子时再到北京来。点点妈跟点点同住在一个小区里面，她与点点爸将与莉莉、可可、安南、杰夫的父母们在北京安度晚年生活，并且随时准备迎接克里爸爸妈妈的到来。

　　阳光明媚的日子里面，在莉莉瑜伽馆喝茶的人员由原来的三人现在已经扩大到十人，"五人帮"及她们的男士在一起工作之余享受着生活，商量着一起去旅游的细节，每个人的脸上都溢满着幸福甜蜜的笑容。

　　点点看着这群因缘而聚，因情而暖的朋友，看着这些生命中灿烂的笑容，看着这些真正以心款遇的朋友，看着这群让人内心充满温暖的朋友，内心默默地祈祷：不管青春是如何眨眼间就没有了，也不在意皱纹一条一条地爬上眼角，只要让我们大家彼此的内心即使经历了岁月的磨砺，也能如蚌中的沙，慢慢地光润起来，等到大家发苍齿摇、步履蹒跚时，还可以让珍珠的光泽晕红最后的行程。